前巷说
百物语

〔日〕京极夏彦 著

刘名扬 译

南海出版公司

新经典文化股份有限公司
www.readinglife.com
出 品

目 录

寝肥
1

周防大蟆
71

二口女
133

雷兽
199

山地乳
275

旧鼠
347

寝肥

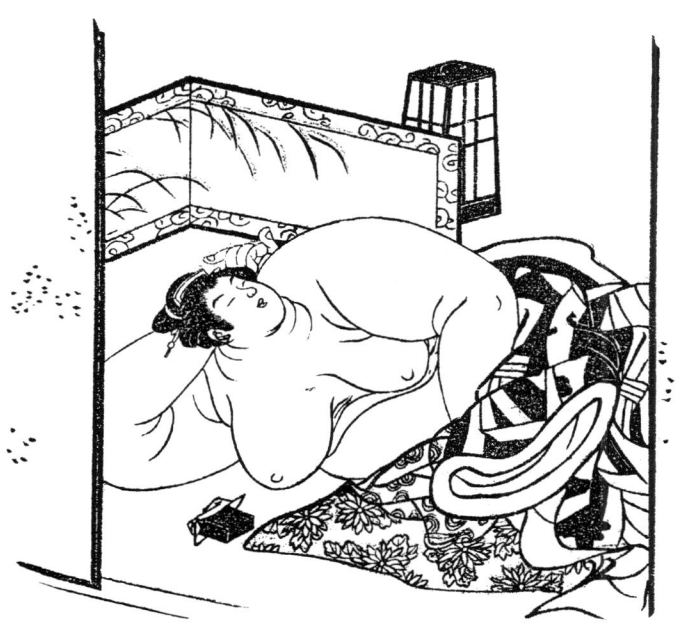

昔有一妖

形似嗜睡妇人

入睡后

身躯胀满房间

鼾声有如轮转巨响

人称寝肥

一

瞧你这身打扮，活像个化缘僧——阿睦拍了拍又市的肩，以女中豪杰般的口吻说道。至少也该剃个月代头，否则看着像个逃难庄稼汉，岂不糟蹋了你一脸俊容？说着说着，她在又市面前坐了下来。

又来烦人了，又市心想。

在曲町一带厮混的阿睦，平时在小馆子里打杂。据说曾是个小偷儿，至于真相如何，又市就无从知晓了。既无须知晓，亦无意知晓。总之，阿睦与又市等人本无牵连，但自打又市返回江户，就成天绕着他们打转，由此不难看出阿睦并非什么正经女人。

不正派的人，总会在不正派的场所聚头。即使无意结识，彼此多少也会认得。

"反正就如你说的，我本就出身贫苦农家，的确是个如假包换的逃难庄稼汉。"又市毫不在乎地说道。

哼，阿睦嗤鼻应了一声，拿起手边的茶碗朝土间一泼，又提起酒壶斟了点酒。"哎呀，瞧你这语气，亏你在京都还是个大名鼎鼎的小股潜①，

---

①小股为小步，大股为大步，小股潜字意上有自人跨开的小步下钻过去之意。

怎么人家三两句话就把你激得心浮气躁了？"

"少这么称呼我。"又市提起酒壶，朝自己杯中注入劣酒，"小股潜可是骂人的字眼，别当着人面用这词称呼我。给我学着客气点。"

"骂人的字眼？我说阿又，你怎么突然想当起好人来了？不法之徒就是不法之徒，哪还需要和你客气什么？"

"就算如此，也轮不到你这母夜叉这么称呼我。不管是小股还是大股，我可没卑贱到乐于从他人股间胯下钻过去的地步。喂，阿睦，总之我是个双六①贩子，卖双六的都得在脑袋上缠条头巾，哪还需要剃什么月代？"

瞧你说的，阿睦继续纠缠道："这张说起话来滔滔不绝的利嘴，不就证明你是个小股潜？虽不知在京都是怎么称呼，但在咱们江户，你这种人就叫小股潜。"

谁在乎？又市把头一别，说道："总之你少在这儿唠叨，老子我想一个人静静地喝点酒。"

哎呀，让我给猜着了，阿睦把脸凑向又市，娇哆地说道。

一股女人的香气，熏得又市把头转了过去。"猜着了？你猜着什么了？"

"你是在烦恼阿叶的事吧？"

这娘儿们，还真是啰唆。

瞧你纯情样儿，阿睦撒娇地说道："难为你光顾得那么勤。不过，你这种双六贩子终日游手好闲，活像断了线的风筝，哪有能耐为自己迷恋的娼妓赎身？这种明知不可为而为的花街苦恋，可是涉世未深的小毛头才会干的傻事呀。"

我打的可不是这种主意，又市本欲辩驳，但硬是把话给吞了回去。

---

① 古代一种棋盘游戏，于奈良时代自中国传至日本。两人交互从竹筒中摇出两个骰子，根据两个骰子的点数走棋子，执棋先进入对方阵地者获胜。

哎呀，怎么闭嘴闹起别扭了？这下阿睦的揶揄更是得寸进尺："唉，不过那姑娘还真是命苦。算算这已经是第四回了吧？只能怪她生得如此标致。为姑娘赎身是好事，但迟暮之恋可是万万搞不得呀。这些好色的老不修，想必都是死于精力衰竭吧。但四回也实在太频繁了，俗话说事不过三，多一可果真不妙。"阿睦说着，在杯中注了更多酒。"被说成红颜祸水，也怪不了别人。"

　　"少抢我的酒喝。"又市一把夺过阿睦手中的酒杯。

　　吝啬个什么劲呀！阿睦瞪着又市狠狠说道："难不成是听见自己迷恋的姑娘被说成红颜祸水，生气了？"

　　"少啰唆，瞧你唠叨的，别只知道作弄人。我才不管她是祸水还是什么，为她赎身的老头儿个个魂归西天，难道不是天命？这等事，有什么好追究的？"

　　"瞧你说的，明明就一副急着刨根问底的模样。"

　　"分明就不稀罕追究。虽没什么好自豪的，但我可是个不知廉耻的无赖，哪是什么涉世未深的小毛头！什么苦恋迷恋的，压根儿不想沾惹这种麻烦事，也不会天真到起嫉心什么的。死了几个要死不活的老头儿，我怎么可能稀罕！即使他们全是趴在阿叶身上死的，也不过是巧合罢了，有什么好刨根问底的？"

　　"那你还郁闷什么？"

　　"这……"这娘儿们还真是难缠，又市心想。为何女人老是爱打破砂锅问到底？"你难道不怀疑事有蹊跷？"

　　"你是说每回为她赎身的都魂归西天？"

　　"不是。"又市将空了的酒壶倒扣在桌上，回答道，"为何她会被赎这么多回身？"

　　"这你怎么可能不明白？还不是因为阿叶是个可人儿？"阿睦眯起双眼说道，"我虽只见过阿叶几回，但她的美色，已到了让身为女人的我见了要嫉妒的程度。瞧她一身细皮白肉、冰清玉肌,连你都被迷得团团转。"

"少瞎说,绝没这回事。"

这有什么好隐瞒的?阿睦趁着醉意数落道:"这哪是瞎说?不是说她那肌肤有多诱人什么的?我都亲耳听你夸她好几回了。"

"喂,阿睦。"

"怎么了?"

不管是女人还是什么,若没人卖,就没人会买,不是吗?又市一脸嫌恶地问道。对阿睦,他的确是满心嫌恶。

这还用说,阿睦若无其事地回答道。

"但这其中难道没有蹊跷?仔细想想,阿叶可是被赎了四回身呀。"

"生得那么标致,被人赎个几次身哪是什么问题?我就认识一个逼自己老婆五度卖身的傻子,不过,那人是个嗜赌如命的混账东西罢了。"

"那家伙,老婆想必是他自己赎回来的,待人老珠黄给遣回家了,又将她卖出去。你想想,哪有人会花大笔银两为个有夫之妇赎身?即便想也赎不成吧。硬是让人给赎了出去,不就成这恩客的老婆了?总而言之,只有花钱为她赎身的家伙才能再度将她卖出去。那么,究竟是谁卖了她?"

"卖了阿叶的当然是买下她的青楼……噢,这说不通,将阿叶卖给青楼的家伙,也就是把她从前一家青楼买下来的家伙……"

"不可能。"

"噢?"

"绝无可能。自第一个为她赎身的味噌铺老店东、木材铺的老顽固、沿岸船商的鳔夫店主,到这回刚翘了辫子的当铺店主,每个都是买下阿叶后没几个月就魂归西天。或许果真如你说的,都是为她散尽家财又被搞得精力衰竭而死。不过……"

说的也是,人都死了,哪能将她给卖出去?阿睦一脸诧异地说道:"不过,你想想,阿叶还很年轻不是?通常这样的姑娘,在为自己赎身的老头儿死后,大抵会回爹娘那儿去。那么,难道是她爹娘又将她给……"

"不可能。"又市断然否定道,"阿叶老家在陆奥,爹娘想必都在穷乡僻壤过着在泥巴中搅和的日子,哪可能做得了什么?即便是爹娘卖了她,也仅在头一回有这可能。"

"那么,或许是她自己决定流落风尘的?"

"也不是。流莺、娼妓或男娼中,自己决定沦落的人的确多不胜数。但阿叶可不同。"

"怎么个不同?"

"你想想,让人赎身,不就等于签了卖身契?那么,卖身挣得的银两上哪儿去了?"

"想必是存起来了吧。"

"瞧你这只母狐狸,说什么傻话?这样一再卖身,即使存了积蓄,也无处花吧?难不成她是个只要存下银两就满足的守财奴?这种事我可没听说过。很明显,阿叶不是自己卖身的,也就是——她是教人给卖了。虽说人心不古,如今推女儿进风月场的爹娘或将妻子卖进青楼的丈夫也多不胜数,但若是让人给赎了身,债务便能偿清。哪有在自己的赎身恩人死后,还回青楼的傻子?"

的确没有,阿睦回道。

"当然没有。"

"有道理。常人当然是就此洗手,回青楼的,应该没有。不过,这么做又代表什么?"

"我正是为此而大惑不解。挑个什么样的糟老头儿为自己赎身,是阿叶的自由。与其天天接客，成天伴素昧平生的家伙温存，当个老头儿的小妾或许要好过得多。那么，在老头儿魂归西天后，选择再次进入风月场，也是阿叶的自由。毕竟世风日下，孤零零一个女人家，要讨生活可不容易，除非当个像你这种女无赖。要想糊口，大概就只有卖身了。"

女无赖那句就省了吧，阿睦抱怨道。

"难不成我说错了？"

是没说错，阿睦一脸不悦地应道："但我的日子可没你想的那么好过。"

"不过，阿叶可不像你，只能过一天是一天，想必绝对不愁吃穿。瞧那开当铺的老头儿，还为阿叶买了栋黑墙①华楼，来个金屋藏娇呢。这栋华楼，绝不是仅供遮风避雨的吧？倘若她将这栋楼给卖了，无须再度回到青楼，应当也能过得衣食无虞才是。除了这开当铺的，卖味噌的和卖木头的也都没亏待过她。而那沿岸船商，还成天吹嘘要将她扶为正室，让她继承万贯家财呢。虽然因家人反对没能成事，但也出了好大一笔银两。这些老头儿死前，理应都会留给她一大笔财产。"

"真教人羡慕。"

"你说是不是？但阿叶虽坐拥大笔财富，竟然将众老头儿馈赠的物品、华宅与家财都悉数处理掉了。"

连那栋黑墙华楼也给卖了？阿睦两眼圆睁着问道。

"卖了。光是这栋楼就能换得不少银两。何况阿叶还连……"

"还连自己都给卖了？"

"没错。所以我才认为，她应不是为了存钱才卖身的。你说是不是？"

---

①江户时代民宅围墙，以黑墙最为风流潇洒，为地位高贵的象征。

"有道理。"

"当然有道理。阿叶被四度赎身,因此也应被四度卖身。也就是说,有个家伙从青楼那头赚了四回银两。再者,四个老头儿遗留的财产,也都不知上哪儿去了。"

应是拿去供养小白脸了吧,阿睦说道。接着又将脸凑向又市,语带揶揄地继续说道:"想必是有个小白脸呢。阿叶平日装得一脸无辜,背地里分明有个小白脸,还若无其事地让恩客赎身。想必是待老公一死,就回那小白脸身边去了。"

"回去后,再让那家伙将她给卖了?她可是被卖了好几回啊。"

"否则还能如何解释?这可是你自己点出的。"

或许真是如此。不过……"真有女人傻到这种地步?"

"动了真情呀。"这下阿睦傲气十足地说道,"既然动了真情,当然是回到情郎那儿去。或许为她赎身的老头儿全被蒙在鼓里,在他们没归西前,阿睦就一直脚踏两条船呢。"

胡说八道,又市反驳道:"就算用情再深,对一个一再将自己推入火坑的家伙,哪有女人傻到痴梦不醒?这可不是一回,而是四回呢。难不成其中有什么费人疑猜的隐情,抑或这家伙是个手腕了得的骗子?"

都动情了,哪会有什么费人疑猜的隐情?阿睦说道:"动情这玩意儿,总是教人两眼昏花,鼻子失灵。来个欲擒故纵,反而更教人痴醉。来个款款柔情,便要将人给拱上天。既没什么好骗,也没什么赚头。动情就是这么回事。"

"但阿叶她……"

阿又,你怎么还参不透?阿睦伸出手来说道:"瞧你竟然傻成这副德行。债这种东西,还了就好,但若是心甘情愿的供养,可就永不嫌多了。倘若仇恨能杀死他人,痴情便要害死自己。见情郎开心喜欢,自然是欢天喜地；见情郎嫌弃自己，只怕要供得更凶。"

"原来这无关对方是否还之以情，不管对自己是讨厌还是喜欢，供养起来都是心甘情愿？那么无论是被人抛弃，还是被推入火坑，依然甘愿回头，也是不足为奇……"女人心果真如此不可理喻？又市问道。

男女不都是一个样？阿睦回答。"为阿叶赎身的老头儿们不也是如此？无论是为此散尽家财，还是将家产拱手让人，就连色欲熏心的老头儿都舍得斥巨资为意中人赎身，哪还有什么老幼贵贱之分？男女之情本就不可理喻，哪有什么成规好墨守的？如何？要不要让我供养一回试试？"阿睦将手叠到又市的掌心上说道。

冰柔的触感，又市嫌恶地抽回了自己的手。瞧你在胡说八道什么？又市骂道。

哎呀，瞧你这小伙子，连个玩笑也开不起，阿睦鼓着腮帮子说道："看来，你就是忘不了阿叶，不过是嫉妒她的意中人罢了。"

二

你连这也没听说？长耳仲藏停下原本忙个不停的手，回过头来说道。

他这相貌果然独特。身躯大脑袋小，小小的脸上长着一张大嘴，嘴里生得一口巨齿。眼鼻几乎小得看不见，一对耳朵却异样地长。就是这对耳朵，为他换来了长耳这诨名。虽然剃光了头发，但他既非僧侣，亦非大夫。表面上看，仲藏靠经营玩具铺营生。

所以大家才唤他作睡魔祭的音吉呀，仲藏再度露出一口巨齿，以粗野的嗓音说道。

"睡魔？这字眼听来还真教人犯困。"

你该不会连这也没听说过吧？仲藏问道，转过身来盘腿而坐。

"谁听说过？可是指那生在臀上的脓包？"

"那是痈肿①。这睡魔祭，就是奥州一带的七夕祭，是一种众人拉着由巨大的绘灯笼做成的彩车游行的祭典。"

"可是像放精灵船那种玩意儿？"

比那小东西有看头多了，长耳一脸不耐地说道："不都说是彩车了？用的家伙可大得吓人呢。"

"难不成是像祇园祭那种？"

也没那么悠哉，仲藏依然不耐烦地说道，并使劲伸了个懒腰。看来手头上的差事教他专注过了头。"算是个陆奥那穷乡僻壤之地的村夫俗子所办的乡下祭典吧。众人使劲敲锣，卖力跳舞，规模算得上宏伟，保证投江户人所好。"

这种事情谁听说过？又市不服输地说道。虽想就座，却找不着一块可坐之处，只因一个难以形容的怪东西铺满了整个房间。而且，这东西还散发着一股漫天臭气。

"管它有多宏伟，这东西与我何干？"臭气熏得他直想掩鼻。

"这东西真有这么臭？"

"都要熏死人了，你难道没闻到？"

看来我这鼻子老早就被熏坏了，仲藏笑道。

"即使没被熏坏，你这张脸也看不出上头有鼻子。话说回来，这到底是什么东西？"

是只蛤蟆呀，仲藏回答道。

"蛤蟆？"

---

① "睡魔祭"与"痈肿"在日文中的读音相似。

"就是儿雷也①所召唤的蛤蟆。不过,只有皮罢了。"

"只有皮?"这怎么看都不像蛤蟆的皮。都铺满整个八叠大的房间了,实在是过于庞大。倘若这真是蛤蟆皮,这只蛤蟆可就要比牛大了。反正仲藏不过是在吹牛,又市也没多加理睬,只顾着回归正题:"喂,长耳的,我想打听的既不是蛤蟆,也不是祭典,而是那男人的事。那乡下祭典规模有多宏伟,我可没半点兴趣。"

"你感不感兴趣与我何干?总之,正因那祭典规模宏伟,才邀了我长耳大人出马。正因如此,我才得以为你设的局想到好法子。"

不懂。

还是不懂?长耳说道:"其实,这乡下祭典的灯笼彩车上画的,是歌舞伎一类的芝居绘,但不是役者绘,而是像加藤清正远征朝鲜或是神功皇后这等壮阔的故事。据说,这祭典乃源自坂上田村麻吕的虾夷远征,因此画的净是这类图样。"

"那又如何?"

坐下来听我解释吧,仲藏说道。

但哪有地方可坐?

"其实,这只灯笼原本应是四角形的大灯笼。在隔扇纸上绘图,于其中点上蜡烛,便能在夜里照亮纸上的图样。但这回委托我制灯笼的,要我做点改变。"

"改变?"

"他们曾问我,能否扎出一只人形灯笼。"

"人形?要做什么?"

"就是扎成人的形状呀。说明白点,就是先以竹子什么的扎出骨架,外头再糊层纸的纸扎。"

---

① 亦作"自来也",为美图垣笑颜所作合卷(含插画的小说)《儿雷也豪杰谭》的主角,是一个可召唤巨大蛤蟆的忍者。

可是像犬张子或达摩不倒翁那类东西？又市问道。

那是纸糊做成的，仲藏回答。

"纸扎和纸糊有何不同？"

"想不到你这毛头小子，竟然连这点常识也没有。纸糊得先造出阴模和阳模，在模子里糊上纸，待干燥后自模子里取出，再施以颜料着色。纸扎玩具则是先扎出一副骨架子，外头再覆张纸，做法和灯笼差不多。两者可是截然不同的。"

有道理。犬张子里头的确没有骨架子。方才一时仓促没想清楚，原本还纳闷只用纸哪能糊出个形状来，这下方知原来是这么个方法。

"好吧，这下我似乎懂了些。不过用纸扎，无法做得足够细致，是不是？"

"没错，用纸糊较能还原细节，但可无法将东西做得比人还大。毕竟得先做出个与实物同样大小的模子才成，大佛什么的哪是三两下就能造成的？何况阴模还得比实物大，有几人造得成？又不是每年都得做个同样的东西，造模要比翻模还费事。况且，纸糊的纸，纸质厚透不了光，也做不成灯笼。你想想，在达摩不倒翁里点根蜡烛，当得成灯笼吗？总之，这些客官要的，可说是个形状奇特的提灯，但这可是个天大的难题呢。因此，非请本大爷出马不可。"仲藏拍拍胸脯说道，"不管是大舞台布景还是大小道具机关，杂耍场里的妖魔鬼怪到人形傀儡，抑或各类孩童玩具，我长耳仲藏保证样样精通。"

"喂。"又市拉回原本卷起的衣摆，惊讶地盯着仲藏问道，"原来你不只是个开玩具铺的？"

"也算是个开玩具铺的。"

"你这算哪门子的玩具铺店东？尽做些稀奇古怪的东西，像是能伸长脖子的和尚、一张脸能化为婴孩的地藏什么的，这些哪是孩子的玩具？我可没见过有谁背着这类玩意儿四处兜售。瞧你老为戏班子或杂耍场干活儿，看来对做戏依然难以忘怀呢。"又市嘲讽道。据传，仲藏其实是个名角的私生子。

"有什么好难以忘怀的？仲藏先是合上大嘴，接着说道："阿又，你也瞧瞧我生得这副德行，除非找我扮个高头大马的夜叉，否则就算天塌下来，也轮不到我当戏子。我的舞台，就是这大千浮世，要变就真变出个样儿，要骗就骗个彻底。我的观众，就是世间的芸芸众生。"

"你就别再吹嘘了，说说那睡魔还是睡佛什么的究竟是个什么玩意儿吧。"

噢，仲藏应道，同时又摸了摸自己的大耳，这是他的怪癖。"也不知是从哪儿打听到我的，一个津轻藩的藩士来委托我做出这东西，并保证事成后支付二十两。二十两可不是个小数目呢。因此，我便想到了这种做法。"

"什么样的做法？"

"首先，我塑了个小巧的泥巴人偶。虽说小，但也有两尺高。接着，再将撕细的小竹签朝这泥人上糊。将这些小竹签漆上不同颜色，并在上面标上号码，再将这些号码记于图上。接下来，只要小心翼翼地自人偶上剥下竹签，依竹签比例削出大竹签，再按号码扎起便可。"

"哦？完全听不懂。"

"想不到你竟然蠢到这地步。如此一来，只须依比例放大或缩小，便能按图造出大小不同但模样相同的制品。以十倍百倍长的竹签扎出骨架，便能造出十倍百倍大的东西。只要在骨架上糊层纸，便能造出与泥巴人偶一样的纸扎玩具。"

"噢。原来是这么个道理。造得还顺利吗？"

"当然顺利。承蒙本地百姓鼎力相助，如今只要漆上颜色，便大功告成。想不到穷乡僻壤竟也不乏高人，我就和本地的绘师一同画出了一幅气势恢宏的图画。当然，也赚进了满满的银两。这栋屋子，就是靠这笔银两买下的。"

"原来是这么回事。"又市平日便常纳闷,这理应过得有一顿没一顿的玩具铺店主,怎能买下这栋位于朱引①内的宅第——虽然位于朱引的最外围,还残破不堪。原来背后是这番经纬。

"真得好好感谢那睡魔大神明什么的才成。若是没这栋屋子,我哪可能避开外人的瞠瞠众目,造出这么大的东西!"

"大倒不要紧,但真是臭气熏天呀。"

我可是熏了好一阵呢。仲藏把脸凑向这张蛤蟆皮,嗅着说道。

"不管是用烟熏还是用火烤,这东西臭就是臭。幸好你这屋子在荒郊野外,周遭若有人住,肯定要把邻居们给熏死。"

"正是为此,我才买下这栋房舍的呀。比起臭气熏人,你没事便在深夜里敲人家门,岂不是比我更不懂得睦邻之道?坐吧。"说着,仲藏稍稍卷起这张看似幕布的东西,为又市腾出个位子,又说道,"总而言之,我这回正在利用当时造纸灯笼的手法,制造这个幻魔术变出的大蛤蟆。"

"这也是纸糊的?"

"不。该如何形容呢……噢,该说是个大皮球吧。"

"大皮球又是什么东西?"

"戏里的儿雷也,不是常轰隆轰隆地变出一只大蛤蟆?通常这蛤蟆都是以纸扎充当,并不是由人扮演,只不过是从布景后头露出来晃一晃,顶多再放出一阵烟雾,无趣至极。因此——"仲藏自怀中掏出一只纸球,"这回有人找上我,委托我造个能像纸球般一吹就胀的行头。原本是扁平的,待戏子一打手势,顷刻间便能吹胀。"

"这种东西哪造得出来?"

---

①日本江户幕府时代用以形容江户范围的用语,起源为江户地图上会以红线围出江户地域。

老子有什么造不出来的？仲藏露齿笑道："用纸的确不行，就算胀起来也不成个样儿。东西这么大，要顺利吹胀更是难上加难，若要是个老头儿吹，肯定要吹到气喘而死。即使以风箱代劳，不仅纸可能被吹破，即使吹起来也无法成形。纸糊的东西毕竟需要骨架，看起来才像样儿。"

"那还用说？纸那么薄，哪竖得起来？"若是折成的纸，或许还能成形，但中空的袋状要想竖起来，的确难于登天，保准教纸自己的重量给压塌。这点道理又市倒是懂得。

"因此，"长耳自镇坐一角的药柜中取出一只泥偶，凑向又市说道，"瞧瞧这只蛤蟆，是依照我自不忍池抓来的大蛤蟆捏成的。"

捏得还真是活灵活现、几可乱真。这家伙果然有双巧手。

"只要在这上面糊上几层薄纸，晾干后划上几刀谨慎剥下，再将剥下的纸裁成细小的纸模。"长耳又自药柜中取出几张小小的碎纸头让又市瞧，"将这些纸头拼凑起来，就能拼出一只同样的蛤蟆。接下来，只消依先前提及的纸扎法便能完工。将这放大，便能造出一只巨大的蛤蟆来。"

"但这依然是纸糊的不是？里头少了骨架，造得太大不就要塌了？"

所以，我这回不就用皮造了嘛。长耳卷起铺在榻榻米上的异物说道："况且，这可不是普通的皮。我先将兽肠煮熟、泡鞣、晾干，浸入药汁腌渍后熏烤，再上一层釉。"

"什么？"又市再次被吓得惊惶失色，"如此催人作呕的东西你也敢碰？"

你这个卖双六的，胆子可真小呀，仲藏笑道："你连兽肉都吃了，哪有资格嫌这东西恶心？世上可没几个东西像这层皮般既薄且韧，密不透气，还能伸缩自如。一般的皮料会过厚且欠柔，布料有线孔又包不住气，因此我才研制出这种东西。但若未经加工，这东西便会迅速腐坏，加上薄皮又怕刮伤，稍稍破个孔便万念休矣。因此，我才想到先于药汁中浸泡，晾干后再上釉这法子。"臭味难道还没消？仲藏皱眉纳闷道。

"我不都说要熏死人了？虽不知这臭气究竟该如何形容。"

"别这么说，原本的腥味已经减了不少，现下熏人的反而是药味吧。看来这道程序完工后，或许该再熏上一回……还是焚香染个味呢？"

"这臭气，光凭焚香哪去得了？"话毕，又市摸了摸这层皮。的确是又薄又韧，异于又市见过的任何材质，触感和人的皮肤似乎也有些相似。

可这东西有个难题，仲藏说道。

"什么难题？"

"颜色！这个颜色无法交差，而且也上不了颜料。现下正在苦恼该如何为这东西上色。不知煮染是否有效……否则一只蛤蟆竟是人的肤色，哪像样儿？"仲藏摸了摸耳朵说道。

的确有理。这颜色看起来压根儿不像只蛤蟆，反而像个蜷着身的相扑壮汉。

"倒是，这东西……吹胀了真能像只蛤蟆？"

当然，长耳回答道："我正在将几块小皮黏合成一张大皮。需要将它们依纸模的形状剪裁，再加以缝制。但又得避免气从戳出的针孔泄了，因此只得用溶胶将缝合处给……"说着，长耳拔出插在身旁壶中的细毛刷。只见刷毛上蘸有黏稠的汁液，盛在壶中的是不知名的褐色黏稠药液。这个头虽大却有着一双巧手的玩具师傅刮去刷毛上多余的药液，谨慎地朝像是缝合处的部位涂了几笔。"只要来回涂个几回，就能将针孔完全塞住。但又得避免让这些缝合处变得太硬，使整张皮失去弹性。"

"这东西有弹性？"

"弹性可大了。我事先缝了一只袋子试了试。即使不及刚捣好的年糕，至少也如女孩的脸颊般有弹性。"

"我可没掐过女孩的脸颊，哪知道那是多有弹性？"

"下回去掐个娼妓的脸颊试试吧。总之，用这东西缝制而成的蛤蟆，叠起来大小仅如一件单衣，但若用大风箱充气，只消数上二十或三十个数，便能胀成一匹马般大小的蛤蟆。演出时，便能趁施放烟雾敲击大鼓时，迅速吹胀成形。"

够了够了，又市打断了长耳的解释，今儿个可不是为了这个来的。

"方才，不是提到那叫睡魔还是睡佛什么的乡下祭典？我正等着你把那究竟是什么东西说明白呢。你这家伙就是这副德行，说起话来和你的长相同样不着边际。耳朵倒是挺长，可你该不是忘了方才我打听的，是阿叶的事吧？"

"当然记得。我说的不正是阿叶那小白脸的事？"

"我可没听见你说。"

"哪没说？是你自己没听清楚。该说的我都说了。阿叶的男人，就是那睡魔祭的音吉。这件事，平日爱逛花街柳巷的个个都知道。"

我是个双六贩子，又市回道："本就与花街柳巷无缘。这男人这么有名？"

"颇有名气。我与他仅有一面之缘，但他在吉原一带似乎是个无人不知的角色。"

"你见过他？"

"见过。上那头时见到的。"

"那头——指的是奥州吗？"

"没错。正是在陆奥。一开始不就说了？我造的彩车在那儿的祭典里大出风头，就是在那儿碰上那家伙的。"

"那家伙叫什么来着——音吉？"

"没错。那家伙在那里也颇受瞩目。大家都唤他作年年造访睡魔祭的江户美男。毕竟，江户人待在那地方原本就罕见。"

年年造访……"他上那种穷乡僻壤做什么？"

"还不是为了做生意？年年都上那儿卖些江户的日用杂货，再采买些当地名产，例如绢布、丝绸、纸布什么的。不过，表面上是从事这种生意，实际上其实是去物色姑娘的。"

"物色姑娘？他可是个好色之徒？"又市问道。

不，不是说过是去做生意嘛。长耳回答。

"物色姑娘哪算是做生意？难不成他专与乡下姑娘谈情说爱，好趁机兜售些梳子发簪什么的？"

"哪来这种闲情逸致？音吉再怎么说也是个在商言商的江户人，真的是去做生意。"

"一个卖日用杂货的，除了这还能做些什么生意？"

老实说，音吉其实是去买人的，长耳说道。

"买人？"

"没错，买人。音吉干的，正是买卖人口——不，音吉只卖不买，其实是个将姑娘卖给青楼的人口贩子。"

"喂，没先买人，怎么卖？难不成是掳人来卖？"

这年头哪还能随便掳人？长耳一脸不耐烦地说道。

"不付钱就把货拿走，是盗窃。货物若换成人，不就是掳人了？"

"你想想，阿又。音吉若是去掳人，为何年年都去奥州？或许世间仍有干掳人这等野蛮勾当的，但每到一地也仅能干一回，哪有人敢在同个一个地方屡屡勾引良家妇女？奥州即便是穷乡僻壤，百姓看见掳走自己女儿的家伙大摇大摆地回来，也不至于傻乎乎地热情相迎。噢，话说回来，音吉这家伙，天生就虚有其表。"

"虚有其表也有天生的？"

"当然有。阿又，瞧瞧我生得这副德行，即使一路倒立而行，也没姑娘会看上我。你这家伙生得一脸细皮嫩肉，想必不会懂得这个道理。凭我这长相，姑娘即使看到我时嫣然一笑，对我也不会有半点意思。要想走桃花运，除非换个脑袋瓜子。有人则与我恰好相反。音吉这家伙，可是生来就注定要将姑娘们迷得神魂颠倒。那家伙的长相，比许多戏子都要俊俏呢。"话及至此，仲藏先是摸了摸自己怪异的脸，接着突然咬牙切齿地说道，"不，还不仅是俊俏而已。他年纪比我还大，都四十好几了。"

"喂，难不成你还不到四十？"

长耳这副长相，说已年近五十，只怕都有人相信。

"或许在你这种小伙子眼里，四十和五十看起来都一个样。总之，男人只要上了年纪，都是一副龌龊模样。但音吉年过四十，看起来仍青春无比，这可就非常人所能及了。他也没施什么妆，就让姑娘们个个怦然心动。"

"怦然心动……这关咱们什么事？"又市问道，纳闷这家伙为何老爱岔题。

"怎么不关我们的事？那些乡下姑娘，个个被音吉的俊美模样给迷得神魂颠倒呢。"

"如此一来，再以甜言蜜语加以哄骗？"

"音吉这家伙似乎不会耍什么伎俩勾引姑娘。是姑娘们自己被迷上的。况且……"

"怎么了？"

"迷上音吉的姑娘们都跟着他，一晃眼就消失了踪影，村子里的人都以为是神隐。"

"神隐？"

"是呀。其实哪有这种事？我和音吉同乘一艘船返回江户，方才知道实情。原来，那些姑娘是自己跟上来的。"

"自己跟上来的？怎么听来活像是与母狗失散了的小狗？"

没错，每年似乎都会跟来一两个，长耳说道。

"听着活像是狡辩。"

"音吉自己的说法是，人不是我带回来的，既没诓骗，也没强逼。唉，其实这么说的确是对了一半。他也解释，那些姑娘怎么劝也不愿回头，到头来，便一路跟到江户来了。"

"且慢，长耳的。这些姑娘就这么一路跟到了江户？他怎么不在途中将她们赶回去？稍稍赶个人不就得了？"

"说是怎么赶也赶不走，但真正原因其实是，音吉是自青森乘船归返的。"

"乘船？"原来如此。都上了船，当然是想走也走不了。

听来的确像狡辩，是不是？长耳说道。

当然是狡辩。

"小姑娘哪可能只身自陆奥走到江户？但若是上了船，便是想回也回不去，只得乖乖来到江户。古怪的是，这些姑娘登船时，那家伙总会伸手将她们拉上来，完全看不出有丝毫劝姑娘们返家的念头。但表面上，他解释是姑娘们执意跟上来的。随后……"

"难不成就将她们卖进了青楼？"

"当然是将她们给卖了。那家伙自奥州把人拐来，一个个都卖进了青楼，活像是放饵钓鱼。"

"不过，我还是怎么也想不透。不管那家伙是如何解释的，这怎么看都是掳人，即使手法体面些，还是和诱拐没什么不同。"

"当然没什么不同。方才我不都说了？睡魔祭的音吉，其实是个人口贩子。"

"人口贩子,可是指那些买卖姑娘的女衔①?"

"正是。音吉表面上是经营一家名为睦美屋的杂货盘商,但这招牌可没什么人相信。实际上,睦美屋卖的就是姑娘,随时都有五六个乡下姑娘或落魄娼妓在店里头窝着。"

"你所说的只卖不买,指的就是这么回事?"

"就是这么回事。"

太凄惨了,又市感叹道。

当然凄惨,长耳继续说道:"不过这些姑娘哪可能心甘情愿被推入火坑?"

这点直教又市参不透。被人勾来又给卖了,有谁会甘愿?

"这就是问题的症结了。将姑娘带到江户后,那家伙想必先来番甜言蜜语——我也知道姑娘对我一见钟情,但碍于身份,我终究无法和你有个结果。当然不可能有什么结果,因为音吉已经有老婆了。"

"那、那家伙已有家室?"

"当然有。他可是人家的赘婿呢。睦美屋的老板,其实是音吉那名曰阿元的老婆。在那家伙入赘前,不过是家单纯的杂货盘商。总而言之,那家伙会苦口婆心地如此相劝:我们既然无法结为连理,奉劝姑娘还是早日归乡。"

"早日归乡……"区区一介弱女子,岂不是想回也回不了?

"当然回不了。但乡下出身的纯朴姑娘,哪可能在江户这精明人都难免上当的鬼地方讨生活?音吉这家伙逼人返乡逼得越急,姑娘也就哭得越凶,直泣诉不回去、回不去什么的。唉,当然是想回也回不去。见状,这家伙竟——乘人之危发横财。"仲藏面带嫌恶地说道,"那家伙表示自己第二年仍会上奥州参加睡魔祭,在那之前愿先收留她们,

---

①江户时代专门拐骗妇女转卖青楼的人口贩子。

如此哄骗过后，就将姑娘们带回店里头了。"

"但店里不是还有个老婆？"

"有没有老婆有什么差别？又不是带个偏房回去。只要被带进店里，姑娘就不再是姑娘，而成了货品。睦美屋里总有好几个被沽了价的姑娘，只要成了其中之一，可就万事休矣。起初的确照料得无微不至，距下回睡魔祭还有好几个月，姑娘们哪好意思就这么赖着？何况人家还有个老婆，哪可能大喇喇地赖在那里，吃人家近一年的闲饭？常人当然要感到难为情。"

这哪是大喇喇地赖着？又市咬牙切齿地说道。不过话老早说在前头，打一开始，音吉可就苦口婆心地劝这些姑娘回去了，仲藏回答。

"这不过是个借口吧。任他再怎么劝，只要人一上船，结局如何大家都晓得。"

"可不是这么回事。姑娘们本就纯情朴直，驶往江户途中，音吉又数度晓以大义，到头来姑娘们全都认为这只是自作自受，全得怪自己一时错爱惹了祸，为此深深反省。不知不觉间——"

难不成……"喂，难不成……就自己表明愿意堕入风尘之中？"

"没错，大概就是这么回事。睦美屋中原本就有数名被卖了身的女子，或被青楼给撵出来的娼妓，新来的姑娘就混进这群人里头。"

"如此说来，难道阿叶也是如此？"

瞧你这德行，长耳大笑道："活像是教臭鼬放屁给熏昏了，未免也太没出息了吧。没错，把你给迷得团团转的阿叶，老家不正是奥州？她正是个为音吉的俊容所惑，甘愿背井离乡，不巧还与我同船来到江户的穷苦村姑。"瞧你这纯情的小伙子，仲藏语带不屑地向事到如今仍如此惊讶的又市说道，"唉。阿叶的确是个楚楚动人的可人儿，不难理解为何将你给迷得神魂颠倒。但对音吉而言，她不过是株上等的摇钱树。我说又市呀，音吉可不是个普通的女衒，而是个人口贩子。

这种家伙的手段，就是接二连三地推人堕入风尘。你可听说过品川宿有个名曰阿泉，老得只剩半条命的盛饭女①？"

"哪可能听说过？江户我可没多熟。"

"没听说过？总之，这阿泉已是个五十五六的老娼妓了。她也是被音吉给卖了的。阿泉刚进青楼时在吉原讨过生活，据说曾在大篱②待过，但并未持有自己的房间，不再风光后，又沦入小见世混饭吃，但也得以在那儿待到芳华尽逝方才引退。你猜猜后来怎么了？"

"这我哪猜得着？"

"她找上了恩客音吉。都已经人老珠黄了，也不知音吉是怎么劝的。总之，阿泉后来又进了冈场所③。"

"被卖进去的？"

"当然是被音吉卖进去的。即便老娼在吉原已无法立足，在深川还能凑合凑合。即便没什么行情，至少也能卖几个子儿。在那儿混了一阵子饭吃，接下来又被转卖成宿场女郎，一路下来就沦为品川的老盛饭女了。阿泉自年轻到老，一辈子都无法逃离青楼，活像是让那个混账吃了啃了还不够本儿，连同骨髓都被吸干。"

"这混账，指的可是音吉？"

"当然是他。阿叶是个能卖上好价钱的上等好货，但行情再好，还是有人抢着为她赎身。待斥资赎身的老头儿魂归西天，她又活蹦乱跳地回头，还能将她高价卖出好几回，世间有什么生意比这更可口？"

"原来是这么个盘算。"

但这倒是令人生疑，仲藏说道："一回也就罢了。四回难道不令

---

①日本江户时代在沿街旅店为旅客盛饭或干杂务的女人，也从事卖淫。
②依江户时期规定，吉原的娼馆以篱的高度分级。最高级的娼馆高达天花板，称大篱；仅及其一半或四分之三者称半篱；篱仅高二尺者称小见世。
③不受官府认可的花街柳巷。

人生疑？音吉那家伙该不会是尝了一回甜头，打第二回起，就接连将为阿叶赎身的老头儿给杀了吧？"

话及至此，突然有人推开了门。

仲藏机警地转过硕大的身躯，只见一个看似小掌柜的细瘦男子将脸凑进屋内。

抱歉叨扰，男子一脸恍惚地说道。

"混账东西！老子都教你给吓了一大跳，还什么抱歉叨扰？想进来，至少先敲个门懂不懂？"骂完后，仲藏转头向又市说道，"阿又，别担心。这家伙叫角助，是个损料屋的小掌柜。"

"损料屋？"

"阿又……你就是阿又大爷？"听闻长耳这番话，角助如此问道。

"有什么不对吗？没错，我就是阿又。"

"噢，你果然在这儿。原来你就是那叫双六贩子阿又的新手。有个自称是你同伙的家伙在前头路边碰上了点麻烦。"

"我同伙？"

还吩咐我若是见着你，就让你去帮他忙，角助说道。

三

多谢多谢，这真是地狱遇菩萨呀，卖削挂[①]的林藏擦拭着额头上的汗水说道："只约略听闻长耳大爷住这一带，但不知是哪栋屋子。只猜想姓又的或许在那儿，但不知地方在哪儿，当然是无从找着。就在我急得不知该如何是好的当头，正好看见角助大爷打眼前走过。之前

---

① 一种祭祀用具。将树枝等削薄，使所削部分呈涡状，如花朵般下垂。为造纸术普及之前的供神币帛。

就听闻角助大爷与长耳大爷交好，便向他打听，这下果然找着人了。"

"我对这番经纬可是毫无兴趣。喂，姓林的，已是三更半夜，你在这伸手不见五指、抬头不见人影的地方做什么？"

只见一辆半边轮子嵌在沟渠中的大板车斜卧路旁，车后还倒着一口比酱油缸还大的缸。

"在这儿做什么，瞧我这模样不就明白了？唉，需要力气的差事，我总是干不来。"

若是看得明白，我哪需要问什么？又市回道。

林藏是又市在京都时结识的，同样是个满脑子鬼主意、凭舌灿莲花之术讨生活的不法之徒。

"那口缸是盛什么的？姓林的，你该不是打算酿酒吧？"

"这哪是缸？难道你两眼昏花了？这可是桶呀。"

"桶？是洗澡桶吗？"

"是棺桶啊。"

若是如此，这只棺桶可真大。手提灯笼的仲藏蹲下身子说道。出于好奇，他也来凑热闹。"说起来，林藏，你怎会知道角助和我是同伙？"

大家都是同道中人，这种事哪可能推敲不来？林藏笑道。

"少给我扬扬自得。你和阿又一样，不都是嘴上无毛的小伙子？小心推敲过头，随时可能引火自焚。话说回来，这桶是要用来装什么人？瞧它大得吓人，应是特别订制的吧？"

"不不，仲藏大爷。"林藏拍了拍棺桶说道，"该装的人已经在里头了。正是因为如此，我才无法独自将桶给抬回车上。幸好这下连长耳大爷也来了。我这同伙也和我同样手无缚鸡之力。喂，阿又，还愣在那儿做什么？快过来帮个手，再这么耽搁下去，可要误了人家投胎了。"

看来林藏是将这只大桶——不，该说是这具尸首——载在大板车上，也没提灯就拖着车走到了这儿来。

又市心不甘情不愿地搬起桶底。幸好绑在棺桶上的绳子没断，桶盖没被掀开。若桶内真如林藏所言盛有尸首，抬起来当然骇人，但只要不看到尸骸的面容，或许还能忍受。

即便三人联手，抬起来仍然吃力。

"喂，林藏，这里头究竟装了什么东西？当真是尸首？"

"别净说些蠢话。棺桶当然是拿来装尸首，否则还能装什么？不过死尸竟然这么沉，还真是出人意料。"

"真是沉得吓人。单凭咱们哪抬得动？你平日尽卖些讨吉祥的东西，这下怎么连这么不祥的差事都肯干了？"

只闻三人抬得桶箍嘎嘎作响。

留神点，林藏高喊道："若在这种鬼地方掉了桶箍，咱们可要吃不了兜着走了。"

"吃不了兜着走？还不都是教你给害的。这月黑风高的，还是在这浅草外的田间小路，有哪个卖讨吉祥东西的会挑此时此地拉着如此沉的尸首四处闲晃？你这混账东西！"

此时重心突然一移，想必是桶内的尸首移了位。桶底若破了，可就麻烦大了，林藏赶紧伸手朝桶底一撑。

"且慢且慢。林藏，咱们不是得将这桶给抬到大板车上头吗？看来不先将桶扶正，想必咱们抬不动。好好给我撑着。"长耳说道，旋即放开了抬桶的双手。"看来这具尸首已经掉到底端，想必已没多沉了。你们俩就这么斜斜地抬着，好让我将桶给拉到大板车上。"话毕，长耳转头望向后方喊道，"喂，角助，别净在那头看热闹，过来帮个手。"

旋即见角助自黑暗中现身。分明说好要在长耳家中等，还是跟了过来。你这家伙，使唤起人来还真是没良心哪，角助发着牢骚，一把握住了大板车的车轮。"要我怎么帮？"

"还能怎么帮？我推，你就拉。别担心，车轮应不至于断裂。"

"我可是担心得很。"

"住嘴。论使唤起人没良心，有谁比得过你们店那大总管？再给我啰唆，当心我往后不再承接你们店的差事！"长耳咒骂道，同时纵身入沟，开始推起大板车。

从这番话听来，长耳仲藏似乎不时会为角助效力的店家——位于根岸的损料商阎魔屋——干点活儿。

损料屋从事的主要是租赁寝具、衣裳、杂货等的生意。换句话说，一般人提到损料屋，便要联想到出租棉被或衣裳什么的。这行生意不售卖货物，而是收取租金，损料指的就是这租金。这行生意不按出租这行为计价，而是依货品出租所造成的损失，即减损的部分收取银两——此即损料这称呼的由来。由于生意建立在减损的赔偿金上，此类店家便被称为损料屋。

怎么想，都无法想象经营玩具铺的仲藏与这类店家能有什么关系。

不过，阎魔屋不仅出租衣裳与棉被，上至大小家具、武器马具、工匠行头，下至砧板菜刀、各类食器，乃至婴儿的襁褓，都能张罗。即便是常人难以取得的古怪东西，也能委托长耳代为打造，经营内容可谓千奇百怪。

就当是豁出去吧，角助心不甘情不愿地开始拉起了大板车。这家伙瘦弱得像个没施过肥的黄豆芽，与其说在拉车，不如说是角助贴在大板车上，让仲藏推着。

随着一声沉甸甸的巨响，大板车终于被推回田埂。

看来并没被伤着，仲藏弯下巨躯，确认车轮完好后说道："或许转起来会有点嘎嘎作响，但应能再撑上一阵子。话说回来，这棺桶究竟要送哪儿去？寺庙在……喂，林藏，你该不会是走错了方向吧？寺庙早就过了，前方全是田地，可没什么墓地呀。"

送到哪儿都成，林藏回答道："只要找个好地方一埋，略事凭吊就行。只要不是在城内……"

"什么？"又市不由得松了手，棺桶随之朝林藏那头倾斜。

"喂，阿又，你这不是在帮倒忙吗？谁叫你放手了？"

"还怪我放手？姓林的，这儿可是江户，不是京都！你这混账竟以为只要出了城，就到处是墓地？你是把江户当鸟边野还是化野了？"

"我明白我明白。都说我明白了，求你千万别放手。我说长耳大爷，你快帮我把车拉来吧。这小伙子血气方刚，我可不想再受他的气。"

来了来了，仲藏将大板车调了个头，将车台朝桶底缓缓一塞。

"轻点轻点，别反而把大板车压垮了。"

将棺桶一端放下，推上车台后，大板车果然嘎嘎作响地倾斜了。车一斜，棺桶立刻又倒了下来。又市连忙撑住桶身，林藏则试图将脱落的捆绳给绑回去。不成不成，仲藏一把抢过绳子说道："绳我来绑，你们给我好好撑住。就知道会是这么个情况，我特地带了粗绳来。"

仲藏捆起绳来果然熟练。

轻松差事还能应付，花力气的可就干不来了。这儿不比那头，至少还有玉泉坊那家伙可找，林藏边望着仲藏捆绳边说道。

这玉泉坊，是个力大无穷、曾在京都与又市一伙人结伴为恶的酒肉和尚。

怎么想，都感觉其中必有蹊跷。

一逮住时机，又市便自棺桶上抽手，一把揪住林藏的衣襟。"喂，姓林的，你该不会是在盘算什么勾当吧？"

"说什么傻话？别把我当傻子。咱们都沦落到这步境地了，我哪有胆子再像上回那样干蠢事？若再闯个什么祸，只怕连江户都要容不下咱们了。"林藏挣开又市的手说道。

"知道严重就好。那么,林藏,给我个解释。"

"要个解释?你什么时候变得这么亲切了?可不记得你曾向我讨过任何解释。在浅草的……地名我记不得了,总之就是那脏乱不堪的鬼地方,不是曾有团女相扑在那儿比赛?"

你指的可是元鸟越的严正寺举办的开龛①?仲藏说道:"香具师源右卫门设的那场。"

没错没错,闻言,林藏一溜烟地跑到仲藏跟前。"记得好像办了十日左右。"

"我也去看过。只算得上是平凡无奇的女相扑赛局,但压轴好戏是那名叫什么来着的巨女——记得是阿胜吧,上土俵比赛时是有点看头。据说这巨女出身肥后国天草村,体重近四十贯②。"

没错,她就叫阿胜,林藏说道:"这个阿胜,昨夜突然猝死。"

"那巨女死了?难不成……"仲藏定睛凝视捆得牢牢的棺桶问道,"窝在这里头的,就是那巨女?"

"一点也没错。她胖成那副德行,活动起来肯定处处是负担。虽被称赞为是个待人和善、时时关照班子内众人的大姐大,但你们瞧瞧,世人还真是无情啊。阿胜一死,一行人就连忙卷起铺盖、收拾行当走人了。"

"卷起铺盖,却把遗骸留下?"又市望着棺桶问道。

"没错。最困扰的就是班子原本寄宿的长屋中的家伙。这也是理所当然,就连源右卫门也装成一副事不关己的样子,宣称租金已在事前付清,其他的都不关他的事。总而言之,这硕大无朋的遗骸就这么给留了下来。"

"唉,这当然是个困扰。"

---

① 寺院在特定的日子将平日深锁的佛龛开启,供人礼拜龛中秘藏的佛像。
② 日本旧度量衡的重量单位,1贯等于3.75千克。

"哪有什么比这更困扰？唉，这阿胜也真是可怜，一个对众人如此关照的大姐大，死后就让人这么给抛下。总而言之，这遗骸虽沉得难以搬动，但再这么放下去，是要腐坏的。这时节，尸首腐烂得虽不似夏季迅速，但想必也撑不了几日。因此，我就……"

自告奋勇地接下了这份差事？仲藏不耐烦地说道："你这家伙还真是好管闲事。要你帮这种忙，换作常人早嘀咕个一两句，把事推回去，让举办人办便得了。不对，这开龛的举办人，不就是严正寺吗？"

"寺庙那头，打一开始就推成事不关己似的，否则长屋那些家伙怎会如此困扰？我当然不忍心装得一副眼不见为净，否则岂不要辜负我絮叨林藏这个诨名？再者，你怎知道我没推辞过？但他们表示这是场为庙方开龛吸引香客的化缘相扑赛，待事办成了，庙方还要赏些银两，保证皆大欢喜。苦口婆心一番委托，教我无法推辞。谁知庙方竟一个子儿也不愿支付，就连诵经超度也不肯，谁说信佛的是慈悲心肠了？"

"慈悲心肠佛祖或许有，但和尚可就难说了。可是，这一带分明有不少寺庙啊。"

"这么个大个头，哪个墓地埋得下？"

这尸骸个头的确不小。

"唉，其实随便找家寺庙悄悄朝里头一扔，当个无缘佛逼庙方供养，也未尝不可。但如此硕大的尸骸，搬运起来肯定惹人注目，即便要找草席裹一裹，也得用上好几张，根本无从避人耳目。此外，这么个庞然巨躯，任谁都能一眼认出是什么人。这阵子阿胜在浅草一带可是鼎鼎有名的大人物，这么做只怕要牵累长屋那伙人。因此，我只得与严正寺和源右卫门商量了一下。"话及至此，林藏站起身来，朝棺桶使劲拍了一记，"让他们一同为我张罗了这个东西。"

"一日就造好了？"

"也不知他们是如何张罗的。这种东西造起来既耗时又耗财,订制起来肯定得花上不少银两。总而言之,举办人和庙方却说什么也不愿让步。都靠阿胜这庞然巨躯赚进不知多少银两了,竟然连这点香油钱也不愿支付。"

"难不成要他们拿这尸骸来比赛?"又市一脸嫌恶地说道。

林藏竟然回答:"教你给说中了,真不愧是我的弟兄。我也是这么说的。总而言之,死缠烂打保证能尝到甜头。我把这只棺桶运回长屋,事前还找了六人合力将尸骸给塞了进去。毕竟人穷不得闲,那些家伙之后便拒绝与这场丧事再有任何瓜葛。接下来,我又同长屋那伙人和房东商量,讨了点埋葬的工钱。"

向他们敲诈了多少?长耳问道。此时棺桶已牢牢固定住了。

就一两一分,林藏回答:"只凑得了这么多。我几乎要把长屋那伙人倒过来使劲甩了,还是甩不出几个子儿。房东出了一两,长屋那伙人合凑了一分。若能再多讨些,我还能雇个帮手,但就这点银两,也只能独自干了。因此,我便将棺桶一路给拉了过来。想不到这差事竟是如此累人,才发现自己赔大了。"林藏使劲吐了口气。

你还真是个大善人哪,又市揶揄道:"瞧你蠢的,竟然连出于悲天悯人的善事与挣钱糊口的差事都分不清楚。姓林的,你老是栽在这种事上头。若真的同情这巨女,或真心想解长屋那伙人的窘境,你根本分文都不该讨。"

"姓又的,你可别胡说。我干这事可不是凭义气。难不成大夫把脉收银两,就代表收银两的大夫都不想为人治病?没这道理吧?大夫当然想把病治好,因此为治病把脉,也收个把脉钱,还收点药钱。可别将想把病医好的良心,与为挣钱治病的行止混为一谈。若是当个生意,干多少活儿当然得收多少子儿。更何况我这还是个赔钱生意呢。"林藏搓揉着脚踝说道,"想不到竟然这么辛苦。那地方叫元鸟越还是什么来着？花了我两刻半，才从那头拉到这儿来。"

仲藏笑道："卖吉祥货的，你这就叫活该。接下来，你还得挖个洞才能埋这只桶，这才真叫辛苦呢，保证你挖到天明还——"仲藏嘴没合上，交互望着林藏与棺桶。

这庞然大物，看来得挖个比普通墓穴大三倍的洞才埋得下。

"你可想到该往哪儿埋？想必是在打盐入土手那一头的主意吧。那头可远着呢，凭你一人哪拉得动？我可不认为桶倒了就得搬救兵的你，有力气将这东西给埋了。"

"这我当然清楚，因此我才来找又市这家伙……"

"喊！"又市别过头去说道，"这种忙傻子才帮。即便一两一分全归我，也别想打我的主意。长耳这家伙说得没错，你这就叫活该。胆敢梦想靠人家遗骸发财，这下遭到天谴了吧。"

"你在胡说些什么？遭天谴的是你自己吧？况且，绊倒我的可不是什么降天谴的鬼神，而是那个东西。"林藏指向一株枝杈茂密、高耸入天的橡树说道。

"瞧你还真是胆小如鼠，竟然教一株树给吓着了。"

"别瞎说，给我瞧个清楚。"

只凭月光，哪可能瞧得清楚？！走近橡树用灯笼一照，这才发现树枝下似乎挂着个什么东西。

该不会是碰上钓瓶卸妖怪了吧？又市嘲讽道。难不成你是两眼生疮了？林藏却双颊不住痉挛地回道。

"除了这株树哪还有什么？挂在树枝下头的究竟是——"

"林藏，"仲藏突然插嘴问道，"你该不会瞧见有人自缢吧？"

"自缢？"一行人这才发现，吊在树枝上的似乎是条腰带。

"混、混账东西，此话可当真？"

当然当真，林藏缩起脖子回答："当时我浑身是汗地拉着这东西，路过此处时，突然瞧见那上头吊着个人影……"

"你这混账，瞧见这种事怎不早说？现在哪还顾得上扶起那棺桶！喂，林藏，那上吊的家伙去哪儿了？"

"去哪儿……这我哪知道？我正是惊见那人影吊在树上，急着把人救下才给绊倒的。又市，我拉他两腿一把可是为了救他一命，而不是为了成全那家伙上西天。谁知竟换来你一顿臭骂。真是好心没好报。"

"救人一命？瞧你说的。自咱们碰头起，你就只顾着照料这大得吓人的棺桶。桶里的人都死了，难道分不清死的活的孰者重要？还是你只顾慌慌张张，没来得及把人救下，就眼睁睁看着那人上吊死了？若是如此，你可真是偷鸡不成蚀把米。看来这下还得多埋一具遗骸。"

"为何非得埋了人家？这不成活埋了？"

"若还活着，当然成了活埋，但人不都死了？"

"还活着呢，就在树林里头。"

"在树林里头？"

不过是有点意志消沉罢了，林藏噘嘴说道："我抢在上吊前将人托住，当然还活着。正是为此，大板车才给翻进了沟里，棺桶也倒了。这下我还能怎么办？总之先将那人抱下，发现也没受什么伤。虽然性命保住了，但那人仍一味哭着求死，我还能怎么帮忙？只好将那人给放一旁了。难不成还得安慰一番？我可是忙得很，还累得筋疲力尽。长耳大爷说的没错，再这么折腾下去，只怕天都要亮了。这一切，还不都是被那夜半时分在这种鬼地方寻死的姑娘给害的？该被安慰的应该是我。被人救了一命，却连一句感激话也没说，眼见救命恩人碰上困难，也没帮半点忙。既然如此，我何必照顾那姑娘？"

"姑娘……是个女人？"又市再次抬头朝树上仰望。

真是麻烦，长耳嘀嘀咕咕地登上土堤，走到树后时突然高声惊呼："这……还真是说曹操曹操就到呀。喂，阿又，这下可不得了了。"

仲藏先将灯笼朝自己脸上一照，接着又将火光移向树后喊道，"你瞧，这不是阿叶吗？"

"阿……阿叶？"

"你认得这姑娘？"

"有谁不认得？这姑娘可是——喂，阿叶，你没事吧？振作点，起得来吗？喂，阿又，还在那儿发什么愣？快过来帮个忙。"

又市依然惊讶得浑身僵硬。

真是拿你没辙，长耳朝又市瞥了一眼说道，接着径自伸手拉起坐在树下的阿叶，牵着她步下了土堤。

没错，那女人的确是阿叶。只见她面无血色，但或许是黯淡月光与微弱的灯笼烛火映照使然。她环抱双肩，身子不住打战。虽是个热得教人发汗的秋夜，她看来却像冻僵了似的。

出了什么事？又市问道。

一直是这模样，林藏回答："否则我哪可能问不出个所以然？"

"我可没问你。阿叶，是我呀，我是又市。"

"阿——阿又大爷。"阿叶原本飘移不定的双眼在刹那间凝视又市，接着又垂下了视线。

"喂，阿又，先别急着问话。谁都想知道内情，但也别这么不通人情。瞧她都给逼到自缢寻死了，想必是碰上了什么非比寻常的事。"

"可是和音吉……可是和音吉起了冲突？"又市问道。

或许起冲突反而是好事。

不，又市这问题似乎给了阿叶不小的刺激，她激动地抬头否定道。

"不是起了冲突？"

"音吉大爷他……已经死了。"

死了？原本站在一旁观望的角助不由得高声惊呼，旋即问道："喂，你口中的音吉，可就是睦美屋的赘婿音吉？他……死了？"

听见角助如此质问，阿叶的神情益发悲怆。

真的死了？

角助一脸惊讶地问道："阿叶，难不成是你将他给……"

将他给杀了？仲藏直摇着阿叶肩头问道："究竟是怎么回事？你该不会是为这情郎尽心尽力，被迫数度流落风尘供养他，到头来忍无可忍，一时盛怒下了毒手吧？回过神来，发现自己亲手杀了情郎又懊悔难当，便决定追随情郎赴黄泉……"

"瞧你胡说个什么？"又市打断了长耳这番滔滔不绝的臆测，"阿叶，你就说来听听吧。究竟是……"

"不、不是奴家下的手。音、音吉大爷他——"

"音吉他怎么了？你为何要自缢寻短见？"

别逼人逼得这么急，林藏握住又市的胳膊制止道。少啰唆，给我滚一边去，又市怒斥着将林藏的手一把挥开。

"因、因为奴家……"

"噢，我们都知道，你不是个会犯下杀人这种滔天大罪的姑娘。"

"因为……奴家杀了人。"

"什么？难不成音吉果真是教你给……"

"不。奴家是、奴家是将睦美屋的店东夫人给杀了。"

你杀了阿元夫人？角助惊讶地问道："音、音吉大爷和阿元夫人两人都死了？"

"你这家伙老大呼小叫个什么？角助，难不成你们阎魔屋与睦美屋之间有什么生意？抑或——"话及至此，长耳闭上了嘴。

我说阿叶，你就说来听听吧，又市斜眼瞄着仲藏的长耳朵说道。

阿叶垂下头去，低声说道："今晚，店东夫人突然将奴家唤了过去。店东夫人与音吉大爷平时都待在主屋外的小屋内。奴家一到小屋，便看见音吉大爷仰躺在地上，脸还被一团被褥捂着。"

"被被褥捂着？"

"是的。接下来，店东夫人就怒斥奴家：你瞧，音吉死了，都是教你给害的——"

"此言何意？"

"奴家也不懂。紧接着，店东夫人突然掏出一把菜刀冲向奴家。奴、奴家教这举动给吓得……"阿叶静静地伸出左手。只见她指尖微微颤抖，指背上还有道刀痕。就着灯火仔细打量，一行人这才发现她的衣裳也被划得残破不堪，还沾有黑色的血渍。"奴家使劲挣扎，回过神来，才发现店东夫人已经……一肚子血倒卧在地了。"阿叶说道，"而且菜刀还握在奴家手上。奴家被吓得不知如何是好，便离开了店家，失魂落魄地四处游荡。不知不觉间走到了一条大河旁，原本打算投河自尽，但就是提不起胆子，只好一味朝没有人烟的地方走，走着走着便……"话及至此，阿叶抬头仰望巨木。

"弑主可是滔天大罪呀。"林藏低声说道。

瞧你这蠢材说的，又市怒斥道："这哪叫弑主？阿叶既非睦美屋的伙计，亦非睦美屋买来的奴婢，不过是在那儿寄宿罢了。你说是不是？"

"或许是这样，但毕竟是杀了人呀。"

你这蠢材，还不给我住嘴！又市闻言勃然大怒。仲藏连忙制止道："阿又，少安毋躁。这卖吉祥货的家伙说的没错。阿叶，可知现在睦美屋怎么样了？接连出了两条人命……"

奴家也不晓得，阿叶回答："除非是被唤去，否则不论是店内伙计，还是买来的奴婢，平素均不敢踏足店东夫人和音吉大爷所在的小屋。因此，或许尚未有人察觉……"

"那么……"

"那么什么？阿又，你该不会是想助她脱逃吧？"

"倘若尚未有人察觉……不妨趁夜……"

"阿又,你这是在打什么傻主意?不管是助她藏匿抑或助她脱逃,肯定都行不通。待天一亮,店内众人就会发现出了人命。你想想,出了两条人命,阿叶又消失无踪,如此脱逃,不就等于坦承人是阿叶杀的?如此一来,官府肯定会立刻下令通缉。"

"可是……"

"没什么好可是的。阿又,可别小看奉行所。况且她还能往哪儿逃?区区一个弱女子,哪有办法逃多远?难不成你打算陪她一起逃?"

"噢,要逃就逃吧。咱们可立刻张罗一艘小船循水路逃,亦可考虑入山藏匿,总之,能往哪儿逃就往哪儿逃。"

说什么蠢话,仲藏怒斥道:"你这是什么蠢点子?"

"蠢点子?只要能奏效,点子蠢又有什么不对?"又市反驳道。

毛头小子,少些诡辩成不成?长耳高声一喝:"阿又,别再编些教人笑掉大牙的蠢故事了。该不会是老包着那头巾,你的脑袋也给蒸熟了吧?先给我冷静冷静,别净说些意气用事的傻话。你以为自己算哪根葱?你以为自己是阿叶的什么人?多少也该考虑考虑阿叶的心境吧。"长耳抚弄着自己的长耳朵说道。

"阿叶的心境……"

"没错。她可曾说过想往哪儿逃?阿叶可是一心寻死,方才还要在这棵树上自缢呢。她这心境,你这毛头小子非但没设身处地关切过分毫,还净出些压根儿派不上用场的馊主意。"

又市望向阿叶纤瘦的双肩。只见她的肩膀至今仍颤抖不停。

"可、可是,长耳的,阿叶对音吉或许曾眷恋不已,不不,说不定至今仍有眷恋之情。总之这都不打紧了。受人哄骗、卖身供养,都是阿叶的自由,不关咱们的事。但这回可不同。被人一再转卖,到头来还阴错阳差地杀了人,若就此伏法,可就万事休矣。若被逮着了,保准是枭首之刑。难道咱们甘心眼睁睁地任她遭逢这等处置？阿叶，你难道就甘心如此？"又市问道。

阿叶只是默默不语。林藏朝阿叶低垂的脸孔窥探了一眼，接着说道："唉，不管是阴错阳差还是什么，犯了罪就是犯了罪。我说阿又呀，我也欠你一点人情，想来也该帮你点忙，但不管怎么说……都不认为你能逃得成。"林藏说道，"若是先逃脱后就被逮，的确是死路一条。话虽如此，阿叶姑娘，我也不认为就这般情形而言，你杀人就非得偿命不可。既已有一死的觉悟，或许你不妨考虑将前因后果据实解释，求官府发个慈悲，判你个从轻发落。"

"求官府发个慈悲？姓林的，你何时开始变得这么爱痴人说梦？世事哪可能如此美好？这儿可是人人精打细算的江户城，你还以为会碰上以人情裁案的乡下代官？这年头光是偷个五两，脑袋瓜子就要落地。此案即便不是死罪，也不是叩几个头就能了事的。阿叶她可是——"

别说了，阿叶浑身无力地垮了下去。又市连忙将她一把托住，只感觉到她身子的阵阵颤抖。

"阿又，你也太多管闲事了。"长耳说道，"这不叫多管闲事叫什么？唉，林藏也是太讲人情。或许，此事还是成全阿叶的心意较为——"

"长耳的，别再说了。"又市瞪着仲藏说道，"难不成你言下之意，是她死了要来得好些？"

"我可没说死了好，不过是……"

给我住嘴，这下又市可动怒了："不管什么时候，人死了都不是好事。无论一个人是狡猾还是邪恶，是卑劣还是悲惨，是困苦还是悲怆，苟活都比死要来得强。你说是不是？因此，我当然得帮助阿叶活下去。"

"那么，说来听听吧，你打算怎么帮阿叶活下去？阿又，你以为自己成得了什么事？只懂得说些场面话逗英雄。一个来自奥州的姑娘一再被吃软饭的情郎推进青楼，到头来忍无可忍而杀了人——实情是何其无辜，处境也着实堪怜。但再怎么说，这都只算得上自作自受。"

"哪有这道理？"

"就是这道理。又市，世事就是如此。林藏不就是出了点纰漏，才失去立足之地的吗？人碰上什么岔子，多半是自业自得。自己留下的烂摊子，还得自己收拾。但有些烂摊子，再努力也收拾不了。阿叶不就是试着自己收拾自己犯的过错？对音吉的迷恋和自己所犯的罪，只消朝那树头一吊，就悉数解决得干干净净——想必她就是怀着这决心上这儿来的。既没银两，又没身份，就连个可投靠的亲人都没有，除了一走了之，哪还有什么法子可想？凭你的这些馊主意，能解决什么？"

这下，阿叶的头垂得更低了，还在又市的怀中呜咽起来。

"长耳的，难不成你认为她已走投无路？"

"毛头小子，我不过是让你知道，空凭你那些馊主意压根儿解决不了这难题，就给我闭上嘴吧。你的这些胡言乱语，只会教阿叶更伤心罢了。"话毕，仲藏朝又市瞪了一眼。

此时，他那巨大的身躯背后有个声音喊道："且慢。"角助开口说道，"听你们俩说了这么多，情形我大致清楚了。唉，开玩具铺的说得的确有理。虽然有理……"角助走进又市与仲藏之间，探了仲藏的神色一眼，接着又朝低垂着头的阿叶脸上窥伺。"噢，你就是阿叶姑娘呀。唉，真是可惜。"

"可惜？你在可惜什么？"

难道不可惜？角助抬头望向又市再次感叹，接着便解释道："当初若是没遇上音吉那家伙，想必老早就嫁为人妇，或许还生了个娃儿呢。不不，即便不是如此，若是为她赎身的大财主没魂归西天，如今可能也在大户人家里当个少奶奶。"可惜呀，真是可惜，角助仍不住感叹。

废话少说，又市向角助怒斥道。

说这些，只会令阿叶更伤心罢了。

"你骂什么？听来，你似乎认为碰上此事，又是一桩赔本生意？"

喂，角助，你说够了没有？长耳抓着角助的肩膀骂道。

"好了好了，大伙儿听我说。京都来的毛头小子，你也给我听好。你方才不也说，那桩仅收一两一分的差事是桩赔本生意？"

"当然是赔本生意。不过，这与此事有何相干？"

"的确是毫不相干，但两桩同样是赔本生意不是？棺桶这事是因估错了价而赔了本，但救阿叶姑娘一命这桩，则是天外飞来的赔本生意。那么，又市大爷。"角助凑向又市说道，"倘若真有决心帮助阿叶姑娘，那么，你可愿支付这桩赔本生意的损料？"

"什、什么意思？"

"也就是说，你可愿扛下这两条人命，即赔偿此事所造成的亏损？"

"还、还是不懂……"

"问你是否愿意扛下这损失。"

"扛下这损失？"

大概得要个三十两，角助说道。

"三、三十两？"

"只要你愿意支付这三十两，这件事所造成的损失，就由敝店来负责收拾。"

"是准备由你们店家顶下这条罪？"

不不，角助竖起食指解释道："并非顶罪，而是扛下损失。可别忘了我们是损料屋。只要收取相应的费用，就能将扛下的损失销账。

阿叶姑娘所犯的罪、林藏所下的功夫，均能一笔抹消，一切也都能给编出个条理。"

喂，角助，仲藏摇着角助的肩头说道："你是认真的？可有什么盘算？"

"用得上的行头全都凑齐了。这回还得请你这开玩具铺的帮个忙。只不过，该支付损料的客官已经殒命，若不找个人代为支付，就要成为真正的亏损了。"

"这回的客官，正是睦美屋。"长耳说完，露齿一笑。

你说如何？又市大爷，角助催促道："我也知道对初出茅庐的你来说，三十两不是个小数目。但我没要你立刻付清。即使分摊成五年十年也没问题。不知意下如何？"话毕，角助露出一脸微笑。

四

翌日正午刚过，位于神田的杂货盘商睦美屋，小屋房间内发生了桩怪事。

不，说是正午刚过时发生的，或许并不正确。这怪事多半是前一天夜里发生的，只是正午过后才被人发现罢了。

最先察觉情况有异的，是送午饭的仆佣们。

主屋与小屋间，有一走廊相连。

两名端着店东与店东夫人午饭的女佣以及一名端着茶盆的小厮，于正午时分自走廊来到小屋时，竟拉不开拉门。打了声招呼，屋内也无人回应，只听见阵阵鼾声般的声响传来。这下三人只得返回主屋，向二掌柜如实禀报。

打招呼无人回应，还传出阵阵鼾声，这些都说得通，但门拉不开就不寻常了。因此，二掌柜便领着三人前往小屋。

途中，二掌柜便直觉情况有异。鼾声是止住了，但门还是拉不开。似乎不是因为门后有人挡着，或是以一根顶门棍抵着。

起初，二掌柜推想大概是门轨卡着了，但旋即察觉似乎不是如此，便向后退了几步，将拉门打量了一番。拉门竟然有点膨胀，就连门框也由里向外弯曲。看得他百思不得其解。

理应垂直的门框竟然弯曲，看来的确十分离奇，教人感觉仿佛整栋屋子都扭曲了。活像是屋内有个什么东西胀了起来，将拉门朝外挤压。由于力量强大，压得拉门无法左右滑动。二掌柜无计可施，试着朝屋内喊了几声，依旧无人回应，只得领着女佣一行人返回主屋。

似乎是出了什么事，但无法确认屋内情况，二掌柜也不知该如何是好，这下只能静观其变。孰知，到了未时，小屋那头依旧没半点声响。这下二掌柜可慌了，只得通报大掌柜小屋内似乎情况有异。

听完叙述，大掌柜同样是听不出个所以然。因此，大掌柜便前去察看。

"孰料小的竟然见到整座屋内塞满了肉——"

且慢——南町奉行所的定町回同心[①]志方兵吾打断了大掌柜激动昂然的陈述。

"你叫什么来着？与助？与助，你的陈述中，有两三点有违常理。在你继续陈述前，我们来将疑点稍事澄清。"

是，与助深深磕了个头。

"首先，你曾提及三名仆佣于午时送饭至小屋。你们店东通常都在小屋内进食吗？还是仅有今日，譬如卧病在床什么的，才会如此？"

[①]同心，江户幕府官吏职名的一种，相当于现在的巡警，负责巡视市容，值办刑案、逮捕罪犯等治安工作。下文出现的"与力"，相当于现在的警察署长，职位高于同心。冈引为侦探或逮捕犯人而在与力与同心手下干的人。

"噢，平日均于小屋内进食。"

"平日均是如此？也就是说，早中晚三餐，都得由人送至小屋？"

"是的，但并非每日。入夜后店东可能外出，唯在家时必由仆佣送饭。有时还可能送上夜宵或酒。"

"那么，为何直到正午才发现异状？没人送早饭过去？"

"店东早上并不进食。"

"不吃早饭？"

"是的。店东大爷经常会吃，但早饭时分人大多在店内。而店东则是……"

"且慢且慢。怎会有个店东大爷，又有个店东？"志方问道。

"噢，店家真正的店东其实是阿元夫人，店东大爷则是赘婿。"

"也就是说，老婆才是店主？"志方皱眉问道。

"是的。噢，我们店东，不，阿元夫人早晨起得晚，故不用早饭。"

"起得再怎么晚，直到正午都没步出卧室，你们难道没察觉有异？难道这女店东无须打点店务？"

"是的。"与助一脸困扰地搔首说道，"店务均由小的承担，其余洽商、采买等事务则由店东大爷——音吉大爷负责。阿元夫人仅负责检视账簿等……"

"亦即这名曰阿元的女店东仅负责发号施令，还日日睡到正午才起身？"

是的，与助垂下头答道。

唔，志方低吟一声，略事沉思后说道："好吧。不过与助，送饭过去的仆佣为何立刻作罢？"

"作罢？敢问此言何意？"

"门拉不开，或许没什么稀罕。不，或许稀罕，但也不是没可能发生。但换作常人，若是打声招呼却未听闻响应，理应察觉情况有异才是。若是有心护主,即便得破门而入,亦是在所不辞。但这些仆佣为何连开也没试着开,便告折返?"

"噢,这……"与助缩起下巴,一脸尴尬神色。

"别怕,尽管说。"

"遵命。阿元夫人她最恨被人吵醒,我们仅能静待夫人自行起身。唉,倘若贸然将其唤醒,必将引夫人动怒……还请大人多多包涵。"与助双手撑地致歉道。

"汝无须为此致歉。原来如此,说简单些,这名曰阿元的女店东,若是教人唤醒就没好脸色?"

是的,与助再度叩首回答:"况且,店东的怒气有如熊熊烈焰,若是女佣小厮犯此大忌,不仅要惨遭痛斥,还可能当场遭店东解雇。"

"唉,若是如此,就真的没话说了。"志方蹙眉说道,"那么,那二掌柜——记得名叫贯次?同样是喊也没敢喊一声,便告折返?"

是的,与助拭着额头上的汗珠回答。

"看来,这阿元是个自甘堕落、还有着猛烈脾气的妇人?"

诚如大人所言,与助平身低头回答。

"原来如此。"志方望向身旁的手下。

阿元的放浪形骸可谓无人不知,手下的冈引——万三扼要地说道。

"无人不知?"

"是的。不仅饮酒毫无节度,醉了还会大发脾气。对家务、店务几近无心经营,花钱从不节俭、用人毫不体谅,待人粗暴,稍看仆佣或伙计不顺眼,不是一顿拳打脚踢,便是挑毛病借故扣薪酬,稍有触犯,即刻解雇。总之,是个有名的母夜叉。可取之处,大概仅有不纵情于男色一项。故此,店家之经营,实由音吉与这位与助所承担。"

"原来你们店东……唉,也罢。"志方如此总结。

"噢,倒是……这……真不知该如何……"与助旋即又闭上了嘴。

再难启齿的也尽管说,知道些什么,全都给我全盘说来,志方命令道。

"遵命。其实,昨夜阿元夫人曾与店东大爷……"

争吵?冈引万三说道:"这店家夫妇常争吵,也是众所周知。"

"是的。"与助自怀中掏出手巾,拭了拭汗。大掌柜看来颇为困窘。难道此事如此难以启齿?天气虽没多热,他额头上还是布满了汗珠。真不知他冒的是热汗,还是冷汗。

别怕,说来听听,志方说道:"凡事有本官扛着,无须顾忌。"

"遵命。店东大爷他……音吉大爷对阿元夫人从不敢忤逆。故此,虽不知坊间是如何议论,但这应称不上争吵。"

"总是只有音吉挨骂?"

"是的。音吉大爷他只有挨骂的份儿。昨夜情况尤其激烈,若是劝阻,夫人必将盛怒益形,故我们这些下人也仅能装作视而不见、充耳不闻。即便如此,辱骂声仍是不绝于耳,过了半刻才静下来。"

"当时大概是什么时候?"

"辱骂声约自戌时开始传出。当时,阿元夫人已喝了相当多的酒。噢,事前夫人曾数度高喊,命我们送酒入房……"

"对辱骂其夫的骂声可充耳不闻,但命令还是得听?"志方再度蹙眉。看来果然是个母夜叉。"这个活儿,你们干得可真辛苦呀。"

"是的,噢,不不,小的并非此意……"

"必须对主子尽忠,即便是商家,这心意还是教人敬佩。不过与助,如今你们主子已经亡故,更何况还不是个好主子。包庇恶主,可称不上真正的忠义。本官亦知人死鞭尸绝非乐事,但这回你得将忠义抛在一旁,一切据实陈述。"

小的遵命,与助叩首回答,脑袋垂得几乎要贴到了榻榻米上。"昨夜,阿元夫人的确曾发过脾气。记得是……噢,亥时,当时夫人命我们传唤阿叶过来。"

"阿叶也是个仆佣吗？"

"这……"

是个青楼女子，冈引万三把话给接下："这家店其实也从事相当于青楼女子中介的事情。这名曰阿叶的女子，就是这家店所经手的吉原娼妓。不久前才被赎身，一度自吉原金盆洗手，孰知为其赎身的曲町当铺店主不久便告辞世，阿叶只得返回店内，静候店东为其介绍其他娼馆。与助，有无不符之处？"

诚如大人所言，大掌柜回答。

"噢。那么，这阿叶如何回应？"

"阿叶姑娘亦熟知阿元夫人的脾气，一听传唤，立刻诚惶诚恐地前往小屋，至于夫人为何传唤，我们就不便过问。后来发生了些什么，小的也就不清楚了。"

"这阿叶，如今身在何处？"

"噢，不可能在其他地方。如今正与其他姑娘在大房内——"

"她人在店里？"

"是的。稍早小的曾略事询问，阿叶姑娘表示任由夫人责骂半刻。唉，诚如大人所言，阿叶姑娘是自娼馆回到店内来的，而且，这已经是第四回了。"

不知怎的，为其赎身的恩客个个都魂归西天了，冈引万三向志方耳语道。

"第四回了？"

"是的。似乎红颜本就福浅……"

"每回只要赎身恩客一死，这阿叶就会回到店里？"

怎么想都觉得难以置信。阿叶姑娘在江户举目无亲，与助说道："或许是因阿叶姑娘生于遥远异乡，唉，说来，敝店对姑娘而言，就形同老家吧。话虽如此，事情发展到这地步，娼馆也顾虑这姑娘命凶带煞，似乎仍未有任何一家愿意收留。在找到新雇主前，只能于店内静候。"

"可是为此遭到责骂？"

"是的。夫人斥其为吃白饭的瘟神。唉，其实阿叶姑娘根本没什么过错，一名姑娘出落得如此标致，当然有众多恩客争相为其赎身。"

"不过是碰巧遇上店东心情欠佳？"

"是的。不过遭训斥一顿后，阿叶姑娘便被夫人赶了出来，于子时前便回到了大房。"

"子时？"

"是的。"

"那么晚了，你们都还醒着？"

"不。店内伙计与仆佣——包括小的在内，全都睡了。阿叶姑娘自夫人处回到大房时，其他姑娘们已经入眠。阿叶姑娘说她当时走得小心翼翼，生怕一不留神，将大伙儿给吵醒。"

"如此说来，最后一个见到阿元与音吉的人，就是这名曰阿叶的姑娘？"

诚如大人所言，与助诚惶诚恐地回答。

"这阿叶，可曾提及当时有什么异状？"

"阿叶姑娘表示，当时一切如常。敢问大人，是否应传唤阿叶姑娘到此质询？"

志方先是瞥了万三一眼，接着才说道："先同你问个清楚吧，这姑娘本官稍后再行传问。那么，仆佣与二掌柜于午时察觉情况有异，后来你便——对了，到未时，你便上那小屋一窥究竟。你方才是这么说的，是不是？"

"是的。当时乃未时时分，阿元夫人睡到这时限仍未起身，也是常有的事。至于拉门有何异状，先是听闻二掌柜说门拉不开，并有歪扭，待小的赶赴小屋时，竟见到……"

那时，拉门的确古怪。一如二掌柜所言，似乎有什么东西自房内将拉门朝外推挤。由于拉门胀得歪扭而有了缝隙，与助便自缝隙朝房内窥探。谁知，竟然什么也看不见。只见有个具有弹力的东西塞满了整个视野。与助完全看不出这东西究竟是什么，但似乎就是这东西自房内将拉门给撑胀的。

眼见这东西古怪，与助丝毫不敢碰触。只得步出小屋，自庭院绕至小屋后方。屋后有扇隔扇。虽知擅自拉开隔扇朝内窥探，必将换来夫人一阵暴怒，但眼见情况有异，与助还是鼓足勇气，下了决心。谁知定睛一瞧，景况更是教人忧心。竟连那隔扇也胀了起来。门框也出现断裂。当然，隔扇纸也都被撑破了。像是有什么东西自屋内溢出，将隔扇纸给撑破了。怎么看都像是有什么东西塞满了整个房间。与助战战兢兢地伸出指头，碰了碰那东西。

"那东西……竟然是肉。"

"肉？此言何意？"

"那东西颇为柔软，触感与人的肌肤无异。"

"难不成是人肉？"

"是的。虽不易言喻，但触感颇似女人的乳房或腰腹。"

"也就是说，拉门与隔扇，就是被这人肉给撑坏的？"

正是如此，与助再度叩首，脑袋低得几乎要将额头贴到榻榻米上。

"听来确是奇事一桩。"

"是的。小的见状，亦是不得其解，连忙将店内其他伙计也给叫来。"

"其他伙计也看见了这酷似人肉的东西？"

"是的，都看见了。"

唔，志方轻抚下巴低吟一声，接着便转头望向万三。

咱们的冈引龟吉也看见了，万三一脸苦笑地说道。

"本官还真是无法想象。喂，你叫与助来着？是否弄清楚那东西究竟是什么？"

"是。依小的所见，那东西应、应该就是我们店东阿元夫人。"

"什么？"

"怎么看，都像是阿元夫人胀成的……"

一派胡言！志方怒斥道。虽说是怒斥，但嗓音中似乎夹有一丝胆怯，"人怎、怎么可能胀满整个房间？这么胡言乱语，谁也不可能相信。那房间大概有多大？"

"约有二十叠——"

不可能，绝无可能，志方怎么也无法相信。

"能将二、二十叠的房间都给塞满，这东西岂不是和马——不，甚至和鲸一样大？人哪可能胀得如此巨大？不不，姑且不论大小，人又不是纸气球，岂有膨胀之理？"

小的也甚感不解，与助拭去额头上的汗珠回答："小、小的这番话，听起来像是辩解，但小的无才无学，自是无从解释清楚，仅、仅能依小的亲眼所见、亲手所触，尽可能向大人陈述。恳请大人多多包涵。"与助连磕了好几回头，继续说道，"方、方才所言，保证句句属实。即便是吃了熊心豹子胆，小的也绝不敢犯下欺官重罪……"

够了够了，志方安抚道："本官绝无责怪之意。方才嗓门大了点，乃是因此事实在异于常轨，如此而已。"

"是。小的也觉得像是被狸猫幻术所惑，只不过……"

"只不过什么？"

"小的还瞧见我们店东阿元夫人所着寝衣的一角，被压在那胀大的肉团下头，才判断那东西应该就是店东胀成的。只不过，这等异事着实教人难以置信……"

"着实教人难以置信?你看了也不信吗?"

"是的,因此才邀龟吉大人前来。"

也不是什么大人,他不过是我们的冈引,万三补上一句。

"经过一番研议,又邀来一位学士评断。"

"学士?"

"也不是什么学士,不过是个寄宿长屋的隐士。我到这里时,那隐士尚未离去,便命其于邻房稍候。那人名曰久濑棠庵,自称现居下谷,曾为儒学者,今沦为一介本草学者。不过,的确堪称饱学多识。"

"那学士也瞧见了?"

"是的。当时虽啧啧称奇,亦不忘巨细靡遗,仔细检点。查看一番后,那人表示或许不宜靠近,故小的命店内众人退下。"

"不宜靠近?"

"是的。理由为——此乃一病变。"

"病变?"

"那人推论,或许是一种源自奥州的病变。"

"奥州?倒是记得去年津轻风邪曾蔓延过一阵子。此病变,可是类似的东西?"

"这小的就不得而知了。只不过,敝店亦包办奥州土产的买卖。店东大爷,也就是音吉大爷年年亲赴津轻,小的也怀疑,或许与此病变不无干系。"

"唔,真有令人膨胀的病变?而那学士说,这病变⋯⋯还有传染之虞?"志方问道。

"据、据说并不会传给男人。况且,只要缩回原貌,便不必再担心。"

"会缩、缩回原貌?"

是的,与助回答:"棠庵先生抵达时,那东西已开始逐渐萎缩。"

"后来如何了?"

"后来，小的就没再去小屋，毕竟……那东西看起来实在骇人。"言及至此，与助突然激动落泪。

"够了，你起来吧。若真发生这等怪事，你们受到惊吓也是在所难免。只是……"一切着实教志方摸不着头绪。总而言之，要将案子给办下去，还是得亲眼瞧瞧才能算数。志方便在万三、龟吉和与助的陪同下前往小屋。

此时，已是黄昏六时钟声将响时分。日暮时分的斜阳将走廊映照得一片昏黄，茶褐色的小屋处则呈一片昏暗。

拉门的确是被什么东西给压弯了。但压弯拉门的东西已看不见。

自缝隙朝屋内窥探。若与助所言属实，那东西应已缩回原貌。

由于门框歪了无法滑动，志方遂命手下卸下拉门。只轻轻一推，拉门便松脱了。

房间内一片凌乱。不，与其说凌乱，或许以毁坏来形容更为恰当。

首先，榻榻米——不，地板已凹陷成擂钵状。壁龛严重损毁，像是有个巨人跌了一跤，将整块地方给压陷了。烟草盆、灯笼、床头屏风等陈设俱遭压损，悉数给挤到了房间各角落。被褥不知怎地挂到了楣窗上，碎裂的酒壶与酒杯的破片活像是被碾压过，全都平整地摊在榻榻米上。

此外，房间一角还有个姿势歪扭的扁平男尸。怎么看都像是被什么东西压扁了。

房间正中央则有——

"啊，那可就是你们店东？"

"噢，不，这……"与助以手捂口，惊讶地回不上话来。

房间中央——也就是擂钵状凹陷的中心——有一团被压得扁平的被褥。

被褥上面——

一个身躯胀得硕大无朋的女人呈大字仰躺其上。与其说是躺在上面，或许说是压在上面更为恰当。

这女人身躯半裸，不，几可说是全裸，仅有腰际围着一块破烂的内裙。看似原本穿在身上的寝衣已裂成碎片，除了部分残余尚披在肩头，其余的都散乱于这副巨躯周围。她的胳膊、双腿都如巨木般粗壮，腹部宛如一座隆起的小山，硕大的乳房朝左右两侧下垂，躯干粗得连男人都无法环抱，已到了教人看不出大致有几贯的程度。

志方看得目瞪口呆。过了大半晌，方才回过神来，深感身为同心，对这副光景目不转睛，着实有失体面。他连忙正了正衣襟，再度问道："快、快回话。这是否就是你们那名曰阿元的店东？"

"这……"万三一脸纳闷地回道，"这家店的店东是个体态尚称婀娜的中年妇人。或许称得上丰腴，但绝不至于——总而言之，小的还真没见过如此壮硕的女人。这体格，看得人瞠目结舌，简直到了可在两国一带供人观览的程度。"

"万三，适可而止，勿失方寸。"眼见这巨女看似已无气息，志方申诫道。

哎呀！与助突然高声一喊。

"怎么了？"

"这、这女人发上插的，的确是我们店东的发梳。此外，她身上的寝衣亦是……"

"哦？那么，这女人，不，这亡骸……"也就是说，这亡骸正在缩回原貌？"凭相貌，可否辨识？"

"这……也看不出像，还是不像。"与助一脸为难地说道。

这也难怪。都胀成了这副德行，相貌哪还辨识得出？更不要说人死后相貌亦会有所改变。志方抬起尸骸下颚，想看清她的样貌，但旋即打消这念头，朝另一具遗骸走去。

由于榻榻米严重凹陷，行走起来甚是艰难。

另一具遗骸——被压得扁平的男子，神情甚为痛楚，看来应是活活给闷死的。

"这又是谁？"

"此、此人乃音吉大爷无误。"与助含泪回答。

"此男尸毫无外伤。既无瘀血，亦无出血。不过，看来死时甚是痛苦。由此推测，似是死于窒息。万三，你怎么看？"

"看来的确像是被什么给活活压死的。"而且还给压得扁平。

"你也认为是被压死的？"志方再度望向女尸。

难不成此女一度胀满全屋……并将睡在身旁的男人活活压死？

的确。倘若此女胀满全屋，共处一室的人的确是插翅难逃。眼见其胀大的巨躯导致拉门歪扭、门框断裂，旁人别说是逃，就连想吸口气恐怕也无法做到。

只不过……这种事真有可能发生？

"这、这的确是怪事一桩。但究竟……"

此怪名曰寝肥，此时突然有个嘶哑嗓音出声说道。

转头望去，只见一年约五十的矮小男子伫立一旁。

"官府大爷辛苦了。"男子谦恭有礼地低头致意。

此人即小的稍早提及的久濑棠庵，万三向志方说道。

"哦？本官为南町之志方。棠庵，你说此怪名曰寝肥，这寝肥究竟为何物？"

"寝肥，乃罹患嗜睡病症的女人。奥州一带以此称呼睡癖不雅的女人，用意或为申诫女人不宜嗜睡。总而言之，这是一种因自甘堕落的生活习性而导致的骇人重症。"

"自甘堕落的女人，便会罹患此病？"

"是的。晨间不起、彻夜游乐、龌龊不洁、无精打采、行仪不雅、口出恶言、慵懒怠惰……上述恶行，或许人人都有，唯万万不可行之过当。过于自甘堕落，便有违人伦，此等心态，极易吸引疫鬼病魔缠身不退。女人一旦罹患此病，身躯便将不住膨胀，因而……以寝肥称之。"棠庵说道。

"寝肥？"

"既已如此，宜诚心供养，以慰其灵。"棠庵如此总结道。

五

喂，阿又，听说了吗？阿睦以一如往常的女无赖口吻说道，一屁股坐到又市面前。

又有啥事了？又市以粗鄙的语气反问道。

就是昨日睦美屋那桩寝肥的怪事呀，阿睦回答。

"别傻了。那不过是流言。"

"喊，你这化缘僧懂什么。这可不是流言，而是真有其事，甚至还上了瓦版①呢。写着什么某店女店东像只河豚般胀了起来，将丈夫给压成扁扁一摊。还说什么若是慵懒度日嗜酒嗜睡，就会变成这副德行呢。真是吓人哪。"阿睦说道。

"哪个傻子会听信这等无稽之谈？若真有这种事，像你这种邋遢女人不早就胀成一团了？"

"关、关我啥事？"

"正因你有这种想法，才会怕成这副德行，对不对？原来荒诞的流言还有这作用，或许能吓得你活扎实些。真是无聊至极。"话毕，

---

① 日本江户时代以报道事件为目的的不定期木版印刷品，一页或数页，又称读卖。

又市便闭上了嘴。

此事当然不是真的。

后来——

阎魔屋的角助跟阿叶一起赶回了睦美屋。这趟路当然得赶。若是为人察知，可就万事休矣。同行者，还有又市。

没错。又市答应支付三十两的损料。如此一来，就等于委托阎魔屋代办这桩差事。

幸好三人抵达时，睦美屋已是一片静寂。那时，店内众人早已入睡，无人察觉发生了什么。角助探了探店内的情况，便吩咐阿叶装作若无其事的样子回自己房间，更衣入睡。

阿叶甚是紧张。这也怪不得她，毕竟没多久前才失手杀了人，甚至意图自缢了断。但角助劝她无须担忧，只须告诉自己什么都忘了，什么事也没发生——不，就当作一切不过是一场梦，什么也没发生过便成。并吩咐她先将染血的衣物藏好，逮住机会再扔。若有人问起身上的伤，就说是挨了夫人一顿毒打。

只要做到这些，便能将你所犯的罪行悉数抹消。

阿叶依然半信半疑。

又市也难以置信。

万万不可置疑，角助如此重申。

正如阿叶所言，小屋内的房间中，果然有两具亡骸。

一具是参加睡魔祭的音吉。据长耳所言，音吉是个以男色勾引姑娘，并将姑娘的骨髓都给吸干的大恶棍。他是勾引了阿叶，数度逼其沦落青楼的混账东西。但同时，也是阿叶钟情的情郎。但那时已成尸体一具。

看来音吉应是死于窒息。他脸上蒙着被褥，像是别人硬蒙上去的。看来正好，将亡骸仔细检查一番后，角助如此说道。至于这正好指的是什么，又市当时一点也不明白。

另一具亡骸，便是睦美屋的女店东阿元。阿元死于腹部的刀伤。这刀伤，便是阿叶造成的。

看得出当时曾起过激烈争执，整个房间内仿佛被人给翻了过来。不仅是阿元与阿叶的那场争执，似乎在那之前，就曾发生过什么冲突。或许是音吉与阿元起了争吵。而这场争吵，导致音吉死于非命。看来应是阿元下的毒手。不过，阿元曾怒斥阿叶，说音吉是被阿叶害死的。这句话究竟是何用意？

直到当时，又市依然参不透这点。

此时，角助褪去阿元身上的寝衣。接着又要求又市帮个忙，表示将减免一成损料。

问要帮些什么，角助吩咐须将房间内的一切悉数打碎。

悉数打碎？

万万没想到，要设的原来是这么个局。又市便依照吩咐将床头屏风踩坏，将酒壶摔毁，又将烟草盆压碎。

不出多久，林藏与仲藏也现身了。当然，还搬来了阿胜的亡骸。

四人一同将阿胜搬进房间，接着又将衣衫悉数褪去的阿元搬了出去。同时，亦不忘解开阿元的发髻，再将一丝不挂的尸首以草席裹覆。

原来如此。

如此一来，也为林藏省了些力气。阿元的亡骸不及阿胜的一半重，轻轻松松掘个小窟窿便可埋葬。

这差事还真是无趣。接下来的琐事，就由我来收拾吧，仲藏说道。

所谓琐事，想必是将地板掀起、抽出被褥的棉絮什么的。接下来，就是那张蛤蟆皮了。

跟人的肤色一样的、巨大的蛤蟆皮——原来这就是寝肥的真面目。

虽然尚未剪裁成形，但仲藏似乎已将那张皮缝制成袋状。想必是打算略事加工，将之固定成自拉门、隔扇内朝外挤压的模样，以那皮袋塞满每道缝隙，再以风箱将之吹胀。

似乎仅能如此。

这张皮并没有庞大到能胀满整个房间的程度，再加上如此一来，只怕仲藏本人也要给压扁。故此，想必皮革仅准备了填满缝隙的份。布置的规模愈小，折叠起来也愈容易。

如此说来，瓦版上提及的那位学士，似乎也是阎魔屋找来的。

之所以称这是种病症，以须静待其缩回原貌为由将店内众人支开，想必就是为了让仲藏乘隙离去。

真是一派谎言。全是这伙人捏造出来的。虽是捏造的，坊间大众还是信以为真。

不，或许并非如此。恐怕没人相信这是真的。这等无稽之谈，哪有人会轻易相信？一如又市斥其荒诞，坊间大众听了，只怕也仅止于半信半疑。不过……

正因这流言如此荒诞无稽，真相就这么被掩盖了过去。

正如角助所言，阿叶的罪行化成了一场梦。倘若一味卸责或遮掩，想必难以收拾得如此顺利。但无论如何掩饰，杀了人毕竟是杀了人。即便安排阿叶逃逸，亡骸还是会为人发现，罪责也将残存于阿叶心中。即使成功脱逃，阿叶也毕竟背负了一条人命。既然如此……

或许这的确是个恰当的安排，又市心想。

虽如此想，又市依然难以释怀。这哪是恰当的安排？总觉得有什么教人难以参透。毕竟这并非一场梦。

没错，这根本不是一场梦。阿叶的确杀了人。倘若犯下如此罪行仍能逍遥法外，不受丝毫惩罚，那么相较之下，现实反而更像是一场梦。在将自己犯下的罪行忘得一干二净的梦中度日，难道真是件好事？又市依然无法释怀。

今后,阿叶将如何活下去?

你还真是死心眼,阿睦说道:"我说阿又呀,瞧你这眼神活像是失了魂。难不成你这小股潜的狡猾劲儿,是装出来的?"

"别再用这字眼称呼我。"

阿睦呵呵笑道:"哟,你倒是不缺志气,未尝不是一件好事。对了,阿又呀,有个看似小掌柜的家伙在那头找你。也不知是你欠了人家银两,还是饮酒赊账没还,我告诉他你应在这一带买醉——"

小掌柜——难不成是角助?

又市抬起头,透过珠帘的缝隙望见了角助。

"阿睦,我想独自喝两杯,你别在这碍事。求你行个好,给我滚一边去吧。"

"喊,想必又是要谈什么龌龊勾当了。随你去吧。"阿睦斜眼瞪了角助一眼,起身前还拍了拍又市的脸颊。少碰我,又市骂道。但阿睦早已快步离去,仅剩一股冰冷触感残存在又市颊上。

一见阿睦走远,角助便手拨珠帘,朝一旁退了两步。

珠帘外,站着一位装扮高贵的妇人。怎么看,这妇人都不像是会上这家销售劣酒的酒馆厮混的人。只见她以庄严尊贵的仪态钻过珠帘,笔直走到又市面前。

又市抬头仰望,只见妇人一脸坚毅神情。站在后头的角助在她耳边悄声说了几句,妇人方才垂下头来问道:"你……就是又市先生?"

"没错。喂,角助,偿还的期限还没到不是?我说过得到月末,我才能有多少还多少。难不成你们认为我会赖账潜逃?"

常言道借债菩萨颜,还债阎罗面——妇人说道。

"你说什么?"

"不过,我们商号就叫阎魔屋,不仅是还债,随时都面如阎魔。"

"别吓唬我好吗?我不过是——"

"久仰大名。我叫阿甲,是损料商阎魔屋的店东。"这妇人的气势,还真是咄咄逼人。"此地不宜商议,还请又市先生跟我们走一趟。阿角。"

是,短促应一声后,角助绕向又市身旁,朝他耳边低声说道:"到后头岸边的柳树下。这儿的账就由我来结,先出去吧。"

"喂,我可没资格让你们招待。"

"不过是便宜的劣酒,无须计较。喂,伙计,过来结账。"角助喊道。

店外吹着微微的暖风。

在柳树下等了没多久,角助便现身了。

"究竟有什么事?我现在可忙得很。得偿还你们三十两——不,扣了一成,应该是二十七两。这可不是笔小数目呀。"

"正是为了此事找你。关于那笔损料,我们大总管坚持亲自跟你商量。"

"喊。"又市嗤鼻笑道,"若是想多讨点银两,我可没那闲工夫跟你们搅和。此外,你那吓唬人的粗糙把戏又算什么东西?真是可笑之至,还吹嘘那叫寝肥什么的。难不成你们损料屋,就是靠这些骗小孩儿的把戏诈财的?"话毕,又市瞪了角助一眼。

给我住嘴,角助摆出揍人的架势。

"住手,阿角。不愧是一文字狸教出的徒弟,果然有几分气势。"名曰阿甲的妇人改了个口吻说道。

"你——认识狸老大?"一文字屋仁藏是京都一带不法之徒的头目,又市也曾受过他关照。

但阿甲并没理会又市的话:"又市先生,在商议损料一事之前,有件事得先让您知道。"

"什么事?"

"这桩差事原本的委托人,是睡魔祭的音吉大爷。"

"什么？"这是怎么一回事？

角助把话接了下去："是音吉大爷自己前来洽商，委托我们代办这桩差事的。对我们损料屋而言，青楼可是上等贵客。被褥、枕头、衣裳，可租给青楼女子的行头可谓多不胜数。姑娘们要进风月场，可得花上不少银两呢。青楼或花魁，若要添起行头，只怕钱包不够深。总之，有天有人前来接洽，声称花街无人不知的人口贩子音吉，正为一事大感苦恼。"

"音吉他……求你们帮忙的，究竟是什么样的差事？"

究竟为何苦恼？难不成，他并非一个靠女人养活吃软饭的龟孙子？

音吉大爷坦承，他不愿再糊涂下去，角助回答："他已无心再过这种将女人推下火坑、极尽榨取之能事、并将女人一再转卖的日子。"

"喂，他在瞎扯个什么劲？既然过不下去，收手不就得了，何须说这番傻话？"

"问题正出在，音吉大爷想收也收不了手。"

"什么？"

"这些贩卖人口的勾当，全是阿元夫人逼音吉大爷做的。"

"阿元——就是音吉那老婆？"

没错，角助回答。

"也就是说，音吉是被他那游手好闲的老婆操弄的？还真是令人难以置信。办完那桩事后，我曾四处打听，发现那婆娘还真是声名狼藉。"

"那么，有没有打听到任何音吉大爷的恶评？"

"这——"

音吉的声誉倒是不差。

不过——

"或许是因为那家伙勤于将姑娘拐进青楼，得尽可能避免恶评沾身，以免坏了生意？"

音吉大爷是个生性温和的善人，阿甲说道。

"什么？"

"几乎可说是过于良善温和，再加上生得一副俊俏面貌，当然令姑娘们大动芳心。可惜一切不幸，正源于此。"

"喂，这究竟是怎么回事？"

也就是说，他干这些拐骗勾当，并非出于自愿，角助回答："虽然没能将自愿献身的姑娘们给劝退，若说是条罪状，也的确是条罪状。"

"别说是劝退，还靠这些姑娘们大吃软饭呢。"

"这绝非实情。唉，虽然结果的确如此。那些勾当，全都是阿元夫人强逼他干的。"

"这也着实教我不解。音吉若不想再如此度日，收手不就得了？"

"只因音吉大爷对阿元夫人一往情深。"阿甲解释道。

"一往情深……他们俩本是夫妻，这有啥好稀奇的？"

"但阿元夫人并不了解音吉大爷的这番心意，常怀疑夫婿对自己多所嫌恶，亦怀疑夫婿为其他女人倾心。不论音吉大爷如何解释，阿元夫人均拒绝听信。想必阿元夫人诚如坊间所传，是个自甘堕落的妇人，音吉大爷这么个好夫婿，岂可能对如此恶妻用情？总之，音吉大爷的一番心意，阿元夫人是毫不了解。"

更何况，音吉还颇招姑娘们喜爱，角助说道："即便有千百个不愿，即便对阿元夫人无比倾心，都无济于事，哪怕他已极尽努力拒绝，仍不时有姑娘主动献身。何况音吉大爷生性和善，也往往狠不下心拒绝。这反而惹得阿元夫人更……"

"反而惹得阿元更嫉妒？"

"或许以嫉妒形容不尽然恰当，但骨子里应是多少有些。只不过，阿元夫人并不似小姑娘般气呀恨呀地呼天抢地，而是强逼音吉大爷拿出证据，证明真对自己倾心。"

"什么样的证据？"

"若真对这些主动献身的姑娘毫无兴趣，就将她们卖进青楼，以明心意。"

"混、混账东西！岂有……岂有此理？"

确是如此，阿甲斩钉截铁地附和道。

"且慢。这点我着实想不透。若想讨好夫婿，不是该主动当个好妻子才是？自己不学着善尽为人妻的本分，还强逼夫婿推姑娘们流落风尘，这女人是不是疯了？"

想必是如此，阿甲回答道："或许阿元夫人真是疯了。不过，想必阿元夫人对音吉大爷，亦是用情颇深。而音吉大爷对阿元夫人的一番心意，的确是出自肺腑。"

"即便如此，总得为因这种事而被迫卖身青楼的姑娘们想想吧？"

阿又大爷，若要这么说，你也该为这不断招姑娘喜欢的男人想想，角助说道。

"这家伙有什么好同情的？"

"音吉大爷亦是无比苦恼。钟情于阿元夫人，而与之结为连理，爱妻却对自己的一派深情毫不相信。看来都得怪那些主动献身的姑娘们。即便她们并无恶意，也不该令她们过于难堪，但频频使自己无端遭猜疑，这当然是个困扰。"

"不过音吉他……"

又市先生，芸芸众生本就是形形色色，阿甲说道："常言说偷腥本是男人天性、花开堪折直须折，但并非每个男人皆是如此，音吉大爷即为特例。虽常有姑娘主动献身，但音吉大爷对这些姑娘可是从未染指。"

"真是如此？"怎和原先的想象如此不同？

"或许正是因此,姑娘们反而更为仰慕。可惜世间并不习于如此看待,而是认为:俊男若遇玉女投怀送抱,不逢场作戏岂合常理?只不过,又市先生,人之生性实难解释,若认为人人皆是如出一辙,未免有过于草率之嫌。本性人人有异,草率判定凡是男人便要如何,凡是女人便要如何,实为愚昧偏见。先生说是不是?"

似乎有理。虽然有理,然而……

"阿甲夫人,这我同意。音吉这男人并非我想象的那副德行,我姑且接受。但听到这般实情后,对他为何将主动献身的姑娘们卖进青楼,更是难以参透。"

"难以参透也是理所当然。为此,音吉大爷抱定了一个主意。"阿甲语气平静地说道,"首先,音吉大爷努力避免让姑娘们缠上自己。"

"这要如何避免?"

"唉,的确没错。话虽如此,但相貌、生性皆是与生俱来,想改也改不了。因此只得打定主意,若有哪个女人对自己送秋波,必佯装视而不见,并极力回避言谈。遗憾的是,男女之道怎会如此刻板单纯,男方愈是无情,女方便愈是有意。眼见姑娘们仍不死心,音吉大爷只得尽可能劝阻,真心诚意地告知自己已有妻室,无意与任何人再结情缘。若有姑娘仍执意不愿打消念头,只能当这姑娘是祸水了。"

"那么……"

长耳虽说其中必有蹊跷,但也曾言及音吉对姑娘们绝对真诚。想必见姑娘们跟了上来,音吉是真心想劝她们回头的。

的确,若非如此,应不至于在姑娘们都上了船来到江户后,还一味劝她们返乡。看来这些姑娘的确是自己溜上船,一路跟到江户的。

难不成阿叶她当时也是如此无理取闹地上船的?难道她对音吉迷恋到这等地步?

"故此,若遇执意缠而不退的姑娘,音吉大爷便铁了心,将她们卖进青楼。但即便如此，阿元夫人依然无法满意。"

"这、这又是为何？"

"正因这些姑娘是心甘情愿委身青楼的。关于这么做是何其愚昧，音吉大爷已向这些为无知爱意所驱策、一路跟到江户来的姑娘们解释过。况且这解释并非勾引诈骗，而是出于真心诚意。这下，姑娘们亦知大爷已是仁至义尽，略事反省，便纷纷为自己的愚蠢感到羞愧，于是心甘情愿流落风尘。何况除此之外，亦无其他手段可供一己糊口。情况如此，哪有资格有任何不甘？"

"这想法合乎情理。到底是哪儿不对了？"

只能怪音吉大爷过度体贴，这下轮到角助回答："对阿元夫人而言，这些姑娘到头来还是得由她来照料。对这些主动缠上有妇之夫的轻佻姑娘，岂有费心费力照料之理？唉，会这么想，也是人之常情。因此，阿元夫人尽可能找这些姑娘们的碴，将之于位格最低的青楼之间一再转卖，逼得她们挨到人老珠黄都无法从良。这就是这些姑娘被频频转卖的真相。"

原来是这么回事。

长耳曾言，睦美屋开始干贩卖人口的勾当，是在音吉入赘后。原来还真没说错，只是长耳所述的气氛，与真相大有出入罢了。

然而，诚如又市大爷所言，阿元夫人的确愈来愈疯狂，角助语带悲怆地说道："毕竟，为此音吉大爷得频繁出入青楼。若见音吉大爷对哪位姑娘特别好，阿元夫人便尤其无法容忍，总要设法制造事端，将之转卖他处。据传，阿元夫人似乎不时向一些凶险之徒支以银两，委其代行此类行径。"

"凶险之徒？"

"是的，均是凶险至极的大胆狂徒。这些人只为赚几个银两，哪怕杀人放火亦是在所不辞。大总管，您说是不是？"

阿甲并未回应，而是以平静的口吻说道："逼得音吉大爷忍无可忍的，便是此事。为阿叶姑娘赎身的恩客，均被阿元夫人给……"

　　"果、果真是教人给杀害的？"

　　"想必四人皆是为此殒命。流落风尘，赎身，杀人，买回，再给卖出——眼见出了人命，虽已忍让多年，但这回音吉大爷再也忍无可忍。"

　　因此，便找到了我们，角助泛起微笑说道："并告诉我们，他不愿再逼阿叶姑娘为娼，望能令其及早返乡。不，就连其他姑娘，亦望能悉数送返。姑娘们离去对青楼造成的损失，均将由自己支付损料偿之，望我们能代为打理。由于这并非一桩容易差事，我打算先找玩具铺的长耳大爷商量商量，就这么遇上了又市大爷。"

　　可惜仍是晚了一步，阿甲说道："当夜，音吉大爷似曾劝告阿元夫人勿将阿叶姑娘一再转卖，两人为此起了争执。也不知是盛怒之下说的气话，还是久经深思熟虑所吐的真言，但音吉大爷提及此事，应是十之八九。闻言，阿元夫人起了猜忌，一心认定音吉大爷钟情于阿叶姑娘，愤恨难平下，阿元夫人竟——将音吉大爷给杀了。"

　　音吉死了，都是教你给害的——

　　"阿元夫人似乎毫不懂得自诫反省。即便亲手杀了音吉大爷，仍一味将错推给阿叶姑娘，意图让阿叶姑娘承担此罪。抑或，即便夫妇俩总是阴错阳差，终生都无从通达情意，但手刃与自己深深相恋的音吉大爷后，阿元夫人仍是深陷疯狂错乱。总而言之，这下她一不做二不休，打算连同阿叶姑娘也给杀了。孰料——"

　　竟是自己赔了性命？又市问道："那么，阿甲夫人是否认为，阿元死得罪有应得？"

　　原本背对着又市的阿甲缓缓转过身来回道："又市先生不是说过，没有任何人丧命是值得的？"

"我怎么不记得?"

"我听闻先生曾言——不管什么时候,人死了都不是好事。无论一个人是狡猾还是邪恶,是卑劣还是悲惨,是困苦还是悲怆,苟活都比死要来得强。"这番话可真是天真,阿甲继续说道,"虽然天真,但我亦甚为赞同。这次的事件也是如此。被迫卖身的姑娘们的确可怜。但换个角度看,也可说她们是自作自受,一方愿打,一方愿挨。而将这些姑娘推入火坑的音吉大爷,虽为此感到痛心,但亦是自作自受。无法向阿元夫人表达情意,却又不愿斩断这情根,此外,对众姑娘还诚心善待。让事态变得无可收拾的,正是他的这种态度。至于阿元夫人,若从某个角度审视此事,或许阿元夫人才最可怜。然其所作所为,毕竟是犯下了滔天大罪,若能活着让此事得到解决,无疑最好,可惜两人皆命丧黄泉。若再算上阿叶姑娘的自缢未遂,未免也赔上过多人命。又市先生……人死是不能偿罪的。"

话毕,阿甲定睛直视又市,继续说道:"阿元夫人死于阿叶姑娘之手。即便纯属过失,杀了人毕竟是杀了人。此外,若欲归根结底,阿叶姑娘才是导致此事如此收场的元凶。人幸或不幸,皆取决于自己的行为。阿叶姑娘的不幸,既怪不得音吉大爷,亦怪不得阿元夫人。"

"若是如此,为何要大费周章设这么个局?"又市仍欲打破砂锅追问到底,"不仅如此,还嘱咐阿叶把这当作一场梦。难不成是要她一辈子活在梦里?还真是天真得令人害臊。"

阿甲面露微笑回道:"没错,我们的确将当晚的惨祸转为梦境一场。如真似梦,如梦似真。不过,又市先生,那不过是给世间的交代。阿叶姑娘亲身经历的真相,是如何也改不了的。"

"真的——改不了?"

哪可能改得了?阿叶毕生都将背负这条人命。

"真相存于每个人心中。街坊巷弄间则是有幻有梦。世间一切,均不过是虚无幻影。既然如此，阿叶姑娘今后，就该一辈子活在自己心里的真相中。先生说是不是？"

"反正，世间一切均不过是虚无幻影？"

"是的。我们不过是借造梦于街坊巷弄间，即捏造巷说，尽可能供阿叶姑娘活得安稳些罢了。"

"以三十两的代价？"

"说到这笔损料……"阿甲向背后的角助使了个眼色。是，角助一应声，立即走上前来，自怀中掏出一个袱纱包塞入又市手中。

"这、这是什么东西？"

"是找给你的零钱，又市先生。"

"零钱？喂，什么零钱？"闻言，又市这才收下原本欲推回的袱纱包，解开来看。只感觉这包拿起来沉甸甸的。

里头包的，竟是十三枚小判。

"喂喂——这究竟是……"

是属于先生的银两，阿甲说道："是今早送到我们店里的。原本有四十两，扣除应向先生收取的二十七两后——就剩下这十三两，在此悉数奉还。"

"送去的？我可没送这种东西去呀。如此巨款，我何来能耐……"

是阿叶姑娘送来的，角助说道。

"阿……阿叶？"

"阿叶姑娘似乎再度卖身了，为此收到了这四十两。"

"这——"又市转头回望，背后当然空无一人。左右张望，当然也不见任何人影。阿叶并不在场。"这未免也太——"

至于她是进了哪家娼馆，还是成了冈场所或宿场的娼妓，就不得而知了，阿甲说道。

"她竟然——将自己给卖了？"

"请别误会,又市先生。阿叶姑娘这回卖身,绝不是为了先生,而是为了遵从规矩。"

"规、规矩?阿叶好不容易才成了自由之身……"

不对。阿叶哪可能得到自由?不,论自由,阿叶原本就是自由的。束缚了阿叶的,正是阿叶自己,往后阿叶也得终生在自己的束缚下度日。

"这、这笔银两……"

"阿叶姑娘并未留下任何书简,仅附上一纸便笺——上书又市先生惠存几个字。因此……这笔银两,是属于先生的。"

是给我的?

阿甲定睛直视着又市。

又市默默地将袱纱包塞入怀中。

阿甲再次泛起一抹微笑。"不知又市先生往后是否还可能帮我们阎魔屋办些损料差事?"

"什么?"

"先生天真的性子以及能逞口舌手腕却奇弱这点,让我认为或可邀先生同我们共事。"阿甲说这番话时,眼中并未带分毫笑意,"其实,方才我亦邀林藏先生同来共事。先生在京都或许小有名气,幸好在江户尚不为人所熟知,这点也正好适合。"

"适合?适合什么?"

"我们阎魔屋仅同正经人做生意。损料屋的行规,是不得与不法之徒有任何牵连,万万不可同与那圈子牵连者有任何往来。"

"究竟是要我办些什么样的差事?"

"需要先生代办的,便是——于街坊巷弄间织梦。"阿甲说道。

"织梦?"又市朝地上蹬了一脚,"喊。这种事别找我办。像是这回这等荒唐把戏,我可一点也不想插手。瞧长耳老头儿那些无聊把戏,又是身躯膨胀，又是被女人给压死什么的，真教人笑掉大牙，只骗得了几个小毛孩儿罢了。"

"听起来，先生是毫无意愿？"

"我可没这么说。只是听你方才又是数落我天真，又是数落我手腕奇弱，殊不知这差事若是由我来办，铁定能办得比你们好上几倍。怨恨、苦痛、眷恋，只要编出一段巷弄奇谈，保准悉数一笔抹消，哪还需要布置什么荒唐把戏？无须大费周章设这等滑稽滥局，一切便能完满收拾。瞧我能言善道，办起事来自有一套，凭这舌灿莲花之技，便足够我吃遍天下。可别小看大爷我小股潜又市呀。"又市大言不惭地吹嘘了一阵，说完便仰望身旁的柳树。

今夜暖风阵阵，天际不见半点星辰。

没错。反正我是个小股潜。空有满腔大志，空有一身干劲，也成就不了什么大事。

大爷愿意加入吗？角助问道。

"听来有那么点意思，大爷我就姑且试试吧。不过，没有酬劳的活儿我可不干，该收的银两我可不会客气。林藏那家伙就别找了，有他在只会碍事。"

"口气倒是不小。"阿甲说道，这下终于露出了如假包换的笑容，"不过，说大话前，还是先将那头凌乱的月代给剃一剃吧。别平白糟蹋了先生这副俊俏相貌。"

少啰唆，又市顶了句嘴，旋即转过身，只手紧紧揣住怀中的小判。

我当然加入，又市背对两人，朝夜空如此回答。

周防大蟆

周防国深山内
有一成精蛤蟆
常捕蛇而食之

一

你就是阎魔屋派来的人？浪人一脸爽朗地问道。

虽说是浪人，但此人却没有浪人风貌。知道他是浪人，是由于事前曾被告知此人身份。若非事前知情，想必绝不可能猜出他是浪人之身，甚至完全猜不出他是个武士。

此人一身简洁装束。身着色彩鲜艳的小袖，上披无袖羽织，下面未穿和服裙裤。虽没剃月代，但头发也并不散乱，而是束成一头整齐的总发。这身古怪打扮，看来虽不像个武士，也不像个百姓。

"我听说过你。记得你叫又八——不，又吉？"

"又市。本人名曰又市。"

没错没错，对不住呀，又市先生。浪人山崎寅之助开怀大笑地说道，"好吧。这回要找我干的，又是什么样的野蛮勾当？"

"野蛮勾当？"

又市不过是听从吩咐将此人带走，根本不知是为了何事。但刚一见面就表明自己不晓事由，只怕让人听了笑话，故除了邀此人同行，什么话也没多说。

山崎客气地说了声"麻烦稍候"，便钻回长屋中。勉强称之为长屋，不过是因为与邻家尚有接壤。其实不过是栋简陋的小屋,破旧得连是否有地板、天花板都教人怀疑。

此处是位于本所①之外的一处无名聚落。

这里就是连奉行所、非人头或长吏头②的目光都无法触及的化外之地。里头住的,净是些不只身份,就连姓名、出身、行业都不可考的家伙。

对不住对不住,让你久等了,步出长屋时,山崎以帮闲③般的口吻说道。进屋原来不过是为了披上一件外衣。

又市不禁望向他的腰际。

看见又市这动作,山崎高声笑道:"噢,那东西?没有没有。"

"没有……"

的确没有。山崎的腰上没有该有的行头。他并未佩刀。这还真是古怪。

"忘了带?"又市问道。

"并非忘了带,而是根本不带。老早就把那东西给卖了。佩带那么沉重的家伙不过是个负担,肚皮填不饱,刀也不能拿来吃。你说是不是?"

"噢。"这下还真不知该如何回话。难道他已放弃了武士的身份?

身份哪值得计较,山崎说道:"如今这时局,有谁能在路上拔刀?刀一出鞘就被官府逮捕了。既然连挥两下也不成,这东西不是个饰物,又是什么?"

"饰物?但腰上的佩刀不是武士的……"

"将饰物吹嘘成魂魄或生命什么的,只会教人笑掉大牙吧。"山崎

---

①江户城市地名。明治时代改称本所区,1947年时与向岛区合并为现在的墨田区。
②非人及长吏均为古日本贱民阶级之一。非人头为管理众非人者,长吏头即管理众长吏者。
③在宴会上以陪酒说笑助兴的男性艺人。

开怀笑道,"但若是仕官,佩刀可就等同于和尚的袈裟,抑或,你是个卖双六的,也等同于你头上的头巾,相当于身份的证明。但浪人哪需要这种东西?我无俸,无主,亦无根,压根儿没任何身份证明。无身份证明却要证明身份,岂不等同于欺诈?为争面子、争声誉而饿肚子,根本是蠢事一桩。"

说的是,又市说道。

"听懂了?噢,你还真是通达事理。"山崎语气悠然地说道。沉甸甸的东西,就让其他人去扛吧,话毕,又抬头仰望天际,继续开怀地说道:"气力这东西,又市先生,就数用在哪里最为重要。若是用错地方,便注定要事倍功半。为了确保用对地方,便得先保存气力。不须使的气力,就不该使。成天依着性子找人决胜负,是傻子才会干的事。"

这道理,又市当然懂。凡事均力求事半功倍——这也是又市秉持的信条。只是万万料不到,竟然会从一个武士嘴里听到这番道理。

你认为,这不像武士该说的话?山崎问道。

心思竟教他给看穿了。"噢,这……武士不该是……"

"武家重体面,武士重尊严,武士们只要一开口,不出一两句就满嘴这些道理,但大多数人其实脑子里什么也没想。偶尔,有些会拿道呀还是诚呀什么的吹嘘一番,正面迎敌、坚持到底根本没什么好讲的,全都是狗屁。我连肚子都填不饱了,根本连个屁也放不成。"

"当真放不成?"

"没错,放不成。又市先生,若是崇尚精神,就不该动武。若视剑道为人伦之道,便丝毫无须以刀剑与人搏命。伤人、杀人,只会教刀剑蒙尘罢了。你说是不是?"

"一点也没错。"

"刀剑的用途,乃斩对手之肉、断对手之骨,要不就是对其施以恫吓。而这恫吓之所以有效,乃刀剑实为凶器使然。不过,打一开始就滥用气力施以胁迫,并不一定好。哎呀,跟你说这些,根本是关公面前舞大刀吧。"山崎说道。

"没有的事。"

"跟我就别谦虚了。据说,你可是个靠哄骗糊口的高人呢。"

"可惜小的手无缚鸡之力。"

手无缚鸡之力?是吗?山崎开怀笑道:"这不是最好?气力这东西,本就是愈小愈好。锻炼体魄根本没半点用处。照顾身体没别的诀窍,只要别伤到就成。而锻炼这件事所能做到的,就是损伤身体。钢炼过头必成废铁,仰仗气力终将伤身。人外有人,天外有天,倘若对气力过度拘泥,有时就连对手比自己强还是弱,都无法辨识。不过,只要一开始就不把对方当对手,就不至于挨揍或送命了。总之,该逃时尽管逃。你说是不是?"山崎拍拍又市的肩头说道。

的确有理。"小的无意冒犯,不过在敌人面前临阵脱逃——对武家而言难道不是卑怯之举?"

哪里卑怯了?山崎回答:"确保退路可是兵法之基本呢。三十六计走为上策,可不是什么卑怯之举,不过是慧眼明判,回避冲突,实为上策。将棋中,就数毫不要花招的布阵最强,愈要花招,就愈是破绽百出。"

"对敌方而言,不也是如此?"

"哦?难以相信你竟如此正直呀。"

"小的——正直?"

"难道不正直?敌我这种字眼,可是愚昧的武士才会挂嘴上的。或许你要嫌唠叨,在下还是得重申,搏斗绝对是蠢勾当。同敌斗,同己斗,同世间斗,都不过是无谓之举。总而言之,欲以胜败论断,就得像个傻子般,将世间一切简单看待才成。你说是不是?"

一点也没错。世间一切,岂是非黑即白?

"总之,世间一切可不似赌局,可以掷骰子决定。硬是要以胜败论断一切,岂不愚蠢?只有傻子才会以胜败判优劣,是不是?"

"是这样。"又市对此毫无异议,"但,为何说我正直?"

"以胜败论断一切的傻子,是干不了你们这行的。若是如此,哪还需要分什么敌我?既然是做生意,该分的是盈亏才是。不论是委托人,抑或是设局对象,均应奉为客官。然而,你却用了敌方这称呼,这不是正直是什么?"

原来如此。此言的确有理。

损料屋没有敌人,仅有客人。损料屋做的是租赁生意。

既然是租赁而非贩卖,东西用完当然要请客人返还。返还时,器物可能会有些许损耗或脏污。即使看起来完好,多少还是会带点损伤。造成损伤的客人,便得支付相应的费用。损料屋干的,就是这样的生意。收取的并非租金,而是损料。

损料屋通常从事的主要是租赁被褥的生意。但阎魔屋不仅租赁被褥,日常杂货、汤碗、餐盘、木工工具乃至婴孩的襁褓,都可在这里借到。不,出租的不仅是器物,阎魔屋就连人、主意、帮手都能租借。而且,就连不便张扬的东西也能租赁。

损失大小有别,或可定悲欢,或可判生死。凡是存在于世间之各种损失,均能以相应的费用代为承担——这是阎魔屋不为人知的一面。伤害愈多,损失便愈大,此乃世间铁则。收取与伤害相应的费用,代客人弥补损失,便是阎魔屋暗地里从事的交易。

客人支付与自己损失相应的费用,阎魔屋再依收受金额代为扛下损失,即为此类交易之铁则。实际执行这些差事的,便是又市一行人。

又市是一个离乡背井、曾横行京都一带从事不法勾当的小股潜,是用接近诈术的舌灿莲花之技惑人的不法之徒。因同伙出了纰漏而被迫远离关西，最终于去年落脚江户。

初秋一场骚动，成为又市受雇于阎魔屋的契机，至今已约三月。

其间，又市办了四桩差事。他整垮了一家贪得无厌的当铺；自一名以诈赌大发横财的武士奴仆手中赚回了五十两；以美人计将一色欲熏心的花和尚送进了大牢，顺道自其庙中取出主佛，融成生铁变卖；最后，还助遭骗卖身的娼妓逃离火坑。

每桩差事均是以三寸不烂之舌所行的诈骗勾当，亦均有又市于京都结识、靠贩卖吉祥货维生的林藏相助。桩桩均用上了明显取巧的骗术，扯谎、恐吓乃至诈财，可谓招招派上用场。

不过，又市的原则是绝不触法。虽为完成目的不惜用尽各种手段，但他既不偷取，亦不害命，甚至未曾动过粗。

那当铺的店东与诈赌奴仆，均是令人忍不住要痛揍五六拳——不，就连这也无法泄愤——的可憎恶棍，又市却没伤他们一根汗毛。

若是出了手，设的局便形同失败。由此看来，又市似是认为，唯有耐着性子巧妙布局，以让这些恶棍尝到较殴打沉重数倍乃至数十倍的打击，方为上策。

事实上，或许山崎所言不假，这不过是因又市手无缚鸡之力，而不得不如此行事。

话毕，山崎以一对碌碌转的眼睛望向又市，接着说："说你正直，正是为此。"

"抱歉，小的依然无法理解大爷口中的正直是什么意思。毕竟小的有生以来，从未干过任何值得夸奖的事。"

不不，山崎摇着手说道："骨子里，你其实满心怒气。对受害者甚是同情，视加害者为十恶不赦，并为此愤恨难平。我说的对不对？"

"的确如此。"

"你瞧。你对自己的行为分明有充分理解，却仍试着以善恶论断一切。虽然违背社稷人伦，却仍试图循正道度日。这若不是正直，又是什么？"

"以善恶论断一切？"

"没错。"

"小的可没这么正经。"

"不不，人无论如何都需要大义名分。世间可憎的混账的确多不胜数，但既不能据此斥其为恶，亦不该因人受难遇害而视其为善。是善是恶，常随立场而易。因此于法不可以善恶定罪，反正为人定罪的终究是官府。有些义理须扭曲法理方能成立，亦有些不法乃出于世故人情。即便是义贼，也要不了什么威风，毕竟终究是罪人。正义这东西，不过是须为一己立场辩护时所使用的一时权宜。"

"哦？"

你还真是个善人哪，山崎说道。

"小的是个善人？"

"可不是？人果真是不可貌相，瞧你这人把情义看重得像什么似的。不过你们那女店东，噢不，大总管常感叹需要一个像你这么有手腕的，想必自有她的理由吧。切记，别太为委托人着想。"山崎说道。

"这是为何？"

"损料屋可不是助人报仇的打手。若是将责任揽过了头，保准造成亏损。承接的只是差事，若是连怨恨还有不甘愿之类都给揽下，不就等同于引火上身？"

"真是如此？"

"当然如此。总之，上你们那儿求助的，多半是走投无路的家伙，听了这些客官的遭遇，难免会同情。不过，别忘了同情不过是个我尊彼卑的情感。"

"唉，或许真是如此。"

说不定真如山崎所言。或许又市不过是借由同情委托人、憎恨加害人，好让自己干的不法勾当显得正当些。虽未犯法，不，或许除未犯法之外，其他均算得上罪大恶极。又市所做的事情，没有一桩是值得褒奖的。

想来，这态度还真是自以为是。自己不过是个不法之徒，哪来的资格界定孰善孰恶、孰可怜孰可憎？

况且，或许正如山崎所言，正因认定己善彼恶，自己才用得出敌这个字眼。敌若是恶，那么己便是善了。但自己的行径，岂可能是善？

大爷所言的确有理，又市回答道。

别这么客气，山崎说道："枉顾人情者非人。然而须了解同情亦是一种判定了我尊彼卑后，方可能产生的人情。"

"大爷言下之意，是要小的将凡事视为事不关己？"

"当然事不关己。因此更应极力避免将之视为一己之事，对委托人产生同情。随委托人又哭又怒，只会令自己失去立场。别忘了这不过是门生意。"山崎比出拨弄金币的手势说道，"这你千万得牢记，又市先生。绝不能将击倒对手视为逞一己之快。该为此快活的是委托人。咱们的差事，不过是收下银两代其承担损失。损料的目的是填补损失的缺口，在咱们承接前，早已有缺口洞开，再由咱们干的活儿将之填平，但不可填过了头，填出一座土馒头。"

如此一来，可就没赚头了，山崎笑道："万万不可仗着铲凶除恶的心态吃这行饭。损料屋有时的确受处境堪怜者之托，向可憎仇敌报一箭之仇，但这不过是个结果。一如在下方才所言，不论是委托人，抑或是设局对象，均应奉为客官。"

"奉为客官？"

那狠心老头儿、混账郎中、淫荡和尚以及吝啬的青楼老板——的确都是客官。拜这些家伙干了恶毒勾当之赐，损料屋才有差事可干。

两人的对谈就此打住。只听见风筝迎风飘荡的声响。举头望天，却不见半只风筝，只看见一羽飞鹤翱翔天际。

　　没见过飞鹤的又市，出神凝望了好一会儿。

　　那些人在浅草田圃内撒饵，山崎说道。

　　"撒饵喂鹤？"

　　"没错。好供高官放鹰猎鹤。这些鹤真是可怜。"

　　"放鹰猎鹤？"

　　"猎鹤并非为食其肉。放鹰猎鹤不过是个余兴。为杀而饲，好不滑稽。你说是不是？"

　　这羽鹤终将命丧鹰爪？

　　眼下还看得见鹤，也依旧听得见风筝的迎风声响。

　　"江户的新年可真是安静呀。"

　　两人只须闭上嘴，四下便是一片鸦雀无声。

　　大坂绝不可能如此静谧。大坂这地方，说好听些是热闹，说难听些是嘈杂，哪可能听到目光不可及的远方的风筝声响。江户的新春，远比大坂质朴、素净。

　　人口虽多，武士却有不少，或许这正是原因。

　　静过了头，可就教人难挨了，山崎回道。

　　"大爷受不了安静？"

　　"没错，这种安静反而更令人心浮气躁。若是深山幽谷，安静是理所当然，但人山人海的都城如此安静，难道不教人觉得不寻常？元旦时自家的蟋蟀鸣叫，就连隔壁三轩两邻都听得到。真是教人难挨。"就新年发过一阵牢骚后，山崎方又说道，"唉，这就是在下的缺点了。"

　　"缺点？"

　　"不是说过在下讨厌安静？"

　　"大爷可是喜欢嘈杂？"

"噢，嘈杂是没什么好，但该怎么说呢，瞧瞧在下——一张嘴永远闭不上。想必你早已发现，在下老是这般唠叨个不停。在下的缺点就是话太多，总之就是怎么也静不下来。人说沉默是金，或许在下就是被这张嘴给害了，老是与财无缘。若不是穷怕了，在下哪可能给逼得大过年的还来干这野蛮勾当？"山崎自嘲道。

野蛮勾当……

这回需要干一桩野蛮勾当，去将山崎先生请来——大总管是这么说的。至于这野蛮勾当究竟是什么，又市就不得而知了。

就字面上推敲，应该是需要气力或打斗的差事。但山崎怎么看都不像是干这种事的。虽然说起话来滔滔不绝，但看不出有几两身手。怎么看都是个绝不佩刀的古怪武士，哪适合干什么野蛮的差事？

不出多久，一个绘有阎罗王的招牌映入两人眼帘。两人终于抵达位于根岸町的损料屋——阎魔屋。

二

镇坐于上座的，是阎魔屋店主阿甲。

又市总是猜不透这女人的年纪。想必早已超过三十，甚至可能超过四十。但就一身威严看来，或许还要更年长也说不定。只不过，她的眼神颇为年轻，有时甚至像个小姑娘般熠熠生辉。即便如此，若是被她那锐利眼神一瞪，论谁都得退缩三分。

女人真是难解。尤其在昏暗的房中，更是教人难解。

这里是阎魔屋内厅后的一处不为外人所知的密室。室内几无日照，是个密谈的绝佳场所。

约十叠大的木造地板上，坐着山崎以及一个剃发长耳的巨汉——

经营玩具铺的仲藏。又市与搭档林藏则屈居于下座。

一丝微弱阳光自暗门的缝隙射入,在阿甲的脖子与衣襟上映出一道细细的光影。

说吧,这回要取什么人的命?山崎开门见山地问了这么个骇人的问题。"都将在下给唤来了,想必有哪儿又能多卖一具棺材。虽是大过年的,也没什么好忌讳,就把话给说清楚吧。"

"先生何须心急?"阿甲语带一丝困扰,但并未否定山崎的推测。

这回得取人性命?又市不由得双肩紧绷,偷偷朝林藏瞄了一眼。

其实没什么好大惊小怪。两人在京都一带干过的差事里,也取过几条人命。虽从未亲自下手,但有几回也算得上是害命帮凶。

"这回是山崎先生最擅长的复仇差事。"阿甲说道。

"复仇差事……"山崎手摸着下巴说道。

长耳察觉又市正出神凝望山崎,便开口说道:"阿又,这位大爷可是个复仇家哪。"

"复仇家?"代当事人复仇的行业?

"在下绝不代人复仇。"

"有时不也干这种勾当?"长耳回道。

"极少。且那绝不似你所想。"

"那么,可是助人打群架?"

"阿又,打群架的是另一行。咱们是损料屋,图的不是增,而是减。"

"减……此言何意?"

"我说阿又呀,为弱方助阵是打群架的差事,咱们损料屋求的正好相反,乃是以减损为基准衡量双方实力差距。因此,谋的是减少强方实力。这位先生不打群架,而是在仇人或仇家实力过强时,或某方请来多名帮手时,在隐秘里动些手脚,以使双方实力相当。这位大爷可厉害了,"长耳继续说道,"犹记一年前,他曾助十二名毫无帮手的孩子，与一师承新阴流剑法的仇人公平决胜，靠的是在前一夜断此仇人手脚之筋，废了其右手右足。"

总之，就是布置得双方实力相当，林藏说道。

"让双方公平决胜不就行了？何须如此大费周章？若有足以使强敌瘫痪的实力，代客官杀了仇人不就得了？"

如此一来，便失去复仇的意义。山崎说道："事前委托他人暗杀仇人，只会使复仇者颜面尽失。复仇的目的，绝非单纯为一逞心中之快而挟怨报复。不少是武家为保体面，而被迫行之——"总之，不就是个愚昧野蛮的风习？山崎语带不屑地说道。"那么，这回要封的，是复仇者之手，还是仇人之手？"

"都不是。"阿甲回答道。

"都不是？"

"没错。或许算得上助仇人一臂之力，但委托人实为复仇者。"

"不懂。"山崎纳闷道，"既然是助仇人一臂之力，委托人理应是这仇人才是。难道是复仇者委托咱们助其自戕？这未免离奇。"山崎将双手揣入怀中，继续问道，"难不成你们这损料屋，就连自戕的忙也帮？"

绝无此事，阿甲回答："我们除了代人承接损失，什么忙也不帮。虽无权干涉他人自戕，但助人成全此行，并非损料差事。丢失性命终究是损，若是让客官有所损失，我们这招牌必得卸下。"

这道理在下也懂，山崎说道："看来大总管是打算阻止这客官自戕，是不是？"

大过年的，大爷为何满口怪话？长耳说道。

满口怪话的，是你们大总管吧？山崎回嘴道："复仇者欲委他人助仇人一臂之力——若要推论，无非是此人认为自己实力过强，仇人实力太弱。这回难道是因仇人实力太弱，复仇者主动要求封自己五分功力？听来是个公平的考虑，但复仇哪有人计较公平与否？这岂不是主动削减自己成功复仇的几率？眼见自己占上风，便委人助对手一臂之力，有哪个傻子是这么算减法的？如此一来，不就等同于请人来打群架了？这……是哪门子的减损？"山崎说道。

仍是减损，阿甲回答。

那么，还请大总管明说，这下山崎提高嗓门问道："在下不懂为何得与这些布置机关的共事。难道这回的差事得设什么暗局？"

言下之意，是不屑与我共事？长耳问道。他的长相的确怪异，鼻子平塌，嘴却奇大。

这长耳仲藏平日以制造孩童玩具为主业，副业则是以一双妙手代人制造戏台的布景道具。仗其不凡手艺，亦不时承接损料差事所需之大小行头。

并非如此，山崎略显疑惑地说道："只不过，你干的尽是些障眼的活儿，而我干的尽是些野蛮勾当，性质大相径庭。"

"没错，"阿甲眉头微皱地回答，"就连我也不知该如何解释。"

"连大总管也不解？这还真是罕见。"长耳朝前探出了身子。他的巨大身躯让这密室显得更是狭小，想必他本人也为置身斗室感到不舒服。

阿甲正欲开口，突然有人拉开暗门。映照其脖颈与衣襟的细细光影突然扩大，连嘴唇都在光中现形。她的一双红唇先是闪现刹那，旋即又为黑影所包覆。

来者是小掌柜角助。

这身形瘦弱的小掌柜悄声步向阿甲，对其略事耳语，阿甲便微微颔首说道："咱们就会客吧。"

还有谁要进来吗？长耳问道。

"是委托人。"

"委托人？"山崎再度提高嗓门惊呼，"大总管，此话当真？虽说这回就连大总管也不解，但今后还有其他差事得干呀。这回承接的真是野蛮勾当？"

确是如此——阿甲回答。

"当然是如此，否则何须找来在下？那么，大总管，要在下同委托人会面这点，着实教人难以置信。如此一来，可就大事不妙了。让人见着在下的后果将是如何，大总管要比谁都清楚吧？"

不论理由为何，伤人毕竟是大罪。山崎有时就连取人性命的差事也承接——说老实话，干这行和杀人凶手根本没什么两样。

"我当然清楚。"阿甲以惯有的威严语气回道。

"那又何必——"

"今日就姑且相信我一回吧。"话毕，阿甲朝角助使了个眼色。

是，角助短促回答，迅速步出房外。这家伙平日分明是个马屁精，这种时候行动起来却格外机敏。

不出多久，一名脸色惨白、比角助更为瘦弱的武士，在角助的引领下步入房内。

一眼便可看出他不是浪人。只见他手持斗笠与大刀，一身简洁的旅行装束。但凹陷的两眼不仅有着浓重的黑眼窝，还一片通红。

这武士有气无力地向众人低头致意，接着便眼神飘忽地拖着虚弱的身子步向阿甲，在她身旁跪坐下来。

阿甲转头望向武士。

或许是感觉有人正紧盯着自己，武士先是紧张得浑身打战，旋即再度低下了头。"在下为川津藩士，名曰岩见平七。"武士低声说道。

"川津？那不是周防一带的一个小藩——噢，失礼，一个藩吗？"

是的，角助佯装殷勤地代武士解释："这位客官蒙受极大损失。不，若是置之不理，往后还可能损失得更为惨重，绝非其只身所能承担。因此，方才委托咱们代其扛下这损失。"

说来听听，山崎说道。

但岩见依然沉默。

山崎最受不了的就是这种静默。果不其然，这饶舌的浪人不出多久，便像是跪坐得不舒服似的，不住改变坐姿。

深吸两口气后，武士终于勉为其难地张嘴说道："在下来到江户是为了寻弑兄仇人。"

果然是桩复仇差事，山崎迫不及待地插嘴道。

"是的。家、家兄岩见左门，生前官拜勘定吟味役①。前年夏季遭下属谋害，因此丧命。"

"遭下属谋害？"

"是的。家兄查出有下属擅自挪用公款，欲呈报告发，此人为封家兄之口而下毒手，后因真相为人所察，遂脱藩遁逃——表面上的说法是这样。"

"喂喂，什么叫表面上的说法？"

言下之意，就是说这个说法与事实不符，长耳说道："此事另有真相，是不是？岩见大爷。"

是——岩见有气无力地回答，接着便自怀中掏出两纸书状，递向又市等人。"这就是町奉行所颁发的复仇赦免状。"

"赦免状？"山崎说道，并欲伸手拿取。但指尖才触及书状，便旋即抽回。"不就是几张批准杀戮的破纸头？"

山崎吐了口气，语带感叹地说道："只要持有这书状，便可公然取人性命。不，即便有千百个不愿，也得开杀戒。总之，实在是愚蠢至极。即便有什么堂皇的大义名分，杀人终究是杀人哪。"

---

①江户时代于各藩、旗本设有勘定奉行执掌的勘定所，负责管理民政、财政。勘定吟味役为地位仅次于勘定奉行的官员，旗本、御家人出身者方可任之。

还不是为了武家的体面,长耳说道。

"没错,正是为了体面。为体面取人性命——"

"绝非正当。"代山崎把话说完的,竟是岩见。

原来是这回事,山崎先是倒抽一口气,旋即感叹了这么一句,又默默地望向阿甲。

正是这么回事,阿甲回道:"岩见大人须诛杀的仇人——是一名曰疋田伊织的防州浪人,自去年起潜伏此地,隐姓埋名悄然度日,以木工、搬运工之差事糊口。一个月前,川津藩派遣的探子探出了疋田的藏身之处,与本人确认无误后,旋即通报自藩国来江户的岩见大人。藩国即刻呈报本所的与力,亦与町奉行所的账簿进行对照,查明无误后,于昨日向岩见大人下了通令。"

"故已是骑虎难下?"山崎感叹道。

"没错。疋田伊织亦已被本所方拘捕。不过……"疋田大人实乃遭人嫁祸,岩见语带伤悲地说道。

"这话说得还真是斩钉截铁呀。"坐姿益发懒散的长耳说道。

"因为实情如此。"岩见先是抬起头,旋即又垂头解释道,"家、家兄丧命时,在下与疋田大人均在现场。不论外人如何搪塞,这绝对是实情。"

"看来,必是有谁说了些什么吧?"长耳窥探着山崎说道。

不知何故,山崎只是默默不语。

又市直觉案情绝不简单。"也就是遭人嫁祸了?"

若是遭人嫁祸,只消将真相公之于世不就得了?林藏说道:"就连复仇者自己都这么说了,想必案情就是如此。我说大总管,看来咱们若是任其厮杀,对这位客官及仇人而言都是损失。欲填补这损失,唯有将真相公之于世,是不是?"

"并非如你所想。"山崎回头朝林藏狠狠一瞪说道。

"并非如我所想？那么，该作何解释？"林藏问道。

又市亦有同感。诛杀无辜者不仅有违天理，亦有违人伦政道。明知对方清白却得下手诛之，有谁下得了手？既然复仇者坚称仇人无罪，面对仇人时，当然毫无理由出手。果真是场了无意义的复仇之斗。

"这仇人——并非遭人嫁祸。"山崎说道。

"但这位客官自己都这么说了。"

"即使如此，也并非遭人嫁祸。林藏，即便谋害其兄者另有其人，那姓疋田的也确为清白，但此人的仇人，依然是那姓疋田的。"

"此话怎讲？"

"不是连赦免状都颁了？"山崎以食指在榻榻米上敲了敲，"这东西，并非批准复仇的许可，而是仇得报，仇人也不得存活的状令。时下平民百姓也不时假决斗之名行报复之实，但这不过是模仿武家的行止。武家的决斗不同于百姓的寻仇，绝非为报杀亲之仇而杀生的报复行为。"

"那么，会是什么？"

被又市这么一问，山崎一脸阴郁地回答："乃是义务。"

"义务？"

"没错。决斗，绝非因至亲被害的愤恨、伤悲而为之。唯有为报亲族长辈遇害之仇的决斗可获赦免，便是明证。欲为晚辈报仇，则绝无可能获准，即便遇害者为一己之子或弟。此外，若败于仇人之手，亦不得再次决斗。若为这些规矩所束缚，这算哪门子复仇？"总之，武家的决斗不同于百姓的寻仇，山崎如此重申，接着又继续说道，"对尊崇忠义武勇的武家而言，决斗乃武士必须履行的义务。即便心无怀恨故意不为，或虽愤恨但选择忍让，也无权拒绝履行。毕竟——杀父之仇不共戴天，纵放仇人乃武士之耻。"

"即便如此，这位客官不是说过，这仇人实为清白？"

"唯有遇害者为一己之亲族晚辈，决斗者方有权裁决对方是否无辜。"

"诛杀仇人，难道不须经任何研议裁决？"

"裁决——想必并非没有，只是已经了结。既然赦免状都颁了，杀害此人之兄的凶手便是那姓疋田的。就连奉行所的记录上都已有明载。也就是说，主君已经如此裁定。"山崎说道。

岂有此理，林藏并不信服，又转身说道："藩主裁定后便无法翻案？这是哪门子法理？"

"法理？这便是法理。"

"但……"

林藏，阿甲厉声制止道："就算再不合情理，天下既循此规矩，咱们也是无可奈何。"

"岂能坐视不管？"

"瞧你口气狂妄的。即便你在此处厉声抗议，天下也不会因此改变分毫。还是省省力气吧。"

林藏心不甘情不愿地闭上了嘴。

山崎指向官府颁发的书状说道："奉行所经账簿比对，亦认定此裁定无误。况且这仇人已经为其所捕。事已至此，已无他法可想。无论如何，这场决斗都得举行，且必得在众目睽睽之下举行，来个杀鸡儆猴——"

闻言，岩见紧按双膝。

你，剑术如何？山崎问道。

"这……"岩见一时答不上话来。

"依我看，是完全不行？"

"诚如大爷所言，就连竹刀也使不好。"

"果不其然。其实从大刀的握法便可看出几分。那么，对手可是个高人？"

"疋田大人在众藩士中，是个数一数二的好手。"

"噢，不过，你应知决斗者不得雇帮手的规矩。欲寻帮手助己复仇，须先取得官府许可。这回不同于半路遇见仇人，乃是公开决斗，何况对手又是个囚人，欲事前串通也是无从。若欲护己之身——"

在下已有一死之觉悟，岩见说道。

"原来，你已有死于对手刀下的觉悟？"

"不仅如此，甚至曾有于决斗前自戕的打算。不过，如今已打消这念头。"

是我劝这位客官打消念头的，角助说道。

是你劝的？山崎抬起视线望向角助问道："此人既已决心一死，又何须劝阻？"

因这死毫无意义，角助回答道。

"毫无意义？"

"岩见大人家中尚有数名年幼亲属。倘若岩见大人为此送命，往后这些亲属……"

"晚辈终将重蹈在下覆辙。唉，如此一来，年幼至亲将被迫落入与在下相同的境遇。"

"所以说是毫无意义？不过，岩见大爷，既已有一死之觉悟，只要在决斗中死于对手刀下，一切不都解决了？"

"在下若出席决斗，想必……不至于死于对手刀下。"话毕，岩见便低下了头。

"此言何意？难不成有自信胜出？"

"接下来的，就由我来解释，"阿甲说道，"川津藩已遣来见证人一名与帮手九名，合计十名，预计将于后天抵达江户。"

"九名？"

"没错,正是九名,均为藩主指派的帮手。"

"遣来帮手倒可理解,但何须动用九名?怎么看都是小题大做,这已称不上是助阵,也不是决斗,而是聚众杀人吧?"

的确是聚众杀人,阿甲说道。

"看来有人要不惜一切代价,欲取疋田大人性命。"

"会是什么人?"

这……会是何许人呢?阿甲来了个四两拨千斤。

这下岩见的脑袋垂得更低了。

"此外,为何又需要见证人?这回举行的已是经奉行所批准、本所也将派专人前来监督的决斗,为何需要人见证?"

"我藩……"岩见以微弱到几乎听不见的嗓音说道,"虽是个小藩,但敬勇重义之风甚盛,视官学如藩主之训示,人人自幼便须彻底研读朱子学,故视复仇为武士务必履行之本愿,甚是推崇。但实际上,为复仇而进行决斗鲜少发生。"

常发生还得了?山崎说道。

"是的。这次是我藩首度决斗,故在我藩甚受……"

"甚受瞩目?"

"是的。在下离开我藩前,此事已喧腾甚嚣。不难想见,此见证人应是藩主川津盛正大人亲自派遣——"

川津盛行,阿甲说道:"此人姓川津,与藩主可有何关系?"

"他是川津藩的继任藩主。"

"继任藩主……差了见证人来?"

是的,岩见应道,垂头丧气的样子看起来丝毫不像个武士。

"这……这下可就更棘手了。"

"的确棘手。况且这继任者的亲信似乎正是那九名帮手。"

"无稽。"山崎不由得改变了跪坐之姿,"真是无稽至极。"

"管他是为仁义还是忠勇,即便有什么大义名分,杀戮终究是杀戮。而尊崇杀戮的人,全都是些混账东西。"

"的确是混账东西。"

听见阿甲也随自己吐出这句粗话,山崎抬起头来喊道:"大总管!"

"是的,诚如山崎先生所言,这些人全都是混账东西。根据岩见大人的叙述,这位继任藩主,才是谋害其兄的真凶。"阿甲板起脸来说道。

"哦?原来是这么回事。"原本默不作声的长耳,这下终于开口说道,"打算凭嫁祸他人抵消一己之罪?堂堂武士净爱干这种事。"

"布置机关的,可不是这么回事。"山崎皱眉说道。

长耳露出一口大牙说道:"那是怎么一回事?大爷难不成想说,武士个个清廉正直,绝不干任何卑鄙勾当?保证教人笑掉大牙呀。"

"不,这种话打死我也不会说。武士百姓中均不乏恶人,地位愈高,便愈容易干出龌龊勾当。必要时,这些恶棍哪会客气?不过……"

"不过什么?"

"别忘了对手可是个继任藩主。"

"继任藩主又如何?我最厌恶的就是这种位高权重的混账东西。阿又,你说是不是?"仲藏转头向又市问道。

都说不是这么回事了,山崎说道:"你说的这种位高权重的混账东西,地位愈高就愈是可憎。不过,因高不成低不就而郁郁寡欢的御家人或许如此,继任藩主可就不同了。若欲销罪,只消来句不知情,大可堂堂正正抹消。不,即便不抹消,亦有许多后路可退。不不,即便不退,人身安全也绝不至受到任何威胁,何须大费周章布局,找个替死鬼来搪塞?"

"那么,鸟见大爷,这会是怎么一回事?"仲藏问道。

鸟见?又市暗自思索这指的是什么。

山崎双颊略带抽搐地说道:"唔。看来,似有私人恩怨掺杂其中。这继任藩主,与死去的兄长及那姓疋田的之间,想必有什么纠葛?"

岩见双唇紧抿地回道:"详情……不便透露。"

"不能说来听听?"

"各位务必信任在下,唯详情实不便透露。"咬紧牙关回答后,岩见双手握拳朝榻榻米上一敲。总之,在下实有难言之隐,如此重申后,岩见问道:"难道不说出家兄丧命的理由,各位就无法接受在下委托?"

"此事敝店已经承接。"角助回答,"这几位均是受雇于敝店之人。依本行规矩,大总管阿甲夫人既已代受客官之托接下这桩差事,便准备扛下相关损失。几位雇人,无权有任何异议。"

喊,长耳咋舌说道:"瞧你神气的。角助,我们的确受雇于阎魔屋,但可不是你们店家的伙计或是弟子,想拒绝还是能随时抽身。不过,想为你们阎魔屋卖命的家伙本就多得吓人,我们若是抽身,想必你们也不愁找不到人差遣。是不是?大总管。"

"不,绝不是这样。"阿甲斩钉截铁地回答道。

"绝不是这样?我说大总管……"

"这回的差事,绝不容任何人抽身。"

"哦?"长耳朝前探出身子问道,"阿甲夫人,为什么我们不能抽身?"

"总而言之,无论如何,我们都得担下这桩差事。"

"难不成是要我们无条件信任大总管?"

"信任我本就是你们的义务,而我对你们则无须信任——这就是规矩。"

长耳一脸惊讶地望向山崎。

就是为此,才要我们与委托人见面?山崎问道,接着又泛起一脸笑意说道:"这下,在下、大总管和这两个年轻小伙子的样貌全被委托人瞧见,注定没了退路。长耳的,大总管这招,让咱们如今已是休戚与共，既无路可退，亦不容失败了。唉，即便没被这么设计，这本就是桩困难差事，想必其中有些什么不得公开的隐情。大总管想必是看透了咱们的牛脾气，料到咱们打算先套出详情，再决定是否参与。这下，咱们还真是碰上了一只老狐狸呀。"山崎说道。

阿甲丝毫不为这番嘲讽所动，仅在红艳嘴角露出一丝笑意。

"那么，大总管可有任何打算？"

"当然。"阿甲先是看了看岩见，接着又环视又市等人，"那么，咱们就言归正传吧。"

三

还是想不通，又市嘀咕道。

"喂。少在那儿唠唠叨叨的，"长耳怒斥道，"哪有什么办法？阿又，少牢骚了，像个不甘愿的乡巴佬。大过年的，别像个长不大的别扭娃儿似的一脸无精打采。总之目前该想的，是如何设好这回的局才是。"

初次与鸟见大爷合作，情况还真教人弄不清楚，长耳抚摩着自己的长耳朵说道。接着，又从行囊中抽出一纸地图，在榻榻米上摊开。

图上是仲藏的自宅，位于浅草之外。

反正还不是要设计个什么无聊把戏？又市别开头说道："话说回来，鸟见指的是什么？那浪人究竟是什么身份？"

"你还真是什么也不知道。"长耳数落道，两眼依旧端详着地图。

"那姓山崎的大爷，原本是公家的鸟见役。这是门俸禄八十俵五人扶持，还有传马金可领的差①，扶持要比定町回还高呢。"

---

①俵为武士当作薪水领取的玄米单位，1石为2.5俵；扶持为为其扶养家属或家臣所发放的津贴，一人扶持即家中另有一人每月可领三合至五合米的津贴；传马金为差旅费。

"我问的是鸟见究竟指什么？究竟是门官职，还是指赏鸟这嗜好？"

就是指赏鸟呀，巨汉漫不经心地回答道。

"真有这种只须赏鸟的官职？"

"瞧你那傻样。鸟见是负责检视鹰场的官职，职责是确认场内是否有可供猎鹰捕获的猎物。鹰猎时若无一只鸟可捕，猎鹰与鹰匠不都要落得英雄无用武之地？"

"原来真是门专管赏鸟的差事……"竟然真有这种荒唐的官差。

果然是个天真的嫩小子，又市没来得及把话说完，长耳便如此揶揄道。

"我哪儿天真了？"

"鸟见的确是个专管赏鸟的官差，职务为确认鹰场内是否有雁或鹤可猎，但差事可不是只有这些。加上见习人，鸟见的编制可是多达四十几名呢。赏鸟何须如此劳师动众？这不是无谓浪费俸禄？"

"那么，这些人还得找什么？"

"还得找蛙、雀和鹰。"

"不懂。"

"嗯。你想想，事前先行巡视，确认鹰是否有获物可猎，就连个孩童也办得了。况且，鸟见之下还有为其撒饵、引鸟留驻的百姓。"

这下又市方才忆起，山崎也曾提过此事。

"此外，这巡视还有其他目的。其中一个，便是赶走盗猎者。若是撒了饵，附近有人饿昏了头，将诱来的鸟儿捉了吃了，岂不是前功尽弃？只不过，眼见终日有人轮班巡视，其实没几个傻子敢鬼鬼祟祟潜入鹰场捕鸟。"

"这巡视，其实不过是个名号？"

"可以这么说。实际上，其实是为了调查当地情势。"

"调查当地情势？"

"鹰场多位于江户之外。这些人便以巡视鹰场的名义，调查江户近郊山峦田野的地势风土。传马金便是用来应付这类事情的银两。否则巡视葛西或中野什么的，哪需要如此巨资？这些家伙巡视大小田圃，活像要捕蛙似的。"长耳说道。

"难怪你刚才说，这些人得找蛙。"

"没错。他们得摸清江户周遭的地势。万一江户遭人攻打，还得拿这些村落充当要塞。因此才派出这些家伙四处寻蛙。此外……"

"还得找雀？"

"当然。雀是鹰的上等猎物，且不似数量稀少的鹤，雀的身影随处可见。随处可见这点，正好提供了上乘的借口。如此一来，凡是有雀之处，就能划入鸟见的管辖范围了。"

"为何要划定管辖范围？"

"不论位于何处，凡有雀之地，鸟见随时有权踏足。即便是大名宅邸、佛门寺庙，只消宣称有雀飞入邸内，亦可通行无阻，也算得上是捉拿麻雀的捕快吧。如此一来，便得以一窥宅内形势，倘若看见什么不该张扬的，还能捞些台面下的油水。"

"台面下的油水？"

若是深谙要领，实际收到的酬劳要比同心多呢，长耳头也不抬，比出收受银两的手势说道。

"鹰指的又是什么？这些人连鹰也得监视？"

"鹰指的是鹰匠。表面上，这鸟见役隶属鹰番所，名义上归鹰匠统辖。事实上是个监视鹰匠的职位。"鹰匠可是无法无天哪，长耳这下终于抬起头来说道，"不过是个驯鸟儿的，却总以为自己多了不起，有些老是目无法纪。监视这些家伙，亦是鸟见的差事之一。"

"怎么干的尽是些监视他人的勾当？"

"原本的名义就是监视鸟儿呀。那山崎寅之助，之前就是个鸟见。"

长耳说道,"后来不知怎的,却沦落到过着无家无业的日子。个中缘由我是无心探听。不过,阿又,对这家伙可不得不防呀。"

"比你还该提防?"

"我这人最自豪的,就是表里如一。"

"你这家伙只有里,哪来的表?任谁见着,都要觉得你三分像人,七分像鬼。相较之下,那位大爷看起来正常多了。"

正因如此,才得多加提防呀,仲藏一把拉过烟草盆,为烟斗里填入烟草。"别看那家伙一脸斯文,实际上武艺高强,强得吓人呢。从相貌难辨其身手,这是那家伙最教人害怕的地方。"

不懂,又市拉上衣襟,打岔道:"倒是,你这破屋怎么冷得直教人打战?既然有火抽烟,何不生火取暖?"

"不成不成。你难道忘了那张蛤蟆皮?"

"哦?"

长耳指的是他为戏班子以兽肠加工制成的道具,一张以风箱吹胀的巨大蛤蟆皮。

"就是那臭气冲天的东西?"

"没错。若是将屋内烘暖了,皮可是要发臭的。"

"那东西还没做完?"

"上回做的那张太大,一胀起来就撑满整座戏台了。做得虽好,到头来却派不上用场,只得再缝制一张。光是为了准备这张当材料的皮,就耗费了我整整三个月。"

"撑满整座戏台?那东西真有这么大?"

"毕竟是个里头空无一物的皮球呀。不把气打足,便无法胀到想要的形状。谁知打足气后,竟比预想的大了两成。"

只能怪你自己手艺拙,又市骂道。

"卖双六的,瞧你这脾气,像你这种低贱人等嘟嘟囔囔,有谁会搭理？我看你还是省省力气吧。不过，阿甲这臭婆娘，这回神气个什么？真是个混账东西。"

"我也不服气。"想到自己只能被阿甲那副威严押着打，又市满心不舒坦。

"可是对这桩差事的前后来由不服气？瞧那黄毛小子似的武士，到头来什么也没交代。"

不是为这个，又市撩起后摆说道："谁在乎缘由什么的？即便缘由有多名正言顺，也与我无关。那武士吃了些亏是千真万确，这也算得上是桩损料差事。既然大总管严词申诫不得抽身，也只能跟她这回了。"

那么，是对哪儿不服气？仲藏叼着烟斗问道。

"不觉得差事的安排过于粗糙？"一点也不审慎，又市心想。

嫌粗糙又能如何？事还是非办不可呀，长耳抛下火种说道："那武士都求咱们救仇人一命了，咱们也只得制服那一大伙打群架的。"

"这我当然知道。"

岩见已经做好死于疋田刀下的准备。

既然不允许二度决斗，只要岩见在堂堂正正的对峙中死去，疋田便能安然逃过这一劫。但这些打群架的可就碍事了。

因此，得将他们给——解决掉。

或许可在途中动点手脚，使这帮人无法及时抵达决斗现场，然而这回却使不上这招。据说与这伙打群架的同行的继任藩主已经下令——务必等见证人到场，方可开始决斗。

这下再怎么耽误这帮人，也仅能延迟决斗罢了。

鉴于此，阿甲与山崎商议出下面的布局。

首先，将九人中的四人留在岸边。要如何办到暂不清楚，似乎是准备让这四人暂时无法站立。两人的盘算是——若全数负伤，对方或许会再派出一帮人马。但若有五人幸免,决斗应将如期执行。既然都来到这儿了,应不至于为等候所有人伤愈以致耽搁个把月再举行决斗。又市也同意这揣测。届时的决斗局面,将是包含岩见在内的六对一。

接下来,便轮到仲藏上场。他得想出个计策,使决斗现场陷入混乱。再由山崎出马,将残存帮手悉数解决,好让疋田顺利取走岩见的性命。倘若疋田不愿下手,便由山崎斩杀岩见。待混乱一过,看来便像是疋田胜出。

"这是哪门子傻主意?若仅是拖住打群架的,让两人一对一决生死,至少算是合情合理。但为何非得取委托人的性命不可?"

"那武士若是不死,此事便无法完满解决。"

"谁管它完满不完满?若是死于仇人刀下也就算了,但为何必须得杀了他?到头来,我们不过是助人自戕的帮凶,还称什么……"

死是个损失——阿甲曾如此说过。

"客官如此要求,咱们哪有什么办法?"

"咱们就该如此搪塞?再者,那大爷不是还说,届时也顾不得其中有几个帮手可能丧命?"

"是呀。这和埋伏在路上或客栈里乘隙出手不同,这是在围有竹篱的场子里,在众人环视中,还得在刹那间收拾妥当,何况周遭还有捕快和见证人。此外,那些帮手想必个个武艺高强,出手时根本无暇斟酌轻重。"

"为救一人性命,得死六个人?这怎么看也不划算。"

是不划算,长耳事不关己地说着,在地图上标了个记号。

"但阿又,这就是咱们的差事。倒是要我想个计策……究竟该如何把这差事办成?"长耳皱眉说道,"如此困难的局,我还是头一回碰上。究竟该如何障住围观者与捕快的视线?喂阿又,你也帮忙出个主意吧。"长耳拍拍又市的肩头说道。

"我哪想得出什么主意？这种不划算、谋害人命的勾当——我压根儿不想当帮凶。若真想得出该如何设局，不如干脆立刻上本所去，将那姓疋田的给放走不就得了？"

"他若肯逃，哪还难得倒我？"

"都已被官府给逮着，还有人等着取他性命，放他逃他哪会不逃？任谁都要逃吧。"又市说道，旋即一把抢过长耳叼在嘴上的烟斗，百无聊赖地把玩起来。

就是不肯逃呀，长耳露出一口大牙说道。

"为何不逃？"

"疋田这家伙似乎早已决心一死，被捕后便斋戒沐浴，将胡须、月代剃得干干净净，还备妥一套白衣，就这么虔心静坐，等候死期到来。你认为叫这么个家伙悄悄遁逃，他会乖乖听话吗？"

"真教人难解。"这种决心究竟有何意义？又市完全无法理解。

"你这种用经文擦屁股的家伙哪会懂？这个疋田，想必真是遭人嫁祸。自己的清白，有谁能比自己更清楚？因此选择脱藩落脚江户，独自担下莫须有的罪名。"

"或许真是如此。"

"真相定是如此。也不知是奉藩主之命，还是为了让继任藩主保有颜面，疋田一开始便已做好背负污名死去的觉悟。离开藩国时，便知迟早会有这么一天。"

无稽——山崎曾如此痛斥。果真是无稽至极。

因此，鸟见大爷才得杀了那蠢武士呀，长耳说出了这令人不忍听闻的事实。"他判断，即便没那些帮手，疋田也不打算好好招架。而岩见也不愿杀疋田，宁可死于仇人刀下。两人都像在舍身喂虎，哪是什么堂堂正正的决斗？如此下去，保准没完没了，要有个结果，只得让两者中牺牲一人了。"

而正是得有人牺牲这点，最教又市不服气。

"为此就得取人性命，岂不流于粗糙？何不用哄骗的伎俩？若真要找，法子多得是。"

"唉，你说的不是没道理，但事情已是迫在眉睫。说服、哄骗都需时间，让人心服也费日耗时。总而言之，明日见证人便将抵达江户，非得赶紧想出个妙计不可。看来该用点火药呢。"长耳两手抱胸说道。

"你手里有这种危险东西？"

"这……有是有。这回的酬劳不低，使用火药倒不至于亏本。"

"可是来自藩国赐予岩见用于决斗的经费？他打算以这笔经费，了断自己的性命？怎么看都不划算。"又市将烟斗一把抛开。

此时房门突然嘎嘎作响起来。

真是冷得要人命呀，只见林藏伴着冷风步入屋内，嘴上还直嚷嚷。一察觉屋内没任何东西可供取暖，立刻绷起脸抱怨道："混账东西。天寒地冻的，我在外头四处奔走，窝在屋内的你们俩也不知道把屋子弄暖些好招待我？"

"少啰唆。可有探到什么？若只是四处奔走却一无所获，我差只狗去探信息还省事些。"

"卖双六的，给我闭上你那张嘴。"林藏作势要踹又市一脚，接着便在仲藏身旁坐了下来，"可别把我这卖削挂的给看扁了。不过，造玩具的，我查到了好多可疑的事。稍早去了川津藩的江户宅邸一趟，据我所查，杀害岩见兄长的真凶，大抵正是藩主之子，也就是这回的见证人。因此，那人才要极力隐瞒。"

"少卖关子，知道多少都给我说清楚。我已经被烦得头昏眼花了，听到你这嗓音只会更没耐性。"

你这张嘴还真是刻薄呀，林藏脸绷得更僵了，说道："不是说，事因是盗领公款什么的？其实根本不是那么回事。真正原因是情杀。"

为了姑娘争风吃醋？又市问道。不，是为了男人，林藏回答。

"为了男人？"

"没错，为了男人。阿又，听了可别吓着，令那藩主之子倾心不已的，正是被逮捕的疋田。"

"对疋田倾心不已？"

看来这家伙似有断袖之癖，长耳呢喃道："不过这也没什么好稀罕的。"

"若是常人，的确没什么好稀罕。但这可是藩主之子呀。"

"不管是藩主之子还是将军之后，这癖好与身份毫无关系，不也常常看到和尚结伙上阴间茶屋①作乐什么的？阿又，瞧你生得细皮嫩肉的，难保哪天不被这些家伙给相中呢。"

"混账秃子，我哪儿生得细皮嫩肉了？藩主亵玩娈童、和尚亵渎死尸，又与我何干？不过，这种事理应不可对外张扬，可是家臣透露的？"

我可是费了好大劲才探来的，林藏说道："不过，阿又，这在藩中可是个众所周知的秘密。那少主的口碑可谓奇差无比。立场上虽不便对外张扬，但一旦提及，大伙儿便有如溃堤般痛骂个不停呢。"

"那么，是谁对谁倾心？"

"当然是少主对疋田呀。只是再怎么勾引，这疋田也不从。"

若没兴趣，当然抵死不从，长耳揶揄道。"姓林的，若是被我勾引，你可会跟从？"

"被你这糟老头儿给勾引，就算是熊也要跳崖寻短。总之，真不懂这些有头有脸的大爷们都在想些什么，疋田之所以不从，似乎是因心中另有其人。"

---

①日本江户时代，用男妓侍奉客人、出卖男色的茶馆。

"难道是那姓岩见还是什么的人的兄长?"

"没错,疋田心仪的人,应为其兄。因此,少主对疋田与岩见百般刁难,但岩见对其中缘由当然毫不明白。只是,为情痴狂的少主,早已色欲熏心。"

"已失去了理智?"

"看来是如此。"

反正人都死了,已是死无对证,林藏说完,冷得打了个哆嗦。"根据折助那老头儿的说法,这姓疋田的是个笃信朱子学、为人光明的正人君子。虽说为人正直不代表不好男色,但他若无断袖之癖,想必曾对少主几番训斥。"

"斥其不应有此癖好?"

"详情并不清楚,但若是如此,问题可就无关男色女色了。少主早已公私混淆,为激情所驱而无法自拔,况且,还胡乱揣测心生嫉妒。"

"原来如此。"

又市哪懂什么朱子学。但不至于不知道武士们——至少表面上——厌恶卑鄙软弱,重主从长幼之序,也力求贯彻始终。因邪念衍生疑念,挟权势为难下属——不管是否出于理智,亦无关男色女色——均非正道所能容。

"难道是严斥少主不可违背伦常?"

"想必是如此。只是这少主,心智早已为激情所盲。即便没如此,遭下属训斥,况且还是循理说教,当然要心生不悦。唉,或许是认为自己的断袖之癖为疋田所鄙视。"

"因此斥其无礼,一刀斩下?"

"这应该不至于。被斩的是被视为情敌的岩见,不是吗?你们说这少主是不是无法无天?对疋田,就这么从意图染指转为怒不可抑。换作常人,碰上举止如此荒唐的少主,理应向其父申诉吧?"

"至少该将此事公之于世。"

但疋田没这么做，林藏说道："眼见主子如此荒唐，这家伙竟也不愿背弃，担心若是张扬出去，会使少主颜面扫地，便试图说服少主此等行止有违伦常。"

"武士还真是死脑筋呀。"

"的确是死脑筋。也不知是为了尽忠，还是保全武家体面，到头来，竟换来一场恩将仇报。"

"恩将仇报……于是就被嫁祸成母藩公敌？"

"真是愚蠢。"又市对这桩差事已完全提不起兴趣。

不管是藩主还是少主，男色还是女色，一个胡乱猜忌的混账，因误解而错杀无辜，整件事就是如此荒诞。

遇害者平白受到牵连，当然可怜。这可是个赔上性命的大损失。但依常理，尚可惩罚这因误解错杀无辜的混账，以法理弥补遇害者的损失。虽然人死不能复生，这损失虽无法获得真正补偿，但多少也算是尽了人事。

但这回——

别说是惩罚，凶手不仅逍遥法外，还依然一派威风。

而为了保护这凶手——遇害者的亲人，竟被迫夺取被嫁祸者的性命。为了避免这场无谓的杀戮，竟得赔上更多条性命。

那分明遭受最大损失的亲人，也将于决斗中殒命。这回设的，就是这么一场局。兄长之死，加上自己的死，对岩见而言，绝对是个毫不划算的大损失。

"咱们这算哪门子的损料屋？"又市觉得自己活像个闹脾气的小孩儿，一把无处宣泄的怒火在心中熊熊燃烧。

我怎不知你这么爱发脾气？长耳缓缓起身说道："虽说你是个不懂事的毛头小子，这么爱发脾气，可就真像个小孩子了。"

长耳的,可想到了什么主意?林藏问道。

"哪这么容易?这回若是稍有疏忽,保准要出人命。而那一带既没有山,也不能用火药将他们给炸飞……"

"你这秃子,怎么老打这种吓人的主意?可别连自己的命也给赔上了。"

"哼。"长耳蹭了蹭耳朵说道,"我正打算连同自己也给炸飞呢。"

"也太吓人了吧?唉,不过这回的差事实在麻烦,不难体会你想干脆来个玉石俱焚什么的。但是……"林藏似乎突然想起了什么,迅速挪到长耳面前说道,"糟老头子,这件事或许可让阿又来办。又不是要厮杀什么的,无须弄这么大动静。是否可在事前先耍点小手段什么的?"

"事前?"

"为山崎大爷带路时,我已掌握了那伙帮手和那好男色的少主的行踪,就连他们寄宿何处都知道。"林藏自怀中掏出一张纸,"不管是需要带路还是献计,我这卖吉祥货的林藏可是样样精通。但那位大爷要我什么忙也别帮。你认为那家伙只身一人是否真办得来?"

何须担心?仲藏回答道:"这下对方想必已折损四人。不是断了脚筋,就是断了骨头,而且全都伤在眨眼间,让人以为是出于偶然。"

"但那伙帮手可是个个武艺高强。而咱们那家伙别说是一副寒酸相,就连把刀也没有。"

"只有傻子才带刀。"又市自原本的正坐改成了盘腿说道,"话说回来,姓林的,你见着那好男色的少主了吗?"

"当然见着了,看起来弱不禁风的。"林藏眯眼说道。这神情,表明他根本没把对方放在眼里。

"弱不禁风?就是说,这家伙只会虚张声势?"

"的确爱虚张声势,众藩士对其似乎嗤之以鼻。论权位虽是高高在上，但无人与其交好，当然是满心怨气，而且还住在主屋外的小屋。虽常裹着包颊头巾，试着让自己看来威武些，但充其量只和寻常的御家人一样罢了。不过，我不太懂得凭衣着辨识武士的层级。"

"川津藩并不是个富庶的藩。有这种没出息的儿子，摆在大名行列中哪可能出头？"长耳以略带揶揄的口吻说着，将地图折了回去，"不行，还是想不出个法子。"

"老头子，我看你就别太伤神了。就随便张罗一场吧，只要稍稍把人给吓得一愣一愣的，剩下的就交给那位大爷处理。不是说他身手不凡？"

"武艺再高强有什么用？届时那里满是看热闹的家伙，除了有捕快警戒，四周还围有竹篱呢。"

"那么，只消让众人朝其他方向望一望，不就得了？"

"竹篱该如何挪开？"

"只要动点手脚，让它容易倒塌就成了。反正这东西是在事前造的。届时只要弄出一阵大声响，趁众人朝那头张望时，一口气将它给推倒。如此一来，看热闹的人群便会涌入场内，再趁这混乱……"

好点子，长耳模仿林藏的口吻说道："小子，原来你偶尔也会出些好主意。那么，噢……"仲藏再度摊开地图，指着说，"对了，这儿有片森林。决斗场是此处，只消在这头弄出点声响——不，光是声响恐怕不够，得久久地引人注目才成。看来还得在这片森林上头弄出个什么……"

"会是什么？"

"如今哪有时间再造出什么大东西。手头有什么就用什么……"

要用那蛤蟆？又市问道。

"先以大蛤蟆慑人，再乘隙杀人？怎么又是个骗孩童的把戏？那原本无须送命的五名帮手，和那姓岩见的窝囊武士，都得随这无聊的把戏命丧黄泉？真是不值……"

着实不值,又市再次感叹道。

四

南町奉行所的定町回同心志方兵吾,听说于本所举行的决斗有怪事发生的传闻,乃决斗的两日后,即正月十日的事。

传闻内容无比荒诞。仇人武士被逼入绝境,于决斗中使出妖术——于堂堂正正的决斗中使用妖魔之术,可谓卑劣至极,此人简直就是前所未闻的恶棍。此一传闻,于街坊间传得甚嚣尘上。

捎来这传闻的,是冈引爱宕万三。

由于想不通这妖术究竟是什么样的东西,志方便向万三询问。是,万三先是恭敬回应,旋即苦笑道:"别说是大人,小的也感到难以置信。"

"本官并未问你相信与否。欲知的是这一坊间传闻的全貌。惜本官孤陋寡闻,对妖术一无所知,即便听闻降魔或障眼之术等诸多解释,亦是无从想象。可是什么类似儿雷也变幻术的东西?"

"是的,正如大人所言。"

"正如本官所言?难不成,此人化成了一只硕大无朋的蛤蟆?"

老实说,正是如此,万三回答道。

"真的幻化成蛤蟆?"

绝不可能。

"禀告大人,此乃街坊传言,故仅听信五成便可。该场决斗的一方为一个姓疋田的浪人,身高足有六尺,满面胡须,貌似钟馗,是个可与石川五右卫门相比的不法恶徒。另一方则为一个姓岩见的俊俏武士。两人样貌之悬殊，犹如牛若丸对上弁庆。"

万三干起活儿来颇有两下子，唯饶舌这点着实教人困扰。通常得耗上好些时间，方能自其言语中听出要点。志方本欲催其尽快切入正题，但仍决定耐住性子听下去。

"只可惜……这复仇者没有牛若丸般的身手，"万三语带嘲讽地说道，"这牛若丸剑术奇差，别说是乌天狗，就连只乌鸦只怕也打不过。决斗将由何方胜出，早已是一目了然。这么个复仇者，别说是无从斩敌雪耻，想必自己还得命丧仇人之手。或许眼见情势如此，疋田即便早已为本所所捕，依然是一派悠哉，一无所惧。"

"一派悠哉？"

"是的，悠哉得有如上酒馆作乐的逍遥人。"

据实说来，别吹嘘得像你亲眼见过，志方斥责道。但传闻就是描述得如此活灵活现，万三回道："总之，想必此人必是身手不凡，若有哪个不知好歹的小子冲上去，只消手指一捻就能使其毙命。孰知那复仇者志在必得，为报一箭之仇，竟自母藩遣来帮手，共差出一名、两名、三名……"

"本官听闻共九名。"

一共遣来了九名帮手。怎么看，这帮手都多得异常。或许的确是我弱敌强，但再怎么说，十对一绝算不上是堂堂决斗。志方原本对此纳闷不已，听闻经纬，方知两方实力原来如此悬殊。但思及至此，志方又开始质疑了。万三常将话说得夸张，何况这次说的又是从流言蜚语里听来的。就连信个一半，只怕都要嫌多。

再怎么想，九人也实在过多。

一下来了九人，这人哪能招架？万三说道："不管武艺如何高强，以一当十也是毫无胜算。唉，话本故事什么的虽常有好汉快刀斩敌十人甚至二十人的情节，毕竟是虚构杜撰。大人说是不是？"

志方从未与人搏命，但想到要一次击倒十名拔刀剑客，的确毫无可能。

"唉，小的不比大人，就连见个老婆子拿菜刀都要害怕。若是见人拔刀威吓，只怕要吓得屁滚尿流了。那家伙虽武艺高强，面对十人也是毫无胜算。原本以为仅有小伙子一名，准备轻松取胜，这下发现敌众我寡，当然是要吓破胆了。"万三嘴叼十手、比出打手印的架势说道，"因此，就如此这般……"

"又不是在做戏，岂有可能？"

可是大人，当时的确有怪异声响传出呢，万三说道："据说周遭霎时响起一阵大鼓般的隆隆声响，在场众人全都听见了。噢，不仅是在场的人，就连两国，不，甚至番町一带都有人听见，似乎是响彻全江户的大街小巷呢。"

"本官怎没听见？"

倘若番町听得见，八丁堀哪有听不见的道理。别说是在奉行所内，倘若当时正在城内巡梭，理应听得更清楚才是。

你也听见了？志方问道。似乎也听见了，万三回答。

"似乎？"

"是的。如今回想，当时似乎是听见了。噢，就连下引① 千太也听见了，直说活像有人在放烟花呢。"

且慢，志方打岔道："烟花与大鼓，声音哪可能相同？"

"同样都是隆隆作响不是？小的当时人在筑地，听见的的确是烟花般的声响。但仔细想想，这个时节，况且还是早晨，哪可能有人施放烟花？一定是有人在击鼓施妖术。"

"妖术……"这着实教人难以相信。或许的确曾有什么震天巨响，

---

①受冈引统辖的非正规执法人员。

但要说是妖术，还真难以信服。

"这下，好戏开始了。"不为何，万三先是一番左顾右盼，接着将十手朝后腰一别，敞开双臂说道，"有只这么大的蛤蟆现身。"

"那东西真是只蛤蟆？"

"的确是只蛤蟆，况且还不是只普通的蛤蟆。若只是闯进了只大蛤蟆，理应不至于令十名剑客停止决斗。生得再大，也不过是只蛤蟆，一踢或是一踩就能摆平。但这只蛤蟆却有小山那么大。"

"有小山那么大？"

"是只比牛比马都大、高约一丈的大蛤蟆。还浑身冒着毒烟，张着血盆大口呱呱鸣叫。"

"荒、荒唐。这等无稽之言，就连傻子听了，只怕也是一笑置之。绝不可能有这种事。"志方说道。

是的，的确是绝无可能，万三擦拭着十手说道。"听来的确是荒唐之至。"

"明知荒唐，还如此向本官禀报？"

"方才不也说了，小的也不信哪。不过大人，当时可是有不少人在场围观呢。在场看热闹的就不必说了，就连深川那头也有人瞧见了那大蛤蟆，甚至连河对岸的浅草也有人看见呢。看来必定是硕大无朋呀。"万三仰面说道，"大人，小的认为官府若是放任不管，似乎不妥，才向大人禀报此事。"

"放任不管？"

"遇妖言惑众者必得严加查办，大人不是常把这句话挂在嘴上？"

"当然得查办。"

"那么，此事不也该严加查办？若是放任不管，本所七大不可思议，可就要添上这桩大蛤蟆大闹决斗场，成为八大不可思议了。"

"连你都说这流言蜚语该查办……"

"小的不过是据实禀报,万三说道:"因此,大人,至少该去探探实情究竟为何吧。这可是一场官府颁发了书状许可的决斗哪。"

虽不知万三是何居心,但他的话也有几分道理。这的确是奉行所颁布书状,经过查证,双方才举行的正式决斗,理应是留下了些记录。

不对,官府的记录,不过是徒具形式。

上头记载的顶多是时刻、场所、胜败。至今未曾见过任何记录,载有诸如大哈蟆现形一类荒诞无稽的事迹。

万三外出巡视后,志方思索了好一会儿,终于还是耐不住性子,前去造访本所方的诘所①。抵达时,诘所内仅有一名年轻同心。

志方表明身份后,同心似乎吃了一惊,想必是担心自己出了什么差错。志方只得委婉表示,自己不过是前来询问一桩私事。

此同心是个新人,名曰田代。

田代连忙沏茶招待,递上茶后便开口问道:"那么,请问大人欲询问些什么?"

"是关于前日举行的川津藩士决斗一事。"

是否真有大蛤蟆现形这种事,实在无法劈头就问。不得已,志方只得先确认那仇人的传闻是否属实:"本官听说,那姓疋田的是个擎天巨汉——"

田代两眼圆睁地回答:"不,绝非什么巨汉。虽算不上矮小,也仅约五尺六寸,体格大抵与志方大人相当。"

"可有蓄须?"

"哦?"这下田代双眼睁得更圆了,"获川津藩通报将之拘捕到案时,月代与胡茬是没剃干净。后经比对确认身份——事实上,一开始

---

①江户时代,供官职人员临时宿泊或待命用的住所。此处指同心驻守执勤处。

就认定必是此人无误，但还是得与町方记录略事比对，确认无误后，便告知将有复仇者前来决斗。大概是有了一死的觉悟，此人立刻要求一身白衣装，并请求斋戒沐浴，此时便将胡须给剃干净了。敢问大人为何询问这些？"田代神色不安地问道。

"这……本官不过是对……噢，对帮手的人数感到质疑。据说帮手多达九名，如此人数并不寻常，理应无法获得官府认可，本官好奇其中或有什么隐情。"

"噢，其实在下也为此大感惊讶。但决定者为该藩的藩主，批准者又是奉行，在下也不便过问。"

的确不便过问。

"正是为此，本官才好奇这仇人武艺究竟是多高强。根据街坊传闻，此人是名长相凶恶的巨汉……"

"其实，是因复仇者武艺过低。"话一说完，田代立刻捂住了嘴，"噢，请大人见谅，在下不过是……"

"别放心上。无须拘谨，本官今天的询问，绝非为了公务，你大可率直陈述。那位姓岩见的武士，武艺真有这么弱？"

"这……应说自身手判断，并不高强。"大概是担心再度失言，田代依旧以手捂嘴，踌躇了半晌方才如此回答。

"是身手给人如此印象？"

"噢，不仅是身手，不论怎么看，都看得出剑术必不高强。不过，时下也没多少剑术高强的武士——噢，在下似乎不该说这种话……"

"直说无妨。本官也同样没拔过几回刀，更没与人正式比武过。"

虽然如此，护刀与琢磨剑术倒是从不怠惰。志方就是这么个人。

田代有气无力地望着志方，为他再添了一杯茶说道："总之，其剑术应是不强。话虽如此，此事于其母藩甚受瞩目，据说此乃川津藩首次决斗……"

"因此得顾及颜面？"

"这……其中应是有种种顾虑。看来疋田的确是个高人，想必是为防万一，经过审慎计议，方才决定差出如此人数。"

疋田真是如此高强？志方问道。

气魄的确是不小，田代回答："当时，疋田就被拘禁于本诘所内侧那房间。毕竟从无前例，不知该如何处置。此处并非牢狱，也无法将其囚于囚笼。大人亦知本所方仅有同心二名，名义上须和与力一同轮值，但从未见任何与力前来。"

"据说此人当时一派悠闲？"

"也不知该说是悠闲，还是严肃。除用膳、如厕外，多于此处虚心静坐。"

年轻同心伸手一指。指尖另一头，是块陈旧的榻榻米。且坐姿总是坚毅英挺，田代说道。

"静心等候死期到来？"

"想必是如此。此人虽看似志清节高，但似乎并非如此达观。据传他是担忧盗用公款遭人举发，故而在斩杀对其盘查的上司后脱藩逃逃。不过，看来完全不像如此卑劣之人——"噢，在下又失言了，田代再次捂嘴致歉。

还真是个老实人。

"那么，这场十对一的古怪决斗，过程如何？"这才是志方最想探听的。

田代费力地叹了一口气。"事实上是六对一。自品川宿的客栈前往川津藩的江户宅邸途中，有四名帮手负了伤。"

"是遇上了什么纠纷吗？"

"不。这几名，似乎是被倒塌的木材压断了腿骨。因此，当日仅余五名帮手抵达决斗会场。虽然五名也算多了——"此外，尚有那名见证人，田代再次叹了口气说道。

"据说，那名见证人，乃是自母藩专程赶来的？"

"是的。但关于此人身份，本所一概不知，就连个介绍也没有。仅口头呈报将有此人到场，姓名、身份却只字未提，仅要求接待此人时，务必待之以礼。"

"原来如此。光是派遣见证人这一特殊举措，动机便已令人费解，连姓名也不愿报上，便更教人难以理解了。"

"噢，那不过是个特例，与其说是特例，或许称之为例外更为恰当。虽有口头呈报，但未曾呈交任何书状，故此见证人并非官派公差，就连旅途中亦是极力隐秘。看来此人不同于其他九名，并无表明姓名身份之义务。"

的确如此。

至于这见证人……言及至此，田代一时打住，叹了第三口气。接下来，便开始叙述起这场光怪陆离、教人难以置信的决斗的经过。

当日五时，决斗于本所诘所旁的日枝神社境内举行。

虽为仇人，但疋田伊织却着一身白衣到场，于本所二名同心、一骑与力、四名小厮的警护下正坐场内，静待决斗时刻。决斗场外围有竹篱，由八名小厮警护。

五时前，已有五十余名围观者群集现场。

距决斗开始尚有四半刻前，复仇者岩见平七、五名帮手及一名见证人亦抵达现场。

复仇者及其帮手六人进入竹篱中，见证人则立于稍远处的镇守之森入口处。田代解释该处正好无人围观，能清楚观览决斗，亦表示当时天气寒冷。志方记得当日天虽大晴，但决斗乃于拂晓时分举行，想必现场仍是寒气逼人。

时候一到，与力宣布决斗开始，复仇者岩见便依例报上姓名。杀兄仇敌疋田伊织，吾将在此与汝一决胜负——想必当时还说了这么番话。

接下来，五名帮手亦依序报上姓名。

本所与力也翻开事前记有五名帮手姓名的账簿，逐一确认。

其实，这些举措根本毫无必要。决斗看似规矩烦琐，事实上，其中有不少并未正式遵行。除某些特定地区严禁决斗外，执法上其实出人意料地和缓。如今，为不共戴天之仇决斗被视为美德，就连百姓或庄稼汉都能为仇一决生死，也不乏因拒绝报仇而受罚之例。

总之，官府对决斗的态度毕竟仅止于奖励性质，法规的执行上才会如此和缓。

五人依序报上姓名得花点时间。被迫伫立寒风中，田代冷得双腿直打战。就在第五名报完名，决斗即将展开时——

"突然传出一阵隆隆声响。"

"隆隆声响？是什么样的声响？"

"噢，这该如何形容……颇似隅田川的烟花那震耳欲聋的声响，就像有谁在施放那叫二尺玉还是什么的。"

"果真是烟花声？"

"大人也听说过？"

"不——"志方不敢坦承自己听说当时传出一阵大鼓声。大人听人说是大鼓声吧？田代苦笑道，想必已知道外头流传些什么。

"看来大家都认为那是大鼓声。不过，那声响不似戏班子的大鼓声，而是与祭典上的大鼓声较为近似。听来轰隆轰隆的，就像射击大炮时的声响。此时，其中一名帮手脱口说出了虚空太鼓这个字眼。"

"虚空太鼓，这是什么东西？"

这下田代笑得更是开怀了："该如何说呢，据说是神鬼一类的东西，似乎是出没于周防一带的妖怪。大概是类似咱们传说中的——狸猫马鹿囃子^①什么的。"

"类似狸囃子？难道，这虚空太鼓指的是——分明无人击鼓，却传出阵阵鼓声？"

正如大人所言，田代朝大腿上拍了一记，接着说道："防州一带似有传言，古时曾有个神乐班子遭遇船难，不断击鼓求援，但终因无人援助而命丧黄泉，其魂至今仍击鼓不辍。"

难怪那帮手会当这是鼓声。这与万三的说法颇有出入。与其说是添油加醋，不如说是遭万三曲解。

不不，实情绝非如此，田代说道。

"什么事绝非如此？本官一句话都还没说呢。"

"噢，大人该不会是认为，决斗中竟还能忆起这远古传说般的鬼怪故事，这帮手还真是有闲情逸致吧？"

是没如此质疑，但若要这么想，也无可厚非。

但实情绝非如此，田代再次强调，并解释道："当时确有天摇地动之巨响，在场群众亦为之动摇。围观者、官府的人、复仇者与众帮手，甚至原本处之泰然的仇人均大为惊慌，有的甚至为这古怪声响给吓得失声惊呼——"尤其时值新年，周遭本是一片宁静，田代说道，"那声响乃自镇守之森那头传出，约五六响过后，森林上方……"

据说森林上方冒出了古怪的东西。本所的田代等人——包括仇人在内——均面向森林而立，因此看得一清二楚。

现身的，竟然是只巨大的蛤蟆。

"巨大的蛤蟆？"

"没错。在下也亲眼瞧见了。如今回想，又深感难以置信，不禁

---

① 马鹿囃子为日本江户时代的一种祭礼乐曲，在彩车上用大鼓、调音鼓、笛、钲等演奏。深夜里，特别是月圆之夜，自远处传来的马鹿囃子声响，称为狸囃子。江户时代的本所曾有马鹿囃子的怪谈，为本所七大不可思议之一。

怀疑当时是不是看花了。"

若是比森林中的树木还要庞大，那么就不仅是数寸数尺，而是身长数丈的庞然大物了。世上真有如此巨大的蛤蟆？

"不是幻觉？"

"不，那东西确实存在，绝非幻灯或海市蜃楼般的幻影，就连林中树木都为之晃动。那东西，是拨开枝丫钻出来的。"

"且慢。"那蛤蟆……"难道就是那仇人疋田……借妖术召唤来的？"

不不，田代挥手回答："那……那蛤蟆并非……这下还真不知该如何形容。在下有把握断言，那绝非疋田念了什么咒，或施了什么法给变出来的。总而言之，世上是否真有如此巨大的蛤蟆，抑或那是狸猫还是什么给变出来的——在下亦知这说法无稽，总之是完全无从判断。话虽如此……当时那里的确冒出了这么个东西。"田代望向志方背后的拉门说道。

那里是一片辽阔森林。志方试着想象那较林中树木更为巨大的蛤蟆得是什么模样，但终究是徒然。

"毕竟此处举行决斗已是史无前例，还初次目击那么一只巨妖。"这也是理所当然，志方回道。换作是自己碰上，想必也不知该如何反应。

继怪声后，又有个怪物现身，决斗场外的人群顿时陷入一片混乱。围观者原本大多背对大蛤蟆现身的镇守之森，这下有的奔逃，有的吓傻，有的欲一睹妖怪的真面目，同时骚动起来，硬生生将竹篱给压塌，围观者你推我挤，就这么将负责戒护的小厮们一同挤进了决斗场中。

原本伫立仇人身旁的本所与力同心，连忙同小厮一同收拾乱局。毕竟惊慌失措的五十多名围观百姓悉数涌入了举刀对峙的七名武士之中。

"当时直觉,千万不能让任何人伤着。毕竟情势已是一触即发,一番厮杀箭在弦上,除了复仇者与仇人,其余五人均已拔刀出鞘。"但乱局怎么可能这么容易收拾。大蛤蟆仍傲然耸立于蔚蓝天际下,仿佛在嘲笑地上的一团混乱。

就在此时,距镇守之森最近的人——头裹包颊头巾的川津藩见证人,突然以让复仇者报上姓名时更为惊人的大嗓门怒吼起来。当然,是朝着林中那只大蛤蟆。"大胆妖物,胆敢扰乱决斗这尽忠尽孝之举,瞧我如何治你!"如此一阵高喊后,这见证人旋即纵身入林。当时我们忙于将百姓驱向一旁,根本无人有暇追随其后。"

"那么,这见证人后来如何了?"

"这……"田代拍了拍额头说道,"在下也不知该如何形容。"

"别卖关子。"

那见证人,自此一去,便未复返,田代回答道。

"什么?难道至今仍未归返?"

"别说是仍未归返,整个人可以说消失无踪。想必那位见证人果敢挥刀斩向那妖物。"

"那妖物又如何了?"

"旋即与见证人一同失去踪影。如此硕大妖物,却在转瞬间消失无踪。事后诸与力曾入林检视,却连一丝痕迹也没找着。当然,亦不见任何步出林外的迹象。毕竟如此庞然巨躯,若移动了,任谁都看得到,怎么看都是凭空消失。"

"姑且不深究那妖物消失无踪——不,这当然须追究,唯在此暂时不谈。但就连那见证人也失去踪影,岂不是事态严重?可曾向奉行所禀报此事?"

"并未禀报。"

"为何不禀报?那见证人不是个身份尊贵的人物吗?"

毕竟此人身份不明，田代在一番抱头苦思后回答："就连姓名也无从知晓。关于这个见证人的事，诸帮手坚持绝不可对外张扬。向川津藩位于江户的宅邸探听，亦探不出个究竟。"

"岂可能探不出个究竟！派遣见证人一事，不就是川津藩要求的？"

"是的。该藩于通令中表示，派遣此人一事务必保密，要求我们竭力配合。"

"原来如此。此人此行，必须隐匿。"

"是的。因此我们不仅未将此人记录于书面上，亦未向町奉行所禀报此事。"

"这……究竟是为了什么？"

"噢，当然，我们曾向川津藩禀报此事经过，然该藩仍未有任何回应。本所方——自称本所方，实不过是个奉行所，哪能采任何行动？此乃该藩之内务，非本町官府所能管辖。若是出手，便成了逾权。因此，亦曾考虑通过奉行，向目付咨询。"

这岂不是办过了头？志方说道："首先，奉行必要大感困扰——尤其若这见证人身份尊贵，或许便非得向大目付禀报不可——不，即便如此，大目付大人想必也是无可奈何不是？"

没错，田代一脸困窘地说道："唉，怎么看都不似有任何阴谋，毕竟冒出了个妖怪。"

"正是如此。不过——"若仅是冒出了个妖怪，或许还能斥之为无稽之谈。但若有人丧命，可就不得等闲视之了。"你们是否判定此人已为那蛤蟆所害？"

"不，我们的判定正好相反。"

"正好相反？"

"我们认为，见证人驱除了那蛤蟆。"

"驱除了那蛤蟆?"

原来也能这么解释。

毕竟那蛤蟆就此消失无踪,的确也能说成是遭了驱除不是?田代说道:"承蒙此人果敢入林驱除蛤蟆,决斗方能安然实行——我们也只能如此解释。"

的确如此。妖怪于转瞬间消失于无形。当时无人入林搜寻该见证人。有鉴于当时的纷乱,这也是理所当然。

包含田代在内的两名同心,将喧哗不已的围观者聚于一处,小厮们也将竹篱重新立起。

"就在那转瞬之间。"

"还发生了什么事?"

不就是那场决斗?田代一脸尴尬地转头望向志方说道:"当时重要的是决斗,虽有蛤蟆现身,也不过是个干扰。"

田代所言的确有理。决斗是主,妖怪蛤蟆现身不过是从。志方为掩饰尴尬,刻意咳了一声:"重要的是决斗,没错,蛤蟆一事的确离题。那么,那仇人结果如何?"

顺利遭复仇者斩杀,田代说道。

"于、于如此乱局中?"

或许这乱局反而奏了功,年轻同心苦笑道:"自上至下,众人见有妖怪现身,均惊骇不已,唯有复仇者岩见大人一人丝毫不为所动。岩见大人仿佛是既没瞧见那蛤蟆,亦未听见虚空太鼓,眼中似乎除了仇人,无法容下任何事物。设身处地想想,这感觉的确不难体会。这毕竟是场决斗,众人亦已报上姓名。事前,岩见大人恐怕是极为紧张。毕竟——如此形容,还请大人包涵——此人武艺甚弱。至于仇人疋田,则是眼见怪事发生,心生狼狈而未及时防御,教岩见大人得以凭对等功力制敌。"

决斗中，疋田伊织终于命丧岩见平七刀下。这本所方同心说道。

五

喂，阿又，读到了吗？——只见阿睦手持读卖，一路闪躲着醉客快步跑来。又市不由得皱起了眉头，原本就难喝的酒，这下可要变得更难喝了。

平时，阿睦对流言的嗜好就教人不敢恭维。今日更是无心领教。

少在这儿嚷嚷，给我滚一边去，又市不耐烦地挥手赶人。别把人当狗赶成不成？阿睦噘嘴说道，在又市身旁坐了下来。

看来人是赶不走了。

"瞧瞧这幅画。真有这么大的蛤蟆？"

"都这么写了，想必是有吧。"

有是有，只不过皮下其实空无一物——那东西，不过是长耳造出来的装备。

真是教人难以置信呀，阿睦两眼直盯着画说道："据说还像烟雾般来，又像烟雾般去，这难道不惊人？记得老家越后，也有大蛤蟆出没的传说。据说可达三叠大，浑身长瘤，但也没听说能如此来无影去无踪哪。"

"少吓唬人了。你老家不是会津？要扯谎也该有个分寸吧。"

瞧你今天心情似乎不好哪，阿睦先是手搭又市肩头，旋即整个身子都凑了过来。

又市将她一把推开。"是不好，非常不好。所以不想嗅到你那一身白粉味。少缠着我，给我滚远点。"

万万想不到，那骗小孩儿的把戏竟也能奏效。那张胀起来能塞满整座戏台的大蛤蟆皮，于事前被挂在镇守之森的树尖上。听见林藏与角助点燃火药炸出的隆隆声的信号，潜身树上的长耳再以风箱将之吹胀。不仅是一场以原本派不上用场的大道具赶鸭子上架凑合成的把戏，情节还如此荒诞。未料竟获绝大奇效。或许是人在目睹过于荒诞的光景时，失去判断使然。由于是具内里空无一物的皮囊，收缩起来也十分容易。仅须算好时机在上头开个孔，一只大蛤蟆就能在转瞬间缩至一副被套的大小。

真是无稽至极，又市说道："哪可能有这么大的蛤蟆。"

"方才你还说真的有呢。"

"我说没有，就是没有。"又市一把将阿睦推得老远。碰触到阿睦肩头时残留掌心的柔软触感，让又市感到一股莫名的嫌恶。给我滚一边去，又市转身背对阿睦咒骂道。

视线自茶碗移向酒馆门外时，又市在绳暖帘的缝隙间瞥见了山崎的身影。

山崎也正望着又市。目光交会时，山崎露出微笑。真教人毛骨悚然。

"喂，阿睦，求你行行好，上别处去吧。光是听见你的嗓音就够教我头疼了。这壶酒送你，快给我滚——"并未回头看阿睦一眼，又市便往背后递出了茶碗。

谁稀罕你这臭酒！阿睦起身说道："用喝剩的浊酒就想把人家打发走？当我阿睦是什么了？你这混账秃子，可别狗眼看人低呀。"

阿睦连珠炮似的在又市背后不住痛骂，之后一脚踢开椅子离去。又市将原本递出去的浊酒一饮而尽，待阿睦那泼辣的嗓音远去后，山崎走到了又市面前。

"没打扰到你吧？"

"没，还该感谢大爷助我脱困呢。"

那姑娘生得挺标致不是？山崎先是回头朝门外望了一眼，接着便在又市面前坐了下来。"可是个吓人的婆娘？"

"再怎么也没大爷您吓人。"

这男人的确吓人。

长耳所言果然不假，山崎的剑术甚是高强，在又市所见过的剑客中，想必无人能出其右。

当时——他竟背着众人，来了一阵快刀斩乱麻。

他像一张迎风飘动的碎布，毫无抵抗地钻向对手怀中。直到触上凶器的瞬间，他柔软的身手与亲切的笑容都丝毫未改。山崎似乎是利用对手手中的武器，将对手给制服的。凶器就在牺牲者自己的手上。

不须使的气力，就不该使——原来这还真有道理。根本无须特地带着沉甸甸的大刀威吓人。

"大爷可真是不简单哪。"又市目不转睛地凝视着山崎说道。

山崎的笑容下潜藏一股杀气。不，或许这男人就连一丝杀气也没有，便能取人性命。

真正不简单的，是你才对，山崎说道。

"我哪里不简单了？"

"我和大总管原本的计划，的确不够周密。你一番修改过后的，才真正划算。你比谁都适合吃损料屋这口饭呢。"

"划算？"这种差事，哪有什么划算不划算可言？

不，或许此事的确该以划算与否来论断。当然不简单，山崎将酒壶递向又市说道："拜你的妙计之赐，咱们方能不辜负委托人所托，让仇人保住一命。"

没错，疋田并未丧命。读卖瓦版上刊载的——其实并非真相。

又市说什么也无法接受。毫无罪责反而损失最大的委托人，竟得舍己之命成全大局，怎么想都不对。更何况或许还得拖累五名帮手共赴黄泉。而仇人疋田本就清白，也无须为此偿命。

话虽如此，为保住疋田一人的性命，却得赔上六条命，怎么想都是不划算。

又市为此绞尽脑汁，在聆听林藏的叙述，并帮助长耳准备行头时，终于想出一个良策。他赶紧同阿甲商量。阿甲也决定改采又市的提议。

虽然时间所剩无多，计策还是做了大幅改动。

长耳负责的行头过于巨大，如今要改也是无法。毕竟即使不改，都要赶不及竣工了。原本计划中的把这大蛤蟆挂在决斗场旁的森林里、以火药炸出巨响造成混乱、在竹篱上动些手脚，这些都未更动。

唯独——角色换了。

又市与山崎乘着夜色潜入川津藩江户宅邸，绑架了那名见证人，即继任藩主川津盛行。

山崎的身手的确是超乎想象地矫健。整个过程十分顺利。

自藩邸劫走少主，听来像暴戾之举。事实上，这么做并没有多困难。继任藩主此次秘密入城，表面上人并不在江户。而林藏的一番查访，也探出这少主并不受藩士们爱戴的内情，此外，这少主也没什么身手。虽是杀害岩见之兄的真凶，但川津盛行的武艺并不高强。对山崎而言，擒拿他就如制服一个小孩子般轻而易举。

至此，大致上还算顺利。但接下来的，可就是场大赌局了。

又市将假扮成盛行。两人体格相仿，只须换上衣裳、披上包颊头巾，自远处看应是难以辨识。但若碰上与盛行熟识者，或许一眼便要被识破。

只是决斗的时刻甚早。值此时节，清晨六时天色依然昏暗。话虽如此，抵达本所时或许天已大亮。只不过……

幸好五名帮手不仅无一望向又市，连四目相接都力图避免。继任藩主果然为众人嫌恶，就连藩邸也未派人随侍。

途中步行时，又市力图与五名帮手保持距离。挂在腰上的大小双刀，带起来沉甸甸的。又市这才知道，刀原来有这么重。这根本不是什么武士灵魂，不过是杀人凶器罢了，纯粹是为取人性命而打造的沉重铁块。若非如此……

倘若光凭佩刀便能证明自己是个武士，又市这下不就成了个武士？山崎所言果然不假，这东西不过是个饰物。

决斗场布置得像个挂着草席的戏台子。跑龙套的戏子们照本宣科地报上姓名后，烟花开炸，大道具应声出场。围观者个个惶恐不已。新年期间的江户城一片宁静，让烟花听来甚是响亮。一片寒空，将大蛤蟆的身影衬托得甚是清晰。

又市高声呐喊，快步奔入林中。这见证人非得自此处抽身不可。

竹篱倒塌，围观者涌入，现场陷入一片混乱，捕快们也被推离仇人身旁。

趁这短暂的空隙，山崎藏身人群中，悄悄地奔向疋田，使劲一撞将之撞晕，拖向拜殿一旁。拜殿下方，堆有事先准备的干草。

干草堆下藏的，便是失去神智被换上一身白衣的川津盛行——实为真凶的继任藩主。

疋田一到，这少主便被拖上决斗场。此时，山崎间不容发地挥刀将其颜面劈成两半，让人无从辨识容貌。

事前，岩见已被告知此计划。自拜殿下拖出的盛行乃真正的杀兄仇人，故应由岩见亲自手刃。不同于疋田，盛行与岩见同样不谙剑法，而且此时还失去了神智。任岩见刀法再怎么拙劣，依理也能轻易诛之。不过，岩见并无一刀两断之功力，说不定就连盛行的性命也取不了。话虽如此，也不能先代其下刀。盛行非得由岩见当场以手上的刀诛杀不可。

但山崎的刀法的确了得。一见岩见走近，山崎便以迅雷不及掩耳的速度取过其刀，为其诛杀了真正的杀兄仇人。飞溅的鲜血染红了岩见的白衣，山崎身上则几乎没沾上半滴，迅速自现场销声匿迹。

大爷果真了得，又市说道："瞧大爷当时的身手，活像是为了杀人而生似的。"

"哼，说什么傻话！"山崎以不客气的口吻说道，并在茶碗里斟上酒，"为一己所为感到不耻，再怎么贬低我也是徒然。你说的没错，我就是靠伤人混饭吃的，说穿了根本是个刽子手。世间大概没几行比这低贱。"你说我低不低贱？山崎两眼盯着又市问道。

"我可不是个喜欢藐视别人的人。"

是吗？山崎说道，随即将茶碗中的酒一饮而尽。"尽管藐视我无妨。我知道自己吃这行饭，只有遭人藐视的份儿。不过阿又，再龌龊、再操劳的差事，有时的确能助人弥补损失。为人承担沉重、难挨、悲戚的损失——这种令人厌恶的差事，可是没几个人愿意承接的。"

"这说法的确有理。不过大爷，这仍是诡辩。不就是刽子手的开脱之辞？"

"没错，的确是教人难以容忍的诡辩。所以……尽管藐视我吧。"话毕，山崎露出笑容，并在茶碗中斟满了酒，"我也说过，这种事根本无关胜负。若要以胜负论，我绝对是个输家。只要有违正义，一切便都成了谎言。夺人性命，会是哪门子的正义？话虽如此，若是心生同情，就什么事也办不成。就连死于自己刀下的，当然也要教自己同情。我所做的……"

"不过是门差事，是不是？"

没错，不过是门差事，山崎吊儿郎当地回答。接下来，这浪人又啜饮了一口酒。"只不过，我并不是因为喜欢而干这等野蛮差事。人能少死一个，就该少死一个。这点想必阿甲也认同，因此才采纳了你的妙计。托你那妙计的福，那被迫寻仇的委托人及被拖累的帮手们才得以保住性命。丧命的，就这么从六个减成了一个。"

"但……还是有个人丢了性命。"

"这也是无可奈何，只能说那家伙是自食其果。起初是岩见之兄一人遇害，这回丧命的也是一人。而这个人，正是杀害岩见之兄的真凶。"算起来是划算，山崎一把将酒壶抢了过去。大概是看又市没有递出茶碗。

"也算是以因果报应做了个了结？"

"你还是不服？"

"没错。这么说或许有点冒犯大爷，但小的仍然不服。"难道就没个法子，能不失一命地完满收拾？到头来，又市还是感到遗憾。

"那少主的确是个心术不正、愚昧昏庸的混账。莫名其妙地杀了人，又因此导致更多人不幸，让更多人深恶痛绝，为此又得多死几个人——逼得大家参加这场毫无根据的假决斗。即便如此，那姓岩见的武士和那个疋田，原本就知悉实情。是不是？"

"想必是知道。"

"分明知道，却从没动过杀了那少主的念头，是不是？"

"没错。"

"岩见与疋田，均有一死的觉悟。而你……正是救了他们俩的恩人。"山崎说道。

"我哪儿救了人？再如何绞尽脑汁，设下的局还是得有一人送命。"

"又市！"山崎厉声一喝。这一喝，声音之大惊动四座。此事毕竟不宜张扬，山崎旋即恢复原本的沉稳语调低声说道："没有一桩损料差事是教人心服的。干这行经手的不是货物或银两，而是人。与人扯上关系的差事往往说不清道理。顾此便要失彼，总有一方得蒙受损失。反正世间本无绝对的公平，咱们只能就这么把日子过下去。人就是如此可怜，你说是不是？"

"没错。"

"还真是可怜。"山崎恢复原本的严肃神情,眼带悲戚地凝视着喝干了的茶碗,"他们俩之所以没打算杀了川津盛行报仇,乃是碍于自己的武士身份。下克上万不可为,杀害继任藩主这种念头,压根儿不可能出现在他们俩的脑袋里。"

"难道不怀丝毫怨恨?"

"是人就免不了怨恨。但不管是血海深仇抑或锥心伤痛,弑主这种念头想必是起不了。毕竟他们俩都是愚昧的武士。所以……"

难道武士都如此愚昧?

"并不是空有恨意便能杀人。正如你说的,设个局只要杀了个人便算失败。不过阿又,这回你并非杀人帮凶,就当作是帮了两个傻武士的忙吧。"

"这——"

这也是个诡辩,山崎说道,但不知何故,却开怀地笑了起来:"的确是个开脱之辞,但倘若这番话就将你点醒,我可就要对不起阿甲夫人了。该让你再天真一段时日才是。"

天真?

托你这天真的福,咱们这回才得以成功呢,话毕,山崎高声大笑,并扯开嗓门吩咐掌柜上酒。

"我说阿又呀,想必你对此事已有不少定见,但关于其前后经过,我还得再略作补述。"

"难不成还有什么内情?"还真是不想听。

就别闹别扭了,山崎在又市的茶碗中斟了点酒说道:"首先,关于那川津盛行,由于保密,此人抵达江户一事无人知晓。再者,若是向幕府禀报此人惨遭大蛤蟆吞噬,有谁会相信?故十之八九只能以病死处之。对川津藩而言,其实是正中下怀。"

"正中下怀？"任少主命丧刀下，不，消失无踪，哪可能是正中下怀？

"那少主，其实是川津藩的一大烦恼。不论藩主或家臣，似乎都期望由次男忠行侯继位。"

"可是因——"

与断袖之癖毫无关系，曾任鸟见役的山崎苦笑道："纯粹是因为其为人。一个窝囊的武士，不一定就是个窝囊的人。但一个窝囊的人，绝对当不了一个好武士。可惜如今的藩主笃信朱子学，说什么也不愿轻易废嫡，只能试图匡正盛行的个性。为矫正盛行那好以嫉妒、怨恨、奸计凌辱他人，甚至可能将之杀害的性子，藩主及家老可谓煞费苦心。但苦口婆心的劝诫，只会使其更感厌烦。这下可好，就连江户家老都不愿同他攀谈。说来既无情又讽刺，如今换来如此结果，大家反而认为是——皆大欢喜。"

"死了个儿子……怎会是皆大欢喜？"世间真有父母如此无情？

完全是出于扭曲的道理，山崎说道："武士这行的伦理，若非奠基于这些歪理上，是无法成立的。唉，或许这么做的不仅是武士，但执着于歪理而失去常理，绝对会造成差错。"

"但这不代表他们就统统该死。"

"没错。的确没有窝囊就该死，或不如别人就该死的道理。同理，恶人就该死这道理也并不成立。总之再坏的人，死了理应也有人哀悼，但这家伙却无人为其哀悼。你说可不可怜？"山崎继续说道，"方才我也说过这是自食其果，但不代表他就罪该万死。死了无人致哀，反而皆大欢喜，只能说是此人咎由自取。无人为其决定人生，而是此人自己的选择。或许身为一介武士、沦为一个恶人、生为一名男子，不得不遵守的规矩可谓形形色色。尽管或许为数稀少，在扭曲的武家中，仍不乏光明磊落的汉子。"

唯光明磊落，至难度日，曾任鸟见的山崎说道。不难想见，又市回答。

此外，山崎继续说道，并向又市劝酒。又市几乎一点也没喝。"顺利成事的岩见平七，也就是委托人，于事后脱藩了。"山崎说道。

"脱、脱藩？"

"不再当藩士，成了个浪人。"

"何必如此？返乡不就成英雄了？"

"想必是参透颜面、名誉根本毫无意义吧。事实上，阿又，疋田之所以不为盛行的诱惑所动，乃是因其已情钟他人。"

"情钟他人？难、难道……"

"是个男人。"

"那么，那少主的臆测……"

"没错，那恶毒的臆测，其实猜中了一半。疋田有个同为男人的对象，只不过是将这对象给猜错了。"

"还真是糊涂。是否正是因此，才无法就此罢手？"

"当然无法罢手，毕竟人是错杀了。总之关于色道，那少主应该也是略有所觉。不，识错情敌杀错人，事情当然是没收拾妥善。"至于对象是何许人，山崎语带感叹地说道，"与疋田私通的并非其兄岩见左门，而是其弟平七。"

"那么，他们俩因此被迫成了仇人与复仇者？"

没错，山崎说道："那少主该嫉妒的，其实是岩见平七。也就是说……"

"本该死于其刀下的，其实正是这桩差事的委托人？"

原来如此。

"其兄完全是被错杀了，归咎其因，其实是平七本人。想必是出于内疚，平七才会一心寻死。至于疋田，也无心同平七厮杀。毕竟两人早已互有情愫，"山崎继续说道，"杀兄之仇已无须追究。平七脱藩后，便与疋田相偕销声匿迹。毕竟表面上，疋田已于决斗中身亡，总不能公然返乡。想必是打算赴远处宁静度日，为其兄与少主悼念菩提吧。"

"是吗？但——"

"如何？阿又，这回咱们干的，的确不是什么光彩的差事，但托你那计策的福，损失是补平了。"这武艺高强的浪人语气和蔼地说道。

这下，又市不知该如何回应。

总之，就别再苦恼了，山崎改变坐姿说道："倒是阿又，蛤蟆这道具，你选得可真巧。"

"巧……怎么说？"

"蛤蟆这东西令人嫌恶，正好符合这差事的需要。"

"符合需要？不过是个赶鸭子上架的选择罢了。"

"川津藩地处周防一带，相传有高逾八尺、口吐虹色毒气的大蛤蟆。虫鸟一触及这毒气，便于顷刻间丧命，为此蛤蟆所食。这蛤蟆每逢夏日，连蛇都吃呢。"

"蛤蟆也能吞蛇？"

"有道是穷鼠啮猫。不就和下克上同样道理？"话毕，山崎放声大笑。

虽纯属偶然，又市也不由得为这巧合笑了起来。

二口女

昔有继母挟怨
拒喂继子以食
致其饥饿而死
此继母自身产子后
后颈竟生一口
进食时盘发戒蛇
夹食入此口
则痛苦难当
数日无喂食
可见善嫉之继母
足不可取

一

　　还真是桩难应付的差事呀，角助说道。

　　角助是根岸町的损料商阎魔屋的小掌柜。损料屋从事的是出租物品并依物品减损程度收取损料的生意，论性质或许与租赁铺相当，但阎魔屋可有些不同。私底下，阎魔屋还干些与同行不同的生意，就连客人的损失也代为承担。况且，阎魔屋代遭受损失的客人担下的还不是普通的损失，而是以金钱无法弥补的损失。当然，也会从中收取相应的费用。担下后，客人的损失，就成了阎魔屋的损失。为此，阎魔屋要尽职尽责地为客人填补损失。遭受损失者仅须向阎魔屋支付损料，便得以弥补这金钱无法弥补的损失。

　　承担的损失可谓形形色色，其中亦不乏不宜为人所知——有违法理的。当然，此类损失须支付的损料并不便宜。

　　又是桩野蛮差事？又市问道。

　　此处是一家位于根津权现前的茶馆。

　　若是如此，可就轻松多了，角助将本欲吃下的团子串放回盘中说道。

　　"轻松多了？"

"当然轻松多了,角助重申道。野蛮差事指的,就是用暴力——有时甚至不惜取人性命——以填补损失的差事。"野蛮差事无须动什么脑筋。倘若需要高人,咱们店里也养了几个,况且还有长耳这名大将呢。"

没错,阎魔屋旗下的确不乏高人。例如过年时曾一同共事的山崎,就是个不用任何武器就能取人性命的高手。长耳则是一名叫仲藏的玩具贩子,有着一身善于打造道具行头的高超本领。须堂堂正正决胜负时或许派不上用场,但碰上得要点手段的差事时,可就不可或缺了。

"总而言之……"又市啜饮了一口茶,这天冷得直教人难受,"该不会是要杀了哪个地痞流氓,或是要整一整哪个作威作福的旗本吧?"

"当然不是。"角助再次将团子送向嘴前,"若是这类差事,目标如此明显,可就容易多了。无论是寻仇泄愤,还是欺诈窃取,都还算容易。凡是看得出多了什么或少了什么的,大抵都不难办。只消去除多余的,补上不足的便成。若有什么损失,也不难填补。不过……"

"不过什么?角助,你这人怎么老爱把话说得不干不脆的?我虽是武州出身,性子却比江户人还要急。若是招待我喝几杯酒也就罢了,现下咱们可是在这风吹日晒的摊子上吃团子。若是没什么损料差事要交代,我可要回去了。不戴上头巾做点生意,我可要饿肚皮了……"

又市以贩卖双六营生,他才一起身,角助便一把攫住他撩起的衣摆。"急什么?瞧你们这些年轻小伙子,总是这么沉不住气。"

"你以为你长我几岁?不过是生得一脸老气横秋罢了。那么,有话快说,有屁快放。"

有人在盯着咱们呢,角助悄声说道。

又市以余光往旁一瞄,果然看到茶馆的老太婆正一脸狐疑地望向这头。

"别担心,这老太婆耳朵不灵光,即便落雷打在身旁,照样能呼呼大睡。好吧，阿角，这回来找我商量，想问的究竟是差事该如何办，还是该承接与否？至少先把这点给说清楚。"

"这，也是个问题。"

"喂，凡是受托的差事我一定照办，至于是否该承接，可就没我的事了，是你们那头的责任不是？是否承接全由我决定，一旦承接，就竭尽全力把事情办妥，你们不过是为我们卖命的小棋子，对任何差事均不得有分毫抱怨——你们那吓人的大总管不是常这么说？"

差事已经接下了，角助说道："正是因已经接下了，才会如此困扰。"

"接下了？那么硬着头皮办妥不就得了？大总管是怎么吩咐的？"

"就是大总管差我来找你商量的。"

"找我商量？商量什么？"

这我比你还想知道，角助皱着眉头回答。"大总管只表示——这回的差事既非害命强夺，亦非哄骗巧取，如此麻烦的差事，就数又市最拿手。"

"喂，未免太高估我了吧。不，也不是高估，这分明是推卸责任。我不过是个受雇的手下，哪做得了什么主？"又市一脸不悦，再度在红毡毯上盘腿坐下。

"话是没错。不过阿又，老是嫌不该有人丧命，得多动点脑筋做事的，不正是你？与其不动脑筋糊涂蛮干，不如交给我这能言善道、办起事来有一套的小股潜，保证能圆满收拾——不知道老爱如此自夸的是谁？"

"还用说？不正是我？"

没错。

不论是什么缘故，又市对取人性命都极端厌恶。不管其中有任何理由、任何大义名分、任何爱憎——只要布的局里必须有人送命，又市干起活儿来就怎么也提不起精神。但这既不是为了什么节操矜持，也不是出于善心,不过是感觉这种做法未免流于简易粗糙。

当然,有时真是别无选择。自己不过是个不法之徒,再怎么讲节操,对于自己做的事情原本就见不得光,他也是心知肚明。

即便如此,害命终究是不得已的最后手段。

天真——大总管阿甲与山崎都如此形容过自己。又市自己也知道,或许这天真的矜持,不过是对自己从事这或许为世间最低贱的行业的垂死挣扎。

你们不都说我天真?又市说道:"每回见到我都是满口天真、天真的,活像把我当成小鸡了。"

"瞧你这小伙子,还真爱闹别扭。好吧,你若是无意,我就去找那卖吉祥货的商量吧。先告辞了。"

"且慢。"这下轮到又市求角助留步了,"你真打算找那京都来的混账东西?保准教他大敲竹杠。"

"哎呀,你这话说得可真狠。阿又,那卖削挂的林藏不是你的搭档,不,你的兄弟吗?"

谁是他兄弟了?又市狠狠地诅咒道。

又市与吉祥货贩子林藏结识于大坂。两人结伙在京都招摇撞骗了一段时日,由于出了点纰漏,只得双双沦落到江户。算来两人的确是搭档,但又市自认两人不过是一丘之貉,从没将林藏当作兄弟。

在京都时,林藏曾有霭船林藏这诨名。霭船是为亡者操驾的幽冥船舟,相传此船自大津的琵琶湖出发,一路攀上比叡山。这诨名似乎就是借用这典故,比喻自己花言巧语的功夫了得,吹嘘起来犹如陆上行舟。

林藏是个以阿谀逢迎度日糊口的不法之徒,至于又市,有的则是小股潜这不雅的诨名。总之两人是物以类聚,但这点更是教又市不服。

他哪成得了事?又市说道:"找上那混账东西,保准成个烫手山芋。

不出两句话就满口钱呀财的，实在烦人。那家伙老是得意扬扬地自称霭船，但有谁这么称呼他了？叫他破船林藏还差不多。同样是出自大坂，大黑伞要比他可靠多了。"

教你形容得可真是不堪哪，本欲起身离去，这下角助又坐了下来。"不过，阿又，若你不愿谈，除了找林藏商量，我也别无他法。别忘了，这桩差事咱们已经接下了。"

"你这对耳朵可真不灵光呀，角助。我哪说过不愿谈？不过是嫌你话说得不得要领罢了。"

只怪此事难说分明，角助拉起衣襟说道："我都试着将如此难说分明的事解释清楚了，你也少打点岔用心聆听。虽然我也知道这不是什么好事，背后原委还颇教人心疼。"

"那又如何？"

况且，其中也无损失——角助说道。

"若无损失，此事与损料屋何干？这种差事打一开始就不该接下，回绝了吧。"

"不，应说损失确实是有，只是无从填补。不，这么说似乎也不大妥，其实咱们不出头，损失也能填补。不，似乎也不能这么说……"

"少这么磨磨叽叽的成不成？"

"菊坂町那条大街——"角助指着那个方向说道，"那条大街斜对面住有一个旗本，名曰西川俊政。此人石高[①]不甚出众，算不上什么大官，但家出名门，为人严谨正直，行事亦是一丝不苟，从未有任何恶名。这回的委托人，即为其妻阿缝夫人。"

"是他老婆委托的？"

"没错。阿缝夫人乃其后室，原配阿静夫人已于五年前秋天病逝。"

[①]石高为统计大名或武士从领地内所得收入或俸禄的单位。

"病逝？"

"似乎是产后体衰，产下婴孩后便卧病在床，不出一年便告辞世。"

"有产下孩子？"

"是的。产有一子，名叫正太郎。丧母后，那孩子暂由俊政大人的严母阿清夫人代为照料。不过……"

"此人又娶了个后室？"

没错没错，角助颔首说道："旁人极力劝说孩子亟须母亲照料。想必不论出身武家、商家抑或农家，凡是孩子都该有个母亲。俊政大人虽本无此意，但仍为众人说服，在阿静夫人辞世两年半后的前年春天，迎娶了阿缝夫人。梅开二度，时间上还真是凑巧呀。"角助突然来了一句岔题的闲话。

"这和梅开不开有何关系？快把话给说下去。"又市催促道。

"至此为止，此事尚未有任何损失。但据传这俊政大人，对这桩亲事似乎颇为犹豫，其中似有什么难言之隐。"

又市对近似欺诈的媒妁亦颇为擅长。不时以粲花般的口舌将还未出嫁的老姑娘给嫁出去，或竭尽手段为娶不到妻的家伙娶个老婆进门。此类欺诈媒妁中，不少是觊觎财产地位而干的投机勾当，但又市玩弄的伎俩略有不同。又市最擅长的，就是助人抹消不宜张扬的隐情。他懂得如何为人遮掩悲伤过往或不堪内幕，以顺利牵成红线。

"是有哪儿不讨人喜欢？那个名叫阿缝的后室。"

若是为此，又市那套伎俩便派得上用场了。

没这回事，角助挥手否定道："唉，想必俊政大人应是对前妻心怀愧疚吧。也不知是愧疚，还是难忘旧情。据说两人曾是一对鹣鲽情深的鸳鸯夫妻。但娶阿缝夫人进门后，发现这阿缝夫人竟是性情良善、勤勉持家，还生得一副出众容姿。娘家虽不过是个不显眼的小普请组，但阿缝夫人毫不违逆、安分守己，并勤而不息，简直是个无可挑剔的天赐良妻。"

"这不是好事一桩？"

"看似是好事一桩。"至此为止，的确是好事，角助略事停顿，啜饮了一口茶后继续说道，"婆媳相处亦甚为融洽。如此一来，当然又要为家门添丁了。进门一年后，阿缝夫人便产下一子，去年春天她产下次子正次郎，即正太郎的异母兄弟。"

"喂，该不会是为了争家产吧？若是这位夫人试图将原配所生之子踩在下头，好让自己的儿子继承家产，这种差事我可不碰。"

"并非如此，家产归谁，已没什么好争的了。"

"已没什么好争的？"

"长子正太郎，已于去年夏日辞世。"据说死时年仅五岁，角助含糊其词地说道。

"这样啊……"又市霎时哑口无言。总不能回角助一句节哀顺变吧。"是因病，还是意外？"

"表面上……是因病。"

"什么叫表面上？难不成是被人给杀了？"

这就无从得知了，角助别开脸说道。

"无从得知？这点可是非得查个分明不可呀。"

"的确得查个分明。不过，怎么查也没个头绪。着实教人难以置信。"

"怎么说？"

"这……"角助似是欲言又止，就此闭上了嘴。

"把话说清楚呀。你要我用心聆听，我不都照做了？听到这头，的确听不出个中有任何损失。就连委托这桩差事的夫人，似乎也未遭婆婆欺凌，夫婿亦未有亏待。这下唯一让人生疑的，不就剩那原配之子的死因了？"

"无一处让人生疑，表面上看是无人有任何嫌疑。话虽如此，问题就出在其实有人有嫌疑。"

"什么人?"

"不就是委托人阿缝夫人?"

"这不就奇了?连委托人自己都这么说,那么就是确有嫌疑。难不成你认为委托人的自白教人质疑?"

角助转头面向又市回道:"没错。"

"那就更不该接下这桩差事了。就连委托人都撒谎,这差事还有什么好办的?难道你们连代人圆谎都要承接?难道只要有银两可收就放弃原则?唉,我也没啥资格装体面,也知道当然是利益至上,欺瞒世人也是咱们的差事之一。但倘若是委托人自己撒的谎,不就等于连你们也受骗了?"

少安毋躁,角助蹙眉说道:"依阿缝夫人的说法,正太郎这孩子是饿死的。而且还不是普通的饿死,是被人给折磨死的。"

"被人给折磨死的?"

"没错。阿缝夫人表示是她自己将那孩子给折磨死的。"

"也就是说,被她给杀害的?"这番话听得又市惊讶不已,"这是什么意思?难不成她是坦承自己杀害了继子?"

"若依她所言,正是如此。"

"而你认为她这供述是谎言?"

"我想说的,是这番供述不能全盘相信。不论是横看还是竖看,阿缝夫人都不像是会杀害孩子的凶手。"

"这、这是你自己的判断吧?人不可貌相。即便如此,喂,角助。"又市仍想打破砂锅问到底。

"怎么了?"

"倘若这女人说的是真的,究竟是什么用意?这种事为何要找上损料屋?难不成是要咱们帮她把证据给抹除?"

"有什么好抹除的？根本没人察觉。不过是坦承自己的罪状罢了。"角助说道。

"若要偿罪，理应恭恭敬敬地上衙门自首才是，找你们这古怪的店家忏悔有什么用？既然将一切都给供出来了，表示她既后悔，也有了觉悟。即便是武家之妻，杀害孩子也得定罪吧？"

"若是蓄意将孩子折磨死，应该也是得偿罪的。"

"那么……"

"因此，阿缝夫人才会备感困扰。首先，不仅是夫婿，婆婆与其他家人均不知情。实情至今无任何人察觉。"

"怎可能无人察觉？"丧命的是住在自己家中的孩子，饿死前必经一段衰弱时期，家人岂可能看不出？

"他人的家务事，总是难为外人所察觉，武家尤是如此。"

"即便如此……应也偶有非家人者出入才是。"至少婆婆应常在家中。

"总而言之，倘若孩子遭折磨致死确是事实，的确至今无人察觉。若东窗事发，早就万事休矣。正因无人知情，阿缝夫人方能平安度日至今——"

"那么，现在是怎么回事？无法忍受良心的苛责？那就该上官府自首才是。"

"向官府坦承自己杀了继子，你认为后果将会如何？"

"还会如何？当然是被论罪。"

"若被论罪，虽不知武家可能遭处何种刑罚，或许是死罪，抑或是流刑，总之必然被论罪。但如此一来，对夫人百般信任的夫婿、善待夫人如己出的婆婆以及对夫人景仰顺服的仆人们可会高兴？是会夸她真是个正正的妇人，还是将她视为杀子仇人？阿缝夫人还有个襁褓中的孩子，虽说两个孩子非同母所生，但知道实情后，这家人可会善待杀了自己儿子的妇人产下的孩子？"

"这罪应该不会波及孩子。"

"孩子当然无罪，这点道理武士也应知晓。只不过，待这孩子长大成人，哪天问起自己生母的下落，家人该作何解释？向他明说你母亲杀了你哥哥，已遭国法惩处？"

"这……"

"这实情，只怕再想隐瞒也隐瞒不了。家人或许能避而不谈，但外人的口风守得了多紧？想打听绝对探得出真相。即便无意究明真相，一家人真能毫无隔阂地将这孩子抚养成人？"

或许真是如此。

"况且，或许阿缝夫人的愧疚可借偿罪弥补，但对一个大家庭来说就可没这么简单。出了个罪人，对家门清誉不可能毫无损伤。"

"何必在乎面子之类？"

"阿又，事情可没这么简单。咱们蒙羞大可一笑置之，但武士可是靠体面吃饭的。武家一旦蒙羞，不仅可能偿命，甚至可能要灭门或切腹呢。"

"这……"这下又市也无话可说了。看来即便忍得无比辛苦，或许终生隐瞒下去方为上策。但角助也说了，长此以往，对阿缝夫人将是一辈子的折磨。

"看来这是个心境的问题。"

"不愿隐瞒便无法解决。若欲解决，便得如你所说，去官府认罪伏法。但如此解决，可就有损失了。"

"难道现况无任何损失？"

"当然没有任何损失。不，即便有损失，只要继续隐瞒，也能自动弥补。但真该继续将此事隐瞒下去？"角助抱头深思道。

二

　　有人杀了继子？长耳露出一嘴大牙说道："看来又是一桩麻烦差事。爹娘儿女什么的，我对这类差事可不擅长。"

　　"瞧你生得这副模样，当然注定与爹娘儿女无缘。若是生下同你一样长相的子女，想必世世代代都要对你怨恨不已。不不，生下你这家伙，想必对你爹娘便已是一桩灾难了。别说是爹娘生下你时给吓得魂飞魄散，只怕就连产婆瞧见你这张脸孔，都给吓得魂归西天了吧。"

　　给我闭嘴，这下长耳的一副大牙露得更是狰狞："我出生时，可是个人见人爱的孩子呢。据说生得一脸洁净无瑕，就连产婆见了都不住膜拜。幼少时常被人误认为女孩子，夸我将来不是成个男戏子，就是成个男扮女装的戏子。唉，后来也不知出了什么差错，长大后就成了这副德行。不过，毕竟是渐渐变丑的，想必也没让爹娘多吃惊。"以演戏般的夸张口吻说完后，仲藏便高声大笑了起来。

　　"有什么好笑的？你这臭秃子，给我认真听好。"

　　"还不都得怪你爱揶揄人？总而言之，有个稚嫩幼子辞世，着实教人心疼。而且这位委托人，看来似是已无退路。"

　　"你认为她已无退路？"

　　"没错。唉，这位阿缝夫人，似乎这辈子就只有继续隐瞒，不让夫婿儿子察知，至死也将杀害继子的真相带进墓中一途。唉，担罪而活，或许比伏法受罚更为煎熬，但这也是因果报应，自食苦果。若对遇害的继子心怀愧疚，也就只能拿这充当惩罚了。"

　　真得如此？又市双手抱胸地应道。

　　"难不成有其他法子？"

"这我也不知道。但我——长耳的,我不懂亲情是什么。我娘在我还小时,就随情夫不知去向。我爹则是个成天喝得烂醉又不肯干活儿的窝囊废。我一次也没感激过他们俩将我生到这世上,恨倒是不知恨过多少次。即便如此,我也没诅咒过我爹早点上西天。"

这是理所当然,长耳说道:"毕竟是同一血脉的父子。"

"我想问的,正是这与血脉究竟有什么关系。"

"什么意思?"长耳一脸纳闷地问道。

"每想到自己和那臭老头儿也算血脉相连我就作呕,至于我娘,别说长相,就连生得是圆的还是方的也不知道。"

"即便如此,你也没诅咒过他们早点上西天不是?"

"是没有。不过这可不是由于血脉相连什么的。因为每当我想到爹娘,既没半点怀念,也没半点思念。我爹死时我虽没诅咒过他活该什么的,但也没感到丝毫悲痛或寂寞。想来我还真是没血没泪呀。"

"这难道不是因为——他是你生父?"

"不是这么回事。若他是个外人,或许我还较容易感激他的养育之恩。若无血缘关系,也就无从恨起。总而言之,我之所以没打心底怨恨那糟老头儿,并不是因为什么血脉相连,不过是看在和他毕竟有点缘分。"

"缘分?"

"至少他也同我过了几年日子,让我知道他是个如假包换的窝囊废。这家伙哪懂得怎么把小鬼头拉扯大?连他自己的日子都过不下去了。同情他都来不及,哪来的力气恨他?"

缘分?仲藏耸了耸肩,蜷起硕大的身躯说道:"难道说有缘分就无法生恨了?"

"那还用说。对一个人是好是恶,都得有缘分。相憎或相恋,都得先相识。之所以从没把我娘当一回事,反而是因为和她没缘分。从没认识过，想怨她也怨不成。"

"原来如此。那么，你想说的是什么？"

"我想说的……"又市朝地板上一躺，此处是仲藏位于浅草外的住处，"不过是憎恨究竟是什么。人与人相处，不是藐视便是景仰。但遭藐视便要动怒的，唯有藐视他人者。瞧不起人的一旦被人瞧不起，便要动气。景仰他人者一旦被别人景仰，反而要害怕。想示好却突然挨顿揍，当然教人生气；但若先有可能会挨揍的觉悟，却见对方示好，可就没什么好动怒的了。"

小股潜，你到底想说些什么？仲藏叼起烟杆问道。

"虐待继子这种事时有所闻，但一个不懂事的小鬼头，真有人能恨到将他给杀了？"

"当然可能。没人爱不是自己亲生的孩子，即便将孩子抱起来摸摸脑袋疼惜，被孩子的小脚给踢一记，也要火冒三丈吧。"

这只能怪你自己生得丑，又市揶揄道："但真会恨到痛下毒手？"

"没人会杀害自己的孩子，或许得将孩子视为己出才做得到。"

"我倒认为视为己出，反而更下不了手。"

"这似乎也有理。"

"是吧？血脉是否相连，根本没什么关系。"

有道理。长耳拉长语音说道，双手朝胸口一抱："如此看来，血缘什么的或许没多少关系。爱之愈深，恨之愈烈，骨肉相残，本就不是什么罕见之事，何况世间亦不乏杀害亲生子女的父母。反之，也不乏对养子养女疼爱有加的父母。总之，看来情况是因人而异。"

"并非因人而异……或许是鬼迷心窍吧。"又市回道。

"我……是如此认为。这与血缘应该没有什么关系。真要杀人时，哪还分什么亲生子女还是他人子女。怀胎十月之苦、样貌相似之情，遇上这种时候，悉数要给抛得一干二净。"

"意思是，这阿缝夫人也遇上了这种时候？"

"正好相反。"

又市依然质疑："怎么看都是鬼迷心窍。"

"难道你是说咱们该相信角助那家伙的直觉？"

我可不相信什么直觉，又市回答："不过是无论如何也无法信服。孩子大家都宠爱，但桀骜不驯的孩子谁都不宠。我儿时便是如此。不过，做母亲的真可能不宠孩子？"

"这……"长耳蹭了蹭耳朵，点燃一管烟说道，"我和母亲没什么缘分。但也不记得母亲对我有哪里不宠。"话毕，长耳将火使劲抛入烟盆中，接着又开口说道，"也不知武家会是什么情形。也算不上继母，但代我母亲照顾我的人可就没那么宠我了。不过，过继给人家时，我已有十二岁了。"

"瞧你这副庞然巨躯，十二岁时大概就长得像头熊了吧？但魂归西天的正太郎年仅五岁呢。不管是五岁还是四岁，疼惜孩子毕竟是人之常情。虽说或许他恰巧是个桀骜不驯的孩子，也或许阿缝夫人对他没多疼惜。即便如此……"

"怎么？"

别忘了阿缝夫人刚生了个孩子，又市起身说道："有了自己生的孩子，身旁又有个别人生的五岁孩子——不，即便是别人生的，毕竟两个都是自己的孩子，真可能凭血脉有无相连，就判哪个生，哪个死？"

"我也弄不懂，被又市这么一问，长耳感叹地说道："两相比较，认为自己生的孩子更可爱，想必是人之常情吧。"

"她自己生的孩子可还没长到可比较的年纪。"

"哦？"

"长耳的，那孩子可是刚出生，看起来还像条虫呢。待多长个几岁，有个人形了，或许还能比较比较。比出差距了，可能会独宠其中一个，疏远另外一个。如此一来，便难保不鬼迷心窍，甚至可能变为痛下毒手的厉鬼。人，不就是这么回事？不过……照料刚出世的婴孩，可是很累人的。不同于长屋那些生许多孩子的人家，这家人贵为旗本，宅邸内或许聘有女仆、奶妈、保姆什么的，并将孩子委由这些仆佣看顾。若是如此，岂可能将自己生下的孩子交由奶妈照顾，自己则照料原配的孩子？"

"这理应不可能。"

"你说是不是？秃子，你想想，这委托人可是宣称自己虐待了正太郎，将他给活活饿死。若就此判断，不就表示正太郎那孩子的照料与饮食，都是委托人自己打理的？"

"的确如此。"

"那不就表示——孩子一生下，立刻又开始干活儿？委托人没说活儿是委由他人代办。应该是自己来的。"

杀害继子这种事，想必无法委他人之手。即便是女用人，听到须杀害将继承主公衣钵的长子这种命令，想必也难以服从。总之，女用人谋害少主这种事，应是绝无可能，更遑论婆婆忍心下此毒手。如此看来，必是阿缝本人所为无误。

"农家妇女一产下婴孩，当天就得下田干活儿。难道武家之妻也是一生下孩子，就得立刻下厨？"

"这种规矩想必没有。"

"是不是？倘若咱们这委托人是个受虐待的媳妇，或许还说得通。但她既受婆婆疼爱，又为下人所景仰，这么讨人喜欢的媳妇，为何刚生下孩子便得看顾原配之子？西川家原先的媳妇，不就是因产后体衰才辞世的？这回哪可能不细心呵护？"

的确有理，长耳端正了坐姿说道："如此听来，其中必有蹊跷。"

"蹊跷——那还用说？肯定有蹊跷，我可是完全无法信服。自己生了孩子，便看继子碍眼，将他给凌虐杀害——这种事的确时有听闻。但我认为咱们极可能是被这种稀松平常的情节蛊惑，因此看漏了些什么。"

"看漏了些什么，那不就代表大总管也看漏了些什么？"长耳喃喃自语地说道。

"大总管也？"

阎魔屋的阿甲是一个看不出年纪的损料屋女店东。

她可不是只普通的母狐狸，长耳说道："我生得这副块头、这副长相，平时没什么好怕的，但就是不知该如何对付这个婆娘。阿甲大场面见得可多了，可不是会看漏了什么的天真姑娘。"

"这我当然知道。"

"就是因此，那婆娘才将问题抛到我这儿来的吧。"

"抛到你这儿来……"

没错，抛到我这儿来。想必是要我用这对天真的眼睛仔细瞧瞧吧。

哼，长耳先是一声嗤鼻，接着便朝矮桌伸手，拾起一块小东西。原本还以为是个小玩具，但仔细一看竟是团松松软软、有如洋菜般软绵绵的东西。这是什么东西？又市问道。是个伤口，长耳简短地回答。

"伤口？这是哪门子的伤口？这次的虽然没什么臭味，看来还是同上次的东西一样古怪。"

里头掺了许多材料，仲藏说道，并将这团怪东西朝额头上一贴。"先像这样贴上去，再打上一层白粉。如此一来，不仔细瞧，便看不出额头上贴了东西。"

"都打了一层粉，当然看不出贴有什么东西。反正戏子都得上妆不是？登台时，每个妆都上得看不出原本是什么样子。为了让远处的观众也能瞧清楚，他们都得勾脸谱、描眼线什么的。就连原本生得一脸扁平的，也能给扮得漂亮抢眼，是不是？"

"是没错,但像我这种天生独特的脸面,可是上什么妆也没用了。"

看来你倒还挺了解自己的嘛,又市揶揄道。

那还用说?只见长耳这大汉精神抖擞地回答:"难道不知我带着这张脸活了多少年?唉,这就先不谈了。这块我仲藏大人特制的伤口,就像这样——"仲藏拿指头朝贴上额头的东西一按。这团怪东西便从正中央裂了开来,裂缝中一片鲜红。"如何?看着像不像额头被敲破了?其实这东西里头藏有一只小袋,伸指一压,便能将袋内的血糊挤出来。"

"你这死秃子,怎么又做了这么个恶心东西?难道是扮亡魂时用的?"

瞧你在胡说些什么,仲藏自额头上取下这假伤口说道:"扮亡魂哪需要这种东西。"

"不需要?"

"当然不需要。亡魂都已经死了,哪可能还鲜血直流?妖魔鬼怪并非人世间的东西,不可能有血可流。"

"亡魂不会流血?总觉得曾看过这样的画还是什么的,难不成是我记错了?"

想必是记错了,仲藏一对小眼紧盯着又市说道:"看来你是与无残绘什么的混淆了吧。那是另外一种东西,用来满足嗜血的偏好,但亡魂可就不同了。世间根本没有亡魂这种东西,如果说看见畜生成精是一种错觉,那么人化成鬼也是谎言。倒是看见死人化成鬼这类传闻,近日仍不时听说。"

"的确常听说,听得我都要一肚子火了。那已不单是疑心生暗鬼可以解释了,错觉也该有个限度。"

没错,亡魂的传闻,悉数是出于错觉,仲藏说道:"既然纯属错觉,目击者认为自己看见的是什么,就完全取决于自己的心境了。"

"或许正是如此。"

"因此……"长耳蹭了蹭耳朵说道,"戏子扮亡魂,基本上是什么妆也不上的。既然扮的是不在人世的亡者,世间法则便无法通用。如此一来,既没有喜怒哀乐,也无法以言语思绪与人相通。不过是魔由心生者将一己心境反映于眼中所见,错以为自己看见亡者生前面影罢了。"

"取决于目击者自己的心境?"

"没错。因此亡魂非得扮得怎么形容都成、却又怎么也无法形容不可。若见扮的亡魂乃含恨或含冤而死,就演得哭哭啼啼,不仅代表这戏子仅有三流功力,也代表撰写这脚本的戏班作家实在窝囊。扮亡魂求的,并非投观众所好。粉施得一脸苍白、身子某处烂了塌了、扎起衣摆如漏斗状,这些手段并非为了迎合观众,不过是为了表示此人非人。从前的戏子,可是连这些手段也不耍呢。总之,亡魂身份该凭演技诠释,用不上这种血糊假伤——"

"知道了知道了。那么,这东西该用在什么地方?"

"用在武打戏上。阿又,活人挨刀可就该溅血了,但在戏台上总不能真砍下去。戏台上的武打戏,总是不见半滴血。"

"有哪出戏真溅血了?"

"所以才该张罗不是?比方说,有人被一刀劈死。倘若被砍在右侧,死前总会转个身让观众看个仔细。试想,此时额头若淌下一道血,会是什么模样?白粉脸上一道红,看起来可是分外抢眼,想必观众都要乐不可支了。"

"观客只会作呕吧。"

"会吗?"

恐怕要把人给吓得纷纷离席呢,又市说道:"用不着流血,大家也老早知道演的是什么情节。看戏不就是这么一回事?改用这种不雅的方式演戏，只怕要把观众们气得火冒三丈，说不定有些还真以为闹人命了，吓得连滚带爬逃出去呢。再说了，倘若你这血淋淋的玩意儿真受到瞩目，难道不怕奉行所以蛊惑人心之名前来取缔？"

"你认为不行？"没想到长耳这回这么轻易就放弃了。原本以为可能要激起一场激烈争辩，又市这下完全扑了个空。

你今儿个怎么这么平心静气？又市问道。因为我也这么想，长耳回答。

"你也这么想？那还造出这种东西做什么？"

"唉，上回用的那蛤蟆，充其量不过是传统行头的改良品，虽壮观好用，但对情节或演戏的方法根本毫无影响。但这东西可就不同了，凭它保准能完全改变演戏的方式。如此一来，戏子斗剑也非得斗得更逼真不可。不过，正如你说的，这东西实在不雅。看来真是不行。"长耳自言自语似的感叹道，"或许是阎魔屋的差事干太多了。"

"损料差事也算不雅？"

"当然不雅。常得装腔作势，况且老得投观众所好。"

"的确没错。"

"话说回来，阿又，那阿缝夫人究竟在打什么主意？欲认罪悔改，却又无法偿罪，岂不是根本无路可走？角助所言不假，至今为止，任何人都没损失，反而是将真相公之于世，损失方会显露。原本以为儿子是病死的，这下发现竟然是受虐致死，夫君哪平得了心、静得了气？婆婆就更不必说了，大家想必都要恨死这个鬼媳妇。不过，话虽如此，家中还有个次子，还得顾及武家的体面。这还真是左右为难。"

"的确是左右为难。"

"通常，打这儿开始才算是损料差事。夫君的爱子、婆婆的爱孙遇害而死，这可是个非同小可的损失呢。"

说得一点也没错，又市应和道："所以，委托人若是婆婆或夫君，还容易理解。代他们报杀子之仇——这才是常情。若是如此，咱们也不愁找不到法子。"

"且慢且慢。即使如此，咱们还是无计可施，情况根本没半点不同。次子仍在，家门体面也仍须顾及，有哪儿不同了？"

"不，当然不同。"

"是吗？好吧，孩子的仇是不难报。只要除掉这媳妇，体面便得以保全。不过，这可不像你会考虑的点子。"

"你可真了解我，这等下流手段的确不投我所好。倘若委托人是夫君，不就代表这媳妇在装傻了？"

"想必是如此。"

"那么，仅仅让媳妇好好认罪、虔心悔改，或许便可使大家心服，根本无须布公定罪，便能在家中解决。虽然难保事后一家能毫无芥蒂和善相处，但只要这媳妇打从心底悔改，仍可能有大好前景，抑或双方可达成谅解和平离异，总之还有几条路可走。只是……如今这情况……先是媳妇有心悔改，但悔改后，又不得不担心夫君与婆婆的心境。这，可真是一点法子也没有。"

所以我才想知道，你究竟有什么主意？长耳以急促的口吻问道。他这焦虑，实不难理解。

"这委托人，是来委托阿甲代为办些什么？"

"帮忙想个法子。"

"想个法子？"

"每每思及自己施虐致死的孩子，便彻夜难眠。不仅无颜面对家人，欲伏法偿罪，亦不知该如何做。希望能真心悔过，虔心凭吊孩子的在天之灵，但又不知该如何向夫君与婆婆坦承此罪。长此以往，根本无计可施。故望阿甲能代为想个法子。"

"哪有什么法子？"

闻言，仲藏高声大吼："如此委托，根本是无理取闹。阿又，完全不值得为此事绞尽脑汁。我看就由你亲自登门劝说，以小股潜的舌灿莲花为此事做个了断吧。"

"这要如何做个了断？"

"就劝这媳妇继续忍耐下去，并告知她除此之外，别无他法可以偿罪。不，该说除了为一己之罪所苦、终生饱受折磨，别无他法可告慰那可怜孩子的在天之灵。还说什么彻夜难眠？她连无辜孩童的性命都敢残害，这点折磨哪够偿罪？"

"正是因此……我才得在事前……稍事调查。"

哼，少用这话来搪塞，长耳说道，接着沉默半晌，才又开口说道："看来，你心中仍有质疑。但阿又，倘若这阿缝夫人果真未说实话，会是什么缘故？为何非得撒这种谎不可？而且为何得找损料屋来行骗？这我可是怎么也想不通。真相根本还未被人察觉，总不至于要包庇什么人吧？"

"所以，我才吩咐那卖吉祥货的先就此稍事调查。"

"那吊儿郎当的家伙哪查得了什么？"

"你说谁吊儿郎当了？"门还没开，便传来这么一句。

简陋的门喀喀作响地被推了开来，只见林藏站在门外。"这是在搞什么鬼？天寒地冻的，我忙着在外四处奔走，你们俩竟然窝在屋内烤火取暖、说人闲话。你们究竟还有没有良心？"

"提起你这从头到脚没一处可夸的家伙，除了闲话，还能说些什么？"

"你哪来资格说这种话？"

"别站在那儿唠唠叨叨的，快给我进屋。难不成想将我们俩给冻死？"长耳说道。

这温度的确能冻死人。这屋子不仅结构简陋，屋内还没什么可生火的东西，一旦冷下来便难再回暖。光靠一只小火钵，根本于事无补。

"快被冻死的是我！好歹也该为我温点酒吧，卖削挂的林藏发着牢骚关上门，刚在房间正中央坐下，便一把将长耳抱在怀里的火钵抢了过来。

"这儿别说是酒，连醋或开水也端不出来。除了与其他民宅有段距离，也宽敞些外，根本是一无可取。或许适合商量奸计，若想取暖，根本连门儿都没有。话说回来，情况如何了？托你探听的那件事，可探着了什么眉目？"

"阿又，你这是在急什么？难不成是对我的能力有所质疑？唉，年老早就过完了，我那些讨吉祥的行头还真是卖不出去。总之，消息是探着了。"好吧，林藏搓搓手，耸了耸肩说道，"首先，那委托人阿缝夫人——可是个大好人呢。"

"喂。"又市挺直了原本慵懒的身子问道，"这关咱们什么事？"

"怎会不相关？这可是则重要的大消息呢。这阿缝夫人是个穷御家人的千金，父亲是个石高只称得上聊胜于无的小普请。嫁过去的西川家虽不是什么显要，但毕竟瘦死的骆驼比马大，至少也是个二百石的旗本。或许咱们看不出这两家有何不同，但对武士而言可是门不当户不对，依常理绝不可能结为姻亲。这桩亲事之所以能成，也是看在大家对阿缝夫人赞誉有加的分上。"

"难道是不逊于小町的国色天香？"

不不，林藏猛摇手回答。

"难道不是？"

"并非如此。其实也算不上什么国色天香，虽不是什么丑八怪，但长相也绝对称不上标致。大家夸的，多半是她的好性情，诸如勤勉持家、毫无怨言、孝顺公婆、为人正直什么的。"

又市原本将她想象成一个趾高气扬的武家妻女，看来实情并非如此。

"如何？不都说这是则重大消息了？阿缝夫人并不是个会撒谎的奸人，倘若真有意图欺骗咱们，想必——"

"想必是有什么理由，而且还是个说来话长的理由？"长耳把话接下去说道。

切勿草率定论，林藏回答。

"草率定论？"

"是要你别急着论断。瞧你们这些江户人，性子急得像什么似的。闭上嘴仔细听我解释。总之，只要记得阿缝夫人是个正直勤勉的大好人，这桩亲事方能成就得了。此外……"林藏竖起指头，压低嗓音说道，"那名叫正太郎的孩子，也的确是遭施虐致死的。"

"你怎么知道？"

"同大夫探听来的。"

"大夫？"又市探出了身子问道。

"没错。为西川家把脉的，是个名为西田尾扇的庸医。这家伙，其实是个贪婪无度的臭老头儿。"

"你直接问他的？"

"当然不是。我哪会傻得留下什么线索？若他是此事的主谋，我岂可能全身而退？"的确有理。有些大夫甚至不惜下毒害命。"总之，虽然是个小大夫，但西田这家伙竟然存了不少银两，住的也是硕大华宅，手下还有成群弟子男仆。我就是从那伙人中打听来的。据说，那孩子甚是可怜，死时浑身是伤，死因则是身体衰弱，几乎是活活饿死的。"

的确可怜，仲藏喃喃说道："记得不是才五岁还是几岁来着？"

"有个男仆说看了直教人同情，他连泪都流下来了。总之，阿又，这阿缝夫人的说辞可是真的，大抵都不是谎言。"

"且慢，姓林的。"又市伸手阻止道，"也就是说，西川家中的人知道孩子是遭虐致死的？"

"并不知道。"

"为何不知道？"

"西田似受嘱咐不得声张。"

"受谁嘱咐？"

"应该是婆婆吧。"

"婆婆？为何是婆婆？"

还不是为了保全武家的体面？长耳说道。

并非如此，林藏旋即否定道。

"并非如此？"

"这……要说完全不是为了这个，或许也多少有些。但这并非主要原因。这婆婆命西田缄口，并非为了保全家门体面，而是为了包庇儿媳。"

"为了保护儿媳？倘若真如你所说，这儿媳可是犯了杀害婆婆爱孙、夫君承家长子的不共戴天之仇呢。"

"是如此没错。"

"当然没错。我问的是这婆婆为何要包庇仇人？"

"阿又，你还真是个傻子。"林藏缩了缩鼻子，两眼紧盯又市。

"为、为何说我是傻子？"

"人情这东西哪有这么简单？你想想，这婆婆可是对儿媳甚是中意。明知门不当户不对，还是硬将这儿媳娶过门的，其实是这婆婆。噢，或许夫君自己也有意，但没有婆婆的许可，亲事也绝无可能谈得成。别说是谈，媒妁连想提这门亲事，也是门儿都没有。此外，这俊政也是个教人难以置信的孝子。老母亲若是不答应，绝对是恭敬从命。正是因婆婆看得合眼，才得以娶阿缝夫人过门。"

"但——"

"别忘了,这儿媳不仅令婆婆疼爱有加,令夫君甚是合意,连女仆小厮也对其至为景仰。况且,还生了个儿子。"

"这与此事有何关系?"

"瞧你说什么傻话?这当然是大有关系。这阿缝夫人,除了这唯一一次过错,可是个无懈可击的儿媳呀。"

"即便仅犯了一回,也是个无可弥补的过错不是?"

杀人之罪可是非同小可。

"是没错。孩子都已经死了。不过,阿又,这并不能改变什么。即便揪出阿缝夫人罪愆,将其休掉、量刑,难道就能换回死去的孩子?难道还能再觅得一个更好的儿媳?难道有办法抚养嗷嗷待哺的婴孩?"

这……的确不无道理。就这点而言,报仇的确是愚蠢之举,这道理又市并不是不懂。虽懂,又市也知道仇恨常无法泯灭。人毕竟愚蠢,有时就是会被不理智的执念所缚,无法理性判断损益。再说——"这道理,其实也说得通。"

道理?林藏一脸纳闷地说道:"喂,阿又,我从没想到有朝一日会从你嘴里听到这个字眼。你这家伙哪懂得讲什么道理?"

说什么废话?又市回答:"我可不是在说我自己讲道理,而是指那老太婆的决定。"

"喂,你仔细想想。家门的清誉、武家的体面——一听见这些大道理,咱们这种人便要斥为无稽,但即便是商人或庄稼汉,不也都得讲究这些?倘若店家毁了商誉,把客官都给吓跑,哪还做得了生意?同理,庄稼汉坏了村内规矩,被邻里断绝往来,日子哪还过得下去?武家也是同样道理。并不是在抬举武家,但这些家伙可是天天活在罢免官位或废除家门的威胁下。更糟的是,武士可受不了这种打击。即便尚有婴孩嗷嗷待哺,一家人也可能就此沦落街头。即便道理说得通,还是有损无利。"

林藏说得有理,长耳说道:"世间人情冷如冰。从上到下,都视他人不幸为乐子。武士本就是靠体面吃饭的,绝非凭一己之好恶挑险路走。倘若真能放下对已逝孩子的思念,或许依这道理行事方为妥当。"

"为了还活着的孙子,放下死了的孙子?这种事哪可能这么容易办到?"又市面壁嘀咕道。

原来是这么回事。

"因此,"似乎是察觉到了什么,林藏将手指贴在薄薄的嘴唇上说道,"这儿媳的为人,才最该考虑不是?倘若她平日是个行为不端、性情古怪、人见人怕的鬼媳妇,想必无人能轻易放下。这个混账东西,万万不可饶恕——想必大家都会如此认为。不仅如此,还可能闹到媳妇娘家,甚至开诚布公向官府提诉。但这样一来,反而让自己颜面扫地,故绝不该逞一时之快,草率为之。因此,正如你所说,为求说得通这道理,也只能让这一步。"

唉,毕竟阿缝夫人已被视为重要的家人,林藏感叹一句,继续说道:"自家子女犯了过错,力图包庇也是情有可原。你们想想,这下要面对的并非什么仇人,而是爱子的媳妇、爱孙的母亲,何况一家人对阿缝夫人还视为己出,甚是疼爱。两相权衡,一家人该选择哪一头,根本是不辩自明。"

"就是说,咱们这委托人将孩子折磨致死一事,只有那婆婆知道实情?"

"没错,其他家人俱是浑然不察。且已为婆婆所知悉一事,阿缝夫人本人亦不知情。"林藏如此总结道。

三

怎么又是桩麻烦差事？个头矮小的老人不住地蹭着自己的下巴说道。倘若下颚蓄须，这会是个自然的动作，但老人的下巴却光溜溜的。

又市造访的，是久濑棠庵位于下谷的草庵——虽然不过是一户长屋。

久濑棠庵自称是个曾为儒学者的本草学者，真正身份却无人知晓。虽然此人博学多闻，看来的确有学者之姿，但总教人无法参透他究竟是靠什么样的差事维生。总之，此人虽身世成谜，但也和又市及长耳一样为阎魔屋效力。

"好吧。两位要老夫帮些什么忙？"

"你不是个学者？角助曾说只要不是正经事，你什么都清楚。因此想向你借点知识。"

呵呵呵，棠庵以女人般尖利的嗓音笑道："向老夫借知识？"

"否则还有什么好借的？瞧你这地方，看起来和我们一样一贫如洗，还生得这副寒酸样。既没有高超武艺，也没有万贯家财，看得我们反而都想借你点东西了。"

"这话说得一点也没错。"

"说得没错？"

"老夫是靠这个糊口的。"老人伸出食指，朝太阳穴上敲了敲。

"靠脑袋？"

"没错。诚如你所言，老夫从未举过比笔更重的东西，几乎要连两腿该如何跑都给忘了，饭菜也吃不了多少，平时尽可能保持不动。"

"听来活像条鱼干似的。"

"的确像条鱼干。动得多了，消耗也多。消耗多了，就得多补些什么。少了就得补足，若不补足，迟早将消耗殆尽。此乃世间常理。人不都是饿了就得吃饭？"

"因此，你尽可能维持肚子不饿？你这家伙未免也太滑稽了吧。"又市高声大笑道。

"总而言之，天地万物大抵皆循此道理而成立。例如水往低处流，黑夜无日照。万物皆是用了会减损，存了便增多。正因用了要减损，方有损料产生。"

"这不是废话？"

"不过，有两种东西是违背这道理的。"话毕，棠庵睁大双眼，接着又朝太阳穴上敲了敲，"就是此处。"接着又指向胸口，"以及此处。"

"你指什么？"

"知与情。"

"情？"

"没错。容老夫打个比方：存货入仓，只要有进无出，终将被填满，无法容纳更多货物，不管仓库再怎么大，都是同理。但知识再如何蓄积，也不至于填满；再怎么学习，脑袋也不会膨胀。累积新知，能够永无限制。此外，亦是再如何使用，也不会减少。倘若使用过度将使知识减少，贤者的脑袋岂不是马上要空无一物？"

"你们这些学者还真是麻烦。"

"的确麻烦。至于此处，"棠庵再次指向胸口说道，"欲望、执念一类东西，同样毫无际限。此外，情爱亦是如此。亲子之情、夫妻之情、物欲、财欲、名欲，反之则有恨、怨、嫉、妒，可谓永无止境。既可能无限膨胀，亦可能无故消弭。"

"人岂能以道理论断？"

"的确不能。硬是以理论断，必将有所扭曲，总会有哪儿不对头。

而人，要么对此佯装不知，要么适当压抑，方能安稳度日。对此类情况，老夫极不拿手。"

"极不拿手？"

"老夫避免碰触人情、脾气、心境之类，仅以此处面对。"棠庵指向额头，继续说，"因此，今见又市先生登门造访，谈起西川家之事，老夫亦是倍感迷惘。倘若先生欲询问的，是那阿缝夫人或名为阿清夫人的婆婆之心境，老夫自是无从回答。为何有如此行动、如何使众人心服——此类问题，要如何回答都成。然而，欲得出看似有理的解释，虽轻而易举，却无一可妥善证明。凡是心境问题，往往连当事人自己亦无法论断。就连自己也无从理解，解释可能时时生变。故此，先生您……即便是红的，也能轻而易举将之说成白的。"老人说道。

"是没错。"又市最擅长的伎俩，便是以舌灿莲花说服他人。

"被人欺骗，指的不正是不知分辨所闻虚实，便对其深信不疑？"

"若被看出虚实，哪还骗得了人？"

"人心本就暧昧难清。自己是何想法、有何感觉、执着于自我、深信自己是什么样的人——这类话人人都说，实不过是自我欺骗，全都是错觉。不过是丝毫不察自己所言非实，故未察觉自己受骗而已。这次，想必两位也是代委托人行骗。总之，两位这次行骗，必是有所目的。"

想必的确如此。

"行骗并非老夫所擅长。"棠庵说道。

"真是如此？你上回不是还将几个商人及同心骗得团团转？还信口罗织了那段寝肥还是什么东西的——"当时棠庵的确煞有介事地编出一段说法，硬是将长耳布置的幼稚机关说成了真有其事。仅凭一张嘴，便让一伙人听得心服口服。

"那桩的确是真有其事。"

"真有其事？"

"老夫并非信口雌黄，不过是陈述一己所知。老夫当时所陈，均是诸国口传、笔述之见闻。至于如何论断虚实、如何看待解释，就看听者个人判断了。"

"真、真有其事？"

怎么听都像无稽之谈。不仅荒诞无稽，且未免过于巧合。

当然是真有其事，棠庵回答。

"听来如此荒诞，岂可能真有其事？"

"准确地说，应说是一度被信为真有其事。某些地域传说其事属实，亦有些人认为其事属实。然若理解天地万物之道理，便可辨明实为荒诞无稽。"

原来他自己也不信。

"也就是说，这并非你自己罗织的无稽之谈？"

"没错。若纯为老夫所罗织，外人只消一番罗列检视，纯属虚构便不辨自明。此类陈述之真伪，只要略事调查，便能轻易辨明。如此一来，老夫不仅无法以此糊口，更失去身为学者之资格，甚至可能得面对国法制裁。毫无依据信口雌黄，终将使老夫信誉尽失。此类言说，或能投说书先生、通俗小说家之所好，但绘草纸或舞台戏码，可无法视为证据。听似无稽却有史料佐证者，老夫这等学者方能述之。而既然是出自学者之口，便较能取信于人。"

原来如此，他的招数原来得这么用。

"那么，可愿意把这知识借给我们？"又市问道。

"老夫稍早亦曾言及，知识借了也不会缺少。只要有银两当酬劳，需要多少老夫都乐于出借。好吧，两位需要的，是什么样的知识？"

话毕，棠庵再度蹭起下巴来。

真希望他长了胡子。

"且慢。"

"怎么了?可是想起了什么?"

"两位方才提及的西田——可是西田尾扇?"

"哦?你是指那为一家看病的大夫?没错,就这名字。你听说过这个人?"

"那人——是个庸医。"

"大夫有哪个不是庸医?"

"绝无此事。切勿一竿子打翻一条船。此人医术尚称高明。"

"是吗?这种家伙,不都和阴阳师、咒师一个样?个个阴阳怪气的。"

"不。老夫方才亦曾言及,人的精神难以理论断,但身躯可就不同。若有哪儿不舒服,必有不舒服的理由。只要将此理由除去,病情便不至于恶化。至于兰学,则是将不舒服之部位去除。因此,大夫诊治并非毫无疗效。不过,若理由为精神方面,便须借咒术之力,方能收效。"

"原来如此,听来和木匠没什么两样。"又市说道。

没错,老人回答:"因此,坊间庸医,不是知识不足,便是技艺不足,总有一方略有欠缺。若不是因不谙此病而无法诊治,便是医术不足而无法医治。即便如此,仍自称能治愈此病者,便是庸医。"

"尾扇也有所欠缺?可是医术不够高明?"

"此人医术高明,知识甚丰,但独缺人情。"

"人情……"

"即认为大夫有义务将患病者医好、减轻其痛楚的同情与悲悯之情。事实上,身为大夫最重要的,就属这点。若以此出发,有助于增长知识、精进医术。"

"分明说自己对人情极不拿手,这下怎说得像你很懂人情似的?"

"当然懂,也明白自己缺这个。因此,老夫才无法成为大夫。"棠庵说道，"老夫总无法压抑求知欲望，无法设身处地为患病者着想。相比之下，尾扇则是以财欲填补人情短少之空缺，方能以行医为业。"

"他是个利欲熏心的家伙？"

是个守财奴，棠庵蹙眉说道："尾扇生性见钱眼开，故绝不为穷人诊治。即便习性如此，却很重视名誉。因此，即便是家徒四壁的武家，也会入门诊治。之所以爱财如命，想必亦非爱慕奢华或物欲熏心，不过是错觉权力、名誉均可以金钱购之。或许，此人对武士身份甚是向往也说不定。"

"原来如此。也就是说，婆婆支付的封口费用，正投其所好？"

旗本家中耆老主动低头，甚至奉上银两苦苦恳求。若西田真是这么个习性，当然要乐不可支。

"见此乃人命相关之秘事，依老夫所见，西田索求的数目理应不小。倒是……"棠庵突然摆出一脸苦闷神色。

"怎么了？"

"噢，又市先生那操京都方言的同伴……"

"可是指姓林的？"

"此事可是此人向尾扇本人打听来的？"

"不，是同小厮或男仆那儿探听来的。据说，此人雇用了为数不少的仆佣。"

"这可就奇怪了。"棠庵说道。

"有哪儿不对劲？"

"风声走漏了。"

"有哪儿走漏了？这些家伙不都是尾扇的手下？"

"手下？又市先生，尾扇并非盗贼，而是个大夫。有的只是弟子男仆，而非手下。此人如此利欲熏心，对弟子或仆佣理应是毫不信任。"

"哦？"

"此人就连对妻室亦甚是提防,一直将财库钥匙挂于颈上,连就寝时亦不离身。生性如此,岂可能将此等有利可图之事告知下人?两位不妨想想,西川俊政无论如何也是个旗本,石高必不下于二百石。而尾扇,碰巧抓住了这旗本的把柄。"

"也就是说,不可能仅讨一回封口费便善罢甘休,非得来个物尽其用不可?"

"不不。勒索强取,绝非能反复使用的手段,尤其武士并不似扮相般富裕。话虽如此,利用价值却不可轻忽。即便讨不了几个子儿,派得上用场的地方可是多不胜数,例如委其为自己与大家牵线结识什么的,大抵都能成事。不过,欲提出此类要求,必得遵守严守秘密之前提。"

"不不,且慢。诊断孩子死因时,同在现场的弟子不都亲耳听见真相了?"

"并无他人在场。"

"无他人在场?"

"和尚、大夫乃可自由出入达官家中的特殊行业。地位如尾扇者,出外诊治时或有小厮代为携行道具,但把脉时并不容许小厮一同入内,而是命其于门外待命。即便是弟子,亦不可进房,仅可静候于门外。商家或许尚有可能,但武家可不是简简单单便能深入。"

"这……"若是如此,如今这情况,又是怎么一回事?

"依老夫所见,想必是尾扇门下某一弟子泄了密。至于究竟是在外窃听得来,抑或察觉事态有异而于事后查出,就不得而知了。"

"且慢。你所说的究竟是指……"

"没错。也就是说,勒索者除尾扇之外,极可能另有他人。"棠庵说道,"从又市先生的同伴不费吹灰之力便能探知看来,真相应是如此无误。不同于尾扇,弟子或小厮只要赚得蝇头小利,便可满足。由于心狭志低，不仅不如尾扇小心谨慎，也极易走漏口风。"

"不过，这些家伙有样学样地学主人勒索，究竟目标是什么人？"又市纳闷地问道。

"依老夫所见，目标可能有三。首先，是要求封口的始作俑者，婆婆阿清夫人。其二，是最可能因家门蒙羞而受害的夫君，俊政大人。其三，便是阿缝夫人本人。"

"最可能的会是其中哪个？"

"这……"棠庵蹭了蹭光滑无须的下巴回答道，"第一位，阿清夫人，乃主人尾扇的目标，这伙人理应避之。欲勒索，便得让阿清夫人知道自己知晓这秘密。如此一来，阿清夫人自会认为尾扇已将秘密外泄，尾扇也将因此失去勒索之机。当然，一己所为亦将为尾扇所察。若一己欲恐吓取财之事为尾扇所知，自是不妙。故应不可能是阿清夫人。至于夫君——想必也无此可能。"

"怎么说？"

"毕竟区区一介小厮，毫无可能面见旗本。此外，俊政大人对实情毫不知悉，理应不可能接受小厮这番说法。甚至怒斥勒索者欺官、当场将之手刃，亦是合于理法。即便不至于如此，想必俊政大人也将先同阿清夫人确认此说之真伪。如此一来，仍是同样结果，不，甚至将更加险恶。"

"如此说来，便仅剩此案委托人一个。"

棠庵蹙着甚是稀疏的双眉说道："如此推论，答案似乎是如此。首先，阿缝夫人对阿清夫人恳求封口一事并不知情。也就是说，对阿清夫人知道实情亦是丝毫不察。"

林藏曾如此说。

"如此隐情，尾扇家中竟有人知情，着实教人诧异。此乃家中私事，依老夫所见，应是尾扇同阿缝夫人听取隐情时，碰巧为此人所听闻。总之，假定阿缝夫人不知婆婆要求封口，孩子乃死于阿缝夫人之手一事亦属实情，那么两位认为，此事可作何推测？"

"能推测出什么？"

"噗，倘若此罪行真由阿缝夫人所犯，既知实情，却似乎未试图守密封口，想必代表……"

"原来如此。"这代表阿缝夫人认为，实情尚无人知悉。

棠庵颔首道："眼见无人调查究责，想必阿缝夫人以为，大夫于检视遗体时未察觉孩子乃遭蓄意虐死。如此一来——"

"原来如此。有心人只消透露秘密早为一己所知，欲勒索便是轻而易举。尤其以阿缝夫人为对象，更有如探囊取物。"

"没错。自己遭勒索一事，阿缝夫人当然无胆向以阿清夫人为首的家人透露，亦无法与家人商量。而此人之胁迫行径，亦不为尾扇所察。"

"原来如此。挟同一手段，尾扇可向婆婆、其门下之勒索者则可向咱们的委托人胁迫勒索——"

"想必正是为此，才前来委托我们不是？"

"有理。"不过……"若是如此，依常理，应是委托咱们代为对付那勒索的家伙才是。"

依常理，多是如此。

这……棠庵再度思索了起来。"或许是因自己确有遭人勒索之把柄，故难以如此言明。对自己犯的罪绝口不提，仅委托他人代为解决勒索，想必就连自己也难以说服。毕竟阿缝夫人似乎是位善人。此外，若是如此委托，阿甲夫人也绝无可能承接。"

的确有理。

"但如此以往，终将身陷万劫不复之境。"

"怎么说？"

"老夫稍早亦曾言及，人心之欲永无止境。有胆勒索他人者，一度尝到甜头，往后欲罢也是不能。"

一点也没错。又市曾见过的这类家伙，可谓多不胜数。

"即便对自己所犯之罪有再多悔恨，若是顺从恶徒之胁迫，不论财力或精神，都将陷入万劫不复之境。这点道理，就连孩子也懂。但为避免，必得将一己罪行公之于世。如此一来，自己的孩子、夫君、婆婆，恐全家都将被逼上绝路。想必阿缝夫人正是为此困扰不已，只能委托我们这不能登大雅之堂的行业代为料理。"

"原来除了难耐良心苛责，或许还有这个理由。"

若真是如此——这令人生疑的委托方式，便不至于无法理解。这桩差事之所以令人生疑，正是理应为一己之罪悔恨不已——同时还是个大善人的委托人，言行间总教人感觉似有隐瞒。怎么看都不相称。即便有着深深忏悔，似乎仍试图隐瞒些什么。

倘若实情真如棠庵这番推想，那么，这委托人便是撒了谎。但撒谎的目的，并非为了营造对自己有利的局面。

遭人勒索也是自食其果，故也只有默默承受。但委托人的目的，是避免更多勒索将于未来造成的不幸——不仅是自己，还有将祸及亲人的不幸。也就是说，此人欲借这番委托，一肩扛下或将殃及他人的灾厄。

的确，比起将银两交付勒索者，交给损料屋或许要好得多。

不过，这可真是桩困难差事。相比之下，强迫勒索者罢手要容易得多。但仅是如此，并无法将委托人的苦恼连根拔除。若是如此——

方才所言，纯属老夫臆测，棠庵说道："毕竟，就连委托人是否真遭勒索尚无法确定，毫无任何佐证。若无佐证，听来再有道理的言说也不过是虚构。身为一介学者，实不应仅凭此指点两位如何行事。若不进一步查明……"

"我这就去查。"又市起身说道。

四

一个温暖冬日的午后,冈引爱宕万三前来造访正在市内巡视的南町奉行所定町回同心志方兵吾。

眼见平日滔滔不绝的万三,这回却是一副闷闷不乐的模样,志方也不由得忧心起来。面带这种神情时,万三捎来的通常不会是什么好消息。

怎么了?被如此一问,万三便要求志方能否前往番屋①一趟。

万三表示有个身份不明的伤者被送到了自己这头。由于情况甚是难解,教人不知该如何处理,只得将其迁往番屋。小的实不知该如何裁定,万三双颊不住颤抖地说道。

"情况甚是难解——万三,这究竟是怎么一回事?若是具身份不明的尸首,尚不难理解,但这回却是个伤者。难道是昏倒路旁,毫无意识?"

"并没有昏倒路旁。"

"伤者理应还有意识,只须问出身份姓名不就得了?听取后,便可将之遣至该遣之处。难不成有什么难言之隐?"难道是有谁欲取其性命——志方不禁纳闷。若是如此,可就草率不得了。

"并非如此。"

"那就给本官说个清楚,是怎么一回事?"

"是。想必大人也到过根津的信行寺。那儿不是有段陡峭的石阶?"

---

①日本江户时代值夜班人的小屋。

"本官知道。记得那石阶绵延甚长。"

"那女子,依小的推测,似是武家之妻室或千金,看来似乎是自那石阶上跌落。"

"自石阶上跌落?"

那石阶,少说也有五十阶。

"是的。总之,也不知是自哪一阶跌下的,正好摔在石阶下面的碎石路上,一个碰巧路过的双六贩子见状,连忙上前相救。虽然获救,但这女子头部重击,额头都裂开了,一张脸血流如注。"

"伤得如此严重,竟然还救得活?"志方说道。

万三则是语带含糊地回答:"没错,见此女满脸鲜血,路旁茶店的老太婆和寺内的小和尚全都赶了过来,将她抬进了寺庙里。众人发现此女虽血流如注,但性命不至堪虞。至此为止,尚属顺利——"

志方心中涌现一股不祥的预感。看来似乎是桩麻烦事。

"此女就连自己的出身、身份都给忘得一干二净。不过从其打扮看来,似是正前去扫墓。"

"若是前去扫墓,便说明是个亲人葬于寺内墓园的施主。若是施主,住持理应认得才是。"

"然住持亦表示不识此女。不过,也或许是颜面肿胀,难以辨认所致。"

"颜面肿胀?"

可是撞伤了额头呢,万三蹙眉说道:"胳膊及两腿仅有扑打伤,但颜面可就⋯⋯总之,大人亲眼见了,便会明白。"

压根儿不想看这副模样。"伤得连颜面都难以辨认?听上去的确麻烦⋯⋯"

"没错。唉,寺内法师也十分无情。即便认不出是该寺施主,至少也该体现佛祖慈悲。谁知不过照护三日,便表示寺内无法继续收留。"

"这……若是就这么住下不走，当然困扰，但区区三日便要撵人，未免也过于性急。毕竟，此女伤势十分严重是不是？"

这……万三略显畏缩地说道："其实，此女食量甚是惊人。"

"食量惊人？"

"据和尚所言，此女吃得相当多。一大早就要吃个三五碗，其他时候更不消说。长此以往，只怕寺内米仓都将见底，只得将之劝离，便吩咐当初救助此女的双六贩子将人带走。"

"这贩子也一直留驻寺内？"

"大人，世间哪来这种闲人？此人乃一双六贩子，是个有一顿没一顿的穷人。光是出手相救，已属仁至义尽。总之，庙方似是考虑有朝此女忆起过往，或要向恩人致谢，故和尚们曾向此双六贩子询问其住处。唉，这双六贩子或许也是贪图谢礼才救了人，岂料竟没能如愿。"

"真正原因，就是为此？"

"想必就是为此。总之，那双六贩子的住处，是一距小的住处不远的简陋长屋，根本不可能收留外人，尤其是个伤者，更何况还得应付那惊人食量，怎么看都是毫无余力，只得将人送到我这里来。"

"那么，由你来收留不就得了？"

喊，万三以十手敲敲自己脖子说道："大人别说笑话。我这儿已有祖母、老妈、孩子共五人，还得身兼二差，拮据得自身难保了。"

这志方也能理解。除了某些特定的地回①，冈引的日子大多过得十分贫苦。

"那么，万三，即便得由你收留，想必日子也不至于过长。即便此女伤得再重，若有如此食量，想必不出几天便可痊愈。如此一来——"

---

①江户时代特指被剥夺户籍的无宿人，多以四处兜售香具或经营博弈营生。因其浪迹天涯的性质，常被负责维持治安的奉行所等机关吸收为线民或杂役。

伤就是好不了呀，万三以哭丧的语气说道。

"伤好不了？"

"没错。虽然站是能站起来，疼痛似乎也不严重，但额头的伤就是怎么也好不了，伤口反而裂得愈来愈大。吩咐此女尽快忆起自己究竟是什么人，好自理生活，她却怎么也想不起来，尤其额头上还顶着斗大的伤口，教人哪狠得下心送客？她现在这模样，入夜后若有谁撞见了，保准要被吓得魂飞魄散。这么说或许刻薄了点，但此女如今的模样，活像个骇人的鬼怪，就好像额头上又开了张嘴。"

哪可能如此夸张？志方回道。

不过是据实以报，万三回答："那伤真的好不了，伤口还一天比一天大。"

"这怎么可能？"

但就是真的碰上了，万三说道："而且还会一张一合，活像要答话似的，保证千真万确。眼见如此，小的不禁纳闷，该不会是上头那张嘴也要吃东西吧？"

不可谈论怪力乱神，志方怒斥道："世间哪可能有这等奇事？"

"唉，小的原先也是如此认为。"

"既然如此认为，伤口无法痊愈，应是因庙方治疗欠妥，让什么脏东西给跑了进去所致，或许伤口里化脓了。看来若放任其持续恶化，只怕此女性命堪虞，宜急速送医诊治。只消请个大夫来瞧瞧，不就得了？"

"这小的当然知道。说来或许有失厚道，但小的何尝不想尽快送走这个瘟神？只不过，不仅伤口古怪，此女食量亦不寻常，怎么看都不像是一个女人家吃得完的分量。故小的判断，普通大夫大概也不知该如何诊治。因此便请来——大人应该也记得，去年调查睦美屋一案时，在场的本草学者——"

当然记得。由于那个案件脱离常轨,撰写卷宗时,志方曾多方听取意见。

"记得那人姓久濑?"

"没错,正是棠庵先生。想必近邻的密医注定束手无策,小的便邀了此人前来诊治。"

"那位学者与你熟识?"

"怎么可能!小的不过是个瞎起哄的,那位先生可是学识渊博,熟知不少奇闻轶事。打那回起,小的便不时造访那位先生。"

"噢。瞎起哄的,有时也立得了大功。那么,那位学者如何论定?"

"这可就——"

在大街上拐了个弯,番屋旋即映入眼帘。大人请止步,万三喊住了继续走着的志方。

"怎么了?自身番①不就在那头?还要等什么?"

"在见到此女之前,有件事得先告知大人。"

"什么事?久濑棠庵的诊治结果?"

"是的。或许伤者不在场时,较适于研议此事。但小的着实不知该如何解释,只得邀其前来此处。"

"此处指的是?"

"正是此处。"

"邀来的,可就是久濑棠庵?"

没错,万三回道,并领着志方走向番屋旁的沟渠。

志方跟着走进小巷中,立刻见到棠庵伫立于一株毫无生气的柳树下。先生,我将大人给请来了,万三说道。

棠庵深深低头致意。"志方大人。上回承蒙大人关照,特此致谢。"

---

① 日本江户时代,为警备江户市区而设的衙门。

"先生多礼了,该致谢的应是本官。稍早已经听闻万三略述经纬,不过……"

此疾名曰头脑唇,棠庵说道。

"头脑唇——也就是说,脑门上长了第二张嘴?"[①]

"正是此意。"

"这、这究竟……"

真有人生得出第二张嘴?世间真有这等怪病?

"此疾乃人面疮的一种。人面疮属业病,据传乃行止不正招徕之恶报,自古医书便有记载。此病不仅限于近世之吾国,自古便见诸于唐土。"

"是病,而不是伤?"

"此疾多以伤为发病之契机。由于患病者多为性带贪婪、邪险、暴虐、荒淫者,故世间视其为业病。"

"也就是说,罹患此病者,多为心术不正的恶人?"

"多见于心术不正却不属凶恶之徒,即恶性内蕴而不外显者。举例而言,如无故对世间一切厌烦不已、不知不觉步入邪险者,虽不表露但贪念甚深、仅欲放荡度日者——总之,此类心性人皆有之,但某些人较常人更为强烈。大人说是不是?"

的确不乏此类人。就连在奉行所内被视为食古不化的志方,亦不时起类似邪念。

诸如此类,即为病因,棠庵一脸严肃地说道:"此类性情,平日深藏心中。此类念头毫不值得褒奖,故愈是刚正者藏得愈深。俗话说物极必反,愈是压抑,便愈易反弹。沸水生蒸汽,若过于强烈,甚至可能将铁瓶重盖喷得老远。事前压抑得愈强,喷出时便可能喷

[①] 头脑唇的日文读音与"二口"相同。

得愈远。"

"棠庵,这道理本官也明白。敢问,这与那头脑唇有何关系?"

恶念可能自伤口喷出,棠庵回答。

"什么样的恶念?"

"此疾生于膝或肩者,称为人面疮,亦作人面疽。万治年间,曾有某膝生一口者至江户就医之记载。据载此人原为一庄稼汉,某日因争执殴打其父,过程中跌伤膝盖,后伤口处生一恶疮,据传此疮不时讨食果腹,若未能进食便痛苦难当。"

"膝、膝盖上的伤口,也能说话?"

"没错。说的便是深藏心中之欲念。问及因何与父相争,此庄稼汉端出诸多理由狡辩开脱,但其心性深藏贪念,此贪念将膝伤幻化为口,不仅能言语,还能……"

"还能进食?"伤口竟能言语、进食?如此荒诞无稽,如何相信?
"此人面疮之说,着实令人难以置信。但先生所言即便属实,如此怪病,必属罕见。何况今回之伤乃于额上,与此说不尽相同。"

"正是因此,现于颈部以上者并不以人面疮称之,而称之为头脑唇。"棠庵回答道。

"额、额头上也生得出另一张嘴?"

"当然生得出。又因其生于头上,故较生于四肢上者更善于言语。"

"更、更善于言语?"

闻言,志方惊讶地两眼圆睁,并朝万三瞄了一眼。只见万三默默不语,一脸仿佛饮下苦茶的神情。

"本官从未听闻额、额上也能生此怪疮。难道真有此类案例?"

老学者先是苦思半晌,接着突然双手一拍。

"果、果真有?"

"没错。下总国曾有类似记载。某位居于千叶乡的乡士,一朝迎娶一后妻。"

"后妻，此人可是再婚？"

"是的，其原妻已经亡故，遗一幼子。此后妻持家甚是勤勉，故乡士将此婚事视为天赐良缘。孰料此后妻产子时，原妻遗留之子竟突然亡故。孩子死后七七四十九日——此事看似或有因果关联——该乡士于屋外劈柴。还请大人想象，劈柴什么样的动作。"

"劈柴？"闻言，志方便老老实实地想象了起来。他这人就是如此古板。

"乡士举斧欲劈时，其妻碰巧打后方走过。"老人摆出劈斧的姿势，继续说道，"也不知是何故，乡士对其妻在后竟浑然不察，举起斧头时，便这么砍上了其妻的后脑勺，将脑袋给砍破了，顿时血流如注。常人若遭此伤，往往一击便可致命，但也不知是怎的，其妻竟然保住了性命。不过——"

"不过伤口却迟迟无法痊愈？"

正如大人所言，老人低下头说道："伤口迟迟无法痊愈，到头来，外翻的皮化为唇，露出的骨化为齿，胀出的肉则化为舌。"

志方试着想象这会是什么模样，不禁打了个寒战。想必十分骇人，教人唯恐避之不及。"果、果真生成了一张嘴？"

"是的，看来犹如脑袋前后各生了一张嘴，故人以二口称呼此疾。这张嘴，每逢某一刻便激痛难耐，止痛的唯一方法，便是喂之以食。只要送食入口，便能和缓疼痛。"

"这张嘴可是生在后脑勺上，岂能进食？"

"老夫推测，此应非实际进食。毕竟不论喂食多少，均无法填饱患者之腹。看来不论是人面疮还是头脑唇，进入伤口之食物应没有进入胃，而是于伤口内部溶解吸收。此一反应似有一时缓和疼痛之效，可谓以食代药，但纯属权宜之计。"

"噢——"虽然这番说明颇有条理,志方仍深感难以置信。

后来,棠庵稍稍提高嗓门说道:"乡士一家持续以此疗法对应,后来……"

"如、如何了?"

"竟听见伤口开始低声言语。只消竖耳倾听,便能听见伤口不断呢喃——一时失手杀害原配之子,我的错,我的错……"

"原配遗子是这后妻杀的?"

"没错。虐待继子这种事常有发生。人们往往忙着疼惜自己的孩子,疏于照料原配遗子,怠于喂食,导致孩子饥饿而死。此即这后妻长年隐瞒之实情。"

难、难道是冤魂作祟?万三说道:"惨、惨死的孩子的冤魂,透、透过那张嘴……"

"应非如此。"棠庵斩钉截铁地回答,"万三大爷怎么说也是个持十手的捕快,竟轻信冤魂之类愚昧邪说,难道不怕惹志方大人动怒?志方大人,您说是不是?"眼见对话的矛头转向了自己,志方连忙佯装咳了一声。

其实,就连志方自己也如此想。万三一脸不安地数度转头望向志方,并向棠庵问道:"先生,难、难道不是冤魂作祟?"

"世间并无冤魂。"

"没有吗?"

冤魂之说,纯属迷信,棠庵毅然说道:"至于老夫方才所述之头脑唇,则属疾病。一如稍早所言,此疾乃深藏心中之邪念,借碰巧形成之伤口宣泄而出。深藏心中,连自己也未曾察觉的秘密,影响、变化乃至操弄躯体,脱口暴露一己之罪孽。"

"哦?"

就此点而言,此疾应属心病,棠庵说道:"志方大人,头脑唇是病而不是伤，是以伤为契机发作之疾病。伤口之所以不愈，乃病因起于脑，等同于还有一人藏身患者心中。这一人，即告密者，是暴露连自己也不曾察觉之秘密或暗藏心中之罪业的阴影。伤之所以化为口形，不过是此疾之外在症状。故此疾乃心影之病。"

"若是如此，如何才能治愈？"

"想必得促其吐露缠身秘密。若病因为隐蔽之罪业，公之于世，便可去影除病。方才老夫亦曾提及，喂之以食，不过是一时止痛的权宜之计。"

"原来如此。那么……"志方望向番屋的屋墙。

大人，万三诚惶诚恐地说道："情况便是如此。小的认为，大人面见此女前，对此疾应稍事了解。"

"嗯，本官已有些许了解。不过……"志方丝毫不解自己为何非得见这妇人不可。"此女人在何处？"

"正于屋后房间休息。其实并无休息的必要，不过那额头……"

"伤势如此严重？"

万三皱起一张脸，以难以听见的音量嘀咕着什么。

"事到如今，本官已不会受惊。有话就说。"

"是。那张嘴，竟能蠕动。"

"嘴能蠕动……可、可是指其能言语？"

说了些什么是没听见，万三连忙否定道："但看它一张一合的，似乎是想说些什么。此外，此女食量如此之大，或许确是因伤口疼痛难耐，须喂之以食所致。若是如此，便证明先生所言果然不假。"

原来之所以将志方领到番屋来，正是为此。

志方再次凝望番屋的屋墙，说道："倘若真如棠庵所言，此女罹患二口之病，则表示其必是心怀自己也无可释怀的恶念，或曾做出不当行止，犯下难恕之罪。"

可有遣小厮陪同？志方问道。当然，万三回答："正是为此，方将此女迁至番屋，同时还唤来双六贩子又市一同照料。若仅有一名小厮……只怕要给吓破了胆。不过……"

"不过，万三。即便本官面会此女，还是起不了什么作用。不知此女身份为何，仅知是名武家妻女。咱们町回对商家算是熟悉，武家妻女却认不得几个。"

一如其名，定町回同心的差事，便是巡守市内。由于受町奉行的管辖，除非偶尔接受请托得以进出藩邸，平日和武家并无任何联系。

"本官就连组内同侪之妻女长相都记不清楚。若不知此女身份为何、来自何处，本官也是爱莫能助。"

若是如此——棠庵开口说道："老夫昨日曾于万三大爷住处见过此女。感觉似乎曾见过此人。"

"见过此人？"志方回过头来，定睛凝视棠庵，"言下之意，先生认识此女？"

"是的。虽印象薄弱，如今又面相大变，实难确证。但总觉得似乎曾在哪儿见过。老夫虽年迈糊涂，仍绞尽脑汁努力回想……"

"那么，可忆起了什么？"

"是的。彻夜回想，终得忆起。此女乃受深川万年桥旁之大夫西田尾扇诊治的患者。"

"西田尾扇？小的这就前去打听。"话毕，爱宕万三便飞也似的跑了出去。

即便以最快速度，自此处奔赴深川，来回少说也得等个四半刻。即便今日天候稍暖，毕竟仍处严寒时节，总不能任凭老人家伫立路边商谈过久，但又无法先返回奉行所。这下逼得志方只得下定决心，先进番屋瞧瞧再说。何况棠庵亦促其同行，还真是想走也走不得。不，该说无法推辞这邀约。

步出小巷,穿过番屋正面的大木门,沿着矮墙走过,志方不由得做了个深呼吸。才踏上沙石道一步,志方便听见一阵怪异的声响。快步奔入屋内,来到台阶板前,只见两名脸色苍白的小厮惶恐地并肩而立。

"出、出了什么事?瞧你们俩吓成这副德行,是把这儿当什么地方了?"

"大、大人,您来得正好。"两人说道,满嘴牙还不住打战。

"什么叫来得正好?你们俩挡在此处,教我怎么进去?这究竟是怎么一回事?"志方隔着小厮的肩头朝屋内望去,心中涌现一股不祥的预感。

"那东西说话了。"其中一名小厮说道。

"什么?你方才说什么?"

"对、对不起,大人!"开口说话的小厮迅速闪向一旁,扑通一声在土间跪下,不住磕头。

"没什么好道歉的。好好把话说清楚。"志方朝屋内踏了一步,望向另一名看来较为镇定的小厮。其实,他对是否该直接走进屋里,仍有几分踌躇。"此人方才说了什么?发生了什么事?"

"是、是的,大人。万、万三大爷带来的那妇人,额头上的伤,竟然……"

"竟然开口言语,是吗?"随志方步入土间的棠庵问道,"想必伤口是开口说了些什么。"

"没、没错。方才此妇看似痛苦难耐,后来,此处竟然……"小厮指着自己的额头说道,"竟然像条鲤鱼的嘴似的……"

"快说!是不是那伤口说了什么?"志方如此怒斥,吓得另一名小厮先是一声悲鸣,旋即又泄了气般跌坐在地。

看来那伤口果真开口说了话。

究竟发生了什么？切莫慌张！志方推开两名小厮踏进房间，朝同样缩在屋内一隅的大家①与店番命令道。但最慌张的，恐怕是志方自己。

一名妇人躺在地板上。妇人身旁蹲着一名肤色白皙、身穿彩衣的瘦削年轻男子。只见他身子弯得很低，却抬着头目不转睛地朝妇人额头凝视。想必此人便是那双六贩子。

志方走向妇人。那妇人背对志方，身子几乎动也不动。

"喂，究竟是……"

"嘘。"男子以食指抵唇示意。

"究、究竟是怎么了？"

"这张嘴……这张嘴开口说话了。"男子低声回答，接着又睁大双眼抬头看向志方，突然高声喊道，"这、这张嘴开口说话了！"

"什、什么？"

志方跪坐下来，双手撑地，将脑袋朝妇人探过去。男子先是蹦跳似的飞快起身，旋即又倒下身子，拉着志方说道："大、大人，此、此妇的……"

"想必你便是救助此妇的双六贩子。此、此妇怎么了？"

"伤、伤口说话了！"

"你听见了？说、说了些什么？"

"说、说妾、妾身乃……"

"妾、妾身乃什么？"

"妾身乃菊坂町旗本西川俊政之妻阿缝。"

"什么？果真报上了姓名？"被志方如此一问，男子不住点头。

---

①大家，负责统领店番与人夫各二名，按月轮流值勤，主要负责于辖区内传达政令、身份调查、调度打火人夫、火宅警备、打更与治安维持等勤务。

志方转头望向大家与店番，质问他们是否也听见了，两人不住颔首，但毕竟屈居屋内一隅，没听清楚那伤口究竟说了些什么。志方再度向男子问道："除、除此之外，还说了些什么？"

"还说自己杀、杀害了继子什么的……"

"此话当真？"志方揪起男子的衣领，激烈地摇动着说道，"真这么说？"

"是、是的。虽然音量细如蚊鸣，但确实说了——深悔此罪、愿偿己过，还因此惨遭恶徒勒索。"

"这、这……"志方松手放开了男子，望向伫立一旁的棠庵。只见这老学者二度颔首。

男子整了整衣襟并端正坐姿，浑身打战地接着说道："还说——勒、勒索妾身之恶徒，一个名曰宗八，另一个为医者陆之十助。"

"此二人，为西田尾扇之弟子与下人。"话毕，棠庵抬头望向志方。

"此事当真？"志方挺起身躯，转身朝仍在土间不住颤抖的两名小厮命令道，"你，尽快前往西川大人宅邸查证此事。你，紧随万三前往西田尾扇宅邸，速速带回宗八、十助二人。"

小厮们回了声"遵命"，旋即奔出屋外，飞也似的前去执行。

双六贩子目送两人离去，接着便"哇"的一声惊呼，飞快逃离。志方朝躺着的妇人望去。

那妇人发出阵阵痛苦呻吟，颜面有一小部分朝着志方。额头果然开了个口。

五

真是教人羡慕呀，阿睦说道。她正看着一名由女仆陪同、一身威严地走在大街上的武家妻女。只见同行的女仆毕恭毕敬地捧着一个包袱，看来若非出门购物，便是外出送礼。

这妇人正是西川缝。

阿缝亲切地同女仆交谈，女仆也毫无顾忌地回话。与其说是主仆，看来毋宁像对姊妹。

"真希望自己也能过过这种日子。"

"你是指哪个？那女仆吗？"

即便是女仆，看来似乎也不坏。想必没几个妇人能如阿缝这般亲切和蔼、毫无隔阂地与下人相处。这绝不是下人被阿缝给宠坏了，而是自己干起活儿来甚至比下人还要勤快，眼见主人如此，下人自然也不敢怠惰。因此，西川家里的气氛总是一片和乐。

说什么傻话？当然是当那夫人，阿睦说道："你瞧她那身行头，衣裳上的花纹多么好看。真巴不得能穿上那样的衣裳，仪态万千地在大街上漫步呀。"

别傻了，又市揶揄道。

"我哪儿傻了？"

"难道不傻？像你这种吊儿郎当的臭婆娘，哪当得上武家夫人？别说当一天，就连半刻只怕也撑不住。到头来不是哭哭啼啼地投河自尽，就是教老公给斩了扔进井里。"

"你这张嘴还真是恶毒。"阿睦鼓着双颊生起了闷气。

此处是根津权现的茶馆，也就是之前角助向又市交代西川家这桩差事的地方。至于为何大白天的就和阿睦窝在这儿吃团子，又市自己也想不透。

"哪儿恶毒了？我说的可都是实话。"

"瞧你这口气，好像对武家是什么模样有多清楚似的。武家宅邸可不是你这种双六贩子混得进去的。想空口说白话，也别信口开河。"

"里头的模样,我当然清楚。"他与阿缝相处了十日。

阿睦伸长脖子嗤鼻说道:"况且,你瞧瞧这位夫人,那张脸根本配不上她这身行头。这么个丑八怪,有什么好神气的?我可要比她标致太多了。"

人家哪儿神气了?又市回道。

阿缝如农家姑娘般任劳任怨,长相也确实毫无惊艳之处。就脸庞与衣饰搭不上这点,阿睦所言的确不假。但阿缝与生俱来的认真与开朗,要弥补不甚出众的容貌根本是绰绰有余。

"若是神气点,或许看来还能美些。"

的确如此。

"想必是命太好,不需要神气吧?"

"武家也有武家的苦啊。"

又市喃喃说道:"别说得像你对这些人有多了解似的。我说阿睦呀,像你这种成天只懂得诈骗他人、游手好闲、饮酒作乐的恶婆娘,当然不知武家也有武家的苦。这夫人走起路来有说有笑的,或许背后可满是叫天天不应、叫地地不灵的苦楚呢。"

真稀罕呀,你竟然为武家抬轿,阿睦两眼圆睁地说道:"总是将他们骂得像杀亲仇人似的。平时不是最厌恶这等人?"

"厌恶呀,当然厌恶。要逼我当武士,我保证是宁死不从。我可不愿和这些心性扭曲的家伙打交道。"

"你这不是前后不一致吗?瞧你这小股潜,到头来也不过是跟孩子一样爱闹别扭。怎么性子转得比四季还快?"

"少啰唆。"又市说道,啜饮了一口茶。阿缝渐行渐远的背影转过街角,自他的视野里消失。

想必早把我给忘了吧,从此再也不会碰头了,又市心想。

又市这张脸对阿缝来说,只会唤起一场灾厄的回忆。

即便这回撒了个瞒天大谎，又市仍深切觉得自己是何其技穷。不论横看还是竖看，自己在这桩差事里，都没施展任何值得夸奖的身手。

这回设的，不过是一场赌局。虽然亲手筹划了一切，但又市在事前并没有绝对的把握。即便已进行一番仔细探查，但仍有太多东西无法预测。诚如棠庵所言，人心是再想厘清也无从捉摸的。

只不过，又市自认为已谨慎循线厘清了真相。但也仅止于自认。真的仅止于如此自认。

棠庵的推论大抵正确。即便正确，仍有部分错得离谱，这是又市事后仅有的感触。毕竟一切均无从证明。况且，这回所设的局，怎么看都是思虑欠周。

阿缝的确遭人勒索。勒索者正是西田尾扇的弟子宗八与下人十助。又市他们根据林藏的调查结果锁定嫌疑者，再循西田的行事之道进一步探查，宗八与十助两人的恶行很快便进入了他们视野。既然雇主都是这副德行，弟子和下人也正经不到哪儿去。这两人没什么戒心，毫不团结，况且还都没什么口德。

不过费点口舌稍事笼络，宗八与十助便开始夸耀起自己的恶举。看来这两个家伙的口风原本就不紧。他们似乎在陪同尾扇前往西川家时，便嗅到了此事有几分不寻常。

西川家遣人来尾扇宅邸时，早已过了亥刻时分。不过，患病本不分昼夜，当时尚未有任何人起疑，大家都以为不过是有人患了什么急症。当时正好由十助应门，便赶紧拎起行头随主子一同动身。看在是个旗本之托的分上，尾扇并没有任何埋怨。从西川家来的折助对情况似乎也是一无所知，据说一路上未发一语。抵达宅邸时，一行人不是由正门，而是自后门被请入的。

果然如棠庵所言，十助奉命在门外静候。十助原本以为之所以得自后门进入宅邸，是因时值深夜，得避免打扰其他家人，但似乎也没瞧见任何人醒着。这种时候请来大夫,应是有人患了急症,按说应喧闹些才是——十助不禁起疑。

至于宗八,则是与尾扇一同入内。但两人竟被领到了主屋外的小屋中。而且,仅有这栋小屋点着灯,主屋竟是一片静寂——又教棠庵给说中了,宗八奉命于走廊等候差遣。

但也开始起了疑心的宗八,岂可能安分静候。他朝屋内窥探,竖耳倾听。自没关拢的拉门细缝间,他瞧见房内正中央一床被褥上,躺着一个瘦弱的孩子。胳膊与双腿都瘦得仿佛一折就断,而且血痕、刮伤、血瘀随处可见。那孩子已没有丝毫气息,远远就看得出他已经死去。

被褥边坐着一名有几分面熟的妇人,是个神情严峻的老妇——此人就是阿清。

宗八屏息聆听,将阿清与尾扇的对话一字不漏地听进了耳里。

阿清询问是否可能使这孩子重生,尾扇回答已是回天乏术,并告诉阿清孩子死于饥饿,再加上身上留有严重施虐痕迹,可断言应是受虐致死。阿清先是沉默良久,最后才向尾扇低头,要求此事万万不得张扬。还支付了四份切饼呢,宗八表示。四份切饼即百两黄金。

据说阿清严词下令——不论对家人抑或外人,皆不可透露此事。

步出门外时,宗八吩咐十助忘了当晚之事。

这哪可能忘得了?发现这桩继子谋杀案的两人,便瞒着尾扇找上阿缝,试图勒索。

一回讨十两,勒索了两回,共讨得二十两,个性轻薄的宗八炫耀道,只消再摇摇这株摇钱树,还讨得了更多呢。

真是惹人钦羡呀——又市强忍着将这家伙痛揍一顿的怒气,随口应道。

接下来,又市便去找阿缝。

一报上阎魔屋的名号,阿缝便毫不犹疑地出门面会,并以恭敬过头的恳切态度道出了许多细节。态度虽恳切，叙述内容却完全不得要领，尽管聆听良久，依然听不出半点真相。

既然听不出真相，又市顿时有所警觉，心生一计。

看来向委托人阿缝询问真相，似乎有违阿缝本人的意志。况且以胁迫逼勒索者封口，此时似乎也不再有多大意义。当然，还是得摆脱这班家伙的勒索，但光是惩罚这两名恶徒，依然无法完满解决此事。

既然如此——

又市先向棠庵不厌其烦地打听了许多或许用得着的故事。接着又配合相中的戏码——名为头脑唇的怪病——找来长耳代制道具，并以那派不上用场的假伤口为底子，造了个可开可合的伤口。

不过是个骗小孩儿的把戏。就算造得再精巧，只消就近端详，就连傻子都辨得出真假，更不可能瞒得过大夫的眼睛。但除此之外，又市已是无计可施。

此外，又市还请求阿缝本人也帮个忙——佯装跌落石阶，撞伤脑袋，忘了一切，并暂时不返回宅邸。

听闻此请求，阿缝甚是惊讶，想必完全无法想象究竟为何得演这出戏。

届时碰上任何人问话，都别回答，只须依小的指示将戏给演下去，保证损失必可补平——又市如此断言。

即便完全摸不透理由，阿缝仍答应配合又市所设的局。或许对阿缝而言，除了死马当活马医，已是别无他法。

其实当时就连半点保证也拿不出。看来自己这张嘴还真是厉害，又市不禁笑了起来。

"这是怎么了？"阿睦朝又市背后使劲一拍，问道，"好不容易能在大太阳下同我幽会一场，你竟这么吊儿郎当的。原本还纳闷你怎么静下来了，突然又自顾自地笑了起来，不怕把人家给吓坏吗？"

"吓坏人家的是你吧。还有,别净说这种肉麻话,谁跟你幽会了?真要跟你幽会,我宁可讨个丑八怪回家当老婆。这饭就算我请客,吃完快给我滚,别让人大白天的就得忍受你这身白粉味。"

还真是嘴硬不认输呀,阿睦站了起来,鼓着腮帮子瞪着又市说道。

"嘴若不够硬,哪敢奢望靠小股潜这行混饭吃?总之快给我滚。"又市像赶狗似的挥手说道。

阿睦愤然转过身朝与阿缝相反方向快步离去。

"人赶得可真刻薄呀。"阿睦刚走,角助立刻现身。

不,其实正是感觉到角助来了,又市才刻意将阿睦赶走。

"我就是讨厌这些娘儿们,看了就教人消沉。"

我倒认为她还算标致,角助随口评了一句,便在又市身旁坐了下来。

烦人的娘儿们,生得标致又有何用?又市抱怨道。

"算了算了。倒是阿又,你这回又大显身手了。"角助说道,"真没料到真相竟是如此。"

"的确教人难过。就连我自己都要瞧不起自己。"这可是实话。

"唉——"这样的真相,还真是做梦也料不到,角助先点了份团子,接着又反复说道,"想不到——"的确想不到。"想不到真凶竟然是那婆婆。"

没错。持续向年幼的正太郎施虐,不给他饭吃,将他逼上死路的——竟然是他自己的祖母阿清。

不仅如此,以虐待、胁迫、将第一个儿媳逼上死路的,也是阿清。

后妻将继子虐待致死的推论——不过是宗八与十助自作聪明的想法。

"只不过,我还真是弄不懂。对阿清而言,死去的孩子并非继子,而是自己的亲孙子,怎会不疼惜?"

想必不是不疼惜，又市说道。

"既然疼惜，怎下得了这种毒手？"

"这与疼不疼惜应该毫无关系。"

"难道是中了什么邪？"

并非如此。

"这与是亲孙子还是继子毫无关系，也不是中了什么邪才下此毒手。死了的是个年幼的孩子，而非一个教人憎、惹人怨的恶徒。阿清对自己的孙子应是既没什么仇恨，也没刻意嫌弃。"

"是吗？但……"

"别忘了，阿清是在深夜时分请大夫去的——"这户人家可不是农家或商家，而是个官拜旗本的武家。外人对此事毫无所知，即便有心探究，也是无法接近。无论孩子是受虐致死还是惨遭手刃，要掩饰的话根本是易如反掌，只须向上头谎称病死，不就得了？尽管如此，阿清却专程请来了大夫。根据宗八的叙述，阿清曾执拗地要求尾扇，若是濒死便极力抢救，若已死亡便使之复生。虽不知是出于惊惶还是后悔，至少说明阿清曾试图挽回无法挽回的过错。一旦发现的确无法挽回，阿清便下了决心极力掩饰。但目的似乎并不是为了掩饰自己犯下的罪行，而是为了自己的儿子、儿媳及孙子着想。阿清对正太郎应毫无恨意。"毫无恨意却粗暴对待，毫不嫌恶却持续凌虐，甚至因此夺走了孩子的性命，即使原本无意下此毒手。情况大概就是这样。想必这婆婆……"自己也是饱受折磨，最后这句尚未出口，便教又市给吞了回去。"倒是这阿清，对儿媳阿缝似乎是疼爱有加。"

后来，听说阿缝在番屋接受保护，阿清大为惊慌，没命任何人陪同，便只身来到了番屋。

这老婆婆推开番屋木门时的神情，又市注定永生难忘。

当时，西田尾扇与宗八、十助抵达番屋。曾与两人见过面的又市，以头巾掩面，蜷身蹲坐房间一隅。由于事前便盘算着要将众人齐聚一堂，又市打一开始便没隐瞒自己双六贩子的身份。干这行的，大多系有头巾。

又市就近观察起阿清的神色，看来她对儿媳的安危的确挂心。

果真不假——又市如此感觉。阿缝失踪至今已近十日，这段时日这老妇是如何忧虑难安，全写在那一瞬间的神情上。

一认出阿缝，阿清便快步跑了过去。志方却朝她肩头一按，促其止步。

若非志方出手阻止，只怕这欺骗小孩儿的把戏将被阿清一眼识破。虽然在尾扇抵达前，假伤便由棠庵以手遮掩。扎在阿缝额上的绷带，也掩住了阿缝的五官。

阿缝显然狼狈不堪。想必是阿清的声音挑起了她的情绪，只见其肩头不住颤抖。

眼见阿缝如此难安，又市不禁打起寒战。若是阿缝不小心说漏了嘴，这场拙劣的骗局便要宣告失败。倘若理应忘了一切的儿媳，一听见婆婆的声音便要泄底，一切努力都将付诸流水。

或许是察觉了又市的担忧，一旁的棠庵连忙抱住阿缝的肩头。阿清则两眼紧盯着阿缝。

放手！毫无疑问，此人便是老身的儿媳阿缝！阿清激烈抗拒。夫人止步，此妇患有罕见奇病，志方劝阻道。

一听见儿媳患了病，阿清立刻浑身僵直，静止不动。

这下志方又救了又市一回。

病？这可奇了，老身怎听说是自石阶跌落负了伤？阿清诧异地问道，接着便望向站在后头的万三。

没错，万三畏畏缩缩地说道。

的确是负了伤,但……

志方环视众人,接着再度开口,以严肃的口吻说道:"但此妇同时也患了名为头脑唇的奇病。"

众人顿时陷入一阵混乱,幸得志方制止,才恢复平静。若是少了志方这同心,这回的局只怕难以成事。

尽管有许多事例佐证,头脑唇这奇病毕竟仍属无稽之谈。虽如棠庵所言,此类传言曾于某时期、某地域广为流传,但要问是否真可相信,想必答案也是否。光凭一个来路不明的老学者和一个双六贩子费尽唇舌的解释,根本无法说服任何人。但若是由一位同心在番屋内陈述,可就要多出几分说服力了。

少了这个,便无法布置出这场能唬过贪欲过人的大夫、背负旗本家门名望的老妇人的巧局。这回甚至连冈引万三也被拖下了水,这多少为这场局添了些许风险,幸好万三是个极易上钩的好角色。

由于事先已听过棠庵一番解释,志方得以清楚陈述这头脑唇究竟是何方妖物。想必志方兵吾这人生性严肃认真、一丝不苟,故叙述过程间将荒诞之处逐一释疑,反而能令别人信以为真。

听着志方的解释,西田尾扇脸上的神情愈显古怪。依棠庵所言,身为大夫的尾扇的确深谙医术,理应不至于相信志方这番说法。但略察言观色,便不难想象尾扇似乎多少听说过头脑唇这传说。而尾扇听过这说法一事,棠庵早就知道。

如此说来,那孩子该不会是——尾扇屏着气息喃喃说道,看来已中了又市等人的计。

听到尾扇这两句话,待志方的解释告一段落,棠庵立刻接着补述道:"如您所见,此妇已忘却一切过往。不过,潜藏内心深处之悔意,使伤幻化为口,借此出声言语。根据此伤所言,此妇曾将继子虐待致死,并为此罪行后悔不已。"

将继子虐待致死——

　　一听见这句，宗八与十助立刻不约而同地面面相觑。志方警觉两人似是心中有鬼，间不容发地质问两人是否曾犯下勒索之罪。眼见罪行为同心所看破，两名恶棍也只能从实招来，浑身无力地倒坐在地，将所作所为全盘托出。

　　两人的自白，令尾扇甚是愕然。看来尾扇对弟子与下人的恶行，果真是丝毫不察。

　　不过，眼见事态如此发展，最慌张的不是别人，竟是阿清。

　　一派胡言！阿清如此大喊。接下来，这老妇先是斥责尾扇——你胆敢违背与老身所立之约，且竟还误解得如此荒唐。闻言，尾扇慌忙试图辩解。接着阿清又将矛头转向宗八与十助，厉声谴责两人的恶行。最后，才转头面向棠庵与志方辩驳道："两位所言听似有理，但阿缝所患绝非此奇病。阿缝并未杀害孩子，绝无为此遭人勒索之理。老身这儿媳，心中绝无分毫恶念。"阿清厉声说道，激动得连头发都晃得一片凌乱。

　　棠庵心平气和地回答道："老夫人，请容老夫解释。此疾随伤发作，负伤不过是个契机。真正病因，乃暗藏内心深处、连自己也不曾察觉的恶念。若真如老夫人所言，此妇纯属清白，未犯杀害孩子之罪，碰上这两人勒索，对自己未犯之罪，理应一笑置之。但此妇却依两人所言支付银两。即便并非真凶，或许内心深处亦曾有凌虐、杀害继子之念。即便仅是微乎其微，仍算是有此纠结。故于此妇心底，杀害继子一事，可谓形同事实。"

　　误会，误会！阿清激动地辩解道。老身这儿媳是清白的！绝无此事，老身这儿媳绝不可能犯罪！

　　错不了，必是如此，棠庵厉声说道："有罪无罪，已不容辩驳。此伤化为头脑唇，即是明证。"

阿清不知所措地望向志方。志方则一脸苦闷地颔首肯定。毕竟志方也瞧见了那一开一合的伤口——也就是那哄骗孩童的道具。

"患此病者，必是苦痛难当，必将经历剧烈痛楚，任由心中另一自我严词苛责。欲治此病，唯有消去纠结一途。"棠庵说道。

闻言，原本一脸惊惶的阿清先是沉思半晌，接着便端正了坐姿。看来老身也只能吐实了，阿清两眼毅然凝视着阿缝说道。

在众目睽睽下，阿清凝视着阿缝。

阿缝，阿清朝儿媳喊道："若你心中真有纠结，原因必是……"阿清正襟危坐，"杀害正太郎的真凶，实为老身。"

话才说完。阿缝突然高声呐喊，一把推开棠庵，站起身来。

接下来——

"老实说，我这蠢货完全想不出该如何迫使真凶吐实。还真多亏那老头儿帮了大忙。"

"那老先生真是个天生戏子，有时根本看不出他是演戏还是认真。"角助笑道。

的确如此。阿缝起身时，棠庵以手朝其额上一遮，以迅雷不及掩耳的速度，将那假伤口连同绷带一并剥除。活像演了一场闹剧，这骇人奇病头脑唇，瞬间便宣告痊愈。

"不过，"角助两手抱胸地纳闷道，"我还是弄不懂。阿缝夫人一身清白，未犯任何罪行，她本人理应比谁都要清楚。即便如此，为自己没犯的罪遭人勒索，为何还要支付银两打发？"

"这……"

"我稍稍想了想，或许阿缝夫人早已发现婆婆实为真凶。只消稍加思考，便知仆佣们压根儿办不到这种事，自然就属婆婆最是可疑。为何知情后仍刻意包庇，甚至甘心揽下不实之冤……"

"我倒认为或许并非如此。"这点的确教人纳闷。"说不定这女人，本身就是个二口女。"

此言何意？角助蹙眉问道。

"或许这女人发现自己内心深处，的确藏有某些灰暗、污秽的念头。"

"灰暗、污秽的念头？"

"之所以支付勒索银两，或许是相信自己也有可能犯此罪行。眼见两名恶棍如此指控，到头来，这女人在不知不觉间，错觉行凶者的确可能是自己。"

"不知不觉间错觉？人真可能这么傻？"嘴还来不及合上，"不，的确有此可能。"角助接着又喃喃自语般说道。

"总而言之，虽然难以相信人可能错乱到分不清自己是否曾下毒手的地步，但若是意识到即便自己确实做了也并不会惊讶，可就真的难说了。愈是对孩子的死心怀愧疚，遇上不实之冤的勒索，便愈是难以拒绝。或许阿缝夫人的心境，便是这般。"

有理，又市说道。

"勒索之徒的贪婪永无止境。一旦乖乖支付，往后就什么道理也说不通了。先给了银两，再辩驳自己并未犯罪，谁要相信？"

"当然没人相信。想必阿缝夫人也未作任何辩驳。"

"阿缝夫人虽是个开朗认真的妇人，但人总不可能完全表里如一。一副身躯生有两张嘴，的确折腾。总之，另一张嘴，已被那婆婆给挪到自己身上了。"

阿清为自己的罪行深感愧疚，为此出家。

事到如今，追究罪责已是毫无意义。

阿清与亡故的前儿媳似乎总是处不来。若不是儿媳死了，恐怕就要轮到阿清夫人死了——周围人均如此说，看来关系的确十分恶劣。

即便如此，婆媳关系恶劣，也没有什么实在的理由。对此，阿清自己十分清楚,也已深切自省。

或许正是为此,阿清才强迫自己一改本性,对阿缝疼爱有加。反之,又将胸中那难以压抑的恶念,施加于前儿媳的遗子正太郎身上。

凡是人,均有二口,又市说道:"欲笔直行于中道,根本是难过登天。"话毕,又市便模仿起棠庵,不住蹭着自己的下巴。

雷獣

下野国筑波一带
有雷兽栖于山中
每有雨云兴涌
即以猛不可当之势狂奔天际
平时温驯如猫
但不时破坏稻作
故人见其踪必猎之
乡民谓之为猎雷
二荒山近边
亦曾有人目击其出没
白石子曾于随笔详载此事

一

　　只听见那教人厌烦的声音愈来愈近,还没看见脸,就闻到一阵白粉味。又市不耐烦地转过身去。

　　哎呀,阿睦小姐,是什么风把你给吹来了?坐在对面的削挂贩子林藏无精打采地招呼道。

　　阿睦先是朝又市瞅了一眼,过了半晌才露出笑容对林藏说:"哎呀,原来林大爷也在。阿又,瞧瞧这个吧,你说可笑不可笑?"

　　给我来壶酒,阿睦在又市身旁就坐后,高声喊道。

　　"给我滚远点。你这些无稽之谈有什么好瞧的?还不就是鼬放个屁还是獾倒立之类。"

　　"和鼬呀獾呀没关系。你瞧,听说立木藩派驻江户的留守居役①朝自己肚子上捅了一刀呢。"

　　"哦?"又市朝林藏一望,林藏也回望又市一眼。

　　"喂,该不会是切腹吧?"

　　"没错,正是切腹。你们这是什么脸色?该不会是认识这名叫土

---
①日本江户时代,大名在领地居住时,被派往江户、代表藩国处理事务的官职。

田左门的武士吧？"

哪可能认识？又市回答："我这人天生就看武士不顺眼。打一出娘胎直到今时今日，我从没同那些腰挂双刀的家伙说过一句话，至死也不想同他们打交道。这卖削挂的也是一样。姓林的，你说是不是？"

"谁说的？凡是做得成生意的，我谁都不嫌弃。只要能让我赚到银两，不管是武士还是和尚，打打交道又何妨？不过，这人倘若切了腹，"林藏低声说道，"可就和我的生意无关了。"毕竟，林藏可是靠贩卖讨吉祥的货物营生的。

说得也是，阿睦朝又市瞟了一眼，说道："唉，像你们俩这种吊儿郎当的家伙，当然不可能认得这些上了瓦版的大人物。话说这武士是个江户留守居役，算得上是个大官吧？"

"当然是个大官。官位多大我不太清楚，想必只比藩主殿下小两级吧。"

"我就说嘛。"话毕，阿睦便呵呵地笑了起来。

"怎么了？阿睦小姐，有个武士大官切了腹，有什么可笑的？"

"理由可笑呀。"

"理由？"这下又市更是想把耳朵给捂住。

林藏则是一脸好奇。

瞧瞧吧，阿睦说道，将瓦版朝酒桌上一摆。

"哦？难不成这瓦版，连理由都载得清清楚楚？"

"我不是一开始就说了？阿又，看来你是个睁眼聋啊。"

"睁眼聋？该说睁眼瞎才是吧？你这蠢娘儿们。"

"先不管你是聋还是瞎，好了好了，就先看看这幅滑稽的画吧。"阿睦指着瓦版说道。又市对讽刺画什么的可没半点兴趣。"据说这留守居役，还曾趁夜色潜入隔壁的大名宅邸同女佣幽会。原来不可一世的武士，也会干这种勾当呢。"

狗都能发情，武士干这种事有什么好稀罕的？林藏嘲讽道。

"说得也是。若卸下腰上那大小双刀，武士和庄稼汉也没什么两样，同样可能是好色之徒，想必不时也会来个白昼调情或深夜幽会什么的。总之，这留守居役还没来得及翻云覆雨，就赤身裸体地睡着了。你们说滑不滑稽？一个一丝不挂的汉子睡在女佣闺房里，教人给撞见，当然要引发一阵骚动，人们立刻将这可疑的家伙给逮了起来。仔细一瞧，竟然是……"

"竟然是隔壁的留守居役？"

没错，阿睦笑道："这种事难道不教人痛快？你们瞧，这浑身赤裸、被一群武士给团团围住的窝囊家伙，就是这留守居役大人，谁看见了能不笑个痛快？两手朝胯下这么一掩，即便报上名号、摆出官威，也没人当真。争论一番后，只得半信半疑地自隔壁唤来一人，证明果然是本人无误。这下立木藩只能致歉赔罪，不知该如何处置这前所未闻的家老幽会窘局，只得将之召回国内，仍在百般斟酌推敲时，此人便切腹了断了。"

"喂，"又市打岔道，"上头真载有这些细节？"

"这些细节——阿又，你在说什么呀？瓦版不就是这么回事？一个板着脸孔的老爷子在哪里命令几个人切腹，可是一点也不滑稽。此人因幽会失败而切腹，才滑稽吧？不载上这些细节，瓦版还有谁想读？"

"武士真可能为这种事寻死？"

"寻死？"

"切腹不就是寻死？"

"当然是寻死，否则哪儿滑稽？"

"滑稽？看到武士出糗的确教人畅快，但这我可一点也不感觉滑稽。见人丧命却觉得滑稽，根本是卑劣至极。"

别把这当真,林藏插嘴道:"这些瓦版上登载的,净是些唬人的假消息。"

"假消息?"阿睦两眼圆睁地惊叹道。

"那还用说?阿睦小姐还真是个善良人哪。这些写文章的,就是靠在虚虚实实中胡编混饭吃,否则哪可能天天发生这些趣闻?正因是杜撰,才能写得如此引人入胜,若是事实,可就教人笑不出声了。若真发生这种事还胆敢据实陈述,说不定脑袋都要不保呢。"

的确有理,阿睦细细端详着瓦版说道:"不过,即使是杜撰,写这种东西也不大妥当吧?"

"是不妥当。若是在京都,这种东西满天都是,愚弄武士不至于酿成什么大祸,但在江户,可就没这么好办了。出版商不是得戴上手锁,就是得将生意规模减半,说不定还要被判罪呢。"

唉,真是杜撰?阿睦噘嘴说道:"如此说来,仔细一读,还真觉得不像真会发生的事。"

杜撰就是杜撰,林藏回道:"世间一切本就是虚多过实。喂,阿又,你说是不是?"

又市仅仅含糊其词地应了一声。

"这小伙子心情怎么这么差?我说阿睦小姐,千万不要被这爱闹脾气的双六贩子给迷上了。总之,别因是杜撰的就认为这没趣味。正因是杜撰,读来才有趣不是?像你这等美若天仙的姑娘,不该为这些现世阻碍所束缚,香艳如花、俏丽如蝶者就该自由飞舞,方能彰显美艳。一脸笑颜,方是绝世美女。"林藏语气轻佻地说道。

"林大爷,你可真会说话。"话毕,阿睦朝又市瞅了一眼,"干小股潜这行的个个嘴巴硬。但嘴再硬,也成不了半件事。"

少啰唆,又市回嘴道:"我可不会把唇舌浪费在一个子儿也挣不到的差事上。说一番肉麻的奉承话把你捧上天,能得到什么好处?何苦为此把嘴给说歪了？"

"你这张嘴还真是不饶人。"

好了好了，林藏为两人斟酒说道："阿睦小姐，在眉间气出皱纹，可就要辜负你这张脸蛋儿了。阿又，你也别待人家如此冷淡，瞧你说的那叫什么话？我说阿睦小姐，你就别把这臭双六贩子说的话当真。看来这小伙子今儿个心情欠佳，这回招待你喝碗饴糖汤，就请你别放心上。"

林大爷可真是体贴，阿睦娇嗲地说道。

"那还用说？有幸同小姐这般美人共处，可谓是美梦成真。噢，这下时候不早了，可否明儿个再邀小姐共度？"

哎呀，我可是会当真哟，阿睦再次瞅了一眼又市后，继续说道："林大爷说的的确有理，看见这张无精打采的脸，只会教人扫兴。"

"那么，就给我滚。"又市刻薄地回嘴道。

好好，我走我走，阿睦站起身将酒壶递给林藏，说了一句"林大爷，代我喝了它"，便朝又市吐了个舌头，匆匆忙忙地步出店门。

林藏抬头望向又市。"这娘儿们还真是唠叨。"

"你哪来的资格说？姓林的，我在一旁听得直作呕，什么美如天仙、香艳如花、俏丽如蝶，你这张嘴还真是见人说人话，见鬼说鬼话呀。"

女人不捧怎么成？林藏说道，接着便举起阿睦给的酒壶斟酒。什么嘛，就只剩这么一丁点了？抱怨一句后，才继续把话说下去："方才我不也说了？这世间本就是虚实难分。谎撒得够大就能成真——这不是你的口头禅吗？"

"只怕是噩梦成真吧。阿睦从前可是个窃贼呢。"

"当过窃贼又怎么了？和撒谎成真有什么关系？"

"关系是没有。"

哈哈，林藏笑道："倒是阿又呀，那贪得无厌的家伙这下切了腹，果真是恶有恶报，着实大快人心哪。"林藏直接举起酒壶，将壶中粗酒灌进嘴里。"这下，领民的损失也都给填平了。"

"没这回事吧。"

"谁说没这回事？"

"总觉得有哪儿不对。"

设下圈套逮住立木藩江户留守居役土田左门的不是别人，正是又市与林藏。当然，这也是桩根岸町损料商阎魔屋暗地里承接的差事。

阎魔屋是家租赁被褥等物品的损料屋，但其生意涵盖的范畴，并不止于出租这类物品。只要收下与委托人所蒙受之损失相应的银两，便能代其完满弥补损失——私底下，阎魔屋也从事这类生意。这回的委托人，据说是立木藩内的一家大农户。

江户留守居役土田左门性好女色，屡以子虚乌有的理由刻意刁难，强迫领民交出妻女，供其亵玩。已知遇害者已不下三十名，内有六名已自尽，生者亦无法回归原本生活，有的沦为盛饭女任人蹂躏，有的则是离家出走下落不明。

这回须填补的，就是这种损失。

话虽如此，逝者不能复生，姑娘们所受的心伤亦难以痊愈，久久无法自已土崩瓦解的人生中恢复正常。因此，唯有迫使左门停止渔猎女色，并施以相应报复，方为解决之道。

起初，两人仅打算自左门手中强取些许银两，平分给姑娘们的家人，但又感觉仅是如此并无法弥补众人的损失。不幸毕竟无法以金钱换算，要如何衡量某人蒙受的损失价值五两还是千两？此外，仅是赔个几分银两，想必也无法改变左门的行止。

两人也曾考虑使其失势，但结果想必也是徒然。只消看看世间不乏已不能交合、但好色之心尚存的老头儿，便不难明白。看来，左门位居藩之要职，有权有势得以恣意妄为——方为问题之所在。

这下，光是使其失势还不够。看来必先将其好色行止公之于世，再摘下留守居役的乌纱帽，方为良策。听说左门蒙羞后又被剥夺要职，不仅能告慰尚在人世的姑娘们以及妻女曾遭左门凌辱的家人，往后亦无须担忧妻女蒙受要挟。如此一来，众人之损失方能算完全补平。

为此，又市一伙人设了个局。

由于目标身份显赫，一伙人行事格外谨慎。耗时足足两个月，才诱使土田左门入瓮。

局本身倒十分简单，不过是下药使其昏睡，再褪其衣物，将之裸身置于邻家女佣房内。

虽仅不过如此，但再怎么说，此人毕竟官拜立木藩之留守居役，舞台亦非一般商家农家，而是门第高贵的武家宅邸，这绝非一桩容易差事。光是潜入府内，便得冒人头不保的风险。因此一伙人不仅得事先散播左门的不雅流言，还得四处制造一些骚动，无所不用其极地兴风作浪，只为将这场局布得更加缜密。一个月前，左门终于踏入陷阱。

至此为止，这损失便算是填平了吧？又市说道。

"眼见左门蒙羞，被召回藩国软禁，角助那家伙说，委托咱们办这桩差事的苦主见了，想必都要喜极而泣呢。"这个角助，乃是阎魔屋的小掌柜。"在妻女自缢身亡者眼里，那臭老头儿切腹自尽，也算得上是个划算的报应。你说是不是？"

"谁说的？若是非得取其性命，打一开始便将之诛杀不就得了？这等野蛮差事，根本不必耗上两个月，只消委托那鸟见大爷，那臭老头儿不出三日便魂归西天了。"此事绝非将人杀了便可解决，至少又市是如此认为。

"咱们可没杀人。"林藏蹙眉说道，"又不是咱们下的手。方才那瓦版上不也写得清清楚楚？那混账老头儿是在等候裁示期间自我了断的。"

"结果不都是一样？"

"有哪儿一样了？咱们做的不过是教他蒙羞罢了。倘若换成个百姓，一丝不挂地潜入邻家女人闺房中，只须一笑置之，便可带过。"

"但那家伙哪可能如此轻松？"

"对武士当然是不可能。不过要生要死，也是武士自己的选择。想必对那老头儿来说，必是个无从苟活的耻辱。"

"但……真有必要求死？"

"这质疑的确有理。不过，阿又，若依这道理，咱们不也得质疑遭那老头儿蹂躏的姑娘们为何非得寻死不可？这也是姑娘们自己的选择。即便遭人摧残，只要不张扬出去，日子还是过得了。即便如此，对这些姑娘而言，她们遇上的屈辱，也是非得自缢了断方能平息。如今那老头儿也尝到同样的苦果，想必这下终能了解他的恶行对姑娘们造成了何等伤害吧。"

"我还是不明白。"

明不明白是你自己的选择，林藏说道："这不过是你自己的看法，我的看法可不同。你也知道，世间看咱们这等贱民都是一个样，但咱们同是贱民，看法却是南辕北辙。委托咱们的农家，看法想必也是不同。咱们连遭凌辱的姑娘们是什么看法都无从知道，更别说土田左门这个武士。武士的看法，哪里是个双六贩子弄得明白的？"

"你难道认为，对一个武士来说，这结果是理所当然？"老实说，又市压根儿没料到会是这么个结局。

"这……藩主殿下会做出什么样的裁决，我是参不透。但即使暂时不做任何惩处，我看迟早也得判他切腹。"

怎么可能？又市回道："方才你不也说过，这种事一笑置之，便可带过？我也知道武家不同于百姓，但区区这么个错误，真可能换来这等惩处？"

"武士可得讲究体面,再者,藩与藩之间也有高低之分。立木藩不过是个小藩,隔壁宅邸的石高,可是他们五倍之多,倘若遭其刁难,根本无计可施。若是教幕府知道了,只怕还要被勒令撤藩呢。"

"为这么件小事,便可能被迫撤藩?"

"我只说不无可能。又市,世间道理可不似咱们想象得那么简单。投小石入海,亦可能酿成巨浪。有时只须放个屁,就能毁灭全村呢。"

这不过是个笑话吧?又市驳斥道。

未必是笑话,林藏立刻回道:"有些时候,区区一只老鼠便能引起大山鸣动,反之亦然。不是有句俗话说,千里之堤溃于蚁穴?若已察知有巨浪将至,事前思策以防患未然,也是人之常情。"

"那臭老头儿切腹自尽,哪是防范巨浪之策?"

"我只说有可能是。你想想,商人以银两弥补错误,乃因对其而言,至关重要的是银两。对武家而言,至关重要的则是体面,因此只得以性命弥补。"

"另一藩根本未遭受任何损失。"

"你这傻子。试想,自己出了差错,教客人损失了十两。若是个懂得世故的商人,可能要赔偿二十两以表歉意,人情就是这么做来的。武家也是如此。令人蒙羞,便得赔上这耻辱的双倍代价。切腹的确是最后手段,但都做到了这地步,对方也就无话可说了。反之,藩主若是包庇这臭老头儿的错误,可就不再仅是这老头儿自己的责任,而得由藩主甚至全藩上下来承担。左门可是位高权重哪。"林藏继续说道,"倘若只是个无名小卒,大概算不上问题。偏偏那家伙是个上头仅有笔头家老[①]与藩主殿下的高官,光靠闭门蛰居,想必不足以弥补这错误。没株连九族,已属万幸。"

[①]家老是日本江户时代幕府或藩中要职。笔头家老为家老中地位最高者。

株连九族？想必左门也有妻小吧。

还是不服气？林藏振振有词地继续说道："总之，管他什么藩国体面、武士声誉的，把这些大话放下不就得了？姑且不论那臭老头儿，有些武士光是在人前放个屁，就要切腹自尽了。武家不就是这么回事？而咱们做的，正是刻意让一个武士背负上莫大的耻辱，原本就该知道即使逼得他切腹也没什么好稀奇的。而委托咱们办这桩差事的家伙，想必也都知道这道理。那些庄稼汉或许没想到那臭老头儿会如此自我了断，但想必也不会为这过了头的结果内疚分毫。"

"难道要和方才的你一样大喊快哉？"

有这个可能，林藏断言道："即便填平了损失，可憎之人依然可憎。报复这种事，做得过头了反而更好。不是吗？"

"咱们可不是代人报复的寻仇人。"

有什么两样？林藏说道："填平损失和报复本就没什么区别。不都是以其人之道还治其人之身？"

"我可不这么想。"

"那么，你怎么想？"

"即便是报复，这回咱们也做过头了。"

我倒认为还不够本呢，林藏回道。

"都让那臭老头儿蒙羞、自尽，还让他家人颜面无光了，难道还不够本？"

"你当自己是个活菩萨？咱们干的可不是什么匡正世风的义举，凡事顾此便要失彼，咱们这回此彼兼顾、完满弥补，已经是求之不得的好运气了。"

这……又市当然也清楚。但他可不是在扮活菩萨，不过是质疑这回的局布置得是否妥当，纳闷是否有更好的法子可办好这桩差事。倘若事后再多做点安排，想必便不至换来这么个结局。

报复哪能解决什么？仅靠这一来一往的打击报复，愤恨与苦痛注定依旧。即便要怪先闹事的一方起头，到头来双方仍是什么也没解决，不过是愤恨与苦痛的你来我往罢了。反正我就是想不通，又市喃喃自语道。

二

翌日，又市前往下谷，造访本草学者久濑棠庵。

棠庵是位品行端正的儒者，同时还是位上知天文、下知地理的博学之士，却不时助阎魔屋暗地里的差事一臂之力，可见其实是个教人难以揣度、难以交往的老头儿。

不论何时造访，总见棠庵蜷着身子读书。由一身打扮看来，不似在经商，教人难以猜测究竟是靠什么糊口，活像个饮朝露、食晚霞的仙人。

总而言之，棠庵看上去不食人间烟火。但说他是个遁世离群的隐士，似乎也不对，其实棠庵生性豁达，又带几分孩子气。又市欣赏的，正是他这股性子。

老头儿，我又来打扰了，又市招呼一声，拉开肮脏长屋那扇做工粗糙的拉门，果然又见棠庵窝在书堆中翻查书卷。

"噢，又市先生，留神点。"棠庵罕见地高声招呼道。

仿佛为了阻挡来人入内似的，土间放着一只怪笼子。这只看似倒在地上的竹笼，上头还插有两根便于肩挑的粗竹竿。虽然比押解因犯用的小了些，但网格甚细，扎得也十分结实。

"这是什么东西？"又市凑近端详，笼子微微晃动起来，笼内也窸窣作响。"里、里头装了什么东西？"

"不是嘱咐你留神了吗？若是鼻头给咬一口，我可不赔偿。"

"咬一口？原来是捕了头猎物来。瞧老头儿你这身残躯瘦骨，何苦逞强扮捕猎者？"

不是我捕来的，棠庵冷冷回道。

"我当然知道。一个吹嘘着为避免饥饿而尽可能维持不动的老头儿，哪可能出外狩猎？不过，关在这笼里的究竟是獾、是兔，还是鸟？"又市谨慎地朝笼内窥探，只见笼内有只看似小狗的动物微微一动。"这是什么东西？可是只水獭？要说是耗子，似乎又大了点。"

是雷，棠庵回答道。

"雷？喂，别跟我开玩笑。"

"六十年来，老夫似乎没开过任何玩笑。"

"少糊弄我。喂，雷不是个生得像鬼似的东西？一张大津绘上的鬼脸，手捧大鼓，腰披虎皮，哪是这模样？"

"那是降雷的神，笼内的是神降的雷。"

"噢……"这番解释还是教人听不明白。

算了，你就进来吧，老人说道。

又市绕过笼子走进土间，再伸手隔着笼子拉上门。"好了，这神降的究竟是什么东西？"

"不都说是雷了？"

"雷？难不成是来偷咱们肚脐的？"又市将研钵与生药袋一把推开，在榻榻米上一屁股坐下。

有谁的肚脐被偷了？棠庵说道："若真有人被偷了肚脐，不就成了蛙肚子？或许是老夫孤陋寡闻，至今没见过任何人少了肚脐。倘若雷神真会盗人肚脐，老天爷打这么多雷，身边至少也该有一两个没了肚脐的人才是。"

"别白费力气讲道理了，我也不信这偷肚脐的鬼话。瞧我天生穷得这副德行,一辈子连蚊帐都没得挂。若雷真能偷人肚脐,早把我肚子上这只给偷去了。"

坂东多落雷,老人说道:"上州一带有雷电神社、火雷神社,祭祀雷神的地方不少,可见雷落得也不少。"

"落雷是不少,但哪可能真落下什么东西?雷这东西……噢,似乎也不该说是个东西。"

棠庵抬头望向又市,接着便以女人般的嗓音笑了起来。

"笑什么?"

"呵呵,瞧你这么有趣,当然引人发笑。没错,实际上是没落下什么东西,但还是有些什么轰隆轰隆地从天而降。此外,雷发出轰然巨响,这声响是神明才发得出的。因此,雷才叫作神鸣。"

"神明才发得出的声响?"

"声响传自人不可及之天际,咚隆咚隆像敲大鼓似的。这就是你方才所提及的雷神手捧的大鼓。"

"因此才捧着大鼓?又是为何要取人肚脐呢?"

雷可不会取人肚脐,棠庵再次笑道:"此外,还会放出雷光。光也非人所能造出。"

要造出雷光,的确是难过登天。

"雷这东西,不是写作'稻妻'吗?①原因是雷多现于水稻开花时期。"

那么,为何又有个"妻"字?又市问道。乃因水稻与雷电关系如胶似漆、有如夫妻,棠庵回答。

"如胶似漆?听得我更是不解了。"

"意思是说多雷之年乃丰收之年。若是冷夏,雷落得就少。见雷

---

① 日文雷电的汉字写作"稻妻"。

电宛如一道线联结天地，古人或许以为上天以落雷向稻田降神力。此外，雷电形状还像条蛇。"

"但也有些分岔。"

"总之，中央确有看似一道线的主干。故古来多视雷神为蛇形。与其说蛇，不如说龙更为恰当。算了，就说是蛇吧。"

"所以我不是说了？雷神是个鬼呀。"又市语带揶揄地说道。虽然这没什么好争的，但跟这老头儿，聊这些琐碎杂事才有趣。聊着聊着，老头儿就会吐出些古怪的话来。

"老夫不都说了，那是敲大鼓的？头长角、貌似鬼的，不过是个敲鼓的鼓手。倒是——容老夫岔个题，远在神代时期，传说唐土有种名曰夔的兽类。"

"夔——可是那异兽的名字？"

"没错。传说这夔外形如牛，仅有一足，且吼声如雷。"

喊，又市不屑地说道："仅有一条腿的牛？开什么玩笑，根本无法想象这个鬼东西是什么模样。又不是稻草人，一条腿哪站得起来？"

"此外形的确极难平衡。在任何文献书卷中常见到的，不分古今东西，兽类不是四足便是双足，既无五足，亦无三足者，仅有一足者更是基本不可能存在。"

"也就是说这东西是杜撰的？"

未必如此，棠庵回答："世间存在之物——若传说存在，便实际存在。就算如何极力主张不存在，仍旧存在。今日我与你均存在于此处，即便宣称不存在，存在亦是不争事实。"

"都存在了，还能说什么？"

"没错。但反之，不存在之物，便真的不存在。"

"这不是废话吗？"

"绝无可能存在之物，即违反天地法则之物，大抵均不存在。不，毋宁说是绝不存在。诸如能收覆水、冰冷烈焰一类,注定绝不存在。"

当然不存在,又市搭腔道。这老头儿果然开始说些怪话了。

"不过,又市先生,人希冀其存在之物或认为其存在之物,则是虽不存在,却实际存在。"

"哦?"

无须讶异,棠庵手抚下巴说道:"且以儒者称之为鬼的幽魂为例,依理,幽魂绝不可能存在。虽不存在,仍须视其为存在。"

"这是何故?"

"乃因视其为存在较有益处。儒学有言,待鬼神,敬而远之。亦有言,子不语怪力乱神。但这些均没有否定鬼神之存在,仅是教诲不宜议论其存在与否。"

"不存在的,议论又有何用?"世间无神亦无佛,又市对此早就深信不疑。

的确不存在,棠庵说道:"但仍可视其为存在。例如儒者应孝亲,对亲之亲更应尽孝。应视亲之亲为己亲,待亲之亲之亲则更应——"

"老早都死光了。我甚至连爹娘都没有。"

"没错,确已不在人世。然孝亲之心,就是敬祖之心。祖先早已不在人世,也就是已不存在。不存在者,不易供人孝敬。不过敬祖之道,简单说来,即为立国成家之基,造福社稷之本。此乃依据忠孝礼仪等不具实形之道理而言。"话及至此,老人停住不断抚摸下巴的手,"此即为虽不存在,却实际存在。唉,或许是因老夫曾为儒生,对此,儒者当缄默不语。否则不存在却实际存在者,不就等同于杜撰之物?反之,若肯定其存在,断定世间真有幽魂、鬼神,则本身便是……"

"本身便是个谎言?"

"没错。因幽魂鬼神并不存在,如此论断便形同杜撰。故此,不论断其有无,方为正道。毕竟若其真不存在,亦将造成困扰。"

"将造成困扰？"

"当然。佛家亦是如此。佛家祭祀佛像，佛像实为木像或铜像。木铜并无任何法力，但将之形塑成佛，便可供人祭之。神社亦是如此。御神体虽不示人，但可用鸟居或屋宇形塑其神圣气氛，教人感觉社内虽空无一物，祭拜起来亦可蒙神明庇荫，倘若笃信不疑，信仰即可成真。故御神体之所以不示人，正是为此。"

"噢。"世间无神佛。然虽不存在，却须视其为实际存在——"这么说难道不是撒谎吗？"

棠庵颔首回道："鬼怪亦是如此。"

"鬼怪？"

没错，棠庵回答。

"那么，那仅有一条腿的异兽也是如此？"

"当然。不过，夔可就略复杂些。老夫亦钻研本草学。"

"这我知道。"

"草木、禽兽、昆虫，本草学涵括之内容可谓森罗万象，穷毕生也学不完。假定世间有种红花，亦有种形状完全相同的蓝花。如此一来，似能假定亦有花色介于两者之间的花存在。"

紫花？又市漫不经心地问道。

"没错。借有红有蓝，假定出亦有绿有黄，似乎毫无根据。但紫乃介于红、蓝之间的色彩，此推论便较合乎道理。倘若真发现有紫红花，更得以推论紫蓝亦极有可能存在。"

"噢。的确有理。"

"实际上并不存在，但依理可能存在或应该存在——这类东西，即便不存在，人亦常以存在视之。"

"原来如此。但一如老头儿你适才所言，三条腿或两条腿的牛绝无可能存在，比这少一条腿的单足牛，岂不更是无稽？"

"没错。"

棠庵面带笑容地说道："这叫作夔的兽类，出自《山海经》古籍。远昔之想象，与今日甚有出入。今人懂得依实际测量绘制地图，但古时的地图，乃依推论绘制。"

"何谓推论？"

"为解明阴阳五行、天地自然之理，古人罗织出种种推论，再依这些推论，界定世间万物。一如稍早推论紫蓝花极可能存在的方式，东方有些什么，西方又是如何，再远处则应是如此，该处有什么栖息，这东西必为某性质之某物——古人习惯以此法逐一界定。对古人而言，此即学问。"

"这难道不是凭空臆测？"

"没错。描述夔的《山海经》中，尚载有胸前穿孔达背之人栖息之国，以及无首而颜面生于腹之部族等荒诞无稽的记述。这些东西，实际上绝不可能存在。"

"那么，这些推论都是错的？"

"是的，但或许算不上错。若要说得易懂些，当时，此类推论背后，尚有信其存在的信仰支持。"

"虽不存在，却实际存在——就是这道理？"

"正是如此。以希冀其存在或须视其为存在者为中心，推论出一套道理，并依此道理罗织其存在，或形塑其形体。不过，这些东西毕竟原本并不存在，故实难为其定形体。形体之描述，可能依时光流逝一点点产生变化。至于细节，更可能出现极大出入。这看似煞有介事的单足异兽之描述，其实绝非凭空杜撰。"棠庵说道。

"也就是说，这是根据'某种这东西非得仅有一条腿不可'的道理而做的想象？"

"没错。老夫认为，原本应是个龙神，不，或许是蛇。"棠庵说道，

"蛇挺立而起时,不是看似仅有单足?"

"那哪是单足?是尾巴。"

"若以足比喻其尾,便得以单足形容之。至于为何是蛇,乃因雷电呈蛇形之故。常云咆哮如雷,故若欲形塑此物之形体,便非得融入雷之属性不可。"

"喂,这道理未免太牵强了吧?"

"的确牵强。总之,这名曰夔的异兽,为黄帝所擒获。"

"这黄帝又是什么人?"

乃唐土远古时期的将军大人,老人回答:"与其说将军,或许以大王形容较为恰当。总之,毕竟是神代时期的传说,或许将其想象成近乎神祇般的人物较为妥当。擒获夔后,黄帝杀之,取其皮以造鼓,声闻五百里,是个惊人的大鼓。"

喊,又市揶揄道:"这么吵的东西能做什么?姑且不论远在五百里外的会如何,站旁边的耳朵保准要给震破,敲鼓的保准要被鼓声给震死。"

若真有这鼓,的确如此,棠庵笑道。

"言下之意,是其实没这鼓?是纯属杜撰,或仅是个比喻?"

"由此可见,这仅是神明尚留驻世间时的故事。我国亦不乏同例,诸如天岩户之神隐或伊奘诺下黄泉一类故事。但不应仅将其视为杜撰故事。至于夔,溯其根源,指的其实是远古时期的乐师。以金属制成的大鼓,或许指铜锣之类的乐器。夔,实为造此乐器的人。"

"什么?原来指的是人?"

没错,老人合上书卷,又自药柜中取出几粒东西,在钵中研磨起来。"造乐器者虽是人,但所造出的乐器,不,应说是那铜锣之音,则非人。"

"哦?"

"铜锣之音甚是惊人。初次听到,或有可能大受惊吓。"

"的确不无可能。"

"至少绝非曾于天地自然听过,亦非常人所能发出之鸣声——听者想必要如此认为。也就是说,似乎不是人而是神明所发出的鸣声,故以神鸣谓之。"棠庵说道。

这也难怪,毕竟音量惊人。原来雷的真面目不过如此,又市说道。心中不免感到几分失望。

"没错。亦可认为锣声宛如雷声。"

"因巨响贯耳,如同雷鸣?"

"是的。总而言之,或许尚有其他不同要素。比喻原指乐师之夔,后来又衍生出多种传说。自远古传承至今,原本指人的,也被传成了非人。"

"非人?"

"没错。不管怎样,雷鸣毕竟非人所能为之,故具雷之属性者,必是非人。乐师虽为人,但随传说而改变,到头来也成了非人。亦有其他文献将夔载为山神,于《国语》中,夔则成了魍魉魑魅、木石妖怪。作此说者,乃儒学之祖孔子是也。"

"就是那成天说些子曰什么的家伙?"

"是的,正是此人。"

"那人可真是,凡事都要唠叨一顿才罢休。但称其为魍魉,岂不就视之为妖怪?"

"没错。乐师、山神与妖怪绝非同物,描述之所以有差异,不过是因叙述者或自纵或自横观看,然所看到的实为同一物。稍早老夫所列举的夔之描述,亦是如此。单足亦为山神之特征,只是不知其被赋予雷神和山神属性,究竟何者为先、何者为后——"

"喂。"又市望向竹笼问道,"那么,笼内的该不会就是这名曰夔还是什么的东西吧?"

正是夔之后裔,棠庵漫不经心地说道。

"后裔?该不会也是只有一条腿吧?"

"老夫不也说了,世上绝无单足的野兽?笼内的不过是只鼬。"

"鼬?"又市伸手敲了敲竹笼。笼内传出窸窸窣窣的声响。"鼬怎会成了这夔还是什么的后裔?不都说那东西像头牛还是什么的?鼬一点也不稀罕,怎么能叫雷?"

"鼬确为雷。寻常的鼬,亦可以他物视之。笼中关的虽是只鼬,但人视其为雷兽。"

雷兽?怎么又冒出个没听过的字眼?雷兽又是什么东西?又市问道。

"雷兽也叫作驱雷、雷牝,信州一带则以千年鼬称之。据传乃随落雷降下凡间的野兽。"

"随落雷降下凡间?"

"据传,此兽平时栖于山中,若见天倏然转阴、雷云密布,便飞升天际,纵横驰骋于雨中,再随落雷降返凡间。"

"这等无稽之谈,有人相信?"

"此说确属杜撰。"棠庵说道。

"真是杜撰?"

"虽为杜撰,亦为实情。"

"哦?"

原来和鬼神是同一回事。

"落雷与兽,看似毫无关联。随落雷降下者,若为火球或铁块一类,似乎较为合理。论及飞升,则应属飞禽一类。但鼬确为兽类。称其为夔之后裔,正是因此缘故。"

"鼬可从天而降?谁会相信这种事?"

"先生或许不信,然此说毕竟曾广为人所相信。"棠庵说着又从堆积如山的书卷中抽出一册，开始翻阅起来。只嗅到一股扑鼻的尘埃味。"亦留有不少记载。据载，安永年间，松代某武家宅邸曾遭落雷所击，见一兽随落雷而降。该武家捕之，略事饲养。此兽大小如猫，一身油亮灰毛，于阳光照耀下观之则转为金色。其腹有逆毛，毛尖裂为二股。瞧为文者观察何其详尽。此外，此兽遇晴则眠，遇雨则喜。"

"这根本是胡编乱造吧？"

"先别妄下定论。骏府近藤枝宿处有花泽村。村山中亦有雷兽栖息，同是见暴风雨便兴奋莫名，乘风升天驰骋天际，却误随落雷降返人间。文中称此兽为落雷，乃鼬的一种，浑身生有红黑乱毛，首有黑、栗毛斑，唯腹毛为黄。尾甚长，前足生四指，后足生蹼。你瞧，此描述是何其具体。"

这也是雷兽？又市问道。

这不过是普通的鼬，老人回答："或许躯体较寻常的鼬大些。总而言之，雷兽平日温驯如猫，唯有时兽性突发，遇人捕捉，则施毒气驱之。在常陆筑波村一带，有猎捕此兽之风俗。"

"猎捕此兽？"

"没错。当地居民称此为猎雷。之所以有此举，乃因其经常毁坏作物，教人束手无策。据传其常下山入村，破坏田圃。"

"喂。"又市坐直身子问道，"那东西不是从天而降吗？怎么逮得到？"

"雷鸣并非年年都有。"棠庵回答，"一如风霜雨雪，雷也是随天候变幻而生的自然现象。诚如先生稍早所言，雷神窃取肚脐之说，实际上根本无人相信。人无法干预天候，即便祈雨或祈求船只免于海难之举，依然无法确保风调雨顺。而人对雷亦是如此。"

"这……的确有的年份雨降得少些，也有的年份雷落得少些。但不论怎么说，这雷兽什么的根本不存在，充其量也不过是寻常的鼬不是？"

"的确不存在。"

"那么，酷暑或冷夏，和鼬又有什么关系？顶多就是闹干旱时，鼬在山中觅不着食，才会被迫入村破坏田圃罢了。"

"顶多如此。"

"那么，猎鼬的用意何在？"

"只为将之驱离村里，纵其升天。"

"纵其升天？"

"纵其升天，雷兽便能成雷，而雷乃天神注入稻田之神力。只要雷鸣复起，田圃便能丰收。"

听来不大对劲呢，又市抱怨道。

"哪儿不对劲？"

"应是相反才对不是？"

"相反是指？"

"多雷必丰收，丰年必多雷——不论尘世如何流转，都是不变的道理。因此，并非雷兽升天唤暴雨，而是遇暴雨雷兽才升天。方才的说法，岂不是本末倒置？"

"没错，确有本末倒置之嫌。"

"倒置得太离谱了。"

"不过，又市先生，事实就是这么回事。武藏野一带居民，见雷落田圃，便在落雷处竖以青竹，以注连绳围住。对了，先生不是武州出身？或许也曾见过此风俗。"

的确见过。

"那可不是普通的饰品，据传此举的目的，乃助雷兽归返天际。不论是何处的农家，均期望雷兽能尽快归返。升天后，他日再临。筑波之猎雷风习，目的看似驱除肆虐田圃之害兽，但依老夫所见，实为将之追赶至无路可逃，逼迫其跃向天际。雷兽栖息世间，只会糟蹋田圃——想必此推论并非出于鼬常盗食作物，而是出于对不适合耕作之天候的畏惧。"

"这听来像……"

"像祈雨。对自由驾驭常人无法操控的天候的渴望——迫使人须视雷兽为实际存在。这与祈神之举略有不同，既无需法力，亦无需信仰，但本质上是相通的。将无法驾驭之事物以可驾驭之事物取代，试图将其驾驭自如。"

"天候当然无法驾驭。"

"但若能聘得一位修有无边法力、可自由驾驭天候的高僧，或许便有所不同。人虽无法与天候沟通，但可与高僧言谈。不，若可直接同驾驭天候的神明商谈，更能迅速收效。虽无从与天候沟通，但若换作神明，或许便可——"

"但神明也……"

"当然不可能有所沟通。老夫亦知世间无神。不过……"

"仍须视其为实际存在？"

世间无神佛，虽不存在，却须视其为实际存在。

"没错。天候无人格，但神明有。有人格，即代表可与其言谈。当然，虽可言谈，但神明是否顺人之意，可就是另一回事了。"

怎么听来根本不灵验？又市说道："顺不顺人意不都一样？人干涉不了天候，求神拜佛什么的，从头到尾不过是自己唱独角戏罢了。"

"没错。到头来即使真能如愿，也不过是偶然。借用先生的话来说，祭拜神明确为本末倒置之举，的确是唱独角戏。即便要唱，区区一介农户，与神明也对不上戏。"

"的确，神明哪会搭理这些无名小卒？"

"没错。神明并不会将庄稼汉放在眼里。但若将神明换作兽类，"

可就不同了。因此,便有人指雷为兽。"

"原来如此。"

"诚如先生所言,无论如何,人都无法自由驾驭天候。不论以何种手段,都只能任天候雪雨阴晴、任庄稼丰收歉收。即便知道这道理,凡为人者,均有希冀神明庇佑之心。即便注定毫无帮助。"棠庵说道。

这道理,又市比谁都清楚。饥馑之惨痛非人所能承受。倘若真有神佛,还真希望能让他们瞧瞧。饥饿之苦,绝非信仰所能抚慰。

"即便如此,祈神亦非全然无效,毕竟灵不灵验,几率均为五分。与其坐以待毙,不如试试祈神、猎雷,多少略求心安。先生说是不是?"棠庵正眼直视又市问道。"明日之事,非人所能预知。诚如先生所言,世间或无神佛,但若不寄望明日会有光明,或许难以安度今日。先生说是不是?"

那还用说?又市回答道。

"这鼬,不,这雷兽,乃筑波的农户捕获。其实,今年似有歉收的可能。先生瞧,日照既不强烈,又偏逢干梅雨。"

如此说来,的确是没降多少雨。虽少雨,天却总是阴多过晴。时近夏季,大多日子却仍觉阴凉。

"难不成——今年也要闹饥荒?"

"应有歉收的可能。至今已持续数年,存粮行将告罄,农户当然寄望今年能是个丰年。因此,方有猎雷之举。"

"这……且慢。若真猎到了雷,又能如何?依老头儿你稍早所言,还得将这家伙给送上天不是?"又市望向竹笼问道,"但这家伙哪飞得了?"

"是的,鼬的确是飞不了。但猎雷的农户可不这么想,个个当自己捕来关在笼中的是雷兽。"

"但打开笼子一瞧,不就要穿帮了?"

"没错。故切不可说,切不可见。虽欲当雷兽存在,但实际上却不存在。因此也不敢看一眼,便径直运到老夫这儿来了。"

"为何运到这儿来?"

"只为询问老夫如何助其升天。原本还纳闷他们自何处打探到老夫的消息,一问方知,原来是万三大爷的亲戚。"

万三是个冈引。虽是个持十手的捕快,倒也不难相处。此人性子耿直,好看热闹,自从在一场骚动中与棠庵结识后,似乎就和这古怪老头儿甚为投缘,不时前来探访。

"据传,至今未有任何人于猎雷中捕获雷兽,不过是一近似驱虫式的仪式。诚如先生所言,若真猎到了雷,也无法处置。也不知究竟该将之分食、纵放还是宰杀。"

"那么,该如何处置?"

"因此,他们这才找上老夫,询问可有何法能助其升天。"

"老头儿你这回谎撒得可大了。上回不是还吹嘘什么行骗并非你所擅长?那这又是怎么回事?鼬又没长翅膀,哪飞得上天?"

"的确飞不上天。"棠庵苦笑道。

"而你竟还敢厚着脸皮答应?这不是行骗是什么?还敢装糊涂代人想法子。谁想得出什么法子让鼬飞上天?"

"正因如此,老夫仅回应尚不知是否真能办成,绝未行骗。"

"喊。干脆让我在附近随便找个地方,将它给放了。"又市再度望向竹笼说道,"总不能教我一路将它给带回筑波吧?"

此鼬体力已经耗尽,老人说道:"毕竟已自常陆长途跋涉至此地。"

"常陆?打那么大老远来的,还真是了不起。"且慢。"喂,老头儿。"又市撩起衣摆,坐直身子问道,"立木藩不就在常陆?"

"距筑波的确不远,但应位于下野。"

如此说来,土田左门的母藩,今年也有歉收的可能。说不定前来委托阎魔屋的农户们，今年也猎了雷。

"老头儿，你怎么看寻仇这件事？"

"此言何意？"

"我们上回为一个嗜色如命的蠢武士设了个局。"

"可是损料屋的差事？"

"没错。那家伙接连凌辱领民妻女，好几名不堪受辱的姑娘被逼得自缢或投河。为了填补这损失——"

"你们如何处理？"

"让他出了个洋相，被免除职位接受惩处。这武士位高权重，平日仗着自己的权位作威作福，逼得领民个个苦不堪言。因此，我们便摘去了他的乌纱帽。"

果真善策，老人说道："比野蛮差事高明许多。"

哪儿好了？又市说道："孰料那家伙竟然切腹，魂归西天了。"

"哦？"闻言，棠庵不由得皱起眉头。

"到头来，和野蛮差事不都一个样？早知还不如请鸟见大爷一刀解决，要来得痛快得多。"

武家的确难以应付，老人说道："动辄轻己命如鸿毛，重外事如泰山。"

"没错。我们当初就是没将这点纳入考虑。林藏那家伙还说他们既没心肝又没脑袋，我看可没这么简单。"

"但这结果理应不难预见。"

果真不难预见？

没料到这结果的，或许只有我一人吧。又市分开双腿，坐着说道："总而言之，遭那家伙蹂躏的姑娘们境遇着实凄惨。她们的丈夫和爹娘想必也咽不下这口气。即便将这视为损失——取了使自己蒙受损失的家伙的小命，难道就是桩划算的损料差事？干得岂不是太过火了？"

人心无法计量，老人说道："即便置于磅秤上，想必也无法觅得重量相当的砝码，亦无法以量器度量。论人心，有仅遭针刺便痛不欲生者，亦不乏遭一刀对劈仍泰然处之者。故此事是否划算，他人实难论断。毕竟老夫对与此相关之事，甚不擅长。"老人手抚着平坦的胸脯说道。

"吃了亏，便找对方出气，倘若干过了头，会是如何？如此一来，理亏的可就不再是先动手的那方了。讨回的部分绝不可超过原本的损失，这是损料屋的行规。讨过了头，便有违商道。因为讨回的部分多过自己损失，这下就轮到对方吃亏。如此你来我往，根本永无止境。"

棠庵先是沉默了半晌，接着才开口低声说道："故此，世人方需神佛。"

"此言何意？"

"人裁定人，以一己之基准度量他人，必然产生不公。人心非人所能计量，乃因每人基准不同使然。因此，人创了国法与规矩。但国法与规矩，毕竟还是常人所创。然若是神明下达的裁定，即便依然不公，人人也将信服。这……与天候是同样道理。"老人说道。

又市听着，定睛凝视关有雷兽的竹笼。

三

一个雨云密布天际的午后，缦面形①巳之八前来长屋拜访又市。

巳之八是角助的徒弟，也在阎魔屋当差。他比又市更年轻，只是个十七八岁的小鬼头。干的活儿也和角助不甚相同，巳之八既不是小

---

①投钱币视正反面的占卜或赌博行为。

厮，也不是掌柜。表面上，此人通常于店内帮佣打杂，实际上是个帮忙打理不可张扬的差事的小伙计。由于既无武才，又无技艺，似乎从没挑过什么大梁，但因办事快、口风紧，故常被当作斥候或通报人差遣。由于阎魔屋的手下中就属又市最年轻，故两人近日常结伴厮混。

看来今儿个不是来找乐子的，只见巳之八神情紧绷地伫立门外。任又市再怎么探询，这小伙子也只是要求尽快去阎魔屋一趟。

虽揣测想必又是桩无趣的差事，但眼见巳之八神态如此坚决，又市也只得乖乖同行。途中，出于巳之八的恳求，两人又找上了林藏。

幸好林藏正在长屋里呼呼大睡。这时节，也没多少吉祥货的生意可做。

既不冷，也不热，这天气说来算是舒适，但总是教人放不下心。依理，这时节应要开始热了才是。窝在江户混日子，是感觉不到什么兆头，但看来今年恐怕真要闹饥荒了。这天候还真是不祥。

三人来到阎魔屋前时，也不知是何故，竟然聚集了一大群人。

巳之八咽下一口气，旋即钻入人群中。

正当又市打算追上去时，突然被人一把握住了胳膊。转头一瞧，出手者竟是山崎寅之助。

"别过去。"山崎说道。

"别过去？大爷，这究竟是……"

别多话，过来，山崎拉着又市与林藏的衣袖，将两人领进小巷中。山崎也是个代阎魔屋打理隐秘差事的浪人，原本是个当官差的鸟见役，貌似平凡，却有着一身不凡身手。

怎么了？究竟出了什么事？

山崎一把攥住频频质问的林藏的胸口，大喝住嘴。

"住、住嘴？鸟见大爷，也不先把道理给讲个清楚，别这么粗暴成不成？"

"总之，闭嘴给我听好。"山崎一把推开林藏，弯下身子说道，"你们俩先自已找地方打发时间。一刻后到堀留町的庚申堂去，届时我会将事情给解释清楚。"

"我们能上哪儿打发时间？"

给我闭嘴，山崎使劲戳了林藏一记说道："知道了吗？若想保住小命，就乖乖依我说的做。"这个个头矮小的浪人边朝大街窥探边说道。

不待山崎把话说完，又市早已转过身，自小巷走上了大街。小心翼翼地佯装对身后的骚动毫不在乎，快步离开了根岸町。

的确不大对劲。那不分青红皂白的气势，与平日的山崎明显迥异。若山崎所言不假，看来只要稍有蹉躇，小命恐将难保——又市如此直觉。

依吩咐打发了一刻钟后，又市便动身前往庚申堂。抵达时，林藏与山崎已在屋内等候。

你来晚了，一瞧见又市，林藏便一脸不悦地低声抱怨道。

山崎先是不发一语，仅以眼神示意又市将门掩上，接着才缓缓说道："昨夜，阎魔屋的大总管与角助教人给掳走了。"

"大总管教人给掳走了？"

山崎瞪着林藏骂道："嚷嚷什么？你就不能安静点吗？"

"噢，对不住对不住……"

"都已经是第二天了，是否知道两人为什么被掳走？"又市打岔问道，"又不是孩子，怎还傻傻地教人给掳走？"

虽是女流，但阎魔屋店东阿甲可不是个简单角色，不仅对情势的观察疏通毫无懈怠，干这门生意也让她养成了谨慎细心的习惯。至于角助，虽手无缚鸡之力，但也不至于毫无抵抗，就乖乖被人给掳走。毕竟也曾见识过不少大场面，而且侍主之心也甚是忠诚。碰上这种事，应会不惜牺牲自己的性命保护阿甲才是。依理，两人应不至于轻易被人给掳走。

打昨夜就没回来，应是被人给杀了吧？看来如此推测较为合理。

两人倒是还活着，山崎说道："虽然直到刚才仍是下落不明。昨夜有个损料屋同行的集会，由于大掌柜喜助患了热伤风卧病在床，大总管便与角助一同赴会，出了门就再没回来。这下店里可急了，原本打算通报奉行所，但又担心被官府发觉暗地里干的那些差事。除了大总管和角助，店内知道此事的就只有巳之八一人。被逼得狗急跳墙了，巳之八只得上在下这儿通报。由于去奉行所不过是自找麻烦，在下吩咐他再等上一日，好好安抚一下店内众人，就先差他回去了。接着在下便赶来探探情形，孰料竟是这副模样。"

"哪副模样？"

你瞧，山崎以下颚指指大街说道："方才，角助被人给送了回来。"

"教人给送了回来？"

"整个人用草席裹着，扔在店门外。"话毕，山崎便噘起了嘴。

"给送回来时，人可还活着？"

"说来凑巧，似乎是在被吓破了胆的巳之八上你们那儿禀报，而在下又尚未赶到这儿来时给送回来的。待在下抵达时，大街上已经聚集了一群爱看热闹的家伙，惊慌失措的伙计从店里冲了出来，摊开草席一瞧，发现裹在里头的竟然是角助。"

"听起来，人似乎还活着？"

勉强算是活着，山崎回答。

"勉强？大爷，他究竟是……"

"至少少了半条命。被打得浑身瘀血，一张脸肿得完全变了个样。虽一息尚存，但连话也说不了。稍稍挪下身子，便疼得仿佛要没命了似的。总之，只得赶紧吩咐店里人将久濑阁下给请来。"棠庵虽是个曾研习儒学的本草学者，却也略谙医术。"久濑阁下没多久就赶来了。

正当大家将角助放上门板,准备抬进店内时,你们俩就来了。"

"大爷,这些我们知道了。但为何……为何制止我们上前?"

山崎自怀中掏出一张纸,默不作声地凑向两人,接着说道:"角助的肚子上让人贴了这东西。"

"肚子上?"

"是在下混在看热闹的人群中乘隙剥下来的。店里的人即便瞧见了,保准也看不出这是个字谜。"

林藏一把将纸片抢了过来。"这……喂,阿又。"似乎是一张瓦版。"你瞧瞧,阿又。这不就是之前阿睦拿给咱们看的瓦版吗?快瞧瞧呀,阿又。"

又在嚷嚷什么?山崎呵斥道。

的确是那纸记载乘夜偷情的家老切腹的瓦版。

"这又暗示了什么?"

被这么一问,山崎两眼直盯着又市回答:"还会是什么?角助被人给打得少了半条命,如今仍徘徊于生死之间。再怎么想,租赁茶碗、餐盘、被褥的损料屋,理应不至于与人结下如此深仇大恨才是。角助那家伙,想必是因台面下的差事结下的恩怨而遭到报复。至于是哪件差事结下的,想必就是瓦版上记载的这桩。"

"遭人报复?难道是被仇家给找上了?"

"报复?"山崎笑得半边脸不住打战地回答,"看来可以这么说。"

问题是,这桩差事是阎魔屋所干的这消息走漏了。

"说得也是。天下如此辽阔,料到一个偷情武士与损料屋之间有关联者,理应一个也没有,再怎么绞尽脑汁恐怕也猜不到。那么,是哪个人出了纰漏?绝不是我。阿又,难道是你?"

"没有任何人出纰漏。"

"那是怎么回事?"

"倘若直接参与这桩差事的哪个人在哪一处出了纰漏,那家伙理应立刻就教人给掳走才是,岂可能相隔这么久才出事?"

有道理,这桩差事已经是一个月前的事了。

"而且被掳走的,还是坐镇幕后的阿甲夫人和角助。依此看来,应是委托人那头有人走漏了风声。"

"是委、委托人泄了密?"

"想必是如此。"

"难道忘了这行切勿张扬的规矩?"

"委托人哪懂得什么规矩?"又市说道。

或许是收受了对方银两什么的,林藏喃喃说道:"总之,也不知泄密者是遭人胁迫,还是被人买通,但你们俩仔细想想,真正干了这桩差事的在下和你们俩,都还安然无恙,阎魔屋竟——"

"难道,对方知道整件事是阎魔屋安排的?"

"没错。由此看来,应是委托人中有人泄了口风。"

"难不成是土田家的人干的?"又市立即产生出了如此联想。

倘若土田的家人察觉土田左门是遭人设计才丢了官位,当然要愤懑不已。

"在下也不清楚。土田于母藩似乎有个妻子和一个刚出嫁的女儿。但据说这女儿在土田切腹后,被逐出了夫家。土田在家人眼中似乎是个良夫慈父,本性嗜色如命这事,想必家人难以置信。眼见如此结果,心中必然存疑,想必也怀疑或是遭人嫁祸,当然是满腔愤恨。不过,阿又,其遗孀或遭夫家休妻的女儿,可干不出如此野蛮的勾当。"

"难道是雇了帮手?"

"想必是如此,况且还不是什么简单的小人物。即便雇的是武士或黑道流氓,吃过土田亏的领民多如繁星,理应也找不着目标下手。倘若是从中揪出一个套些话来,再循线找上咱们的损料屋……"

"难不成是咱们的同行？"又市猜道。

绝无可能，山崎说道："再怎么说，阎魔屋也是个损料屋，既有台面上的面貌，也有台面下的嘴脸。这些家伙绝不是咱们的同行，似乎从未在台面上露脸。将他们当同行，可是注定要吃大亏的。"

"难道是些仅在暗处跳梁的家伙？"

说起来，又市忆起第一次受邀为阎魔屋效力时，阿甲曾说过这么句话——我们阎魔屋只跟正经人做生意，不得与不法之徒有任何牵连。虽然又市也不知这两种人该如何区别。

"难道，此事是土田的家人或亲友委托这些家伙出手的？"

"虽不知委托的是什么人，但大致上就是这么回事。况且，好戏可还没上场。对方的差事——就是阿又说的代土田左门寻仇，现在才要开始呢。"

"光是乘夜掳人痛揍一顿，还不能善罢甘休？"

"想必对方志在取咱们的性命。"山崎说道。

"如此说来，阿甲夫人不就已……"

已遭不测？

山崎否定道："不。阿甲夫人想必还活着。"

"是吗？可是大爷，对方可没取角助的命啊。虽然被打得仅剩半条命，人还是给送了回来。难道不是认为将他修理一顿，便已足够？大头目是放不得，但放下头的喽啰一马，应是无伤大雅……"

也不是，山崎否定道："那些家伙可没放角助一马，虽然刑求时刻意避开要害，但对方毕竟将角助给狠狠拷问了一顿。"

拷问？林藏回问道，接着便转头望向根岸町的方向说道："还真教人想不透。不过，就连角助这小角色都被修理成那副模样，阿甲夫人不就……"

"倘若杀了阿甲夫人就能罢休，事情也不至于拖到今日，只须乘隙偷袭，当场把人给杀了不就得了？为何还要把人掳走？更无须将角助给送回来。的确，角助不过是个小角色，根本无须留他一个活口，即便顺道将他也给杀了，那些家伙也是不痛不痒。这代表即便杀了大总管，这些家伙的差事也不会就此告终。"

"原来如此。送回角助是个警告，大总管则是充当人质是吧？"又市说道。

"若是当人质，那掳人不就是为了勒索？这些家伙是打算向咱们店勒索点银两？"

又市朝林藏脚踝踢了一记。

"你踢什么？"

"姓林的，你虽是京都来的，也别老把银两挂在嘴上。山崎大爷，你的意思是，对方打算拿大总管当引子，好诱咱们现身？"

山崎点了点头。

"诱、诱咱们现身？咱们不也同样是小角色吗？"

"谁管你是小角色还是什么的。想必对方是打算将参与那桩差事的家伙给铲除殆尽。"

"不会吧？我可不想死呀。"林藏改成盘腿坐姿说道，"若是如此，好戏还真是接下来才要上场。"

不仅是又市、林藏和山崎，就连巳之八也参与了这桩差事，还有居于浅草的玩具贩子仲藏、鸢之辰五郎，以及不知靠什么行当糊口的喜多与阿岛两名姑娘，算是桩劳师动众的差事。

"光逮住大总管，并无法得知所有手下与帮手的身份。不，想必对方正是为了查出有哪些人参与，才先将大总管给掳去。但大总管也不是好惹的，不至于三两句要挟就乖乖泄露口风。"

"想必是不会松口。"

"那只母狐狸可顽强了。想必角助也没松口。正因再怎么刑求也套不出半点话来，对方才将只剩半条命的角助给送了回来。"

看来既非为了杀鸡儆猴，也不是被放了一马，角助是被当作要挟口信给送回来的。

"伤到这程度，或许难逃一死；即便活下来，也随时能取他性命。从这纸瓦版看来，这也可能是对方所设的陷阱——或许打算借此观察出入阎魔屋的人，一见有谁对这东西有反应，就杀。"

"难怪大爷要制止我们进去。当时我们俩若是傻乎乎地冒出来，可就正中对方的下怀了。"

"想必对方已将店内伙计、往来客人摸得一清二楚了。倘若与台面上生意无关的你们俩惊慌失措地露了馅儿，十之八九要被对方给盯上。想必很快就要将你们俩给逮了，逼问还有哪些同伙、局是如何设的。"

这我可不愿意，林藏说道："哪有这种荒唐事？报复我们，根本是找错了人。阿又，你说是不是？"

"不……"的确是做过了头。土田的确是个恶棍，但对方绝没找错人。

"那么，咱们该如何回应？"

"在下已吩咐巳之八同其他人联系，叮嘱大家这阵子切勿在阎魔屋周遭走动。"话及至此，山崎突然闭上了嘴。

感觉似乎有人来了。

就在山崎弯下身子警戒的同时，有人推开了对开的门。

不知何时，屋外已是一片昏暗。虽然还不到傍晚，但厚厚的云层将日照光线遮掩得十分微弱。来者似乎是巳之八。

"巳之八，你……"

然而巳之八不仅动也不动，也不说一句话。

他这样子看来不大对劲。又市还没来得及察觉情况有异，巳之八背后的黑影已开始行动。

不待身手矫健的山崎向前冲去,巳之八突然双膝跪地沉了下去,原本紧贴其后的人影顿时映入三人眼帘。

黑影融入昏暗的天色中,看不太清楚。

"对、对不住……"巳之八颤抖地说道,背后似乎被把刀给顶着。

"教人给跟踪了?"山崎简短地问道。

并非如此,黑影回答道:"追着一个小跟班的屁股跑?这等丢人现眼的勾当,我可不干。"

"噢,原来不是跟踪,而是逼他带路。"

喂,别动,黑影威吓道:"胆敢动一下,我就要了这小鬼头的命。"

"别管我——"巳之八话没说完,旋即打住。这才发现他的喉头似乎被什么东西给缠住了。原来他不是被刀给顶着,而是脖子被一条细细的带子给缠着。这下巳之八已是语不成声,只听得出他似乎喊了声"大爷"。

山崎立刻像泄了气的皮球般压低了身子。"倘若牺牲你的小命能助我们脱身,在下不惜送你一程,可惜这似乎也于事无补。喂,咱们被包围了。"山崎望向又市说道。

"果然聪明。若想保命,就别轻举妄动。"

"在下是不爱白费工夫。我们横竖都保不了命。反正你无论如何都要取我们的命不是?"

"果真是明察秋毫。不过,我们不会太早要你们的命,除非你们急着赴黄泉。"

"噢,看来你手里似乎还有其他人质,我们还是温顺点好。"山崎跪坐下,想必是打算静候对方露出破绽。

山崎寅之助虽是个浪人,但并无佩刀。总是借隐藏杀气让对手放松警惕,乘隙钻入其怀中夺取武器,或以迅雷不及掩耳的速度取其性命。不仅手法神乎其技，武艺也十分高强。

不过，这次他似乎难以施展身手。就连对方拿的是什么武器都瞧不见。

"听你这语气，似乎早已知道我的来意。这下我可省了不少工夫。"

"没错。是为了代立木藩江户留守居役土田左门报复是吧？"山崎说完，旋即望向又市。

"报复？呵呵，瞧你说的，还在说梦话吗？"话毕，黑影笑了起来，同时四周也传来一阵笑声。

果真教人给包围了。

"谁说梦话了？"林藏使劲朝地上跺了一脚说道，"做梦的是你们吧！那好色老头儿根本是自食其果，还不是因为沉溺女色，才落得这般下场？丢了官位本是报应，切腹也是他自己的选择。找上我们，根本是找错了。"

"喂，这下又说咱们找错了人呢。"

四周的笑声更响了。

"笑、笑什么？虽不知你们是什么来头，但看来绝非泛泛之辈，干个差事也该把前后经过厘清。土田分明是个下三烂，难不成你们愿为这下三烂抬轿？"

"臭小子，少在这里穷嚷嚷。"黑影朝堂内踏进了一步。巳之八也随之微微哀号了一声。"正如你说的，我们并非泛泛之辈，别把我们当成跟你们一样的门外汉。"

"门、门外汉？"

原来你们这些门外汉自以为是替天行道？难怪差事干得如此荒唐。来者怒斥道："我们可不在乎你们是损料屋还是什么，就是看你们碍眼。也不懂得称称自己的斤两。若仅干些恐吓勒索什么的是惹不着人，但你们这些日子可是玩过了火。这些差事，分明是我们的活儿。"

"什、什么？原来是来砸场子的。难不成我们抢了你们的饭碗？"

"少放肆！"林藏吓得闭上了嘴。"以为自己有几两重？老子收拾起你们这群家伙，比捻死只蚂蚁还容易。"

没错。这伙人无须露脸，只消将与阎魔屋有关的人悉数除掉便能了事。若真有这打算，想必不出三日便能完事。就连最上头的阿甲都被他们轻而易举地掳了去，这伙人的能耐还有什么好怀疑的？

"你们干些什么勾当，原本与我们毫无关系。何苦找我们麻烦？"山崎问道。

"因为你们玩过了火，也不想想自己不过是门外汉，只得算你们自作自受。若不是受人所托，我们或许能睁一只眼闭一只眼。但既然受了委托……就得做完这桩生意。"黑影说道。

"即便听说了土田的恶行恶状，也不愿罢手？"又市问道，"还是说，土田是不是个恶人，和你们没有半点关系？"

"没错。这不过是桩生意。"

"唉，果真如此。看来我们的确是门外汉，尤其是我，要比其他同伴更天真。那么，身为门外汉，我倒想问问，是谁委托你们办这桩差事的？"

黑影不屑地嗤了声鼻。

"唉，看来高人是不会泄露这点口风的。"

"将死之人，知道了又能如何？不过，就让你们带个忠告上黄泉路吧。你们做什么，都与他人无关。但虽与他人无关，讨来的终究是要还的，有时还得还个两三倍。干一桩要了人命的差事，当然也可能让自己性命不保。凡是高人，便得带着这觉悟干活儿。不论碰上什么，都得紧守口风，只有门外汉才会四处张扬。"

巳之八仍在痛苦挣扎，看来他的脖子上仍有东西紧紧勒着。

"这觉悟，我现在有了。"

"小伙子，你还算懂道理。既然懂道理，就顺便将其他同伙都给供出来吧。"

"我们岂能出卖同伴？"林藏顶撞道，但被山崎制止。

"若供出其他同伙的名字，就会饶我们一命？"

"大、大爷，你……"山崎紧紧压住林藏，让他闭上嘴。

"说呀。还是怎么都不可能放过我们？"

"当然不可能放过。方才不都说了？你们横竖都是死路一条。只不过，若你们能老实招来，那婆娘就能尽早解脱。她还真是出人意料地顽固，但再这么下去，想必也挨不过多久。那婆娘……"此时，四下传来一阵哄堂大笑。"都被折腾到那地步，想必已是生不如死。此外，倘若你们赴黄泉前不愿从实招来，逼得我们宁可错杀也绝不放过任何一个，恐怕与此事毫无牵连的家伙也得遭殃。"

"这不是白白耗费工夫吗？都说是做生意了，你们这不就等同于赔本？"

"呵呵，正因为不想赔本，才要你们从实招来。反正大家都难逃一死，说不说又有什么差别？京都来的，你也不想孤零零地踏上黄泉路吧？既然要走，何不多拉些同伙做伴？但话说回来，此时还要逞强讲义气，届时伴儿也要多些就是了。难道你贪生怕死到这地步，非得多拉几个同伙才甘心？"

林藏挣脱山崎的手回道："要杀要剐都请便。若要殃及无辜，到头来只会为你们招来更多怨恨。方才你不也说了？讨来的都是要还的。即使是门外汉，怨恨也不比高人少多少。"

"这我们当然明白。"黑影说道，"若不明白，哪干得了这行生意？"

"好。"又市突然如此应道。

林藏一脸讶异地问道："喂喂，好什么？"

"你说的觉悟和我们的立场，我都想通了。不过，身为一介门外汉，

"我倒想知道一件事。你们既然说是做生意的,不就是为钱干活儿?既然是为钱,我倒想问,倘若我们愿意支付多过你们委托人一倍的银两,是否愿意放我们一条生路?"

"你这是在讨饶吗?"

当然不是,又市回道:"我和这京都来的不同,虽说也没什么好自豪的,就是没多少耐性。现在已打消这念头了。此外,虽不知你们能收到多少酬劳,但我哪来足以赎回这条蚂蚁贱命的银两?不过是出于好奇,问问罢了。"

"还真是视死如归呀。"黑影似乎稍稍松了松勒在巳之八颈上的绳子,"做生意讲的是信用。不管你支付两倍还是三倍的酬劳,已经谈定的差事还是不得反悔。此外,倘若我们答应饶你一命,但一收下你的银两再将你给杀了,不就两头都赚了?"

"若是被你给杀了,不就连谴责你背信的机会都没了?"

"当然没了。反正,我们不是拦路打劫的,还不至于从死了的家伙身上讨些什么。但遇上讨饶的,可是完全不搭理。倘若原本的委托人多给些银两下令喊停,我们还能就此收手,但除此之外,一旦出手,我们就没打算回头。"

"我懂了。"这下又市铁了心坐直身子,摘下头上的包巾,目不转睛地望着黑影。

只见那黑影头戴遮住双眼的圆顶头笠,身着褐色无袖斗篷,斗篷下露出黑色瘦腿裙裤,扮相颇为怪异。

"喂。"又市高声大喊,"老子家住曲町念佛长屋,名叫又市,是个卖双六的小毛头。"

喂,阿又,林藏慌忙制止道:"为何要报、报上名号?"

"都到这地步了,还有什么好隐瞒的?给我听好。五日,能否再等个五日?若愿意再等个五日,我将和盘托出所有同伴的名号、住处,以及局是如何设的。待我招供后,再将我们给杀了也不迟。意下如何?"

"又市!"山崎高声怒斥。

又市看也没看山崎一眼,便说道:"大爷也能否等个五日再出招?此时此地和他们拼个你死我活,对彼此都不划算。"

"但你——"

又市点了点头,接着再次喊话道:"喂,你,没听过你报上名,不知该如何称呼。总之,我和这京都来的家伙,你们只消放个屁就能解决。但这位大爷可就不同了。看上去很是平凡,身手可是十分了得,想必是不会乖乖把性命交给你们的。看来,你们应有四人,若大爷认真同你们拼拼,取个三条命应该没问题。若是运气好,或许我们大爷还可能取胜呢。"

黑影藏在圆顶斗笠下的双眼朝山崎打量一番,山崎则默不作声。

"看来,的确有可能。不过……"

"且慢且慢。"又市伸手制止道,"若你们真是高人,今日放我一马,来日账还是算得成。想必我们这位大爷终将难逃一死。姑且不论我们的死活,你们也不希望自己的人白白送命吧?如何?何不考虑考虑我的提议?"

"等个五日,到头来又会有什么不同?我可不认为五日后,这家伙就肯乖乖受死。"

"这,就由我来担保。大爷意下如何?"又市问道。

山崎蹙起眉头,默默沉思了半晌,接着便回了声"好"。

"这……"林藏惊叹道,"喂,你们这是在做什么?大爷怎能轻易说好?这分明就不好!我可不从。有谁愿意乖乖受死?我绝不——"

"认命吧,林藏。"又市使了个眼色,林藏仍是一脸不解。

真看不出你们究竟是认命还是不认命,黑影说道:"小伙子,多苟活个几日,又有什么意义?况且,抛弃同伙,独自为自己的小命求饶，岂不窝囊？"

四下又传来一阵抿嘴的笑声。

"别狗眼看人低。我可是比谁都清楚自己插翅也难飞，否则何苦报上名号？虽知报上我这名号也添不了多少信用，但反正我们时时受你们监视，即使隐姓埋名，同样逃不出你们的手掌心。即便是无名小卒，只要能够活一天，也不甘心赔上性命。别说是我，其他无名小卒也是如此。总之，我们不过是你们随手一拧就能拧死的无名小卒，过个五日，就能将整件事完全摆平。五日后回这儿来，届时就听我和盘托出。倘若五日后仍不见任何动静，就动手将我给杀了，接着再来个大屠杀也不迟。我们大爷也答应了，只要愿意等，届时他便会打不还手。不过，这五日内，谁也不许出手，并且得保证被掳去的我的同伴的安全。不知意下如何？"

傻子才会相信你，黑影笑道："好吧，姑且还你这无名小卒自由之身，看看你变出什么花样来。"黑影同意道。

四

又市叹了一口气。虽未死心，但还真是束手无策。山崎、林藏和巳之八均已被扣为人质。三人乖乖就缚，想必是出于对又市的信赖。当然，又市也不是毫无盘算。原本就是略有把握，才敢夸下海口，但事到如今，还是想不出什么妙计。当时不过是被逼得狗急跳墙，才急中生智地提出保证，事到如今，不过是多挣得了五日阳寿罢了。其实，也不过是因为自己贪生怕死。不知同伴们是否也知道。

又市不过是个小股潜，浑身上下只有一副三寸不烂之舌派得上用场，山崎与林藏要比谁都清楚这点。眼见他抛下同伴逃命，想必也不会有多少抱怨。

要逃吗？即便丝毫没这打算，又市仍在心中如此喃喃自语。这条烂命值不了几个子儿，况且再怎么逃，也注定逃不出那伙人的手掌心。即便真有运气逃过这一劫，往后也注定走投无路。再怎么说，逃跑就意味着服输。

不过，这次根本无关输赢。

打一开始，对方就没把自己当回事。似乎都没有派人来监视，就是个证据。一如那黑影所说，又市完全成了自由之身。或许表示那伙人认为又市这么个小角色也不可能有什么能耐，既然如此，何苦派人监视？反正必要时，随时都能将他逮住杀了。

因此，又市才得以自由行动。即便如此，又市还是不敢与仲藏等人联系。生怕一旦做出这种举动，即便无人监视，也将迅速露出马脚。何苦将尚未被揪出的同伴交到敌人手上？又市心想。真是窝囊呀。又市不禁笑了起来。现在可谓是走投无路。是哪里配了？哪里配得上小股潜这称号？真是引人发笑。分明没什么能耐，还胆敢逞口舌之快，夸口自己将有惊天动地之举，岂不让人笑话？

在庚申堂被包围时，又市判断欲绝处求生，唯有请对方撤销与委托人之契约一途。对方所言不假。那伙人干的不过是生意，其中既无仇恨，亦无情义。若是如此，这必为至上良策。不，除此之外，已别无他法可想。

据山崎所言，嗜色如命的土田左门，在家竟是个良夫慈父。查探实情时，又市所闻亦不乏类似观点。藩士与领民中，甚至有不少对左门甚是景仰。看来此人虽易为女色所迷，办起事来却十分干练。不，想必这土田左门，在许多方面的确堪称伟人，除了有那唯一缺点……

但不管声名、人望有多么令人钦佩，一个人也不可为所欲为。反之，不管一位多么伟大的人物，只要有些许不良行径，依然注定有人受害。既然有人受害，便得讨回损失。

原来如此。看来土田左门之所以自尽，并非因其武士身份。

如今，又市认为左门或许是在得到武家的裁决前，以死负起身为人的责任。或许是深为一己犯行所耻，方决定踏上以死谢罪之途。不过人已死，动机已是无从查证。

即便如此，又市认为左门做的恶事，其家人必不知悉。若家人毫不知情，左门之死看来便甚是唐突，甚至是一桩悲剧。而其赤身裸体潜入邻家女佣卧房的行为，看起来也像是遭人施计诬陷。虽然这的确是施计诬陷。

左门是个伟人。母藩虽是个小藩，但江户留守居役毕竟是个要职。若是遭人诬陷而失势，家人当然要臆测是有人欲与其争权夺利所致，绝不可能想到或许是农户因妻女遭奸淫而行的报复。

若是如此，便不无可能说服其家人。又市打的，就是这么个算盘。

倘若左门之妻女是委托人，那么即便将其夫、其父生前恶行据实以报，想必也不可能轻易相信，甚至连此形同人死鞭尸之言都不愿听。不过，又市自认必能将她们说服。毕竟是凭舌灿莲花之技混饭吃的小股潜，这点自负当然不至于没有。若是女人家，理应不难同意左门的行径是如何令人发指。若能如此说服，便可能使其妻女打消复仇的念头。至于撤销的酬劳，只须由阎魔屋支付便可。

又市原本是如此盘算的。无须设局，亦无须罗织花言巧语哄骗。只须据实禀报，以真相说服便可。

又市估算，若能尽快行动，五日应是绰绰有余。

孰料，这如意算盘竟打不成，情况完全出乎又市的意料。

左门之妻对丈夫的恶癖早已知悉，而且还为此恶癖所苦，只能默默忍耐。其女亦是如此。

仔细想想，此恶癖早已超乎厌妻纳妾、沉迷于寻花问柳的程度。

每晚强与自己女儿同龄的不同女人共度春宵，百般凌虐后再踢出门外，其色迷心窍的程度，已到了万劫不复之境。

左门的荒唐行径，在接下留守居役一职赴任江户前便已开始。家人岂可能毫不知悉？既然知悉，便不可能毫无感觉。左门所为令妻子甚是痛心，曾数度好言劝阻，但左门总是不为所动。

左门位高权重，颇有人望，故除家中亲人，藩内无人敢据理谏之，何况又得顾及武家，甚至母藩的体面，故家中无人敢与外人咨商此事。

赴任江户后，左门的行为变得更加荒唐。

左门之妻对丈夫的恶行忧虑不已，据传曾向妻女遭左门染指的人赔以银两，尽可能弥补其夫之罪。这些银两似乎就成了阎魔屋所收下的酬劳。

真相与自己的推测的几乎完全相反。

左门之死，的确令他的家人悲不自胜。本已出嫁的女儿，亦因此被遣回娘家。但同时，又市发现左门一家也因此松了口气。

那么，差人报复的究竟是谁？

这下，又市无路可走了。

时间仅剩一日半。如今，已没有充足时间再前往下野。只得快马加鞭赶回江户，先去立木藩的江户宅邸碰碰运气，但实际上还是无计可施。

又市朝立木藩藩邸内的栎树下一坐，再次叹了一口气。

真要乖乖受死？不。死的可不止又市一个。阿甲、山崎、林藏、巳之八也都难逃此劫。既与对方有了协定，如今也只得将尚未被发现的同伙一一招出。如此一来，长耳仲藏也将遭逢杀身之祸。

这不就等于人是我杀的？又市自怀中掏出包巾，朝头上一绑。既然难逃一死，至少也该向仲藏把经过解释清楚。要是毫不知情就莫名其妙送了命，那秃驴想必也不服气。

又市感觉坐立难安。就在此时——

"小老弟。"栎树后突然有人这么一喊,"小老弟可是有什么苦恼?"

此人嗓音颇为粗犷。回头望去,只见树后站了个彪形大汉。或许是满脸胡子的缘故,看不出他的年纪。

又市默不作声,只是目不转睛地望着对方。

"瞧小老弟你年纪轻轻却不住叹气,任谁见了都不免好奇呢。"话毕,巨汉在树下坐定。此人装扮称不上洁净,看来既不是武士,也不是百姓,难以看透其身份。

"好奇我吃哪行饭的?噢,算是个工匠吧。"巨汉说道。竟然被他给一眼看透了。"瞧你神情不大寻常。噢,但想必是不愿意让素昧平生的陌生人知道,我也没打算多问。但人总不能见死不救。小老弟,你该不是打算寻死吧?"

"倒没打算寻死,只是有人要取我的性命。"又市回答。这可是真话。

听起来还真危急,巨汉说道。

"的确危急。唉,我自己反正是烂命一条,没什么好在乎,但还得拉上许多人陪葬,可就不合算了。根本不值得为那桩事赔上好几条性命。"怎么算也不值得。

"赔了性命,事情就能解决?"

"哪可能解决!"又市也坐了下来,"我没打算说什么大道理,但人命这东西除了一命换一命,还能用什么偿?"

"意思是杀了人,就该偿命?"

"但这不就成了单纯的以牙还牙了?"报复根本没任何意义。

"你认为,人不该报复?"

"我可没这么说。但吃了亏就想讨回来,到头来对方还是要找你算这笔新账。虽不知武家的决斗是怎么一回事,但复仇这种东西永无止境。被人杀,杀了人,再被人杀,不过是挟着仇恨的你来我往罢了。

双方都非得将对方杀个片甲不留才能甘心。除了换来满心的空虚，这么做还能赚到什么？"

瞧你这小鬼头，说起话来还真有趣呀，巨汉笑问："这么做真的一无所获？"

"当然一无所获，双方都吃亏。一再反复地一命换一命，到头来根本没半个赢家。杀人的和被杀的，都明显吃了亏。不过，有时牺牲一条命，倒是可能救回好几条命。"

"若死一个能救回许多个，牺牲便是无可厚非？就是所谓一杀多生，是吧？"巨汉问道。

"世间哪有什么是真正非不得已的？总之人死了，保证就一了百了！"又市大声说道。同一个素昧平生的家伙说这些有何用？"切腹、决斗、复仇都一样，又不是打仗，却得杀一个是一个的，有什么好开心的？难道非得杀了人，才分得出胜负？老头子，难道非得如此不可？"

"或许有些时候，别无他法。"

"别无他法？"又市气愤地手击树梢说道，"就算再走投无路，也绝对有办法消弭化解。是顾此失彼，还是彼此两全——全看有多少智识。"

"智识？"

"没错。"

"看来，你还没死心呢。"

"何以见得？"

"刚才你曾嘀咕自己反正是烂命一条，没什么好在乎。还以为你早有了大不了一死的觉悟呢。"

但有谁甘心一死？又市说道："我可不是贪生怕死。反正根本没什么来世，谁死了都是一了百了，何其爽快。我不甘心的是，如今我若乖乖受死，便将殃及许多同伴。我——"

想救他们？巨汉问道。

"我哪会有这志气？方才都说了，是不合算令我不甘。我天生最恨的，就是不合算。"

"不合算？"

"没错。对方若仅是讨回自己亏损的部分，我倒是心服，况且我们的确讨过了头。但为此就得将我们赶尽杀绝，显然就是对方讨过头了。"

不仅讨过了头，对他们也没半点好处。

"小老弟。"巨汉说道，"不讲道理乃世间常情，哪可能事事合人意？勤奋认真不一定有福报，放浪形骸也不一定就有恶报。讨了太多的、被讨太多的，世间损益本就常不能两平，人不过是通过承受和遗忘，一点点说服自己接受这事实罢了。"

"为人的悲哀我当然晓得。不过，老头子，"故此，世人方需神佛——棠庵曾如是说。"在腥风血雨中求损益两平，并非唯一的仁者之道。有时靠欺瞒、诈取、诱骗，亦可使人做个好梦。例如神或佛，即是个好梦。世间既无神无佛，岂可能有什么妖魔鬼怪？反正世间一切净是谎言，大家明知是欺瞒，怎还不懂得适可而止？"又市说道。

"你这小老弟还真是有趣。"巨汉简短地说道，缓缓地站起了身子，"或许真如你说的，在这无神佛的世间，也不是全然无活儿可干。你这番话可点醒了我。"

"你……究竟是什么人？"又市问道。

巨汉也没回答，只是径自说道："就让我告诉你真相吧，小股潜又市。"

"你、你……"又市摘下头巾，跳到巨汉面前。

"这桩差事的委托人，其实是农户。"

"什么?"

这家伙究竟是什么人?

"土田左门的确贪恋女色不可自拔,但抛开这个恶习不谈,其实是个广受藩士与领民爱戴的大善人。虽好以亵玩女子为乐,但除了这点,倒是颇为人景仰。此人工作勤勉,虽有权有势,但也善于融通。常挺身助上,亦不惜舍身济下。就此而言,土田倒是个可钦可敬的人物。这些事,想必你也听说过。"

"这……不过……"

"任勘定方①时,土田鉴于藩内农户生计窘迫,曾向上陈情,力谏因应之策。"

"喂,这……"又市愈听愈狼狈。原本还不觉有任何异样,这下,这陌生巨汉突然令又市毛骨悚然起来。

巨汉继续说道:"立木藩地狭山多,不仅土壤贫瘠,气候也不稳定,对庄稼汉而言,是块难以维持生计的恶土。不仅得留意作物是好是坏,就连丰年凶年也难以预测。此外,藩国财政也十分窘迫,向上缴纳的年贡却又无法依收成好坏而有所增减。若为便民而如此融通,藩政必将无以为继。"

"那么,土田为此做了什么?"

"为农户设了私田。"巨汉回答道。

"私田?"

"绝非为了中饱私囊而设。私田的收获均背着藩府秘密封存,逢凶年便酌量挪出,以充年贡之不足。"

"这可是土田私自的行为?"

"当然。倘若为藩府察知,这些田地的收获亦将被计入估量范围。

---

① 在日本江户幕府和各藩国的官厅里担任会计工作的职务。

如此一来，百姓便无法再有额外积蓄。毕竟碰上凶年，所有田地均难有丰收。"

"但，这虽是为百姓设想，依然算是渎职啊。若为上官所察……"

当然要以严刑论处，巨汉说道："身居要职，却背着藩府、藩主知法犯法，当然是滔天重罪。噢，其实在此之前，土田早已有多项贪渎，诸如浮报年贡、篡改账簿等等。但，当官的渎职通常是为了自肥，土田可不是如此。"

"难道是——为了百姓？"

"没错。托土田之福，领民得以数度免于饥馑与贫困之苦。既无须再卖女、杀婴，亦不再死于饥饿。因此，无人对土田有任何不满。"巨汉说道。

"如此说来，难不成……"

"没错。无论如何位高权重，有谁能频繁夺取领民的妻女？只怕就连藩主也办不到。不少百姓，其实是自发献上的。虽然土田贪恋此道的确属实。"话及至此，巨汉转了个身，抬头朝仓房屋顶望去。

"那、那么，土、土田这家伙或许是因——"

"噢，或许的确真是期待此类回报而行的便民之举。但不管居心何其不良，土田的作为还是拯救了不少人。其中的确不乏为此备尝难以弥补之辛酸者，但大多数对他依然心怀感激。毕竟……"

"心怀——感激？"

"毕竟，土田多次渎职，却从未被举发，甚至不见任何人起疑，升官之路上还能扶摇直上——原因无他，仅证明土田的确是个好官。若是为私利私欲而渎职，想必土田的官帽老早就不保了。"

"且慢，这我懂了，但……"

"哼。"巨汉挺起胸膛，收紧下巴，转过头来望着又市说道，"若是依你的裁量，农户们应是益多于损不是？获益者可是要比损失者来得多呢。"

"这岂能以人数多寡裁量?"

"没错,是不该以人数多寡裁量。"巨汉那有着一脸胡须的脸庞颤抖地说道,"至亲遭人所夺,妻女遭人凌辱——有多么痛苦,我十分清楚。我也曾经历过这种惨事。"

"你也曾经历过?"

已是陈年往事了。话毕,巨汉举目望向远方。只见低垂的云朵在天际翻涌。

"不过,又市,心境本就因人而异。有人宁愿死于饥馑,也不愿爱妻遭夺;亦有人认为与其饿死,不如卖了女儿换口饭吃。"

人心不可度量,这话棠庵也曾说过。

"无人有资格指责他人。人都是以一己之基准衡量世间,若将他人基准强加于自己身上,便会令内心扭曲。凡是人,心或多或少皆有扭曲。这扭曲,有人可以忍,有人则挨不过折腾而被打倒。有人含泪忍辱,有人则心生抗意。"

"你是哪一种?"

"我?就像现在的你,曾犹豫过。倘若自己忍下去,大伙儿便能得救。倘若自己抗拒了,大伙儿便难逃一死。因此,起初我忍了下来,但终究还是咽不下这口气,就这么裁了下去。"

"裁了下去?"

今年必将无雨,巨汉说道:"委托损料屋干这桩差事的农户,不难理解。受托的你们的做法,也不难理解。但很多时候,世间可不是单凭算计便能度量的。"

"这下我比谁都清楚了。"

"土田左门之所以切腹,真正原因是储藏的私米被发现了。土田任江户留守居役期间,暗地里将这些私米运到了江户。倘若储于母藩境内,只怕迟早要被察觉。交由百姓各自储藏,被发现也是早晚的事。有鉴于此,最安全的私藏之处,就是此处。"男人说道,敲了敲仓库的土墙。

"就在这座仓库里?"

"没错。这座仓库原本就是用来储米的,毕竟米都得在江户缴交。堂堂一任江户留守居役,竟然暗地里为百姓储藏私米——这种事,任谁也料不到。"

又市抬头望向仓库。

"孰料土田中了你们设下的圈套,被逮捕并送返母藩。眼见官拜江户留守居役的他因此失势,心生欢喜的绝非藩内农户。原本就虎视眈眈的各色人等,这下全一跃而上。土田颇有人望,而树大总是招风。想必立刻有人察觉仓内储有大量与账目不符的米,当然要立刻禀报藩府。"

"他是因此才切腹的?"

"那还用说?和女人私通,大可以遭人陷害搪塞。但暗藏私米,可就是再怎么解释也没用。这些米……"巨汉再度敲敲土墙说道,"如今仍储藏在这座仓库里。倘若让藩府查出这些米的来源,所有农户都要遭殃。私田一事也会被藩府发现。如此一来,一切努力便化为泡影。大农户们将被斥为渎职帮凶,当然要被论罪惩处。因此,在藩府查出实情前,土田只得自我了断。"

"打算借此揽下所有罪名?"

巨汉颔首说道:"土田寻死,并非因为一己之罪心有忏悔,而是想借一己之死掩饰众人之罪。"

想不到真相竟是如此。

"如此一来,此处的私米就能被解释成土田为中饱私囊,长年自年贡米中暗自扣下的赃物,私田的存在也不至于遭藩府察觉。为了救农户，除此之外已无他法。但是，"巨汉举头望天，继续说道，"说来还真是讽刺。今年不仅遇上干梅雨，天候还偏寒。倘若这无雨寒天持续下去，今年注定是个凶年。去年、前年均歉收，如今铁定要闹饥荒。这下众农户当然要认为……"

"今年，这米就要派上用场了？"

"没错，对农户而言，即便罪不殃己，也将失去攸关生死的米粮。"巨汉语带忧郁地说道。

"这……"真是始料未及。

"这下立木藩的百姓，对耍点小诡计将土田大人这衣食父母逼上绝路的家伙心生愤恨，也是情理之中。又市，你说是不是？"

当然是无话可说。"但如此一来……"

不行不行。土田死了，又市一伙人将死，百姓也难逃死劫。原本不该死的全得丧命，还有什么比这更教人不甘？

这下根本无计可施，巨汉说道："正如你之前所言，的确是走投无路。这下已不是顾此还是失彼，而是注定要落个两头空。但即使如此，又市，或许你仍能想出办法？"巨汉转过满是胡子的脸，以锐利眼神直视又市，"若有办法可救，我一定助你一臂之力。"

"助我一臂之力？"

"当然。"

"你……"

且慢，只要将这些米送还众农户……

不过，倘若这真是天降神罚……

"不，根本没有办法。咱们既无人手，亦无时间。况且，对了，若是连雷都不打一个，根本无计可施。"

"雷？只要打雷就可以？"巨汉问道，"只要打雷，现世谎言就能转为梦境成真？"话毕，巨汉满是胡须的脸上泛起笑容。

五

　　一个风雨欲来的梅雨季节傍晚，爱宕万三前来南町奉行所，造访定町回同心志方兵吾。

　　志方甚感心烦，不住犹豫是否该带把伞，直懊悔没早点离开番屋。今年天干雨少，真有天降甘霖倒也还好，若最终没降雨，志方也不愿带着一把收起的伞在城里巡视。干同心这行的，总希望自己时时都威风八面。

　　万三淌着一身比平日还多的汗水，神情也比平日还要慌张。这下属虽然办事认真，为人正经，但一看到他面露这种神色，志方便不知该如何应付。

　　果不其然，一见到志方，万三立刻殷勤致歉。

　　志方完全不知他有什么该道歉的。怎么了？志方问道，自己都感觉到口吻里满是不耐。

　　"大、大人。这该如何启齿……小的有个亲戚……"

　　先喝口茶吧，志方说道。否则瞧他上气不接下气的，说些什么都听不清楚。

　　"小的有个亲戚……"

　　"别老是亲戚不亲戚的，快把话说清楚。"

　　"是。"万三一口气将茶饮尽，并以两手揩了揩嘴，"小的有个住在常陆筑波村的亲戚，算是个远亲吧，不久前捕获了雷。"

　　"这亲戚是否无恙？"这下志方益发对没早点出门巡视感到后悔莫及。

　　人是无恙，万三回答："他们那儿本就有猎雷的习俗，只是没料到这回真的捕着了。"

"雷不是类似光线的东西？落雷或许能起火，但应该没有确切实体。没有确切实体的东西，哪能捕着？难不成，你那亲戚捕着了一个披着虎皮腰巾的鬼？"

哎呀大人，万三面带不悦地回道："请别揶揄小的成不成？"

"是你在揶揄我，对不对？究竟捕着了什么东西？"

"捕着了一只异兽，一种叫雷兽的动物。据传此兽栖息于深山之中。"

"有这种东西？"

"大家似乎是这么传的。小的不学无才，曾向棠庵先生求教……"

万三开始说明这雷兽是个什么样的东西。志方无奈地在台阶板上端正坐姿，先吩咐番太①再沏一壶新茶，接着便打起精神聆听万三的解释。

"依你所言，这貌似鼬的动物能翱翔天际，伴雷光落返凡世时，即为落雷？"

"噢，也不知是否真是如此。小的不才，全是现学现卖。不过，试着向两三人打听后，发现这雷兽尚算广为人知呢。"

向哪些人打听？志方问道。长屋的房东、烟草铺的老店东及经营私塾的浪人，万三回答。

"人人都知道这东西？"

"是的。不过，烟草铺那老店东不仅吝啬，疑心也重，认为这东西不过是寻常的鼬，但毕竟老早就听说过。老店东表示，雷多降于巨木……"

"没错。"

---

①江户时代职等最低的夜警，负责逮捕游民、处理牢房刑场杂物或协助行刑的职位，亦作"番太郎"。

"巨木遭雷击则轰隆迸裂。而巨木中多有鸟兽筑巢，见此景，它们必感惊慌。"

"惊慌？应是尽数毙命吧？"

也不至于全数遭殃，也不知是何故，万三得意地说道："动物可是很灵敏的。大人，小的就连只猫也捉不住呢。不过即便再灵敏，动物毕竟也难抵雷击，就算不死，也要晕厥过去。"

"这我不懂，但或许真会如此。"

"那老店东认为，当人前去察探落雷造成的损害时，有些晕厥的动物便突然惊醒，一溜烟地仓皇逃窜。人见此景，方生雷兽之说。"

"喂，万三。此事到底有什么好道歉的？"志方问道。

"大人先别急，且听小的道来。"

"本官打一开始就没着急。"

"总之，那老店东生性不信邪，听到任何传言都要驳斥一番。瞧他那倔脾气，雷神要盗人肚脐时，保准先找上他。至于其他人说的，就和棠庵先生的说法大抵无异了。想必大人对此亦有所听闻，据说读本不时记载此事。"话毕，万三抬起视线望向志方。

"真不凑巧，本官对此类奇闻轶事甚少涉猎，亦不嗜阅览戏本、读本，从未听闻此类传说。"

"噢，这小的也不是不知。"

"想必是如此。本官早就听说，你尽在外散布些流言，说本官是个毫不融通的木头人，开不起玩笑的老古板什么的。"

不不不，万三连忙跪地叩头回道："小的岂敢说大人的是非？说的保证都是好话。"

"算了，反正只能怪本官才疏学浅，什么都没听说过。"志方语气中带着一股不耐烦，他已是忍无可忍，完全听不出万三究竟想说些什么。

"对不住对不住,大人岂须认错?是小的该道歉才是。此外,没听说过此类传闻,也没什么好羞愧的。这……"

"本官是不认为有什么好羞愧的。这本就不属町方同心应具备的知识。倒是你说的那雷兽什么的,后来如何了?该不会是个为揶揄本官的无知,而编出来的谎言吧?"

小的不敢,小的不敢,这下万三身子弯得更低,整个额头都贴向了地上的手背:"真是糟糕,看来只能怪小的口才太差。总而言之,就是小的有个叫丑松的亲戚,捕着了雷。"

"捕着了雷?"

"是的。看来是做过了头,通常这东西是捕不着的。"

"过了头?也就是指你这亲戚参加那叫猎雷什么的,捕获了雷兽,是吗?狩猎捕着获物,本就理所当然不是?"

"但这可不是普通的狩猎。大人,这猎雷似乎和驱虫什么的差不多,该怎么说呢,不过是个仪式。"

只是个仪式?志方问道。

没错,万三回答:"据说不过就是个仪式。虽有个猎字,但目的并不是要捕着什么,不过是佯装捕了什么。但这下真捕着了,整个村子都大吃一惊。这就像小孩子玩斗剑,竟真的砍死了人。"万三这比喻还真是奇妙。"这下也不知该拿这猎物怎么办。不知该养着还是放了,也不能杀了或是吃了。大伙儿不知该如何是好,就这么不知所措地养了半个月。后来,我家那口子有个自筑波村嫁来的嫂子,这嫂子回娘家时,村人求她帮忙打听。这嫂子回来后就找我家那口子,我家那口子又找了小的商量。小的当然也不知该如何处理。"万三蹭了蹭鼻子说道,"因此,只得找棠庵先生求教。经过一番商量,最后便决定由棠庵先生代为收留。"

"收留?"

"也就是，商量着商量着，到头来，也只能求博学多闻的棠庵先生代为处置。"

"噢。若是交由此人处置，或许不愁找不到好法子。那么，你又为何要向本官致歉？"

"这，就得从接下来的事说起了。"万三自腰际抽出十手，继续说道，"这事发生在昨夜。小的刚才也说了，相传雷兽在风云突变时升空。"

"本官听你说了。此兽乘暴风升天，伴雨云驰骋天际，再随雷降返人世——你之前是这么说的。"

没错，万三将十手朝掌心一敲，说道："大人应也记得，昨夜看似天将降雨。今年偏逢干梅雨，心想此机万万不可失，小的便与棠庵先生一同出发，将这雷兽运往适合升天的场所。"

"适合的场所？"

"是的，也就是遭雷击也不至于造成过大损害的场所。但据说山中并不妥，应以平野为佳。咱们江户地势平坦，按说哪儿都可以，但毕竟民宅密集，雷击不免要殃及居民。而河岸、海岸似也不妥。"

"怎么这么啰唆？"

"的确啰唆。因此，小的便找来当轿夫的金太，和他一同挑起装有雷兽的竹笼，与棠庵先生一同前往麻布。大人应也知道，出了目黑，空地就多了，还常有狸猫出没。"

那一带的确少见人烟。虽有不少武家宅邸，但多为建于郊区的别庄。

"我们一行人登上鼠坂，大人也知道那一带像个森林似的，但有不少植木屋[①]。因此，小的认为该走得更远些。但不知怎的，脚不知被什么给绊住了。"

---

① 贩卖树木的商家，或以植树、维护花木、园艺造景为业。

"谁的脚？"

"就小的这只脚。当时四下一片漆黑，也不知横在小的脚前的是什么，总之就这么跌了一跤。人一倒地，竹笼就给摔坏了，而其中的雷兽也就……"

"也、也就怎么了？"

"一溜烟地溜走了。真是对不住。"万三再度叩头致歉。

"不过是溜走了，有什么好道歉的？"

"哦？难不成大人还没听说？"

"方才不都说过了？本官对此类迷信并不……"

不不不，万三挥舞着十手说道："大人，黎明时分，不是罕见地下了场雨？"

"噢，但清晨就停了。这难以预测的天候还真是恼人，说热不热、说冷不冷的，只怕教人坏了身子。"

"不不，小的要说的不是这个。大人难道不知，位于麻布的立木藩邸内的仓库今早遭击一事？"

"遭击？教什么给击中了？"

"雷呀。遭了雷击。只听到轰隆一声巨响，整座仓库都被炸得粉碎。小的虽没亲眼看到，但据说已炸得荡然无存，大家都吓坏了。"

"此事当真？"

"当然当真。幸好没酿成祝融之灾。倘若稍有闪失，只怕那一带都要烧成焦土了。"

"真有如此严重？不就是个雷吗？"

"这道雷可是将整座仓库炸得灰飞烟灭呢。大人，千万别小看雷击呀。"

"本官没小看雷击……你们可曾听说此事？"志方向番太及小厮询问道。两人都回答听说过。

"据说就连灭火队及火盗改①均奉派出勤。"

"当、当真?就连火盗改都出勤了?"

小的是如此听说,小厮回答道:"当时天色未明,只听见轰隆一声,完全不知发生了什么事。难不成有人发射了大炮?那可就是谋反了。那一带多空地,虽说是郊外别庄,其中也不乏大官宅邸,尚有民宅交杂其间,唯恐仓库起的火朝外延烧,不得不及早灭火,以除后患。"

"原来如此。"似乎仅自己一人不知情。志方感觉仿佛遭了冷落,不禁眉头一蹙。"看来这的确是桩大事。但,这又如何?"

"怎能说这又如何?大人,那雷,一定就是小的放走的那只雷兽呀。"

"什么?"

"也就是说,丑松捕着、小的放走的那只雷兽,落在立木藩的仓库上头了。小的刚登上鼠坂,一拐弯便跌了跤,让雷兽一溜烟逃走了。三人一同找过一阵,但那异兽跑起来可真是灵活,一眨眼便不见踪影。不久后,便听见一阵咻咻作响。"

"咻咻作响?"

"是的。定睛一瞧,只见一阵星火般的东西腾空升起。噢,天色将变,雷兽升天——棠庵先生是如此说的。眼见如此,我们都认为事情也算是办妥,小的与金太便打道回府了。还没到家,天便开始下起雨来。这雨来得可真快呀,小的还如此心想。过了约一刻半,便传来轰隆一声。"

"你也听见了这声巨响?"

"有人说听见了,但小的当时睡得正沉。只怕不早点睡着,就要被我家那口子的鼾声吵得无法入眠。一起身,便发现四下一片慌乱。"

---

①全名为火付盗贼改,日本江户幕府时期的职务名称,负责江户城区和城郊的巡逻,捉拿并审判盗贼和纵火犯人。

"连曲町那头也是人心惶惶?"

"是的。大家直喊打雷了,打大雷了,小的住处那头爱瞎起哄的傻子还真不少。向人打听声响从何方传来,据说正是立木藩邸。哎呀,不正是小的跌跤那地方吗?"

"难以置信。"竟有这种事。"实在是难以置信。"

"唉,的确,即便是偶然,也教人难以置信。大人想想,今年闹干梅雨,几乎是一场雨也没下过。但小的一让雷兽逃了,雨就下了,下着下着,又来个惊天巨响。雷,今年也没打过几声呢。"

"的确如此——"

听到雷竟然是一种异兽,有谁会当真?

志方虽不谙此类传说,但至少知道雷乃天候气象这点完全毋庸置疑。若称雷是一种异兽,和称雨为鱼、称鸟为风又有何不同?当然不可能相信。"万三,你方才说的,本官大抵都清楚了。但教你给放走的那只雷兽什么的,本官认为正如烟草铺那老店东所言——不过是只普通的鼬。鼬与落雷毫无因果关系,你也毫无理由致歉才是。"

"这……"万三左手握住右手所持的十手尖端,低下头说道,"其实,小的也是这么认为。"

"又怎么了?"

"噢,棠庵先生也是这么说的。但说归说,棠庵先生亦表示,即便不过是只普通的鼬,在筑波村依然要被视为雷兽。既然村民如此坚信,便无他法可想。"

"或许的确如此,但毕竟也仅限于该村之内。此类民俗传说,仅在信仰流布的区域有效,该地居民或许不至于将之斥为荒诞迷信。但这里是江户,不是筑波村。"

"是。"

"江户可没人相信雷兽这种妖物。即便有所听闻,人人亦知它和河童、天狗一样,不过是虚构之物。"

"但前一阵子不是出现了只大蛤蟆?"

那不过是幻觉,志方说道。志方是如此认为的。

"噢。不过,大人,立木藩位于下野不是?"

"没错。"

距筑波村并不远,万三说道:"此类大人斥为迷信之说,若该地与流布地区相距不远,便可能流传着类似的民俗传说。是不是?"

"的确有可能。"

"那么,此事该如何处理?"

"这……"

小的可是有了准备,万三说道:"倘若藩邸上下均相信雷兽传说,小的可就成了炸毁仓库的真凶了。唉,也不知仓内储了些什么,但小的注定都赔不起。即便与金太、棠庵先生一同偿还,也注定是一辈子赔不完,就算再加上丑松、我家那口子、那口子的嫂子……"

"再牵扯下去也是没完没了。那么,你打算如何解决?"

"噢,若是佯装不知情,抵死不认账,或许能轻而易举蒙混过去,但真要这么做,小的可过意不去。毕竟是蒙官府授予十手之身,当然不该当个知情不报的骗子,更无胆令大人颜面无光。"

"令本官颜面无光?"

"是的。倒是小的记得,有权进出立木藩邸的——似乎是大人的同侪木村大人?"

每个定町回同心都获准进出一藩的江户宅邸。藩府透过同心之口搜集市井大小消息,借此分析他藩情势。

"不知是否能透过木村大人,向藩邸告知小的所犯之过……"

志方两眼紧盯万三。"万三,这不是办不到。但这么做,又能如何?倘若藩邸欲将你治罪……"

看来有如此可能。

在宅邸后放走一只鼬，导致邸内仓库遭到雷击——这等荒谬说辞，藩府岂可能相信？若是发生在藩内，或许还说得过去，但此处可是江户。而万三虽是个百姓，但再怎么说也是个获官府授予十手的冈引。

想必也不至于降罪于你，志方改口说道："但坦承罪状又能如何？遭炸毁的仓库也不可能因此复原，至于那雷兽什么的，如今也是下落不明。看来——"

"噢，这点小的也不是没想到。至于自供会带来何种结果，起初小的以为甚至可能遭该藩藩士斩处……"

"应不至于。"

"不过，小的也无法继续装傻下去。虽认为犯错的并不是小的，而是那雷兽，但如此解释，又深恐难以向老天爷交代。幸好邻居与宅邸均未遭殃及，但想到倘若稍有闪失，保准要出人命，便感到背脊发凉。想着想着，就连觉也睡不着。看来还是该据实呈报，方为上策。"

"有理。"这心情也不是无法理解。毕竟志方也是个不懂得融通的老实人。

故此，可否请大人代小的拜托木村大人？万三乞求道。

"也不是不可。不过，本官对那雷兽什么的仍不熟悉，也不知是否能向木村解释清楚。木村对此类穷乡僻壤之迷信——噢，这么说你别在意，虽然似乎算是广为人知，但实难猜测木村对这雷兽什么的听说过多少。因此——"

"就请棠庵先生代为解释如何？"

"久濑阁下？"

在睦美屋的寝肥一案及先前头脑唇一案中，久濑棠庵都帮了志方不少忙。奉行所内认识棠庵或听说过其传闻者，亦不在少数。

"若是如此，你我就一同去奉行所一趟吧。"

这时候，想必木村应也返回同心部屋了。到头来，还是没什么将要降雨的迹象。早知如此，真该出外巡视一番。

"也把久濑阁下请来吧。"志方吩咐过后，站起身来。

多谢大人，万三叩首致谢后，旋即快步奔向天色渐暗的大街。

志方兵吾抬起头，仰望满天乌云。

六

真是教人不解，嘟囔一句后，林藏将瓦版朝板间随手一扔，使劲拍个巴掌说道："命是保住了，但怎么想都想不通。为何仓库遭了雷击，咱们便全都获释？这究竟是什么道理？"

此处是阎魔屋的密室。

你这家伙还真是烦人，又市不耐烦地说道："还在穷嚷嚷什么？早知如此，当初就该让他们把你给宰了，或许现在也不晚。"

"你说什么？"

"够了够了，乖乖给我闭上嘴。"山崎向林藏呵斥道，"你现在还能在这儿耍这张贱嘴皮子，不都是托又市的福？"不过，阿又，山崎转头望向又市，一脸不解地说道："林藏发这牢骚，多少也能理解。我也完全参不透你究竟打了什么算盘。你说一切都写在那瓦版上头，但读了反而教人更困惑……"

瓦版上印着一个以滑稽动作跌了一跤的冈引和一只自破损竹笼飞钻而出的古怪动物。动物浑身发着雷光，雷光前端是座半毁的仓库，正冒出阵阵乌烟。

"这冈引正是爱宕万三，是不是？"

"似乎是。"

"似乎?"

"瓦版上不都写了?万三有个亲戚捕着了雷兽,将之托付给棠庵那老头儿。为供其升天,等着了合适的天候,正要寻觅合适地点时,万三竟跌了一跤,教雷兽给逃了。"

"还是不懂。"林藏两眼瞪向又市说道。

"姓林的,你脑袋怎么这么不灵光?我唯一做的,不过是挑了个地方让他跌了这么一跤。当时心想既然要落雷,不如就落在立木藩的仓库上头,便自暗处朝背着雷兽的家伙脚下一勾,其他的无辜是万三和那老头儿的功劳。若不是万三心怀愧疚,向立木藩全盘托出,如今瓦版上也不会记载这事。"

其实是又市让棠庵好好规劝了万三一番,万三才一五一十供出这番经纬。这回的确需要他报上名号,亦得由他据实详述,才好顺利化虚为实。

"仓库内可有什么隐情?"山崎问道。

"没错。那座仓库内,储有大量土田私吞的稻米。"

"私吞的稻米?"

山崎发出惊呼的同时,木门嘶的一声被拉了开来。只见巳之八屈身爬入,紧接着阿甲也步入房内。

执掌密室这道木门开闭,原本是角助的差事。但这回角助命虽保住了,至今依然起不了身。据说得卧床三月方能痊愈。

阿甲虽略显憔悴,威严却没减损半分。待巳之八一将门拉上,阿甲便默默不语地走了进来,仪态端庄地坐在上座正中央。

见状,林藏也连忙端正坐姿。

"这次,承蒙诸位相救。"话毕,阿甲便三指撑地,低头鞠了个躬。

"噢,大总管切勿多礼,我们受不起。"

"思虑过短、谋略过浅——这桩差事的后果对阎魔屋及我而言，皆是应铭记一生的教训。"话毕，阿甲向巳之八使了个眼色。

巳之八静静屈身向前，向三人各递上一个袱纱包。

这是什么？山崎收下后问道。

"我的一点心意。就拯救我一命于旦夕的损料而言或许会少一些，但也代表我的一点心意，还请诸位收下。"

里头有十两呢，林藏惊呼道。

"唉，大总管自己吃的苦头，可是比我们谁都多呢。"话及至此，山崎将袱纱包收进怀中，接着又说道，"不过既然是心意，在下也就收下了。倒是，大总管，方才在下也说了，这回最有功劳的，当推又市莫属。这小股潜可真有胆识，十万火急中还能气壮如牛，还在五日限期内设下巧局，果真有两下子。大总管说是不是？"

"绝非如此。若非大爷身手非凡，小的也不敢故弄玄虚。当时真正的盘算，其实是若对方依然不从，再趁大爷出手回击时乘隙脱逃呢。"话毕，又市拾起了袱纱包。感觉沉甸甸的，看来绝对不止十两。

"倒是，若真得与那伙人较量，在下也难预料结果将是如何。当时你声称在下能以一挡三，其实顶多只摆平得了两个。"

"那时不虚张声势怎么成？"

"虚张声势？总之，当时就连在下也听信了你那舌灿莲花，便顺着你说的把戏给演了下去，但若真出了事，该如何收拾那局面？说老实话还真是一点盘算也没有。"

"那伙人为何将咱们给放了，我至今还参不透呢。"

"看来，"这下轮到阿甲开口了，"都是拜那立木藩领民所收到的天赐大礼之赐。"

"天赐大礼？大总管所言何意？"

"的确是天赐大礼。这桩差事的委托人大农户治助私下向我坦承，立木藩江户宅邸的仓库遭雷击当夜,自家竟收到了天降米粮。"

"米粮?而且还是天降?"

"而且,不仅是治助一户,各村的大农户皆收到了米粮,上书吾乃天神眷族,往后将不计一切私怨遗念,万世守护立木领民……"

这是怎么回事?林藏惊呼:"这'吾'指的,可是那姓土田的老头儿?这色欲熏心的老家伙,竟然成了天神眷族,还应允将守护领民?天下岂有此理?"林藏一脸不服地说道,"那老不死的分明将领民们给害惨了。"

"不过,这天神,指的应是菅公①,即雷神。又市,你说是不是?"山崎以余光瞄向又市问道。

"小的不才无学,没听说过这菅公什么的。"

呵呵,山崎笑道:"你方才不也曾提及,那座仓库内储有土田左门私吞的稻米?看来这下似乎是土田死后化身为雷神,自立木藩江户宅邸内移出一己私藏的米粮,将之分配与众农户。是不是?"

或许正是如此,又市佯装糊涂地搪塞道。

"看来,雇用那帮恶汉的,也与咱们的委托人一样,是立木藩的农户?"

"同、同为农户?但求咱们将土田正法的,不就是这些农户?"

农户也各有不同,山崎说道:"不过,不计一切私怨遗念——这句说得可真是巧。农户们是否因此才取消了雇用那帮恶汉的委托?"

看来是如此,阿甲回应道:"土田与领民的关系如何,我难以判断。但对土田甚是景仰爱戴的农户并不在少数,而这些农户拿出微薄积蓄,雇用那帮名为鬼蜘蛛的刺客,经确认的确无误。"

---

①菅原道真(845-903),日本平安时代的政治家、学者、汉诗人,被日本人尊为学问之神。因受诬陷而遭流放九州太宰府,并于该地病逝。殁后,先是皇子病死,接着皇宫清凉殿遭雷击,死伤多人。朝廷惊恐不已,推论为道真的冤魂作祟。自此其亡魂被视为雷神。

"不过，大总管，此类委托，难道能轻易取消？"

"林藏，土田本人已表示将不计一切私怨遗念，当然能取消。"

"不过，鸟见大爷也该想想，这说法难道能取信常人？"

但大家的确相信了。若仅是一张纸片，或许难以取信于人。但这回既有落雷，且米粮也都送到了大家手上。此外，委托这桩差事的百姓，目的并非为土田报仇，真正的动机不过是想揪出在这歉收凶年，还断了他们生路的人泄愤。若非如此，也不至于日子都过得如此清苦了，还得筹出巨款雇用刺客，只为泄心头之恨。如此看来，只要将土田为赈急而私藏的米粮归还众人即可。这批米粮足以供领民熬过数年。除此之外，由于土田已戴罪死去，私田也不会被藩府所察。虽然失去了土田这强有力的庇护者，但除此之外，农户们的创伤其实尚算轻微，几乎没遭受任何实际损失。再说，土田死后，还化身成比藩国高官更强大的守护者——雷神，并承诺将万世守护领民。这下，还有什么好抱怨的？

领民们当然不敢忤逆，山崎说道："他们面对的毕竟是天降神启。阿又，你说是不是？"

没错。毕竟是绝非常人所能驾驭的落雷。

"话虽如此，还是有些地方教人想不通。"林藏双手抱胸，双腿不断抖动。

"哪里想不通？"山崎问道。

每一处都想不通，林藏回答："我说大总管、大爷，虽不知这局是如何设的，但一切保准都是呆坐那头的小伙子的杰作。喂，阿又，你到底干了些什么？"

"瞧你这只懂得一味学狗狂吠的窝囊废。事实上，我什么也没干，当时纯粹误判了情势，以为雇佣刺客的是土田的家人，特地赶往下野恳求他们放过。"

真是如此？山崎问道。

"没错。起初大爷将我给捧得天花乱坠的，教我得以顺利虚张声势，骨子里其实不过是个丑角。当时只想免于一死，打算低声下气恳求一番。孰料上门一问，才知自己扑了个空，土田一家根本毫不知情。其后虽然查明委托人乃藩内农户，但根本无从打听是哪户人家。虽也查出土田私藏米粮一事，但对我们脱困根本也是于事无补。做了不再垂死挣扎的准备，但又不甘心就这么乖乖受死，便伙同棠庵那老头儿，带着那雷兽什么的到仓库后面给放了，如此而已。"

什么？林藏气得朝地上捶了一记说道："原来你其实没有任何盘算？亏你还有胆大吹大擂。我和大爷可都是出于对你的信赖，才甘愿当那些家伙的人质。如今看来，当时真是糊涂透顶，竟然傻傻地将性命托付在你手上。"

反正当时生死也由不得你决定，又市说道："总之，我拜访棠庵那老头儿时，见到屋内有只囚在笼中的鼬，便忆起曾听闻此兽升天便能降雷一类的无稽之谈，巴不得真有落雷，将土田那家伙私藏的米粮打得烟消云散。沦落到这地步，还不都是土田的熏心色欲惹的祸？当然巴望能报个一箭之仇。轰隆轰隆这么一炸，至少让人心头爽快些。"

"哪可能爽快？"林藏拾起瓦版，向前一抛，"命都丢了，还能爽快个什么？你乐得四处逍遥，我和大爷可是被绳子给捆得紧紧的，浑身满是伤痕，疼得简直生不如死呢。"

"现在不是还活得好端端的？"

"我只说生不如死，可没说真的死了。总之，我没听说过那雷兽什么的，哪可能放了一只动物，就能让老天降雷？"

"但不是落了？"

"纯属巧合吧？"

"纯属巧合？"山崎两眼直视着又市说道，"岂可能落得这么巧？真是纯属巧合？"

"当然是巧合。没错，我的确是个擅长以舌灿莲花翻云覆雨的小股潜，大多事大抵都能以这副嘴皮子办成，但论左右天候，我可没那能耐。雷神可不是光凭口舌就能说服的，就算再怎么跪拜祈求，雷不落就是不落。由此看来，这仅能以雷兽降雷来解释。若认为这说法不足相信，也只能以巧合视之了。因此……"又市解开袱纱包，从中抽出十枚小判。只见袱纱包中还留有另外十枚。"剩下的钱，就还给大总管。"又市毕恭毕敬地将袱纱包推向阿甲，继续说道，"一如前述，小的的确是毫无所为。不，该说是虽欲有所为，到头来却什么也没办成。虽未盘算抛下同伴只身保命，但对各位并未有分毫帮助。"

阿甲依然坐定不动，仅露出微微一笑。"不过，你的确放走了那只鼬，不是吗？"

"是的。"

"而那鼬唤来雷云，亦唤来土田所化身而成的雷神，不是吗？"

"大、大总管，那不过是无稽之谈……"

"林藏。"阿甲语带训诫地说道，"棠庵先生从不说谎。又市，你也牢牢记住，凡其所言，句句属实。"

没错，的确是句句属实。虚即为实，实即为虚。

小的记住了，又市回道。

"那么，钱就全数收下吧。"阿甲语气和缓地说道，"即便是走投无路下的狗急跳墙，你这灵机一动毕竟唤来落雷，而这道雷不仅教咱们一行人免于一死，亦让立木藩的领民脱离万劫不复之境。"

——原来也能这么解释。

那小的就收下了，又市说道。接着便收回袱纱包，将二十枚小判重新包好，置入自己怀中。怀里顿时感到沉甸甸的。

"一如又市先生所言，那座仓库内储有土田左门贪渎的罪证。土田虽将一切真相带往他界，但既然发现与账目不符的大量囤米，藩府便不得不追查真相。到头来，倘若证实土田生前确有不法，其家人亦将难辞其咎，依武家惯例，必被藩府惩以重刑。孰料来了这道落雷，将米粮打得消失无踪。"证物既失，便已无从追究，阿甲说道，"土田之妻女亦无须遭藩府惩处。一切均是拜那道落雷之赐。"

的确有理，但这做法真能唤来落雷？听闻阿甲一番解释，林藏先是惊讶地合不拢嘴，接着才如此问道。

姑且当作如此吧，山崎回道。

"姑且当作如此？大爷……"

"毕竟真有落雷不是？雷绝非人所能掌控，况且，一切又随这道雷获得圆满解决。虽不知助咱们与领民保住性命的，究竟是神佛还是鬼魅，总之咱们的确是获救了，这下还有什么好不信的？"

看来还真由不得人不信，林藏噘嘴说道。

"总之，看来又市与此无关。若是常人所为，或许还可查证，但既是神明所为，可就无从过问了。总之，神鸣一声救尘世——这么看不就得了？林藏，你就别在这儿窝着，想必怀中这笔天外飞来的巨款也教你重得难受，何不上花街柳巷快活一番？"山崎一脸快活地说道，又朝林藏背后拍了拍，接着便站起身来。

"好了。这回被捆绑、殴打、胁迫，命都要少了半条，咱们就找个地方慰劳自己一番吧。"话毕，林藏也站了起来，还补上一句，"阿又，这回若不招待阿睦喝一杯，她可饶不了你。"

听起来，这下麻烦大了。目送两人步出密门后，又市也缓缓起身。

"又市先生。"阿甲唤住了他，问道，"总共……雇了几名？"

"雇了几名？大总管是指？"

"总共雇了几名破藏师①？"

"大总管所言何意？小的怎完全听不懂？"又市回道。

呵呵呵，阿甲低声笑道："我听闻，雷神曾自江户雇来破藏师，助其完成这桩差事，在半刻间夷平一座偌大的仓库——看来绝对不止一两人。"

或许，甚至不止二十人。

"况且，仓中米粮悉数于翌日一早运抵下野，若非真有神助，根本无从解释。"

"想必真是神明天助。"

那来路不明的汉子，只是登高一呼，便将全江户的破藏师悉数唤来。如此神通广大，看来绝非泛泛之辈。而且，个个依其指示埋首干活儿，无一对其有丝毫忤逆。为此凑来的马匹与人夫，为数亦甚是可观。干起活儿来有条不紊、干练利落，的确有如天降神明。

"此外，我亦曾听闻此一传言。"阿甲说道。

背对着阿甲的又市，依然没回过头。

"据传，有一人擅长操弄火药，只需一击，便可碎岩崩山。"

"这听起来的确厉害。"

"此人隐居江户城中，相传曾为偏山之民，亦有人称其为武士、木匠，说法不一而足。"

此人哪可能仅是个木匠？

"既非盗贼，亦非刺客。只不过，由于身怀如此威猛绝技，无人敢招惹此人。到头来……"

此人终变成统领江户黑暗世界之首——

又市先生，阿甲说道："或许，你碰上的其实是个凶神恶煞的恶鬼。

---

①犯案前对目标进行缜密调查，于正确位置挖开仓壁，窃取其中财物的盗贼。

倘若真是如此，我必得——"

"大总管切勿过度忧心。"能降雷者，唯雷神也，又市说道，"不过，大总管，依棠庵那老头儿所言，雷兽平时温顺如猫。此言出自那老头儿之口……必定属实，是不是？"

话及至此，又市忆起了那自称御灯小右卫门的巨汉临别时的笑容。

山地乳

此怪吸食眠者鼾息

其后并捶打其胸

使其人殒命

然若为他人所窥见

其人反将延年益寿

相传此怪多见于奥州

一

喂,听说了吗?长耳仲藏问道。

又市喝下一口粗劣的冷酒,突然感觉口中似有异物,将之吐入掌中,原来是一片枯萎的樱花瓣。"听说什么?若是说你那些废话,不是正在听?你这嗓音活像个老不死的相扑力士,让人真想捂起耳朵呢。"

"瞧你这张利嘴,一年到头都是这么欠。人家问你听说了没有,只须问句听说什么就得了,否则教人家如何把话接下去?要挖苦人也得分时候。"仲藏抚弄着自己那因过长而下垂的耳朵说道。

在仲藏的古怪面孔后头,是一片开了七分的樱花林。但两人可没什么闲情逸致赏花。

还不就是道玄坂上缘切堂那黑绘马[①]的传言?长耳说道。

"噢。"这传言又市亦有所闻,只是知道得并不详细。"可是那谁的名字被写上绘马就会丧命的传言?不过是瞎唬人的吧?"

可不是瞎唬人的,长耳回答。

---
①于寺庙或神社中祈愿或还愿时购买的小木札。木札上绘有马等图样,于空白处或背面写上祈求内容与姓名后,悬挂于寺社内。

"喊，堂堂长耳仲藏，怎么也开始犯起糊涂来了？光写个名字就能取人性命，这种令人捧腹的无稽之谈，你还真相信？"

但还真有人丧命呢，话毕，仲藏塞了一块番薯入口。

"你竟拿蒸番薯下酒，看得我都快吐了。你这长相已经够让人恶心了，就别再吓人了成不成？"

"老子拿什么下酒，与你何干？倒是阿又，不久前花川户的乌金不是死了吗？就是那一毛不拔的检校①。"

"的确是死了。"

"据说他的名字也被写了上去。"

"这只是谣传吧？那检校十分恶毒。惹人嫌到这等地步，恨不得取他命的家伙想必多如繁星，说不定就是其中哪个下的毒手呢。无聊！"又市揶揄道。

精彩的还在后头，长耳眨了眨细小的双眼说道："糊纸拉门的善吉说——自己曾将他的名字写在绘马上。"

"可是他本人说的？"

"没错。善吉的母亲卧病在床好一阵子了，花了不少药钱。糊纸拉门这等差事，哪挣得了多少银两？为此，起初他先向检校借了一两。"

"一两滚成二两，二两滚成十两，是不是？这家伙真是糊涂，竟然找上了高利贷。"

的确糊涂，仲藏点头应和道："既然挣不了这么多，就不该借这笔银两。但这家伙若懂得计算，就不至于踏入这陷阱了。真正的问题，就出在还债那天。唉，借贷毕竟是有借有还，不管是高利还是暴利，只要在借据上画了押，债就由不得你不还。不过，即便借款者如期归还，那检校也假称人不在家而拒绝收受，待逾期了，再逼借款者连本

---

① 日本总管寺院和神社事务、监督僧尼的官职。

带利偿还。真是个混账东西。"

"这我知道。"

这几乎算得上是欺诈了，手法还十分幼稚。

"唉，若是向大商户诈取，或许还不难理解。但何必压榨这种穷光蛋？善吉压根儿就不该借这笔钱。瞧他，别说是糊口行头、锅碗瓢盆，连妻女也给卖了，最后就连他母亲都魂归西天。"

听起来甚是可怜，但又能如何？

"由于被逼得走投无路，他就写了。"

"把检校的名字写到了绘马上？"

"对，把检校的名字写到了绘马上。接着，那人就死了。"仲藏回答道。

"据说事情就发生在写完后的第三天。善吉那家伙没什么胆子，被吓得不知所措，到头来便找上了我。上这儿来时，浑身还不住打战呢。"

"不过是巧合吧。"

"你认为是巧合？"

"那还用说？世间哪可能有这种事？求神拜佛不过是图个心安，压根儿不会有任何效果，神佛当然不是有求必应，否则世间何来如此多的不幸？"

说到不幸，仲藏又吃了一口番薯，说道："正因有如此多的不幸，这种无聊把戏才会流行。这些绘马可真是抢手，前后都被人给涂得乌漆墨黑的。"

"涂得乌漆墨黑的？"

看来你这小子还真没听说，长耳露出一口巨齿笑道："缘切堂的黑绘马，前面是黑的，但后面是白木。想杀了谁，就将这仇人的名字写在白木那面。若被写上名字那人丧命之后，再将白木也给涂黑。由后面是黑是白,便可看出每一枚绘马是否灵验。"

"哼。"又市依然提不起半点兴趣,"也就是说,如此一来,待仇人丧命,就没人看得出上头写的是谁的名字,也看不出是什么人写的?"

"没错。"

"这种东西,官府理应强加取缔才是,怎还能端出来售卖?"

谁说是售卖的?仲藏回答:"若将这种东西端出来卖,保准立刻被官府拘捕。若仇人真因此丧命,哪怕真是神佛所为,也得治罪。即便纯属虚构,也等同于散播流言蜚语蛊惑人心。这些绘马不是拿来卖的,而是原本就成串悬挂在那里的,据说共有八十八枚呢。"

"八十八枚?倘若一枚能杀一人,不就能杀八十八人了?"

"看来正是如此。因此,近日道玄坂那头每逢日落,便有人群聚集。"

"那种地方只见得着狸猫,人们上那儿做什么?"

"绘马非得在夜里写不可,尤以丑时为佳,似乎不能让他人见到。只要书写得体,仇人三日内便会丧命。"

"哼,挤成这副德行,岂不是想写也写不了?"

"似乎是如此。"

"还真写不了?"又市只是信口胡说,没想到真是如此。真有这么多人想取他人性命?

"不过,人群中大多是来看热闹的,其中也不乏一些管这叫替天行道什么的傻子,还有些愣头青说若这真能取人性命,何不把将军大人的名字写上去试试。"

"这倒是个好主意。"嘴上虽这么说,但又市不仅不知道现任将军的名该如何写,连叫什么都不清楚。

似乎是看穿了又市的心虚,长耳大笑道:"总之都是些煽动人心的不当言论。唉,世间本就有太多该死的恶棍,也有太多添麻烦的混账。

正如你所说，还有太多欲哭无泪或生不如死的家伙。如此看来，若有任何不须花钱也不须耗工夫就能取人性命的把戏，当然要蔚为流行。"

倘若如此轻松便能成事，咱们生意可要做不成了。仲藏抬头仰天感叹道："我虽不像你老爱说些天真的傻话，但也认为取人性命就算成事，的确太简单了些。没错，有些情况的确非得分个你死我活才能收拾，但咱们就是凭找出其他解决办法混饭吃的。是不是？"

你不是靠造玩具混饭吃的？又市说道："而我是靠卖双六混饭吃的。阎魔屋则是靠租赁碗盘被褥混饭吃的。鸟见大爷的底细虽不易摸清，但表面上应该还是有个正当差事。咱们仅是偶尔承接损料差事，绝非靠此糊口，鸟见大爷不也这么说过？"

"总之，我是不想和干见不得人勾当的家伙有任何牵连。不过，难道不觉得事有蹊跷？"长耳一张丑脸凑向又市说道，"总觉得有哪儿不对劲。"

"其中当然有隐情。"

哪可能没有？有人丧命，说明一定是遭了毒手。神佛救不了人，当然也杀不了人。

不对。人可向神佛祈求救赎。同理，亦可向妖魔鬼怪祈求降祸。不，为了尽快将祸害送至彼岸以消灾解祸，人得相信神力庇护，祈求佛祖慈悲。将吉事视为不可知者庇护之恩，乃是为了将凶事解释成不可知者降祸。

因此，有人捏造吉事，以神佛庇荫解释之；有人辟凶消灾，亦以神佛庇护解释之。

但，取人性命，却将之解释成神佛所为。

"真教人不舒服。"

"的确不舒服。"

长耳已将番薯一扫而空，接着又豪饮了一大口酒。"总之，的确有人丧命。"

"就直说吧，根本是被杀的。"

若有人丧命，当然是被杀害的。

好，就当是被杀的，仲藏改口说道："你认为，这有什么好处？"

"好处？"

"写上名字的借此杀了仇人，或许是得到了好处。但阿又，倘若真如你所说，是有人下的毒手，那么凶手就不是神佛或妖魔鬼怪，而是人了。"

当然是人。

"那么，这家伙为何要下此毒手？不管是替天行道还是什么的，杀人就是违法犯纪，而且是滔天大罪呢。干这种事，哪可能不求任何回报？难不成真是为了匡正世风、锄强扶弱？"

"若被写上名字就得死，想必是没考虑这么多。"

况且，似乎也没听说若被写上名字的是个善人，便可免除一死。反正，判断善恶的标准本就模糊。

前提条件似乎是——被写了名字就得死，长耳说道："因此大家才说它灵验。倘若其中有些写了名字却无效，便不可能如此受人瞩目。总之，想必没人想借这手段除掉哪个善人——"话及至此，这巨汉耸了个肩，先是沉默半晌，接着才又开口说道，"但仇人就是个恶棍，死不足惜，人人视此为大义名分。说简单些，不过是看谁碍事，就杀了谁。倘若这道理说得通，世间众生可就要冤冤相报、彼此相害了。但死不足惜这标准，又是谁定的？"

"哪有这种标准？"

"当然没有。标准虽没有，但有些情况就是非得对手死了，才能解决。碰上这种情况却又无计可施，便只能求神拜佛了。你不也曾说过，这是最后的办法？"

没错，因此，世人才需要神佛。但是……

"看来情况是有所不同。"仲藏将杯中的酒一饮而尽，"只要做了请托，就能由神佛取人性命。不管对方是善人还是孩童，只要名字被写在绘马上了，便得要魂归西天。决定死者该不该杀的不是神佛，而是委托人，也就是普通的人。到头来，欲除去商场或情场敌手的、看某人不顺眼的乃至纯粹想找乐子的，不都要上这儿来了？"

不都已经上这儿来了？又市说道："你方才不也说，那些黑绘马都已经被涂得乌漆墨黑了？"

"据说已被涂了一半。"

"这就代表已经死了四十几人？"

"若此传言属实，应是如此。"

"你方才都亲口说过此事属实了。"

但我可无法将人数点清楚，长耳说道："也不知叫这些名字的是否已悉数丧命。不，即便全都死了，其中或有几人在不同的绘马上写下同一名字，枚数与人数未必吻合。既然都被涂黑了，这下也无法确认。但……"

"你认为幕后必有真凶？"

"若无人真正丧命，这就不过是个无稽传言。即使被写上名字的并未全都丧命，但正因为真有人死了，此说才会广受注目。毕竟有善吉这种人，话很快就传了出去。不过……"

"即使善吉祈愿成真，也没得到任何好处？"

"正是。为助这种一穷二白的穷光蛋祈愿成真，甚至不惜违法犯纪，究竟有什么好处？即便真是神佛所为，善吉可是连个供品或半点香油钱都没供奉过。"

有理。这其中必有蹊跷。但这又与咱们有何关系？又市问道。

"的确无关。我并没有恨到非杀不可的仇人。不，仇人不是没有，但可没打算杀了他。杀了人可没半点好处。"

说不定有人恨你恨到巴不得杀了你呢，又市挖苦道。

"或许有人把我当傻子，有谁恨我了？或许有人怕我，有谁喜欢我了？我既不讨人喜，也不惹人嫌。巴不得杀了我的疯子，世间肯定一个也没有。"

那就随它去吧，又市说道："既然你不写别人的名字，别人不写你的名字，人家想做什么又与你何关？"

"话是没错，不过，阿又，长此以往，保准有人又要遭蒙损失，是不是？"

"损失？"

或许真是如此。

"唉，我都开始觉得自己吃亏了。"话毕，仲藏起身将酒钱摆在毛毯上，接着又说，"走，陪我遛遛去。"

"我可不想去道玄坂。"

"谁说要去那儿了？我不过是得上吴服町买些布，要你陪我走到那头的大街上罢了。"

长耳仲藏以经营玩具铺为业，平日里靠造儿童玩具糊口，但为戏班子打造大小道具、机关布景的本领也十分了得。这下要买布，一定是又要做些古怪东西了。

反正也没兴致独自赏花，无事可干，又市心想同他四处遛遛也好。

只见长耳缓缓挪动那副硕大的身躯，径自走到大街对面的樱树下，看起来似乎忧心忡忡。

怎么了怎么了？跟在后头的又市朝他喊道："喂，造玩具的，你方才那番话的确有理。这场黑绘马风波，背后必有隐情。倘若真是个取人性命的陷阱，当然有人吃亏、有人伤悲，或许受害的已经有好几人了。不过，正如我常说的，咱们和这半点关系也没有。"

我也巴不得半点关系也没有,长耳头也没回地回答道。
"巴不得?"
"倘若事情找上咱们了,该怎么办?"
"找上咱们?"
"你脑袋怎这么钝?这可不是赌具磨损一类的损失,而是攸关人命的损失。吃了亏的人能上哪儿求助?光是租赁锅碗被褥的损料屋可帮不上忙,唯一能找的只有阎魔屋。吃亏的家伙委托阎魔屋代其讨个公道,大总管又接下这桩差事,事情不就落到你我头上了?"

这话的确没错。

我可是害怕极了,长耳踱着步说道:"阿又,你应不至于忘了吧?十个月前立木藩那件事。"

哪可能忘了?当时不仅是又市自己,整个阎魔屋的人都差点性命不保。

"我虽生得这副模样,但也想图个全寿,可实在不想再同高人过招。"

"高人……"

"倘若这场黑绘马风波背后真有隐情,不论是什么样的人、怀着什么样的企图,必有擅长取人性命的高人参与其中。若非如此,绝不可能将不分对象的杀人差事干得如此娴熟。若真是如此,"长耳转过头来问道,"那些家伙有多骇人,你比谁都清楚不是?"

"噢,当然清楚。那些家伙远比咱们懂得分际。"

该如何下手,该改变些什么,该帮助些什么人,该如何纾解遗恨——这些家伙丝毫不理会。以杀人为业者,绝不在乎任何理由,只要将人杀了便成。若要勉强找个理由,想必就是酬劳了。碰上这种人,任谁都要束手无策,唯一能做的只有求饶保命。当然,再怎么苦苦哀求,他们也绝不理会。

还真是麻烦。只能祈求这回的情况不至于太麻烦。

"若真碰上了,不参与不就成了?"接不接这桩差事,毕竟是自己的自由。

"由得了咱们吗?上回那桩寻仇的差事,你不就被迫接下了?"

"哼,我可不是那只母狐狸的孩子或下人,和她既不是什么主从关系,也没欠她人情,压根儿没义务听她的吩咐办事。我都说过好几回了,咱们也有权选择差事,不想干就不接,不就得了?"

"的确有理。但你真拒绝得了?"

"若真要强逼,我干脆离开江户,哪有什么好舍不得的。"又市边走边说道。

"我可无法这么潇洒。"走在后面的仲藏说。

"怎么了?难不成你欠了大总管什么?"

"是不欠她什么。但我可有个家。"

"那栋破屋子和你的小命,哪个重要?"

"我可不像你,我过不了漂泊不定的日子。"

"瞧你生得如此强悍,胆子却细小如鼠,哪来的资格嘲笑善吉?首先,咱们都还没——"

才刚在小巷里转了个弯,又市便闭上了嘴。

在绵延的板墙前方,竟然站着一名光头巨汉。此人身长六尺有余,身穿褴褛僧服,粗得像根木桩的手上握有一支又大又长的锡杖。虽然剃了发,但满脸胡茬,又生得一脸凶相,怎么看都不像个真正的僧人。整副模样,看来活像滑稽画中的见越入道①。只见他伫立窄道中间,挡住了两人的去路。

跟着又市拐进小巷中的长耳,也被吓得屏住了气息。

①一种和尚打扮的巨妖,其身躯会越看越高,往往看不见头顶。可致人于死,但若对其说声"见你头顶了",便会消失。

长耳个头已经不小,但这光头巨汉更加高大。

"久违了,阿又。"光头巨汉以低沉的嗓音说道,"找你找得可辛苦了。"

一名个头矮小的男子,自光头巨汉背后探出头来。

二

时值樱花初开、天候微寒时节,南町奉行所定町回同心志方兵吾,领着冈引万三与数名小厮,造访了涩谷道玄坂旁的缘切堂。

宫益坂上尚算小店林立,但一登上道玄坂,人迹便不复见。放眼望去,尽是山林田圃。虽然沿途并无任何显眼标记,但抵达目的地前,志方倒并未怎么迷路。

眼前是一片不大的杂木林,一旁有块荒芜空地,后面便是一座倾颓的堂宇。

大人,那儿就是了,万三说道:"那儿就是缘切堂。大人可看见堂宇旁的绘马了?"

此时仍是艳阳高照,但堂宇周遭却颇为昏暗,教人难看清楚。

"不过,大人。这究竟是座寺庙,还是神社?唉,看来咱们应是无权插手此事。依理,此处应属寺社奉行管辖才是。"

"本官还真巴不得是如此。"

事实上,志方已向笔头同心打听过好几回。寺社领门前町的确属寺社奉行管辖,町方理应无权插手。不过……

"万三,此处并非寺社奉行的领地。那块空地上的确曾有座寺院,但从五十多年前便荒废至今。如今,这块土地并不为任何人所有。"

"不为任何人所有?大人,话虽如此,但那块地上面可是有座堂宇呢。"

"这也的确不假。"看来果真棘手。"详情本官并不清楚,但原本坐落此处的寺院,据传香客多为非人乞胸①之流,看来亦非一般寺院。本山那头亦极力撇清,坚称不谙详情。"

"那么,是否能找非人头的车老大打听?"

"本官当然透过上级打探了。"

同非人头车善七、长吏头浅草弹左卫门②均照会过,两方均宣称与此处毫无关系。

"个个都宣称不知情。看来这块空地既不为任何人所有,这座堂宇亦不受任何人管辖,像颗路边的石子,压根儿无人问闻。"

路边的石子?万三以十手搔了搔额头。"倘若是路边的石子,便该由咱们町方探查?"

"话是如此。"但同心部屋中竟没人愿意出此勤务。"未料竟个个胆小如鼠。诸同侪平日以血气方刚驰名,听闻有凶贼暴徒作乱,哪怕扔下吃到一半的早饭也要赶赴现场,这回却个个意兴阑珊。"

难不成是被吓着了?万三说道:"毕竟这回的对手,可是有求必应的黑绘马呢。"

"有求必应?此等荼毒人命的不祥之物,岂可用有求必应形容?神佛可不会毫无缘由便取人性命。"

"不、不过,大人……"

"本官都知道。"

声称在这些黑绘马上写上名字,而且被写了名字的人真的魂归西

---

①非人,日本江户时代从事刑场杂役和低级游艺工作的人,贱民的一种。乞胸,在民家门前或寺内、广场等地表演并收取赏金的杂耍艺人。
②车善七,日本江户时代浅草的世袭非人头目的称呼。弹左卫门,关东八州及其周围的贱民的总监督,历代均沿用此名。

天——光是这样写信自首的,含两封匿名的在内,便已多达八件。而且所有的受害人皆已确实亡故。

担忧被官府问罪而主动投案者,有三名;前来询问是否将为此被治罪者,有两名;还有挨不过罪恶感煎熬而自戕者,一名。

情势逼得志方再也按捺不住。

"这座堂宇——据传俗称缘切堂,但本官并未探得任何在此祈愿便可断缘之说,亦不见任何称此处为缘切堂的文献。唯一查到的记载,是境内有一专门祭祀山神的小祠。"

"山神?何谓山神?"

"不就是山之神?"

山?万三作势环视周遭说道:"咱们江户哪来的山?地势虽有高低,此处也的确位于坡道之上,但也称不上山吧。要说江户有什么山,大概仅有那寒酸的富士讲①所膜拜的富士山吧。哪可能有什么山神?"

"但文献上的确如此记载,本官又能奈何?"话毕,志方迈步踏进了荒地。总不能老站在原地干瞪眼。

走到一半回过头去,看见万三与众小厮竟还呆立路旁。志方狠狠瞪着胆小如鼠的手下斥道:"还站在那儿做什么?"

"噢,这……"

"没什么好解释的。"志方怒斥道。

此等不法行径,岂可放任不管?倘若遇上什么束手无策的不幸,将之推托为鬼神作祟,也未尝不可。世间的确不乏此类非得如此看待方得以排解的无奈。

但假借神佛法力取人性命,可就不容宽恕了。即便这真是祈祷应验的结果,应允此类祈求者必是恶鬼邪神,祭祀此等神鬼者必为淫祠

---

①以富士山信仰为宗旨的日本游山拜庙并捐献钱物的组织。

邪教。况且，于社会上蔚为流行，百姓趋之若鹜，更是法理难容。毕竟真有人丧命。姑且不论此神佛灵验之说究竟是虚是实，出了人命毕竟是事实。若知此法可置人于死地而用之，即便不是亲自下手，亦与亲手杀人无异。至少，志方是如此认为。

不论是信其有而写，抑或不信其有仍信笔涂鸦，只要在绘马上写了人名，便是犯了忤逆政道之恶行、违背人伦之凶行。不过，吸引百姓犯下此恶行的，想必是无须亲自下手、便可取人性命的简便。既未亲下毒手，欲以在绘马上写名为由将人治罪，恐怕也难以做到。

一有人写，便真有人丧命——若是出于惊惧而出面自首，或未自首但心生悔意，便还说得过去。但想必或多或少，亦有人见仇人丧命而暗自窃喜。

此等不法之徒，岂可任其胡作非为？这座堂宇，绝不可放任不管。

事实上，如今世间并不平静。据传，北国有名曰三岛夜行之山贼横行，西国则有名曰蝙蝠之海盗肆虐。值此乱世，轻视人命的确可能大行其道。如此一想，或许人人都将怪罪到官府头上。若是如此，此事更得严加查办。

还不快过来！志方再度怒斥道。

万三朝小厮使了个眼色，弯着腰屁股抬得老高地踏上荒地，像个窃贼般小心翼翼地走了起来。

"有什么好怕的？根据坊间传言，此处在子时最是热闹，而此时可仍是日正当中。百姓都不怕，当差的有什么好怕的？"

"大人，小的并没有怕。"

"没怕？瞧你都给吓成这副德行了。当差的岂能轻易听信坊间流言？即便传言属实，也不代表此处是个生人勿近之地。传说仅提及名字被写上绘马者必死，可没说走近便将遭不测。"

这小的也知道，万三说着，再度停下脚步，环视周遭。"不过，大人。"

"怎么了？"

志方无奈地转过身，万三快步跑到他耳边，低声说道："小的是担心，咱们可能被人监视。"

"被人——监视？"

"唉，大人，说老实话，小的压根儿不信鬼神之说。但再怎么不信，这回可是真有人遇害，而且无一幸免。"

"正因此事极不寻常，我们才前来查探。"

"是。不过，倘若取人性命者不是神明，又会是何方神圣？看来，遇害者应是死于凡人之手。"万三继续说道，"小的怕的并非神明。不，倘若真是神佛所为，当然更是可怖。但神佛均是慈悲心肠，理应不忍将小的这尚有子女嗷嗷待哺的大善人送上西天才是。但倘若真是凡人下的毒手……"

"若真是凡人又如何？"

小的乃官府授予十手之身，万三说道。这本官比谁都清楚，志方回答："因此更不该听信蛊惑人心之流言。"

噢，大人这道理，小的也清楚，万三打断志方的话说道："但对凶贼而言，官府差人前来此地，自是不妙。即便没将咱们的名字给写上去，也可能将咱们给……"

一派胡言！志方怒喝道："当差者不可贪生怕死。难道你将十手视为无用饰物？倘若此地真有凶贼潜伏，将之正法便是我们的使命。你说是不是？"

"的、的确如此，但这回的对手可是……"万三望向志方身后说道，"唉，若是宵小醉汉，小的当然要挺身而出，将其绳之以法，但这回的对手，可是神出鬼没的杀人凶手呢。"

的确有理。倘若真是凡人下的毒手，万三的恐惧也不是无法理解。

毕竟尚未有人详细调查实际上究竟有多少人遇害，奉行所亦无法掌握，而目前已知的八人——死因依然不明。

志方仅得以亲手检验其中两名，但两具尸身上均无明显伤痕。

其中一名看似遭人绞杀，但死状甚是怪异。另一名则像是窒息而死。两人的死因并无共通之处，唯一能确认的，是两人都不是自然死亡，也不是自杀而死。

至于其他六名死者，流言传出时均已被埋葬。其中有三名因被判定有他杀嫌疑，而曾由北町同心验尸，但就取来的调查书看，尸身上似无任何刀伤，推论应是死于坠楼或溺水，然并未详载细节，也不乏死后才被推下的可能，情况甚是模糊不清。

倘若真是被人杀害，倘若均是同一人所为——手法还真是巧妙。

"当差的岂有惧怕凶徒之理？你若是心怀畏惧，便代表政道不伸。总之有本官在，没什么好怕。"志方自顾自地说完，便径直走到了堂宇前。透过倾颓的门窗向内窥探，只见里面积满尘埃，屋子中间摆着一个看似石头的东西，想必就是所谓的御神体。周遭则满是腐朽的绳索与纸屑，应该就是破损的注连绳吧。石头前面还散落着几枚六文钱，大概是前来看热闹的人，或是前来为害死仇家祈愿的人，抑或事成后前来还愿的人——投进去的香火钱。

是颗石头呀？万三说道："难道山神和赛神①是一个样？"

"并非如此。详情本官也不清楚，但石头应仅是个象征，也能换作镜子、玉石，什么都可以，反正神明本无形姿。只不过，看得出此处并不是礼佛的佛堂。若是佛堂，理应有佛像、佛画，也该有座本尊才是。"

这样啊。万三回道，并伸长脖子朝堂宇内端详："似乎不曾有人

---

① 亦作"道祖神"，日本古时供奉于村界或道路分岔处，被视为保佑旅人平安、防止灾厄侵袭村落的神明。

入内。即便有人进去了，也无处藏身。看来已有十年人迹未踏了吧。"

"倘若记录值得相信，已有五十年不见人迹。既然寺庙已不复存在，也不再需要什么守堂人了。"

原本的寺庙，如今仅残存地基。倒是……

"问题出在绘马上，是不是？"

"是的。"

志方先是从正前方端详整座堂宇，接着又绕向右侧。在堂宇的右侧，找到了成串挂在木框上的绘马。分四列二段悬挂的绘马，每一枚都被涂得一片漆黑。

万三先是眉头一皱，接着便弯下腰数了起来。"每列有十一枚，总数为八十八枚，传言果然不假。"

"八十八枚？"志方走上前去，自腰际掏出十手，将其中一枚翻了过来，"后面也被涂成了黑色。"

"据传祈愿若是成真，便将后面涂成黑色，看来这枚是害死过人了。"

"切勿胡言乱语。"

有几枚被涂黑，便代表死了几人。

志方凑身向前，直接伸手抓起一枚绘马，定睛仔细端详。前后都被涂得一片漆黑，完全无法辨识上面写着什么。"用的并非普通的墨汁，这层黑涂抹得这么厚，或许是掺了胶还是什么的。"

"毕竟写的东西可能成为治罪的证据。"

如此一来，除非写了名字的人主动申告，否则就看不出上头写的是谁的名字了。

"这绘马本身看来平凡无奇。"

"没错，只要有块木头，谁都造得出来，不过是块木板罢了。"从志方背后窥探的万三说道。

"这木板切得十分平整,看起来应是木匠所造。只不过,和每座寺社悬挂的绘马并无任何不同。"

可有专门贩卖绘马的商家?志方问道。小的也不清楚,万三立刻回答:"倒是悬挂这些绘马的木框有些蹊跷。看起来并不陈旧,似乎才造不久。"

"嗯。"

万三所言不假,木框看来的确是新的。倘若经历过一年以上的风雪,理应不至于如此干净。木质虽算不上白,但看不出曾在烈日下曝晒过的痕迹。

"若非熟练木匠,应该造不出这木框吧?"

"不,这东西不需要什么细致的功夫,无须委托熟练木匠,只要略谙木工技巧便造得成。上头似乎没用钉子,只要是精通木工的工匠——比如桶匠什么的,想必都能造好。"

不论怎么看,这木框都像是刚造好的。

"下引龟吉曾言,这黑绘马的传言开始流布,乃是去年酉市①那阵子,算来约是四个月前。"

原来还不满半年。

这小的就想不通了,万三说道:"传言开始流布,表示当时已有人身亡,而此处挂上这些黑绘马,最晚也是去年霜月②那阵子的事——能确定的,就只有这些。"

"有道理。看来在那之前,还没有这些东西——"至少昔日的记录上没有。

依小的看,就委托在这一带出没的人多打听些吧,万三说道:"小的事前也曾差下引略事打听,但怎么也查不出绘马是何时挂上去的。

---

① 每年十一月酉日在各地鹫神社举行祭奠的庙会。
② 阴历十一月的异称。

常人根本不会上这儿来，即便是去宫益町买东西的庄稼汉也不会路过，毕竟此地位处大山街道之外。看来小的该将范围扩大到原宿村，再多打听打听。"

"想必这种地方无人经常巡视，或许只有挂上这些的人才知真相。如此看来，"志方两手朝胸前一抱说道，"在涩谷这一带，不，在全江户，原本应没有这不祥绘马的传言。毕竟此处本无这些绘马，哪可能产生什么传说？而且又是这么个人迹罕至的偏僻之地。"

"是。"

"那么，第一个在绘马上写上名字的，究竟是何方神圣？写的是谁的名字？是出于什么理由？难不成是某人凑巧路过此地，凑巧瞧见了绘马，又凑巧在绘马上写了仇人的姓名，后来又发现被写了名字的果真死了，这传言便传了出去？"

应该不是这样，万三眯起双眼回答："凑巧未免也太多了。"

"没错。由此看来，传言应是有人刻意散布出去的，是不是？"

想必是如此。的确有理，万三两手一拍说道："第一个祈愿的，其实是伪装的？"除此之外，别无解释。"也就是说，第一个祈愿的是刻意挑个人写，自己再将人给杀了……"

"不，应没这个必要。最初怎么做都行。事实上，根本什么都不做也行。只要碰上哪个人死了，挑个适当时机将一枚绘马涂黑，再四处宣传这果真灵验便成。只要有几个听到传言的上这儿瞧瞧……"

"噢，的确有些傻子会相信。只要有两三人便成，流言传得可快了。到头来不仅是口耳相传，甚至会有人动笔昭告呢。"话及至此，万三突然一脸忧心，继续说道，"接下来，只须把被写了名字的杀了便成，对吗？"

此事若以犯罪视之，一切似乎就说得通了。

"没错。任何传言都有源头，只要追溯出这源头……"

"不，这保证追不出。你们说是不是？"万三转而寻求小厮们的支持，"这得问遍全江户才成呢。再多人手只怕都嫌不够，况且其中势必有谣言掺杂，要一一确认，只怕耗上好几年，还是打听不出个所以然。即便找到了散播谣言的真凶，这家伙八成也要谎称是从别处听来的。如此一来，第一个散播流言的家伙，根本等同于不存在。"

有道理。若是认真追溯，或许能找得到方向，但是否真能触及核心，的确堪虞。况且，即便真找到什么方向，想必也太迟了。

依绘马被涂黑的速度，不出三个月，保准每一枚都要涂得一片漆黑。也就是说，死者将多达八十八人。

志方命小厮统计还有多少枚绘马没被写上名字。小厮们比万三更害怕，竟连绘马都不敢碰，但志方呵斥碰了也不会丧命，强逼他们数清楚。若是志方自己数，只怕要落得威严尽失。

前后均已被涂黑的绘马有三十八枚，后面仍为白木的则有五十枚。

志方心想，即便仅找出一枚写有名字的，也能成为重大线索，遗憾的是，写上名字的似乎都心想事成了。

"大人，要不要把这些撤除？"

当初的确是如此打算，不过……"不，就留着吧。"

"这是何故？"

"本官原以为，撤下带回详加检视，或许能找出什么线索，但看了才发现根本无从找起。即便将颜料刮除，下面的名字也无法判读。"

"嗯，那就留着吧。"

"留着似乎也有欠妥当，总不能放任不管。不过，倘若我们奉行所撤除了这些绘马，不就等同于奉行所，甚至所有官府都认同此说灵验？"

哦？这番分析，听得万三哑口无言。

无论如何，这流言注定要传下去，即便杜绝源头也是于事无补。

若教人以为奉行所出于畏惧而将之撤除，可就真百口莫辩了。人言本可畏，难保没有好事者刻意散播奉行、与力惧怕暗杀一类毫无根据的流言。如此一来，甚至可能出现当差的个个畏惧黑绘马，显见其自觉心术不正、罪孽深重一类的无稽联想。忤逆公权的刻意煽动，在此类流言中总能见到。但这类流言也有如瘟疫，可能在转瞬间便销声匿迹。散播得快，遗忘得也快。

只不过，这回已经出了人命。已有至少八人，最多三十八人遇害。这数目绝不寻常。志方担忧，若是稍有闪失，只怕连政局都将失衡。

那么，该如何处置？万三问道。

"嗯……总而言之，不得让人继续在绘马上写名字。不论是神佛还是凶贼，既然真有人遇害，便不得让人再写。"

"可是要留人在此取缔？"

"派小厮留驻此处似乎不妥。只能委托地回在日落后于道玄坂上下取缔之。"

"不过，大人，若是如此，依然等同于官府相信此说灵验不是？"

"不，既然来者颇多，只须表明是单纯执法便可。入夜后结党游荡者，本就是执法对象。此外，见有官差巡视，看热闹的人也会逃散。至于欲前来写害人者，本就心怀不轨，遇上官差，想必也无胆造次。"

倘若有人眼见如此情形还胆敢前来，显然是亟欲害死某人的不法之徒，只须当场拘捕便成。至于前来检视有哪些名字被写上的，想必就是夺命凶手了。

不对。真能以真凶视之？

此事幕后想必另有凶手。只要夺人性命者非妖魔灵威，就真得有人下手才杀得了人。

不过，这杀戮的用意何在？

下手者的居心实难度量，令志方完全无法揣度。即便其中真有奸计谋略，也无法一窥真相，逼得志方只得放弃思索。针对此案，仅能认定背后真有凡人下手。下手杀人者，当然就是真凶。

不过，丧命者乃是姓名被写上绘马者，这些死者与真凶理应毫无关联。若是如此，代表杀意仅存于在绘马上写名字的人。

那么，是否表示该治罪的乃写名字的人？绘马以及依绘马指示杀人的凶徒，其实仅是一件凶器。

且慢。写名字的人果真心怀杀意？

当然，写名字的用意，的确是为祈求对方丧命。不论理由为何，既然欲借绘马取对方性命，想必个个都心怀迫切动机。若是依此判断，这些人的确是蓄意害命。

不过，难道他们真相信写上名字就能夺走他人性命？

写上名字就能置人于死地之说，理应无人傻到毫不质疑便囫囵相信。即便毫无才学或不谙明辨是非者，想必也要视为无稽之谈。不论传言如何生动、有何证据佐证，顶多也只会半信半疑。或许其中亦不乏半开玩笑写上姓名的轻率之徒。怀此心态者，并无迫切动机，但即便如此，倘若是个开不得的玩笑，如此轻举妄动，亦属不宜。

不过，若是写名字时，心怀向神佛祈愿之意，是否就能将之治罪？

不，问题并非能或不能，而是该罚还是不该罚。恨得锥心刺骨，巴不得置对方于死地——这种心态，人或多或少都会有。但仅是心怀此念，并无法将其治罪。即便是良善之人，也可能心怀恶念。

就志方所见，主动投案的三人均为良善、胆怯的普通百姓。倘若这三人实为恶徒，岂不是代表志方识人无方？三人不仅惊恐难定，眼见宿敌丧命，还对自己的深重罪孽悔恨不已。

记得有人甚至因此轻生。此人为在绘马上写名之罪行苦恼难当，因此自缢。如此以往，势必是没完没了。非得做个了断不可。

应该禁止在绘马上写名，并逮捕下毒手的真凶，将之治罪。治人之罪者并非人,乃是王法,要不便是神佛,且必得是真正的神佛,非理法权天[①]——

不,这绝无可能。

"总之,须禁止任何人来到此地。另一方面,亦须缉捕杀人真凶,并绳之以法。除此之外,别无他法。"

"不过,大人。"万三以十手搔着脖子说道,"这已涂黑的三十八枚绘马上写的,究竟是谁的名?咱们仅知其中八人,其余三十人根本无从查起。连有谁丧命都无法得知,要何找出真凶,岂不是……"

"不,万三,此事不应如此看待。不应说仅有八人——而是多达八人。有多达八人在我们的辖区遇害,岂非大事?难不成你认为八人并非大数目,毫无必要捉拿真凶?"

小的不敢,万三惶恐地回答:"即便仅有一人遇害,小的也会竭力缉查。只要是町内的案件,即便仅是偷蔬菜的毛贼,小的也要将之缉捕归案;即便仅是只猫,也不容纵放。大人所言有理,小的不该作如是想。真是愧对大人。"万三低头致歉道,但头还没抬起,万三又开口说了起来,"小的也认为,不应让更多人在绘马上写名。但一旦奉行所下此禁令,真凶也就不会再来此地。不,甚至可能隐遁他处另起炉灶。对此,小的最是担忧。"

"有理。那么……"志方迅速地环视四方,见不到任何人。虽然看得已够清楚,志方还是差小厮入林确认。"看来并无人监视。万三,这绘马,可是在入夜后写上才有效?"

"据说是如此。"

"不过,依然无法查出名字是何时写上的。"话毕,志方自怀中掏出笔墨盒,拿起一枚绘马,并在上头写下——南町奉行所同心志方兵吾。

[①] 镰仓末期至南北朝时代的武将楠木正成的名言。指非不能胜理,理不能胜法,法不能胜权,权不能胜天。

三

打开木门,小掌柜角助走进了阎魔屋的密室。

角助在立木藩一案中负了危及性命的重伤,虽然保住了性命,但左脚跛了,原本矫健的身手也迟缓了些。

有请大总管,角助坐下后开口说道。

霎时,损料屋的大总管阿甲也步入密室内。

阿甲先是朝又市一瞥,接着又转头朝坐在又市背后的两名男子瞄了一眼,表情微微一变。接着便静静走到上座正中央,迅速坐下。阿甲再度望向又市。

又市也没起身,只是身躯一转,不发一语地朝坐在自己背后的两人一指。

"我是阎魔屋大总管阿甲。"话毕,这位大总管三指撑地,微微鞠了个躬。

久仰大名,其中一名男子开口说道:"小的俗名祭文语①文作。生于四国,但并无户口身份,属无宿人②。从北到南、从东到西,四海为家,不过是一介山民。"

祭文语文作是又市的昔日伙伴,年约四十有余,但长得老气横秋,加上那宛如吟诗般的独特语调,更是教人看不出实际年龄。身穿略带污渍的巡礼装束,上披一件犹如忘了染色的白法衣。

"虽为山民,平日独来独往,漂泊不定,却也不同于江湖郎中。不具鉴札一类,故亦不属非人乞胸之流。不过,寄居大坂时曾受恩于

---

①祭文为江户时代的一种俗曲,祭文语指以吟唱这类俗曲为业者。
②江户时代,遭户口除名的贫农或城镇里的中下阶层百姓。

一文字屋,打那时起,便于其门下跑腿办事。"

仁藏先生可无恙?阿甲问道。

一文字狸,即一文字屋仁藏,表面上是个在大坂经营戏作版权的出版商,其实是个统领京都一带非法之徒的神秘角色。收留了漂泊至京都时仍衣食不继的又市,将之培养成一个独当一面的骗徒的,正是这一文字狸。详情虽不明,但阿甲与仁藏似乎也是旧识。

还请大总管多多指教,文作致意道。"小的听说阿又与林藏那小鬼头双双投靠大总管门下。狸老大为此颇为担忧,生怕这两人为大总管添了麻烦……"文作转头望向又市说道。

"喊!"又市旋即别过头去。

"明知两人为仁藏先生的爱徒,却未经照会便揽入一己门下。倘若哪天传入先生耳里,可能引起先生不快,令我甚是担心。"

"岂可能不快?老大高兴都来不及。师徒关系已是昨日云烟,又市与林藏既然出了纰漏,已无法于京都一带藏身。不过是抛出去的麻烦,有人捡来物尽其用,当然高兴都来不及。反而是我们这头该为没有别上礼签致意或馈赠银两酬谢致歉才是。"话毕,文作放声大笑起来。

"总而言之,小的与阿又、林藏乃是旧识。至于这个庞然巨躯的家伙——"文作指着身旁被迫于斗室内缩身而坐的光头巨汉说道,"这家伙不善言语,就由小的来介绍吧。此人乃无动坂之玉泉坊,诚如大总管所见,乃一介荒法师。虽说是荒法师,然时下世间已无僧兵,想必大总管亦不难察觉,他不过是个空有一身行头的假和尚。总而言之,一身蛮力乃此人唯一所长,故仅能在一文字老大门下干些用得上力气的差事。由于小的专做和阿又没什么两样的坑蒙拐骗勾当,便找来这玉泉坊充当沿途的保镖。"

找来玉泉坊充当保镖——代表这趟路走来并不平安。

文作的确一如自己所宣称的，无需证明文件之类也能四处游走。虽无人知其平日身居何处，但也不知怎么回事，要联系上他并不困难。虽然没什么一技之长，但就平时神出鬼没却不难找到这点而言，算得上是个易于差遣的小兵。

如今，狸老大却差了这么个傀儡和尚——这形容绝对是褒多于贬——护送文作前来，看来应是桩非同小可的差事。玉泉坊武艺甚是高强，徒手便能打败数名持刀武士，其蛮力足以劈裂一株大树，身上挨个一两刀也无动于衷，是个名符其实的好汉。

唯一的弱点，就是太惹人注目。一个不易藏身的擎天巨躯，无论是拖着走还是拉着走，都不适合。

真不知仁藏这只老狐狸……打的究竟是什么主意……

自从在上野遇上这两人至今，又市依然不知他们前来江户的用意。

"原本可直接前来面见大总管，但又怕这么做要惹阿又不高兴，小的便打算先找到又市或林藏，再委托两人代为引见。"话毕，文作端正了坐姿，"阿甲夫人。"

阿甲默默地回望文作。

"经过这番解释，不知夫人是否信得过我们俩？小的毕竟不是武士，不能随身携带书状或鉴札什么的，但这类书状任谁也伪造得出。想来能助我们求得大总管信任的，就只有……"

文作又一次望向又市，又市也再一次别过头去。

"原来是为了这才找上我的。喂，你这个臭老头儿给我听好，这个吓死人不偿命的阿甲夫人，压根儿就没信任过我。"

想必她什么人也不信任。

是吗？看来小的是打错如意算盘了，文作自嘲道。

这下，阿甲回以一个微笑。"好吧。我姑且信你这回。"

"谢谢大总管。这下我们终于能言归正传了。大总管，恕小的冒昧，若是信得过我们俩，可否将藏身门外的帮手请进来？否则小的老感觉浑身不自在，十分别扭。"

话才说完，木门便被推开了。藏身门外的，原来是山崎寅之助。现为浪人的山崎，原在官府任乌见役，是个身怀绝技的高人。

又市压根儿没察觉有人藏身门外，文作却嗅出了这股气息。这家伙还真够谨慎哪，又市感叹道。

"静静藏身窥伺，竟仍为你所察。不知这该归咎于在下武艺有欠琢磨，还是该夸你技高一等。"

"不不，小的不过是碰巧猜个正着。阿甲夫人如此高深莫测，接见小的这种人，绝不可能毫无戒备。"

"看来是我被试探了。"阿甲开怀笑道，"说来惭愧。打从上回一桩差事出了点纰漏，我就变得甚是小心。此人亦是帮助我们做损料差事的得力助手。"

报上姓名后，山崎便在阿甲身旁跪坐下来。平日分明都坐在又市这端，看来山崎依然没放下戒心。文作也再度报上名号，磕头致意。

"好吧，客套话就到此为止。小的这回千里迢迢自京都赶来贵地，目的无他，不过是想委托阎魔屋承接一桩损料差事。"

"损料差事？"

"没错。阎魔屋不正是损料屋？"

"的确是损料屋。不过，敢问这差事的损失，是大是小？"

"极大，大到一文字狸都吞不下。"

"大到连大坂首屈一指的老狐狸都吞不下的损失，我们这小地方岂有能力经手？"

请大总管务必接手，话毕，文作打开摆在身旁的竹笼，从中取出一个袱纱包，当着众人的面解开。紧接着，又取出一个，再取出一个。看得又市瞠目结舌。

"这是承接这桩差事的酬劳,共三百两。"

只听见角助咽下一口唾沫的声响。

"这仅是事前酬劳。小的不谙此地礼数,只得依京都的规矩行事。办妥这桩差事后,将再行支付事后谢礼三百两——"文作两眼直视阿甲说道,"合计六百两。不知大总管意下如何?"

"看来,这损失果然极大。"阿甲平静地说道,说完又抬头回望文作。

"噢,大总管,小的毕竟是深山出身,不习惯被妇人家如此凝望,更何况阿甲夫人还生得如此国色天香——"

"喂,文作,少在说到重点时打岔。那老头子吝啬成性,竟还愿意支付六百两,看来这可不是桩简单差事。那老狐狸这回如此大手笔,究竟是为了什么?"

又市先生,阿甲开口制止道:"我们须听完全部经过,方能决定是否承接。我们是损料屋,而损料多寡乃依损失之大小而定。虽然事先告知金额,或许是你们的规矩……"

"这小的比谁都清楚。不像我们凡事都得躲躲藏藏,大总管毕竟有头有脸,当然也不会轻易为金钱所动。之所以先亮出银两……不过是为展现诚意。"

"诚意?"

"即等同于事先告知这桩差事将是多么危险,但即便如此,还请大总管务必接下。"文作将金币重新包好,先静候半晌,方才再度开口,"其实,半个月前,有个无宿人行路时倒在奈良深山中。出手相救的山民发现,那人来自江户。"

"难道是——在逃之人?"

"没错。那人自称是个浪迹天涯的野非人。"

代表那人不受非人头的管辖。

"相信大总管亦知,世间不乏小的这种浪迹天涯、毫无身份的放浪之徒，此人亦是如此。起初，小的推论官府曾大肆捉拿此类人等，悉数遣送佐渡，此人即是自此地逃出。后来竟发现，其遭遇与此略有出入。此人自称，乃自妖怪魔掌逃出。"

"妖怪？"

"没错。该说——是个雄踞在江户的妖怪吧。"

"雄踞在江户？"

似乎确有其事，文作说道："这妖怪——似乎专以长吏非人、乞胸猿饲①、江湖郎中、骗子、地痞、无宿人等无身份者为目标。这类人等虽不属士农工商之流，亦不可等闲视之。尤其在关八州这一带，这类人等结成严密组织，既有头目管辖，亦有技职谋生。虽仍饱受歧视迫害，但贫农、匠人的日子也好不到哪儿去。商人虽坐拥万贯家财，但身份甚低。唉，只能说各行各业虽居处与营生手段略有出入，依然不脱人生百态。"话及至此，文作原本和蔼的神色突然紧绷了起来，"这妖怪——善于掌握此类低下贱民的把柄。噢，此类人等的确不时犯下些肆无忌惮的恶行，通常应将他们检举治罪，但这妖怪并不检举，而是挟此把柄，加以利用。"

"借此勒索？"

"勒索？这些家伙一穷二白的，只怕连一滴鼻血也榨不出。"

"那么，加以利用是指？"

"就是供其差遣。就逼迫这点而言，的确与勒索无异。但并非逼迫其支付银两，而是强逼其听命行事。"

看来，似乎是强迫他们从事非法恶行。

"方才小的已提及，即便是非人，亦有一技可供糊口，诸如鸟追、木屐匠。或以乞胸为例，甚至可拥有鉴札公开卖艺。倘若出了什么纰

---

① 猿饲，以训练猿猴并携带其表演以糊口的街头艺人。下文的"鸟追"，指以竹刷或棍棒驱除农田中盗食庄稼之害鸟的职业。

漏,又遭人告发而为首领所知悉,可就要吃不了兜着走。就这点而言,非人与百姓似乎也没什么不同。唯一差别,就是这些家伙穷到了极点。不过,百姓和庄稼汉中,亦不乏家徒四壁之辈。话虽如此,若是有固定职业的、有土地家舍的,或许还可以没收、充公惩处,但非人连这些都没有。瞧瞧小的就是如此,有谁日子能过得像小的这般逍遥?百姓上有高堂,下有妻房,就连想靠什么差事糊口都由不得自己挑,根本就是束手无策。"文作说道。

"这在下非常清楚。"山崎回道。虽贵为武士,山崎却寄身贱民窟,终日与这种人一同起居。

"也不知是从哪儿打听来的,这妖怪嗅到这些家伙的把柄,并以此对其施加威胁、供其使唤。一旦利用价值不复存在,当下抛之弃之。被利用的人,根本是欲哭也无泪。"

"这妖怪,"阿甲问道,"究竟是何方神圣?"

"小的也不知道,根本无法打听。此人表示,若是暴露了他的身份,小命恐将不保。"

"这——"

"噢,名号倒是打听到了。"文作先做了个深呼吸,接着才又开口说道,"稻荷坂祇右卫门。"

"且慢。"山崎打岔道,"关于这名号的传言,在下也曾听过。但也听说这不过是个无稽传言,此人其实并不存在。据传,这祇右卫门曾于弹左卫门大人门下担任公事宿世话一职[①],但数年前就已身故。"

还活得好好的呢,文作说道。

"难道身故之说实为谣言?"

死是死了,文作回答:"但正因此人分明死了,却还活着,才被

[①] 公事宿为江户时期供诉讼者宿泊之处,公事宿世话代诉讼者处理诉讼事宜。

唤作妖怪。"

这祇右卫门……分明死了，却还活着？

"那么——"阿甲的声音打破了房内的静寂，"可是要我们收拾这妖怪？"

"绝对不是。"文作斩钉截铁地否定道，"阿甲夫人，我们即便再傻，也不可能做如此骇人的请托。祇右卫门并不是黑道凶徒或江湖术士，而是个藏身于黑暗中的大头目。换句话说，其实是个无法撼动的对手。倘若我们的请托是如此巨大，只怕支付这笔银两的十倍、百倍都要嫌少。"

"那么——"

"虽无法战胜他，但要想报个一箭之仇，或许不无可能。有个黑绘马的传言，大总管可听说过？"文作问道。

"你说什么？黑绘马？"

"噢，阿又，看来你是听说过。祈愿夺命的黑绘马——这传言如今可甚嚣尘上。"

原来黑绘马与此事有关。

若是这传言，我是听说过，阿甲回答。

"不论怎么看，这都像是祇右卫门设下的局。"

"设局？会是个什么样的局？"

"而这逃跑的家伙，原本就是这黑绘马骗局中的一颗棋子。"

"棋子？被利用来做些什么？"

"被迫代其杀人夺命。"

"什么？"闻言，原本正坐的又市不由得单膝跪起。

"急什么？逼他下毒手的可不是我。总而言之，此人本是个无身份的焊锅匠，一接到祇右卫门的命令，便得代其行凶。此人有个卧病在床的女儿，为了医治其女的病，曾一度破门抢劫，还一时失手误杀了一个人，这就成了他的把柄。祇右卫门威胁若不听命，便将检举其罪行，其女亦将性命不保。"

"真听命杀了人？"

"杀了。不过杀的是个成天喝得烂醉的窝囊赌徒，在绘马上写下其名者就是他的妻子。眼见夫婿终日烂醉如泥，频频有人上门催账，逼得婆婆自缢身亡，三餐不继致其妻无乳可哺，尚在襁褓的婴孩也即将饿死。总而言之，巴不得夫婿及早归西的愤恨是不难理解。不过，对被迫行凶者而言，与此人毕竟无冤无仇，哪下得了这毒手？但若是不从，也没其他路可走，况且还限定须于三日内成事。对不是刺客的普通人而言，这自是一番折腾——"

趁夜潜入其宅，以湿纸捂住那沉睡醉汉，又拿被褥压住他——就这么听了命、成了事。

"这与误杀可不相同。若是失手，亦不可能期待祇右卫门出手相助，被逮的将是行凶的自己。即便顺利成事，若遭检举，依然是死路一条。虽然勉强下了毒手，事后还是夜夜难眠。只要是神智清楚的正常人，想必都难耐良心苛责。约十日后，又接到新的命令。这下给吓得惊骇不已，拒绝履行，到头来，女儿就这么走了。"文作说道。

"走了是指？"

"被人给杀了。真是教人发指呀，不过是个四岁的女孩儿啊。接下来……"

"且、且慢。文作，既已如此，此人怎还默不吭声？女儿都被人杀了，这下也没什么好在乎的。即便无法报一箭之仇，向官府告发又有何不可？"

"如此一来，自己不是也难逃法网？仔细想想吧，阿又，"文作说道，"有谁会相信一个无身份者的说辞？虽说的确是祇右卫门的指示，但可拿得出任何证据？何况此人还真亲手杀过人，再加上先前误杀的，可是背负了两条人命呢。向官府告发，无异于白白送命。"

这的确言之有理。

"此人因此被迫出逃。还请各位想想，即便是为人所逼，此人毕竟真杀了人，自然难挨良心苛责。若为官府逮捕，再如何辩驳也是死罪难逃。若仍逍遥法外，依然得频频依令夺命。一旦接到指示，便无法违抗。爱女已惨遭毒手，若胆敢违命，必将轮到自己性命不保。这下仅有发狂、自戕、逃跑三条路可走。因此，就选择了逃跑，万万想不到竟顺利逃出魔掌。"

"曾有追兵紧追其后？"

"追兵或许没见着，但祇右卫门所设的网络甚是缜密，缜密到根本无法察觉。网中之人彼此不识，等同于令素昧平生者彼此监视。此外，祇右卫门旗下不乏武艺高强的刺客，亦与黑道凶徒互通声息。欲逃离江户根本是插翅也难飞。"

"武艺高强的刺客……"角助惶恐地呢喃道。前些日子，角助才被此类刺客所掳，饱尝严刑拷打之苦。

"不过，文作，若是委托这些高人下手，不是要比不谙此道的门外汉稳当许多？"

这就是此局的高明之处，文作回答："委托高人须斥巨资，门外汉则花不着半个子儿。此外，无论刺客如何身怀绝技，若频频使用，迟早要露馅儿。"

"有理。毕竟遇害者已多达四十名。"

"每个月都得杀个十来人，高人可不会如此干。而门外汉则不仅手法因人而异，方才所曾言及，即便失手，遭殃的也是行凶者本人，故下手时必然会确保万无一失。即便仍出了纰漏，祇右卫门也无须忧心，反正可供差遣的卒子多不胜数。倘若仍无法在期限内完成，届时再差个高人收拾便可。"

"原来是这么回事。"山崎不由得眉头一蹙,"不过,文作先生。在下仍有一点不明白,设这局能得到什么好处?"

没错,这点的确教人难以参透。

仲藏亦曾说过有谁能得到好处?在绘马上写了名字的,一个子儿也没支付。难不成这祇右卫门如此心狠手辣,却胸怀替天行道之志?

"当然有好处,"文作回答,"而且是莫大的好处。的确,丧命的尽是些酒鬼、赌徒、自食苦果的高利贷主之流,乍看之下,的确颇有为民除害之风。而委托者之所以祈愿,本是出于狗急跳墙,眼见事成,想必大多是满心欢喜,这就像押金……"

"押金?"

"或许以伪装形容较为妥当。只须写个人名就能除掉仇人,有什么比这更方便?这下当然要大受欢迎。不过,这黑绘马可不是写个名字上去就算了。被写了名字的注定丧命,无论是善人还是恶棍——"

"即便不是恶棍,也要丧命?"

"没错,并不限于恶人。如此一来,心怀不轨者便找到了可乘之机。"文作说道,"商场逢对头者、情场逢敌手者、欲恩将仇报者、因嫉生恨者、觊人财产者、争夺家业者乃至纯粹与人有过节者,一旦逮着这机会,可就都蠢蠢欲动了。原本还以为纯属无稽,但眼见被写了名字的真的死了,当然要认为,不妨自己也试试,反正若不灵验也就算了,万一仇人果真魂归西天,不就等于是平白赚来的?这等心怀不轨之徒,在江户本就多如繁星。"

没错。长耳的担忧果然成为了现实。

"事成后,绘马上的名字立刻被涂上黑漆,证据就此不复存在。一毛钱也用不着花,对利欲熏心者而言,当然是个千载难逢的良机。"

"听来还真可悲,但看来的确如此。"山崎说道,"想必亦不乏打心底不信此说,不,该说是正因对此说嗤之以鼻,方有胆尝试者?"

"看来的确不缺这种人。这下终于提到要点了,还请各位听个清楚。一旦黑绘马上出现此类祈愿,祇右卫门便找来高人下毒手,迅速干净将事情办妥——也就是将人给杀掉。接下来……的确,黑绘马是被涂黑了,看不出曾有哪些人被写了名字,也看不出是哪些人写的。写名字的想必是满心欢喜,以为真相仅有天知,孰料……"

"真相仍有人知?"

这是理所当然。看了绘马然后下手夺命者岂可能不知?是哪些人写的,当然掌握得一清二楚。

"原来如此。接下来就借此强行勒索?"

"没错。只消问一句名字是不是你写的,对方就被吓得魂不附体了。这些利欲熏心的家伙,大抵也有身份、家产,方欲借害命得到好处。此局的目的便是利用这个把柄,强取这些好处。"

"岂有此理!"

原来其中根本没什么怨愤纠葛,也没什么伤悲苦痛,不过是场市侩算计的骗局。

非得尽快制止不可,文作说道:"绝不可让这把戏继续玩下去。至于制止是为了谁——绝非为了那些利欲熏心在绘马上写名字的家伙。当然,丧命者的确值得同情,但更可怜的,其实是那些不明就里地被迫行凶、办完事就被抛弃的卒子。各位说是不是?阿甲夫人,说到损失,吃最多亏的不就是这些家伙?凡是人,孰能无过,但因曾犯过错便惨遭利用,沦为谋财害命的帮凶,小的认为这实在是毫无天理。"

阿甲默不作答。

不知意下如何?文作问道:"阿甲夫人是否可破这黑绘马的局?如此以往,只会有更多人在不明不白中丧命。丧命的受苦,害命的更是受苦。玩弄人心、藐视人命,岂是天理所能容?"

"而独占好处的,只有祇右卫门一人。"山崎感叹道。

又市也说道:"的确教人发指。不过,老头子,这差事不就相当于要我们击溃这祇右卫门?"

"但阿又,这根本办不到。虽然谁都知道,这么个妖怪,理应除之以绝后患。"文作摇头回答,"那出逃的家伙一路逃到了大坂,方得以毫无后顾之忧地将经纬全盘托出。瞧瞧就连一文字老大远在京都,都同意接下这桩差事。但总不能自大坂率大军攻进江户,是吧?"

"为何不行?"

"这可不是黑道械斗,已不是有无大军可领的问题。祇右卫门的手下并不是什么大恶棍,不过是一无所有的弱者。也不管甘不甘愿,全江户走投无路的人都得听任祇右卫门差遣,就连妇孺,祇右卫门也不放过。有谁忍心率众蹂躏清白无辜的无宿人?"

的确是下不了手。而且,只怕届时连敌我都分不清。

"即便率军与其争斗,只怕也要落个四面楚歌的下场。此外,别忘了其手下尚有高人。与祇右卫门作对,无异于与全江户的恶徒作对。这种仗,谁打得起来?"文作一对眉毛竖成了八字形,一脸宛如咬了一口生柿的苦涩神情。

"这笔银两,"阿甲问道:"可是一文字屋准备的?"

没错,文作回答:"是狸老大代众受害者支付的。这笔损料可不仅是一两人份,而是所有遭祇右卫门蹂躏者的份。即便如此巨款,只怕都嫌不够。"

的确不够,阿甲回道:"不知仁藏先生负担如此巨款,是否有亏损的风险?容我冒昧,怎么想,都不认为先生会做出为素昧平生者支付六百两巨款的疯狂之举。"

其中必有什么内幕——想必阿甲是如此质疑的。这点,又市也不是没想到。一文字狸的确是个了不起的人,又市对其本就敬佩有加。但也正因如此,仁藏十分精于算计,怎么看都不是个出于同情或关切,便愿支付六百两巨款的人。

文作一脸苦笑地回答:"噢,小的也料到,大总管对此将心怀质疑。就连小的都感觉这不像狸老大的处事之道。不过,阿甲夫人,老大确实认为此事不可以金额度量,亦无须讨价还价。对自己的出身,想必老大应是不常提及。如今,一文字屋仁藏虽是个统领京都一带不法之徒的大人物,但出身实为江户贱民。"文作说道。

"哦?"

"据说狸老大自江户出走时,本已决定终生不再归返,想必在此地必曾有过极为不快的遭遇。或许正是因此,方才认为此事无可容忍。"

原来是这么回事,当初之所以收留又市,或许也是同病相怜之举。

又市本是武州的无宿人,历经辗转漂泊,最终于京都落脚。

"若是如此,岂不是更该将这祇右卫门什么的彻底击溃?想必那老狐狸也巴不得这么做才是。若仅治标不治本,根本毫无意义。"

哪可能解决什么?不过是坐视受害者继续遭其踩躏。倘若当年留在江户,或许就连又市自己都要沦为其手下卒子。

"但……"文作紧绷着脸,沉痛地说道,"万万不可除之。"

"为何不可?听起来这家伙穷凶极恶,简直就是禽兽不如。"

"的确,是个禽兽不如的妖怪。"

开什么玩笑?又市怒气冲冲地说道:"世间哪有什么妖怪?即便真有,又怎会要人助其敛财?这家伙根本就是个普通人,还是个违逆人伦、利欲熏心的混账。大总管、鸟见大爷,难道要放任这等恶徒继续胡作非为下去?"

"当然不可。但正如文作先生所言,如今我们也是束手无策。"

"怎会束手无策?只要借用大爷的身手……"

"你是说杀了他?"

"嗯……"

山崎有时也承接些取人性命的差事，但这并不表示他习惯用杀人解决问题。更何况，他也绝不会不分青红皂白地取人性命。又市羞愧地低下了头。开口前，至少该稍稍考虑山崎的感受才是。

"也不是……这意思。对不住呀，大爷。"又市低声致歉道。

别放在心上，山崎回道："倘若此事可借杀人解决，在下绝不吝于出刀。"

"没错，又市，靠杀人是解决不了的。看得出这位大爷身手不凡，但武艺再高强，也取不了已死之人的命吧？"文作继续说道，"总之，一文字狸迟早会出手。既然听说了，绝不可能放任不管。话虽如此，也无法立即出手。欲击溃祇右卫门，需要谨慎筹备、充足人手、绝顶智慧，也需要精力和银两。而最需要的，就是时间。"

"看来，咱们已没有时间慢慢筹划？"

没错，文作颔首说道："黑绘马共有八十八枚，想必祇右卫门也不打算拖得太久。这八十八条人命，不知将由几个冤大头来背负，但不管有没有人被迫当冤大头，这八十几人注定难逃一死。况且，有一半都已经遇害了。"

"至少得阻止剩下的一半，是吗？"

"没错。为不让祇右卫门继续随心所欲地为恶，因此，想请问大总管，可否出手阻止？"文作再度直视阿甲。

只见这女店东先是低头沉思了半响，接着才抬起头来。"想必，"话及至此，阿甲两眼朝角助一瞥，"即便不抵触祇右卫门本人，只要破了这黑绘马的局，便等同与祇右卫门作对。无论如何，我们都将与之为敌，是不是？"

文作默不作答。

"一旦察觉我们就是破坏此局的幕后黑手，我们注定将遭殃及，是不是？"

"想必是如此。"

"之所以值六百两,代表牺牲将非同小可。如此推恻,是否合理?"

"应是如此。"

"也就是说,这桩差事可能赔上阎魔屋的生计——不,甚至赔上我们的性命,是不是?若是如此,这笔损料的确是少了些。"

"言下之意,大总管无意承接?"

阿甲再度望向角助,看来是放不下对角助的牵挂。毕竟,曾差点教角助赔了性命。

文作丧气地垂下了头。"除了大总管你们,小的已无人可托付。那些不法之徒,只怕连祇右卫门一根汗毛也动不了。"

姑且不论动不动得了,只怕还没来得及出手,一切便注定要露馅儿。祇右卫门与哪些人有联系,完全无从知悉,唯一可确定的,是不法之徒中绝对不乏祇右卫门的帮手。若看不清谁和谁有来往,绝不可贸然行动。虽知敌暗我明却仍执意出手,无异于以卵击石。更何况用的是敌方的兵,哪打得赢什么仗?因此,除了阎魔屋旗下又市这伙乌合之众,已经无人可用。

言之有理。

角助认为如何?阿甲问道。平时,这个女中豪杰从未征求过角助的意见。看来去年那场横祸,仍教她无法忘怀。

请大总管尽管吩咐,角助回道。接着,又露出一抹微笑。

见到他这个神情,阿甲转头望向又市,接着又望向山崎,但什么也没说。又市也是不发一语。

"我们愿意承接。不过,有个条件。"阿甲说道。

"请直说无妨。"

"如你所见,我们均为不谙此道的门外汉,平时也以正职糊口。因此,是否加入这桩损料差事——望可由众人各自决定。若不参与,今后便当断绝与阎魔屋的一切往来。"又市先生，意下如何？阿甲问道。

到头来，果然不出长耳仲藏的预料。不知长耳将如何打算？想必会拒绝参与吧。又市虽向那玩具贩子夸下海口，若是被迫参与，干脆离开江户——

"算小的一份。"真是的。连自己都觉得自己傻了。

山崎则是默默颔首。

"不过，大总管，仲藏与林藏或有可能拒绝，也不知辰五郎与那群姑娘的意向。开出这一条件，是否严峻了点？"

"有理。文作先生，"阿甲问道，"说来惭愧。我们虽愿承接，但恐怕人手不够。届时若有需要，是否可同先生借点人手？"

岂敢不从，文作回道："大总管果然英明，如此推量甚是正确。可想而知，没人愿意手下爱将死于非命。小的与玉泉坊乐于供大总管差遣。我们俩早将生死置之度外，一文字老大也预见可能有此情形。总之，就请大总管尽管吩咐。倘若需要更多帮手，小的可再召几人过来。"

那么，届时还请先生多多担待，阿甲低头致谢道。"此外，还有一点。"

"请说。"

"是否可将你们已掌握的消息毫无隐瞒地告诉我们？"

"小的所知的，方才大抵道尽——噢，倒是还有一件，就是为这黑绘马骗局担任帮手的刺客所用的伎俩——"

"伎俩？"

"虽不知其真实身份与实际人数，但这群刺客不以刀剑夺命。据说用的是绳索。"

"绳索？"

阿甲夫人，山崎低声喊道："这不就是上回那伙鬼蜘蛛？"这群刺客便是上回袭击阎魔屋的凶贼。

原来是这群家伙,角助喃喃说道。

"倘若真是这伙人,那么当初被他们掳去时,对其人数与行凶手法大致已有掌握。当然,每个人的名号、藏身之处、背后有无后台等则无从得知,称不上对其知之甚详……"

行凶手法,是用绳索将人勒死,是吗?文作问道。

"就在下所见,鬼蜘蛛应有五人。是一群用网、风筝线、绳子、缝衣线等通常成不了武器的东西夺命的高人。或许蜘蛛这诨名,正是由此而来——但这不过是个人臆测。或许这群家伙也使用刀剑,可能还有其他同伙……"话毕,山崎朝玉泉坊不住打量。

大爷,又市问道:"可有任何胜算?"

由山崎这态度看来,应是有所盘算才是。看来他对敌情已有相当程度的掌握。

这山崎寅之助,是个懂得随对手本事选用行头,且能在夺取对手武器后将之诛杀的神奇刺客。

与高人交手,当然是毫无胜算,山崎回答:"但倘若这回的对手真是鬼蜘蛛,交起手来的胜算,至少比起完全摸不清底细的对手要来得大些。"

若是派得上用场,这家伙也供大爷随意差遣,文作朝玉泉坊瞄了一眼说道。

看来是用得上,山崎回道。

"不过,阿甲夫人。这回该如何设局?在征询众人意愿前,若不至少有个梗概,是否值得将性命托付于我们,只怕大家都无法判断。"

没错。这回该如何下手?

"又市,"山崎说道,"在下得先言明一点。这回不丢个几条人命,是分不出胜负的。对手不是刺客就是妖怪,欲迫其改邪归正、诱其弃恶投善、将之绳之以法——均不可能。"

"难道真的非得丢个几条人命不可?"

"这回非有这觉悟不可。难不成你依然认为,世间没有不得不为的杀人这种事?"

没有。当然没有。

山崎以严峻的目光直视又市说道:"也不知你怎么想,但在下也不愿杀人。只不过,也不能坐视更多人死于非命。一旦参与此事,便得置死生于度外,不是人死,便是己亡。倘若自己遇害,便将有更多无辜人等死于非命。设局时,这点务必谨记。"

"要我设局?大爷……"

又市还没来得及把话说出口,密门便被嘎嘎作响地推了开来。站在门外的,是缦面形巳之八。这年轻小伙子,是角助的徒弟。

怎么了?角助问道。只见巳之八快步走到阿甲身后,在其耳边一阵窃窃私语。阿甲霎时变得一脸忧心。

大总管,怎么了?山崎问道。阿甲回答:"方才棠庵先生来报,任冈引的万三曾找先生求教。据万三所言,南町的志方大人……"

"志方大人——如何了?"

可是志方兵吾大人?又市问道。此人又市也知道,是个讲求正义的同心。

"志方大人似乎在黑绘马上,亲手写上了自己的姓名。"阿甲说道。

四

志方兵吾无法释然地回到了同心部屋。听志方转述此事的与力大石、笔头同心笹野频频露出一脸纳闷的表情,想必也同样无法置信。既然他们俩都无法相信,估计传达上去,上司也无法相信。反正就连志方这当事人都无法置信了,还能怎么着?

不,或许正该这么办。得将这令人无法置信事情改得可信。

上级告诉志方说将先思虑一番再向上呈报,故在此之前不要撰写卷宗。看来,上级也打算仔细检视,将此事厘清得较合理些。

不论如何,这场黑绘马骚动终究是平息了。

绘马与堂宇虽依然如昔,但已无人前往道玄坂缘切堂祈愿。不论昼夜,此处均已空无一人。

既然没人来绘马上写名,当然也就什么也没再发生。既然什么也没再发生,当然也就无从经办,甚至可说已无案可办。

——无可释然。

这场祈愿杀人的黑绘马骚动,一眨眼的工夫便告平息。

一踏进同心部屋,便有几名同僚"志方大人""志方先生"地嚷嚷着凑了过来,你一言我一语地问了成串志方无法回答的问题。

都得怪那瓦版。志方所做的,不过是睡了一觉。入睡期间发生了什么事,当然是无从知晓。仅能回答自己对一切既不知道也不明白,劝众人找目睹者打听。

"这……岂可能不知道?方才你都奉与力传唤前去禀报了,究竟向大石大人禀报了些什么?"

"在下仅能禀报自己无可禀报。都说过许多回了,当时在下正在就寝。负责彻夜戒备的,不是多门吗?"

"我们早已跟多门打听过,但完全问不出个所以然来。那胆小如鼠的家伙,早已被吓得不知所措。今儿个还在舍房里窝着呢。"

"请假休息了?"

听起来的确是有点丢脸。

"多门差遣来的小厮解释说他是吃坏了肚子,但谁都看得出这不过是为一己的失态开脱的说辞。多门那家伙事前还满口大话,直说世间无妖物，若有就捉来煮熟吃了什么的，原来这豪胆不过是虚张声势。这么个虚有其表的家伙，冷不防地亲眼瞧见了妖怪，当然要给吓成这副德行了。"

原来咱们这坂田金平①不过是装出来的，众人齐声笑道。

就是这点。就是这点，令志方无法置信。

虽不是怀疑多门的供述，但这说法就是令人难以相信。毕竟，志方本人并没瞧见。自己没瞧见的，不予置评，志方也只能如此回答。

"志方先生真没见到？其他捕快、先生的小厮，就连爱宕万三都见着了。倘若仅有多门一人如此宣称，还可说他是讲梦话，但这下可就不得不信了。的确曾有什么东西现身呢。"

话是没错——曾有什么东西现身。至于究竟是什么，则无从得知。虽无从得知，但的确曾出现过。

依久濑棠庵的说法，这东西是个山怪，一种成了精的鼯鼠——名为山地乳。这种东西果真存在？

如何？被那东西吸取鼾息是什么感觉？木村揶揄道："真是幸运呀，志方，这下你保证能长命百岁了。"

"别因事不关己就开这种玩笑。久濑棠庵虽博学多闻，但这回的判断似乎失了准。在下认为不值相信。"

"但你不是还好端端地活着？"

"那又如何？"

"同一天在绘马上被写了名字的五人，很可能都死了呢。只因没有任何人瞧见。"

"所以在下不都说了？在下认为此说不值相信。"话毕，志方站了起来。告诉众人将赴市内巡视，便步出了屋外。

①传说中的日本武将，为传统戏剧净琉璃中一位力大如牛的英雄要角。

这种气氛，教人哪待得住？这背后，必有什么隐情。

五日前——

志方所订的计策其实简单至极。首先，在绘马上写下自己的姓名。如此一来，自己当然要遭到谋害。通常，并不会有人要谋害南町奉行所同心。除非有什么深仇大恨，否则没人胆敢如此在太岁爷头上动土。即便真能顺利得手，奉行所也将为恢复威信而大举缉凶。因此，没什么人傻到不分青红皂白地与奉行所为敌。

然而，黑绘马这案子可就不同了。本案的前提是——夺命者并非普通人。

倘若遇害者均是死于神佛灵威，那么，不管是当差的还是普通百姓，均注定难逃一死。坊间传言若属实，志方注定将魂归西天。

但志方自认自己并不会死，或者该说，自己不会被杀害。

哪有什么灵威？下毒手的必是普通人。若是如此，想必不敢对同心下手。不，若是下了手，真凶便将难逃法网。不不，即便如此，刺客仍得出手。

志方若是逃过此劫，便将证明绘马灵验之说纯属无稽。凡被写上名字者必得一死，绝不会有任何例外。按说，是绝不会有。若是无人前来下此毒手，便证明这不过是个谎言；若是有人前来取自己的性命，只须抓捕便可。没错。将真凶绳之以法，才是最好的解决之道。但若真是神佛所为，便既无法逮捕，也无法治罪了。

志方自道玄坂折返奉行所后，除与大石咨商，亦央请为逮捕黑绘马一案之真凶借调人手。所幸大石对一切十分体谅。不过，说来也是理所当然。原本命令志方调查黑绘马一案者，便是大石。

接下来，志方将妻小送返娘家，独自镇守官舍。在志方看来，同心组宅邸所处的八丁堀一带，治安比任何地方都要好。许多时候甚至比武家宅邸更为安全。

八丁堀官舍内外，共配备了二十名捕快警戒，还加派三名同心轮值戒备。

无须担忧引人侧目。若什么事也没发生最好。如此一来，大可向百姓宣传绘马无效，灵验之说纯属无稽之谈。

借此，应能使绘马的魔力消失于无形。若真灵验，结果应不至于随有无戒备而有所差别。倘若区区二十名捕快守护便使其失效，哪还称得上灵威？

只是，志方仍希望能将真凶绳之以法。

制止谣传继续扩散虽是当务之急，但若无法抓住真凶，也就失去了意义。杀人乃滔天大罪，凶手应接受国法制裁。要想匡正人伦、维持治安，依法将凶贼定罪方为上上之策。有鉴于此，町方奉行所内的众同心，都认为非得将真凶绳之以法不可。

为此，志方命万三将此消息公之于世。散播同心志方兵吾于绘马上写下己名的消息，即等同于让世间知晓志方将借一己之死活，印证黑绘马奇谭是虚是实。志方的打算乃是——如此一来，对手便不得不出招。

不出多久，这一传言便已传遍坊间，只是较事实更为夸张煽情。万三经过一番思索，决定将此消息告知瓦版屋。一听说与广为人所议论的黑绘马奇案有关，瓦版屋自然不敢懈怠，立刻以惊人神速付印流布。翌日，激昂的叫卖声便已在大街小巷此起彼落。

各位看官，写了名便没了命的夺命黑绘马，现有一位町方同心大胆挑战，此人于绘马上写下名字，欲将装神弄鬼的骗徒绳之以法。倘能逃过此劫，便证明黑绘马之说乃无凭无据之骗局，但若真有神力，此人必将难逃一死。南町同心志方兵吾大人，为办此案赌上生死。此事经过详载于此，各位看官务必先睹为快——

据万三所言，那天的瓦版已是洛阳纸贵。

虽非本意，但志方在短短一日间，便成了个无人不知无人不晓的大红人。如此一来，对方可就非出手不可了。

但即便凶手真敢现身，也势必无法出手。一出手便等于自投罗网。

即便志方真遭遇不测，凶手也将为众人所捕。即便凶手侥幸逃脱，至少也证明此事并非神佛所为。届时，只须让全天下知道黑绘马的灵力绝非神佛所为，不过是装神弄鬼的凶贼作祟。若是凶贼所为——不管是什么动机，为了什么目的——犯的都是杀人重罪。

一旦发现夺命者实为普通人，便不会再有人在绘马上写名字；若有谁写了，便可将行凶者绳之以法——这便是志方原本的盘算。不论结果如何，对破案均有所帮助。

孰料，志方所打的如意算盘无一奏效。

事实上，志方完全乱了阵脚，至今心中依然慌乱不已。

志方的预测中唯一应验的，仅有自己不会死一项，其他竟悉数落空。既然没能逮到刺客，当然也不能将之惩处。此外，志方还真曾遇刺。

不过，世间乱相已平定，黑绘马也不再危害人间。

——到头来，一切仍教人无法释然。

志方就这么满心郁闷地来到了曲町。

离开奉行所时，虽曾告知同僚是为外出巡视，其实不过是个借口。现在哪有心情巡视？他笔直走向番屋，之前曾吩咐万三调查此事。一踏进番屋，志方便先发制人地警告町役人、房东与小厮不可作任何询问，接着便趾高气扬地吩咐小厮上茶。正要啜饮第二杯茶时，万三回来了。

似乎是一路跑回来的，只见他上气不接下气地直喘气。

如何了？志方简短地问道。

"噢。小的依大人吩咐，前去数过了。为谨慎起见，除了龟吉，小的还找来宫益町的利平先生一同算过，保证错不了。"

"有几枚?"

"加上大人的份,共四十四枚。"

"如此说来……"

没错,又增加了五枚,万三说道:"五日前被涂黑的有三十八枚,这绝错不了。大人写了第三十九枚。但如今被涂黑的有四十三枚,大人写的则没被涂黑。"

"难道本官写了后,还有其他人去写?"

"是的。也不知是什么时候,被涂黑的又多了五枚。"和死尸同样数目,话及至此,万三吩咐小厮也给自己上杯茶来。

"大人,依小的之见,那五具分布于涩谷一带与官舍附近的死尸,应是被人在黑绘马上写了名,也就是被山地乳给吸了鼾息的受害人。"

"山地乳?世间怎么会有这等妖物!"志方斥道。

"若要说无,还真是有。大人如此不愿相信小的所言,是否稍嫌严酷了些?小的对大人如此忠心耿耿,难道还不值得信任?"

"绝无此事。这……本官不过是……"虽不至于不信任……

"唉。小的深知大人生性多疑,但这回可不愿让步。跟上回那只大蛤蟆不同,这回的妖物可是近在眼前。倘若真是看走了眼,小的随时愿意返还十手,跳河自尽。反正都老糊涂了,也当不了什么差。总之,大人的确被那妖怪给吸了鼾息,卧榻上还留有那妖兽的毛束呢。"

毛束……的确是有一些。陈尸街头的五人衣服上,也沾有同样的毛束。

那妖怪个头很大,可吓人了,万三说道:"六尺,不,或许有八尺,生得一身长毛,虽看不清腿是什么模样,但据棠庵先生所言,这妖物仅有一足。如今想来,似乎曾见其蹬跳前行。突然间也不知打哪儿冒出来,可将藏身隔壁房间屏息窥探的小的一行人吓出了一身冷汗。"

没错。

志方于官舍内布下了陷阱。位于八丁堀的同心组官舍，是栋占地百坪的民家屋宇，模样与武家宅邸迥异。志方于门前、玄关、庭院、后门、两邻以及对门的官舍前各配置了两名捕快，寝室隔壁的房间则由万三、多门及两名小厮负责监视。此外，还安排了每组两名的三组捕快，时常于八丁堀内来回巡视。

不过，虽力求万无一失，志方也认为防备不宜过度严密。若无法诱使对手前来，再好的陷阱又有何用？

然而，门前与玄关的戒备毕竟不得疏忽，仅能吩咐其余捕快尽可能不露身影，以利埋伏。

理所当然地，负责于隔壁房内监视的多门四人，也不得不屏息藏身。酷爱擒凶的多门英之进自告奋勇，负责彻夜警戒。通常一家团圆的房间，这下却挤满了武士。

负责外出巡视的数组捕快，若是发现可疑人等，也不得当场逮捕，而应先行纵放。即便所遇之人甚是可疑，也该先佯装不察，由一人跟踪，另一人则赶赴诘所，向驻守的同心禀报。

志方则在面对庭院的房间中铺设卧榻，在众人环视时单独就寝。屋门虽应避免锁得过度严密，但过度开敞也会惹人生疑，故仍依平时习惯处理。虽说欲请君入瓮，若看来过度松懈，只会更令对手起疑。

来了，便是自投罗网。不想被捕，便不会来。既已如此布局，不论结果如何，志方均是赢家。即便真有闪失，丢了性命，自己仍是赢家。

孰料……

第一天，一切平静无奇。

第二天，或许是瓦版起了效果，看热闹的人开始聚集，但依然没什么异样。黑绘马的夺命限期，乃是三天。

到了第三天，气氛终于紧张起来。看热闹的百姓也暴增至始料未及的程度。现场变得人声鼎沸，活像一场大祭典。

即便得维持秩序，也不能自警戒者中抽调人手，只得央求上级调派人力前来管控。据频频出入官舍的万三所述——六刻半时现场人山人海，活像在举办烟火大会。身处宅邸内的志方虽没亲眼瞧见，但也听见了嘈杂人声。可见万三的形容即便夸大，人数仍是相当可观。

不过，管控若是过度严密，反而可能弄巧成拙。为引凶贼入瓮，还得适度保留破绽。

亥刻一过，屋外终于静了下来。不同于他处，此处毕竟是八丁堀同心组宅邸，想留下来看热闹也难。

四下一片静寂。

烧水沐浴后，志方便躺到了床上。起初还难以入眠，后来仍是睡着了。一心以为刺客无胆入侵。

"突然间，庭院那头的纸糊拉门无声无息地被拉了开来，只见那妖怪已经矗立外廊。若是从庭院进来的，在那里警戒的两名捕快理应瞧见才是。但两人却坚称什么也没瞧见，遮雨板也关得紧紧的。"

"怎么可能？屋内不是有你们四人镇守？"

正因如此，别说是小的，万三语带不服地回道："就连多门大人也瞧见了。"

"这本官也听说了。不过，你们为何没立刻拉开拉门现身？"

因那景象看得我们不知所措呀，万三回答："若是普通人，我们当然要一跃而出，就地擒拿。这绝对是肺腑之言。小的为大人忧心不已，三日来均是食不下咽。多门大人亦是如此。谁都知道多门大人血气方刚，与志方大人截然不同——噢，失敬失敬，总之，人皆知其气性刚烈，是不是？眼见小的吓得浑身发抖，多门大人立刻紧握刀柄，一把推开小的，朝门缝这么一凑——"万三摆出了个窥探的姿势，"紧接着就发出一声悲鸣。唉，这也难怪，任谁瞧见那活像熊的妖怪——不不，若是只熊，大人老早便挥刀斩之。多门大人哪会把熊放在眼里？"

"即便不是熊，也应挥刀斩之不是？"

"但若是贸然上前，只怕小的、大人和多门大人均要死于非命，而首当其冲的正是大人。那毕竟不是凡世的东西。"

"既能亲眼瞧见，怎不是凡世的东西？若非凡世之物，岂可能留下毛束？"

万三表示，那妖物朝沉沉入睡的志方面前一蹲，伸长脖子将嘴凑向志方的鼻头——

"本官若是瞧见此景，想必当下便能判断形势危急。见一妖物将嘴凑向熟睡的人，怎不担心妖物将此人给吃了？"

"不不，那妖物看起来绝不像是要将大人给吃了，不如说像在窥探……噢，看似在吸取大人的鼾息，但也像在确认大人是否熟睡……"

"但……"

"噢，大人要说的，小的也不是不知道。但眼见情况如此，我们这头也得先静观其变。形势虽危急，但稍有闪失，只怕要害大人丢了性命。那妖物的嘴都凑到大人鼻子上了，若是教它一口咬下，可就全完了。"

这的确不无道理。

"此外，小的也得为多门大人的名誉略事辩护。多门大人绝非心生胆怯，依然勇猛果敢，只见他像这般沉着等待，随时准备拔刀上前。"万三手伸向腰际，摆出拔刀的姿势。"弓箭手藏身拉门之后，多门大人亦是刀出鞘口，小的不仅都亲眼瞧见，也在屏息静候一跃而出的良机。"万三压低身子，两眼不住转动。"等着等着——感觉似乎等候了许久，但这其实不过是错觉。"

"何以见得？"

"事实上，小的一行瞧见那山地乳，不过是刹那间的事。事后询问背后的两名小厮，多门大人与小的摆出架势的时间，不过是数到三的工夫。"

"的确是刹那间的事。不过本官还有不解——多门既已在窥探形势……"

"是。"

"为何不纵身而出？"

"不是不纵身而出，而是那妖物一眨眼便消失无踪。只见多门大人迅速拉开拉门，想必是认为这气势将吓得那妖物从大人身旁抽身。孰料……"

"已不见其踪？"

"没错。而大人亦在此时起身，高呼一声'怎么了'。"

志方起身时，房内的确什么也没有。

"此时，外廊的拉门也关得好好的。听到大人一声呼喊，庭院那头的两名捕快自遮雨板破门而入，玄关与屋内的众人也纷纷朝寝室赶来。后来的事，大人也都知道了。"

没错，后来发生了些什么，志方的确都知道。只见拔刀出鞘的多门目瞪口呆地站在自己眼前，赶到寝室的众捕快似乎也是一脸茫然，个个一副不知所措的神情。

"如此说来，多门是自那时起被吓破了胆的？"

不论志方如何询问，多门均是只字未答。

"毕竟一个妖物就从自己眼前消失无踪。在此之前，多门大人可是勇猛如虎，但眼见那东西就这么一溜烟地……"

——真教人无法释然。

到头来，并没擒到什么凶手。众人就这么挨到了天明，志方也依然活得好好的。并没有逮到什么凶贼，反而冒出了个妖怪。

天才刚亮，又有大群看热闹的百姓涌赴现场，八丁堀再度人山人海。不久，与力和笔头同心亦赶来确认志方是否无恙。志方现身众人眼前时,甚至响起一阵欢呼。

完全不知该如何禀报。此外,黎明时分,即欢呼响起约四半刻后,还发现了五具身份不明的尸体。

沟渠水面上一具,路旁树下一具,桥下一具,澡堂旁小巷内一具,大街正中央还有一具。

五名死者穿的衣服形形色色,看不出彼此间有任何关联。一开始的判断,是皆于同一时间倒地身亡。但有五人同时丧命,且个个相距一町,岂不过于凑巧?

至于死因,亦是难以查明。五人身上均无刀伤。虽不乏颈骨或脊椎断裂者,但看起来应不是自屋顶摔落,教人猜不出怎会死于骨折。于沟渠发现的遗体,看起来也不是溺亡。

此外,每具尸体均沾有兽毛,与志方寝室内残留的毛束完全相同。这着实教人无法参透。

因此,万三便邀久濑棠庵前来判明。似乎是过于担忧志方的安危,万三事前便曾向棠庵求教。想必是一返回涩谷,便趁志方去奉行所做事前报备时前去造访,对其说明了全事原委。

当时棠庵如此回答:"依老夫所见,应是名为山地乳的山怪所为。"这博学的老头儿劈头直断道,并表示唐土称此妖为山魈或山精等等。

一如其名,此妖栖息山中,本国以山父、山爷、山亲爷、山丈、山鬼等称之,名称因地而异。也有传说称高龄成精的蝙蝠、鼯鼠先是化为野衾,历经一劫,复化为山怪。此妖物栖于深山,识读人心,故又名悟妖。就这悟字判断,这妖怪应是懂得察知对方心中所想。

深山幽谷中,或许真有此类妖兽栖息。但此处并非穷乡僻壤,亦非山中寒村,而是人声嘈杂的江户。万三也曾质疑,江户既无山,哪可能有什么山怪?

志方这番话,却换来棠庵这番回答:"这山地乳,不时入侵村庄,吸取入睡之人的鼾息。遇袭者，必将于翌朝前毙命。不过，遇袭时若为他人目击，则遇袭者将得以存活。不仅得以存活，据说还保证就此长命百岁。"久濑棠庵一脸正经地总结道。

这番说法，被一字不漏地登上了瓦版。

黑绘马的真面目，乃深山妖物。既非神，亦非佛。既非灵验，亦非神威。并非如人之愿，不过是妖怪假神佛之名取人之魂——瓦版如此刊载道。

此外，对遇上山地乳该如何趋吉避凶，亦有详载。即便被人于黑绘马上写名亦不足畏，仅须委人彻夜戒备，便可免遭其妖法所害，即可免于一死——已有多家瓦版如此煞有介事地详述。

不仅如此，还加注——被山地乳袭击却得以存命者，保证将长命百岁。

听来，还真是因祸得福。想必是这番舆论奏效了，志方心想。

凡被写上名字的人均难逃一死——正是因此，这黑绘马才蔚为流行。但倘若可免一死，将会如何？况且，避险方法还十分简单。

黑绘马的夺命期限为三日。仅须邀人彻夜戒备三日，便可除灾解厄。戒备者什么也不用做，只须睁眼目击，原本的死劫便能转为福寿。这比写名还要简单。

如此一来，便不会有人再写。写了也毫无意义。半信半疑者将因此失去兴趣，相信者则是更不可能付诸行动。毕竟写了，反将助宿敌长命百岁。

总而言之，这不过是胡言乱语。被人写名要命丧黄泉，被人瞧见却能延年益寿——两种说法同样无稽，不过是五十步笑百步。

还真是无稽之谈。但遗憾的是，志方虽如是想，却找不出任何证据。志方保住了性命。五名死者却悉数丧命。

这究竟是怎么回事？志方感叹道。

"怎么回事……敢问大人所指为何?"

"噢,那缘切堂,在本官写了名字后,哪还有人进出?不是差了地回利平严加看管?"

"没错。入夜后的确无人踏足。但在八丁堀的骚动结束后,戒备者便悉数撤回了。"

"那么,继本官后的那五人的名字,是被何人以何法写的?而被人写名的五人,为何不是死在自己的栖身之处,而悉数路死街头?"

"这当然是因为没能取得大人性命,那山地乳在回程途中便……"

"若那妖怪借吸取鼾息取命,难道五名死者当时皆露宿街头,且还在距官舍同等距离的地方入睡?况且,倘若真是那妖怪所为,未依规矩而于白天写下己名的本官,何以仍遭袭?"

这,只得请大人向山神求解了,万三说道。

——无法释然。

志方兵吾也仅能眉头一蹙。

五

又在闹什么别扭?削挂贩子林藏说道。

不都顺利交差了?文作也说道:"至少截至目前,堪称一切顺利。阿又,想不到你竟然想得出如此妙计,佩服佩服。"

一阵风自河岸吹拂而过。天气依然带股寒意。

这小伙子,近来特别偏爱这类装神弄鬼的招式呢,林藏揶揄道。

哪有什么偏爱不偏爱的,又市语带不屑地回道:"这可没多光彩,不过是些骗小孩儿的把戏罢了。"

"但不是解决得挺顺利的?我说阿又呀,这桩差事,再算上之前的大蛤蟆、雷兽什么的，你这脑袋可真是机灵呀。原本我也以为这算哪门子蠢把戏，最近却觉得只要使用得当，装神弄鬼一番也不赖。"

"少啰唆。"还真是不懂得体恤人，又市心想。每回的局，大抵都是赶鸭子上架。就连这回，若非志方兵吾先有动作，其实也出不了什么手。换言之，等于是志方主动落入又市布下的陷阱里。

接到棠庵通报后，又市立刻看破了志方的计谋——志方想必是打算借写下己名，使黑绘马邪术失效。

这招的确有效。若志方逃过死劫，黑绘马的传言便将露出破绽。因为这将证明死者并非死于什么玄妙神威。若运用得宜，还可能予这传说致命一击。

志方想必已料到，为保护此局，真凶必将前来取命。他只须守株待兔便可。若真有人前来取志方性命，届时便可将其绳之以法。即便失手任其逃逸，只要来者为人，便可揭露此事实为普通人所为。不，若真有谁现身，来者必定是人。毕竟，世间绝无鬼神。这本就是再清楚不过的道理。亦即，即便什么也不做，志方也能凭他所布下的陷阱，揭穿这黑绘马的骗局。

这当然办得到。

不过，志方对此事背后的最大内幕，却一无所知。他完全不知稻荷坂祇右卫门这妖物的存在，似乎也完全忘了对手可能是道上高人。即便非神佛，身手不凡的高人依然是难以应付，使的若是罕见奇技，就更不用说了。

总而言之，志方的性命已危在旦夕。

来者或不至于有勇无谋地袭击戒备森严的同心组宅邸，然而，依然可能乘戒备撤除的空当下毒手。既是高人，那么钻过天罗地网暗中偷袭亦不无可能。志方哪可能不危险？

不过，即便志方真的遇害，只要过了那三日期限，他的计策便属成功。即便没能活过三日，只要能揭露真凶为普通人，亦能收效。对戒备森严的八丁堀宅邸发动袭击，不论来者武艺如何高强，也难全身而退。即便真能顺利遁逃，也无法抹去下手痕迹。

总而言之，即便志方不幸丧命，这黑绘马的骗局仍将无以为继。乍看之下，即便阎魔屋一伙人毫无作为，也能成就一文字狸的请托。

不过，其中尚有一个问题。倘若真逮到真凶，这真凶，将会是何方神圣？

胆敢袭击担任同心的志方，想必应是个高人，亦即鬼蜘蛛那伙。不过，也可能另有其人。若是如此，试图取志方性命者，便是与此案毫无关系的无宿人、野非人。

被当成卒子使唤的，想必是惨遭祗右卫门要挟的贱民。那么，就是门外汉了。

与同心交手，门外汉岂有任何胜算？然而，这当然由不得他们回绝，只得毫无准备地前往八丁堀，进行这场毫无胜算的袭击。

十之八九，注定要失败。不是惨死刀下，便是束手就擒。即便被擒，也注定是死罪难逃。

不，先以门外汉发难，再由高人乘擒凶乱局施以致命一击，未尝不是个可行之计。

以门外汉兴风浪，再由高人下毒手——当然是不无可能。反正这些门外汉不过是弃之不足惜的卒子。待成功下了毒手，只消将罪责推予贱民，全事便告落幕——也可能是如此结果。不仅可能，想必正是如此盘算。

事实上，这黑绘马奇案中的死者，的确多数死于此类人等之手。

就擒后也将无法辩白。无论如何坦白、陈情，伏法者毕竟是这些卒子，既非祗右卫门，亦非鬼蜘蛛。一旦被擒，便毫无办法。诚如文作所言，再如何解释是出于被迫也于事无补，毕竟自己的确是真凶。

想必祇右卫门对此早有设想。毋宁说正是为了解决这个问题，这魔头才决定迫使贱民代其下手。

着实令人发指。这岂是天理所能容？此事教又市甚是激愤难平。绝不可任其继续为非作歹，迫使更多人含冤、蒙罪，遑论丧命。同理，也认为自己有义务助志方保全性命。

又市所知的志方兵吾，为人木讷却一丝不苟，在官差中算得上是极为罕见的真诚。正因如此，才会布下这个不惜牺牲一己之命的局。再怎么说，都不忍坐视此人命丧黄泉。

没错，单凭志方这计谋，便可瓦解黑绘马的骗局。话虽如此，最终仍可能有人受害，甚至丧命。

这绝不可以。万万不可再有任何牺牲。

这下，又市非得想出个尽可能活用志方这计策，并能封锁祇右卫门一切诡计的法子才成。为此，又市与林藏取得联系，委其尽可能迅速、夸大地将流言给传出去。并通过阿甲与瓦版屋商议，斥巨款委其尽快付印，广为流布。

首先，须让大街小巷知悉志方兵吾不惜赌上一己性命，以证明黑绘马一案不过是个骗局。于坊间大肆宣传此事，应可助志方的计策获得更大成效。

消息转瞬间便传了开来。但这还不够。若不煽动全社会随之起舞，依然难以成事。涌入八丁堀看热闹的百姓，其实有半数是受阎魔屋煽动的。刻意挑起宛如祭典般的嘈杂乱况，一方面是为了保护志方，另一方面则是为了将无宿人、野非人隔离在外。

人多耳目多，可使行凶者更难下手。人数暴增，官府的管控也只得更严厉，尤其是无身份者，将更接近现场。

事实上，此类人等果真未曾接近。据负责煽动人群的文作所说，现场的确曾有数名仅能茫然眺望骚乱人群的贱民。这几人与人群保有一定距离，个个脸色惨白。虽不知他们奉的是什么命，想必个个都为无法下手满心焦急。不仅白天难以接近，这些门外汉也不具备乘夜潜行的技巧。

如此一来，又市认为，便能迫使高人亲自下手。

同样负责挑起乱况的角助表示，文作的确深谙操弄人群之道。这靠朗读祭文糊口的家伙，生来就是个中高手，轻而易举便能使人群忽而嘈杂，忽而静默，忽而凑近，忽而远离。

同一时间，将八丁堀的局面委由文作代掌后，又市便动身造访一个认识不久的朋友。事到如今，也只能孤注一掷了。

我还真是参不透，文作说道："这……不管是装神弄鬼还是什么，只要运用得宜，我是不介意。但，阿又，你是如何认出那些乔装成普通人的鬼蜘蛛的？唉，就当时的形势而言，我也料到那些家伙必将在最后期限的第三日正午，混入人群伺机下手。但若是乔装成百姓或工匠什么的，哪可能认得出？"文作一脸纳闷地说道。

没错。又市前去造访那位朋友，为的正是此事。这朋友名为御灯小右卫门。

小右卫门的身份，与又市等阎魔屋的乌合之众截然不同。双方归属的世界可谓南辕北辙。这不同，并非诸如武士、百姓、庄稼汉、非人等身份的不同，而是处世之道截然不同。这小右卫门，极可能和鬼蜘蛛那伙同是潜伏在暗处生息的不法之徒。而且，还是个举足轻重的重要角色。

上回立木藩一案中，被鬼蜘蛛盯上的阎魔屋一伙之所以能保住性命，全是拜小右卫门之赐。可不是走投无路才求其相助。不，虽然的确走投无路，亟欲寻人相助，可总不能求个素昧平生的。与不法之徒不应有任何往来，可是阎魔屋的铁则。

当时，是小右卫门主动向走投无路的又市伸出援手。

看来，小右卫门对又市似乎有所认识，又市对小右卫门却是一无所知。为何主动出手相助，令又市完全想不明白。

只不过……

遇事相求，可随时来找我——道别时，小右卫门曾面带笑容地如此说道。

此语本意当然是无从得知。对不法之徒的承诺，又市也没天真到囫囵吞枣全盘相信的地步。

知道小右卫门与又市曾有往来的，唯有阿甲一人。当时阿甲也曾告诫又市，切勿主动与此人联系。

如此谨慎，也是理所当然。当时只一声吆喝，小右卫门便召唤来为数可观的不法之徒。不仅如此，小右卫门还通晓瞬时便可将米仓炸得灰飞烟灭的火药术。他日若与此人为敌，己方注定是毫无胜算。

不过，如今已无他法可想。这次的对手，并非普通人。即将来袭者乃杀戮高手，背后尚有个魔头撑腰。即便如此，又市仍不打算开口求助，不过是希望多探听些消息罢了。

相传小右卫门居于两国一带，亦曾听闻其平日以傀儡师的身份作为伪装。由于真找着了这面招牌，不出多久便觅得其住处。屋外，立着一面写有"傀儡师小右卫门"的木牌。小右卫门正好在屋内。

已没多少闲情逸致嘘寒问暖，又市单刀直入地说明来意。听毕，小右卫门开怀大笑道："你还真是个怪人。"

笑完一阵后，这满面胡须的巨汉以锐利的目光直视又市说道："门外汉可是天不怕地不怕的。依常理，你应该早没命了才是。"小右卫门的嗓音和神情都很严峻，仿佛被人用匕首抵住脖子似的。

即便是不法之徒，也讲求不法之徒的道义——小右卫门说道："因此，我才没向你报上自己的名字和住所，也不得帮你任何忙，任何消息均不得透露。不过，稻荷坂这家伙是个迟早得解决掉的对手。"

小右卫门什么都知道,而且,也为此愤恨不已,至少又市是如此感觉。

沉默了半晌,小右卫门才又把话给接了下去:"稻荷坂这家伙丝毫不讲道义。为他所设之局助阵的家伙,同样不讲道义。忙是帮不了,但眼睛倒是能借你。"

"这天狗的眼睛,能看穿妖怪身上披的人皮。"又市向一脸纳闷的文作说道。

"天狗的眼睛?难道又要搬个妖怪出来?"林藏语带惊讶地问道。

"形容这敌人是妖怪的不就是你?咱们得对付的既然是妖怪,不祭出个妖怪何来胜算?详情我不得透露,总之,这眼睛的确有用。"

小右卫门点出敌人,又市向同伙通报,再由山崎和玉泉坊出手解决,就这么简单。

敌人果然是鬼蜘蛛。不出山崎所料,鬼蜘蛛果然有五人,看来没有其他帮手。事后听说,这伙凶徒心狠手辣、锱铢必较,连孩子也肯杀,就连同行对他们都敬而远之。

此外,上回那桩事发生在下野,不难判断鬼蜘蛛平时的势力范围,似乎是江户之外。看来应不至于为祇右卫门所束缚。当然,更不可能是被迫为其卖命。若非为了酬劳受雇,便是主动为虎作伥,总之应是出于自愿。

这伙人,可不好对付——小右卫门警告道。

与之抗衡,又市的确是无能为力。除了寄望山崎与玉泉坊的身手,别无他法。

这鬼蜘蛛,似乎是一群擅长乘夜袭击的刺客。他们习于趁夜色埋伏或潜入对象家中,缓慢细致地布网盯梢,乘隙奇袭。先拘捕猎物再行诛杀,似乎就是鬼蜘蛛惯用的伎俩。

蜘蛛这形容,还真是贴切。的确,就连角助与阿甲都是不出两三下就被擒，可见这伙凶徒的身手之利落。若是被他们给逮着，大抵都难逃一死——这早就是不争的事实。

不过，这回形势颠倒了过来。如今，布网盯梢的可是又市他们。

看来鬼蜘蛛的确是打算乘贱民对八丁堀发动袭击时，趁乱潜入官舍。原本的计划想必是——迅速解决志方，再利用外应掀起又一阵骚动，以乘乱逃逸。

但这计划已被又市布局破解。贱民根本无法接近八丁堀。此外，戒备人数也有所增加，巡视范围扩展得更大。如此一来，鬼蜘蛛要想潜入八丁堀，唯有利用白天的人山人海，方有契机。

不出所料，鬼蜘蛛果然现身。又市隔离无宿人、野非人的计策十分奏效。光天化日之下，在拥挤的人群中，鬼蜘蛛一个接着一个地遭蒙面的山崎击破。

既然是靠行刺混饭吃的刺客，对杀人理应是习以为常。但再怎么身手不凡的刺客，也从没预想自己可能死在他人手里，毫不自觉自己也可能遭人盯上。

格杀勿论——这回的确是毫无选择。一如山崎所言，不是人死，便是己亡。藏身小屋内监控局面时，又市的神经也甚是紧绷。

那一瞬间，仅在人群中的一个角落，山崎展现出腾腾杀气。只见他紧贴敌人，迅雷不及掩耳地将之撞向路旁死角，鬼蜘蛛便断了气。

思及至此，又市不由得起了一身鸡皮疙瘩。这山崎寅之助的确武艺高强。别说是一声哀号，连个呼吸都来不及，凶徒便魂归西天。事毕，再由巳之八与角助迅速藏起尸骸。

解决了三名后，对手方惊觉情况生变。对手戒心一起，山崎便摘下脸上的面具。这伙人见过山崎。这也在计划之内，毕竟半年前曾有冲突，对手应也料到损料屋将行报复。

山崎刻意暴露一己容貌，自人群中抽身。剩下的两名敌手立刻追了上去——也不知是否算是追了上去。事实上,鬼蜘蛛是给诱出来的。山崎逃进的小巷内,早有玉泉坊镇守其中。至于玉泉坊是如何摆平两名凶徒,又市就没瞧见了。

反正既不想瞧见人被杀戮,亦不愿瞧见人如何身亡。再者,无动坂的身手,又市也老早见识过。

两名凶徒没再现身,就这么死了。

想来着实催人作呕。虽说是恶徒,但这五人依又市所设的局,在又市眼前殒命。不,老实说,是惨遭杀害。不不,该说是在又市的安排下惨遭杀害。虽是假他人之手,但和自己亲手杀人没什么不同。

满手血腥的鬼蜘蛛,的确是为钱害命、不可饶恕的凶徒。即便如此,若非事出仓促,结局想必不至于如此凄惨。即便鬼蜘蛛武艺多高强,生性多残暴,应还有其他办法解决才是。

山崎直言别想太多,这番规劝也的确不无道理,但又市总感觉心里过意不去。即便被人以天真贬之,以幼稚斥之,又市总认为该设计个不会有任何人赔上性命的局才是。然而,还是杀了人。

在黑绘马上写下他人名字的家伙,想必也和又市是同样心情。虽未亲手染血,但人仍是因一己的意志而死,心中当然不是滋味。除非能找出个噤口吞声、将一切忘得一干二净的法子度日,否则注定终生遭受折磨。不管是出于自责还是良心不安什么的,折磨就是折磨。

若是常人,理应如此,又市心想。

不过,别忘了还有祇右卫门这样的恶棍。

祇右卫门胁迫身份低贱者供其差遣,用毕便如蝼蚁般一把捻死。无须玷污一己之手,便为牟不法之利夺走多条人命,丝毫不将人命当一回事。因为他是个妖怪?不。正因如此,他才是个妖怪。

瞧你这神情,严肃得什么似的,文作说道。

"这小伙子来到江户后,可都是这副德行。瞧这一脸心事重重的,难不成是给吓傻了？"林藏揶揄道。

文作则两眼紧盯又市说道："姓林的，快别这么说。江户与京都情况迥异，行事当然是谨慎为要。否则，小命可要不保。"可是担心稻荷坂的事？文作低声问道。

有什么好担心的？林藏高声说道："咱们根本没留下半点插手的证据。知道咱们长相的鬼蜘蛛，不全都绝命了？委托这桩差事的一文字狸，和你也没半点关系。更何况这一文字屋仁藏可不是什么泛泛之辈，哪可能漏半点口风？"

事情可没这么简单，又市心想。"姓林的，你想得未免太天真了。"

"哼。阿又，别以为假正经有多了不起。管你心里是悲还是怒，命该绝时终究是死。我还宁愿笑着死呢。总而言之，若要说这桩差事有哪儿露了马脚……还不是那身粗糙的行头？"林藏继续嘲讽道，"那东西究竟是熊还是山猪？难不成是猿猴？"

那是狒狒，又市回答："原本是长耳那臭老头儿为岩见重太郎打狒狒的戏码缝制的。这回不过是在脸上下点功夫，将之改成了山地乳。事出仓促，粗糙点也是无可奈何。你就别再数落了行不行？"话毕，又市拧起一把草，朝林藏掷去。

"我数落什么了？那行头可是比那些纸糊玩具高明多了。既有毛束，又有爪子。不过，用在戏台上或许还能凑合，一般人看了，会以为是真的？想必只有傻子相信。"林藏回掷一把草说道，"我也不认为那同心把这当真。"

"志方大人质疑也无妨，反正那人本就不信神佛。正因他不信那黑绘马真有法力，我才设下了这么个局。连黑绘马都不信了，哪可能认为有什么山地乳？"

没错。那行头不过是为了说服对黑绘马信之不疑或半信半疑的多数普通人。

原来不过是个余兴？林藏回道："将鬼蜘蛛给摆平，不就万事太平了？人实为刺客所杀，那官差大人也没在三日内丧命，证明那黑绘马的法力不过是个骗局。如此难道还不够完满？"

"这可不够。"

"不够？我可没看出有哪儿不够。"

"你这脑袋还真不灵光。这下全天下都知道那黑绘马不过是个骗局，你想结果会怎么着？"

"不就完满落幕了？"

"落幕？才刚开始呢。"

"什么才刚开始？"

"你想想，若根本没什么神佛法力，人不就是普通人杀的？如此一来，便非得揪出真凶不可。既有四十人遇害，总不能放任真凶逍遥法外。否则奉行的脑袋，只怕也要不保。"

"奉行的死活与咱们何关？"

"哪可能无关？你这卖吉祥货的，脑袋还真是简单呀。人头都要落地了，奉行哪可能不吭声？为挽回奉行所的威信，总得大举查缉真凶。截至今日，黑绘马一案之所以没被详加调查，乃因原本被视为迷信。即便写名祈愿者主动投案，也无法将之擒捕。但一旦证明是普通人犯的案，官府便得缉捕真凶了。"

"话是如此没错。"

"当然没错。那么，真凶会是些什么人？鬼蜘蛛——全教咱们给送上了西天。如此一来……"

真凶就成了供祇右卫门差遣的贱民，是不是？文作答道："犯案者既是门外汉，虽距案发已有一段时日，只要稍事调查，总查得出些蛛丝马迹。只要有一人伏法，便不难接连揪出其他共犯。若犯案的是无身份者，想必也有不少人乐于密告——或许就连毫不相关的罪责，也要赖到他们头上。如此一来，不就形同针对非人与无宿人的大举迫害？"

"噢。"这下林藏终于乖乖闭上了嘴。

"稻荷坂的盘算，便是一有闪失，就供出这些卒子，乘机图个全身而退。或许为了平息奉行所的怒气，还打算刻意供出真凶呢。这些卒子一旦落入官府手中，可就是百口莫辩了。毕竟，人真是他们杀的，这不等同于教他们白白送死？因此，咱们非得让人以为真有法力神威不可。得让全天下以为这些杀戮非常人所为，根本没什么真凶才成。"

对方若是祭出神佛，咱们不祭出个妖怪，何来胜算？世间虽无鬼神，但非得装神弄鬼，方能完满解决。

山地乳可是逮不着的，文作笑道。

"山地乳？喊。"林藏粗鲁地摊直双腿说道，"这我正想问呢。这山地乳，究竟是什么玩意儿？"林藏一脸不悦地问道。

"何必在乎？话说这山地乳，可是文作这臭老头儿想出的点子。"

"山地乳是我家乡的妖物。反正那祠堂祭祀的是山神，夺命的不就是山中的老神仙什么的了？"

没错。就凭文作这一句话，又市便完成了这回的布局。那山地乳，是长耳扮的。

这回的局，其实十分简单。首先，于庭院中戒备的两名捕快，正是又市与仲藏。由于围观之人众多，亟须遣人至屋外维持秩序早已显而易见。何况官舍本有不分昼夜的严密哨戒，不难想见人手将严重不足。因此，事前便略事张罗。

负责擒凶的捕快依理应为与力同心。但町方缉凶时，只消委由万三这类冈引或小厮负责便已足够。反正几乎遇不上须大举动员的大规模缉捕，奉行所也不会常久地雇佣大批小厮。这类小厮，多半是遇事才临时招募的雇员。

将鬼蜘蛛消灭殆尽后，又市与仲藏立刻乔装为捕快潜入官舍。潜入后，便以又市最擅长的舌灿莲花之技，取代了原本在庭院内戒备的捕快。

仲藏所造的狒狒戏服并非纸扎的，而是在布料上贴上毛皮，可叠成小小一块。即便如此，藏匿怀中还是稍嫌显眼。幸好仲藏本就生得一副擎天巨躯，看来不至于太不自然。

埋伏庭院中的两人待时间一到，便悄悄卸下遮雨板，潜入官舍。反正负责戒备的正是自己，潜入也耗不上多少工夫。一抵达外廊，仲藏便迅速换上山地乳的戏服。先将卸下的遮雨板搁在一旁，再拉开拉门进入寝室。在负责戒备的同心与万三等人眼前佯装吸取志方的鼾息后，立刻走回外廊，关上拉门，并迅速褪下戏服。

听见醒来的志方一喊，仲藏与正将庭院内遮雨板装回原位的又市便佯装踢开遮雨板破门而入，并将拉门拉开。

不过是一场短短的小戏法。

既然是负责戒备的两人自演的戏，便不可能有任何外人窥见真相。只要宣称一切均无异状，这妖怪便形同在屋中倏然现身，在屋中倏然消失。

根本是骗孩子的把戏，林藏嘲讽道。

又市何尝不是同感。"正是为了以骗孩子的把戏糊弄成人，才得扮妖怪装神弄鬼一番呀。只有孩子相信有妖怪，这招若骗不过成人，只怕要性命不保。一被察觉是人扮的，长耳可就要被当场砍死了。"

"有什么可怕的？长耳那臭老头儿无须装扮，就是个妖怪了。"林藏揶揄道。

"不过，那爱宕万三不是直吹嘘妖怪有足足八尺高？那臭老头儿个头真有这么大？"

"要装扮，当然得刻意扮得大些。"相传长耳出身于梨园。"灯火也起了点作用。只要跨在灯笼上,影子便能大得直达天花板。此外,也能借助动作让身影看来更巨大。虽然我仅隔着遮雨板朝拉门的门缝窥探,但长耳把戏给演得——还真是鬼气逼人。尤其那身扮相,十分骇人,看在被吓到的人眼里更是益发逼真。毕竟房内一片黝黯,露脸也就那么一眨眼工夫——不出多久便像阵烟似的,倏地消失得无影无踪。至少那姓多门的同心是信以为真了。"

接下来,就轮到棠庵上场了。一如往常,棠庵还是没说半句谎言,仅将流传于诸国的山怪故事详述一番。

其中一些传说还真是贴切呀,文作语带佩服地感叹道:"吸人鼾息、遭吸者死、被他人目击则长命百岁,这些都是有依据的吧?那位先生见多识广,可真帮了咱们大忙呢。"

"没错,是帮了大忙。"

还真是托他的福。缘切堂黑绘马的祈愿夺命,就在他一番言语下,成了山怪闯入村庄肆虐的结果。

并非神佛,而是妖怪。至少是给了个说得通的解释。这就成了。

"林藏,妖怪这种东西和神明不同,并不为人所膜拜。模样虽然骇人,其实没什么好怕,因其可加以驱之、灭之。那祇右卫门绝不是什么妖怪。真正的妖怪……是该像咱们这么利用的。"又市说道。

"有道理。总之,碰巧这回的凶手是风餐露宿者、无身份者和山民。这些人本就祭祀山神。如此这般,算是有个完满的交代了。"虽仍稍嫌牵强。"那座祠堂,据说要被迁移到邻近的寺庙内了。大家似乎认为正因长年闲置,才会发生这种怪事。如此一来,这山地乳便无法再度为恶。毕竟一纳入寺社奉行的管辖之下,外人便不得再设立黑绘马什么的了。"

不过,唉,往后棘手的事还多着呢,文作说道:"祇右卫门依然逍遥法外。虽已将鬼蜘蛛铲除殆尽,但依然没抓到敌人的尾巴。噢,诚如林藏所言，截至目前咱们也还没露出尾巴，但阿又的忧虑，也不是毫无道理。论起演戏，对手想必比咱们更高明，这场戏，或许早教对方看出了马脚。总而言之，今后凡事谨慎为要。这阵子就先避避风头，我已告知阿甲夫人，大坂那只老狐狸也不是省油的灯，罩子随时都亮着。今后若有任何需要，我们立刻赶来帮忙。"

"若是杀戮，可就免了。"

我也同意，林藏说道："我可不想丢了这条小命。人间的乐子还多着呢。"这就会佳人去，林藏竖起小指说道。接着便起身拍拍身上的枯草，吩咐文作代自己向那只老狐狸问个好，削挂贩子林藏便快步跑上土堤，消失得无影无踪。

"他找着姑娘了？"

"没错。那傻子和一个曾当过窃贼、名叫阿睦的母夜叉勾搭上了。真不知那婆娘有哪儿好……"又市真是不解，"那家伙还真是色迷心窍。"

"呵呵，这证明林藏是个大好人呀。"

"在京都，不也是败在姑娘手上？"

"为了帮助这败在姑娘手上的家伙脱身，闹得自己也暴露身份，无法在大坂混下去的大好人，不正是你？这证明你也是个大好人呀。"文作笑道，"想不到这么个好人流落到江户，竟然成了个靠妖怪装神弄鬼的戏子。"

少给我啰唆，又市嘀咕道。

旧鼠

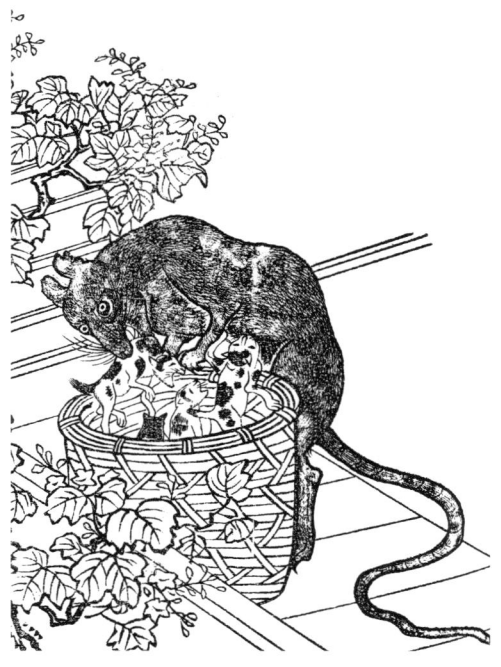

远昔大和志贵曾有一鼠

其毛有赤黑白三色

常捕猫而食

华夷考中亦载有一猫王

可啮鼠数十只

果然不分猫鼠

凡成精皆可畏也

一

御行！御行！

远方传来阵阵孩童的呼喊。秋季分明已告尾声，却见一男子快步而行，一身单薄白色单衣随风飘逸。五六孩童不住呐喊，紧随其后。随着阵阵响亮铃声，男子渐渐远离。

那家伙看来可真快活，又市说道："那家伙是什么人？穿得如此单薄，难道不怕冷？"

那人是个御行，久濑棠庵答道。

"御行？这字眼听起来可真荒唐。且那些小鬼头为何直嚷嚷？难不成那家伙是个卖糖的？"

"是个卖纸札的。"

"卖纸札的？可是赌场的札？"

"不不，御行所贩卖的不是歌留多[①]，而是护符，靠挨家挨户兜售辟邪纸符维生，亦可说是祈愿和尚。"

还真是个吵人的和尚呀，又市说道。虽没仔细打量，但听棠庵这

[①] 日本传统纸牌游戏所用的牌。牌上印有和歌，竞技者用的牌仅印有下句，须按读牌者所读的上句，寻找对应的纸牌。

么一说,这才想起似乎没瞧见他结有发髻,或许是脑门用什么给裹住了吧。

"不过,怎么有一伙小鬼头追在这卖辟邪纸札的家伙后头?难道他戏弄了这些小鬼头还是什么的?"

棠庵以女人般尖锐的嗓音大笑道:"御行本应任由孩童追赶,给追急了,就朝孩童们抛纸札,故总能引来想讨纸札的孩童紧随其后。"

"小鬼头哪稀罕什么纸札?纸札上头印的不是权现、荒神,就是防祝融、消灾厄什么的,看了就教人心烦,哪会有人想讨?"

不不,棠庵再度挥手否定道:"孩童想讨的,乃印有图画的纸札。其上所绘大抵是些天神、妖怪与滑稽画一类。"

"妖怪?"

"没错,妖怪。诸如见越入道、辘轳首、一目小僧等等。"

"噢。"双六也是印有妖怪的最受欢迎。不论流行与否,凡属此类,大抵都不愁碰不着买家。不过又市也没怎么认真经商,这感触其实有点模糊。"难道是强逼小鬼头们买这些妖怪纸札?这不就等于骗孩子的钱?"

小孩子哪有什么钱?年迈的本草学者笑着回道:"那是为了招徕客人。一听见孩子们大呼小叫,人人便知今年御行又再度造访,可上前换张新札什么的。区区几个子儿,便可购得一纸色彩鲜艳的辟邪护符,御行便是靠此法营生。售出护符时,还会唱一句文言咒语——"棠庵以右手结了个印,凑向鼻头继续说道,"——御行奉为。因此,人方以御行称之。"

这生意做得可真是拖泥带水呀,又市在长凳上坐正身子说道:"还不如强逼人买下干脆。与其哄骗小鬼头,自己边走边喊护符、护符的,不就得了?况且穿得如此单薄,走在路上难道不怕冷?"

话说得有理,这御行似乎来早了,棠庵蹭了蹭没有一根毛发的光滑下巴说道:"天候未寒,距年末尚有一段时日。眼下仍是秋天呢。"

"当然仍是秋天。霜月才刚到,师走[①]还早着呢。"

"通常得等到天将入冬,御行才会现身。"

"天将入冬还穿得如此单薄?干这行的都是傻子吗?"

"如今,御行已十分少见,或许也不再讲究这习俗。噢——将军。"

棠庵说着,将指头伸向棋子。且慢且慢,又市制止道:"不是轮到我了?"

"不,轮到老夫。先生方才以步取金,腾出了角道。"

"噢。"对御行的好奇,教又市分了心。

"因此老夫得以将先生一军。要不要让个一手?"

"算了,我认输就是,反正也不稀罕那么点钱。可还真是不甘心哪,教那御行和尚给害得一盘也没赢。唉,只怪自己棋艺不精。"又市已连输了五盘棋,"老头儿,我和姓林的交手时可厉害着呢,但为何总是赢不了你?"

"乃因先生生性虎头蛇尾。虽懂得洞察先机,亦懂得运筹帷幄,但一到最后关头,总是少了胆识。"

我?少了胆识?又市将棋子抛回盒里说道:"我哪可能少了胆识?"

"或许是老夫这形容欠妥。不该说少了胆识,而是少了气势。先生没打算赢,没打算用尽千方百计、不择手段地赢,抑或不过是好逞强。先生的心,老夫猜不透。倘若方才向老夫解释都是那御行害先生分心、下错了棋,老夫也可退一步,不将先生的军。若先生改将旁边的步朝前一移,老夫可就要无计可施了。"

原本又市的确有如此盘算。

"棋局掌握得既快且深,收尾却轻忽草率,小心这性子哪天可能

[①]阴历十二月的异称。

教先生性命不保。"棠庵说道。

喊，又市不屑地应了一声。

今日打一大清早下棋至今，昨日也是如此。丝毫提不起精神干任何活儿。虽然损料差事的酬劳得以供自己好一阵子衣食无虞，但也不是因衣食无虞而懒得干活儿，纯粹是提不起精神。虽什么活儿也没干，一抹不安却总在又市心中挥之不去。

春天里那场山地乳的局赚了百两。过了夏天，又赚得五十两。然手头虽宽裕却找不到地方花，挣得的银两就都原封不动地存了下来。打从在阎魔屋当帮手算起，至今已存了近二百两。区区一介双六贩子，一辈子也赚不了这么多钱，又市已相当于挣到了好几辈子的份。

挣得这么多，又有何用？又市喃喃自语道。

瞧先生说得可真豁达，老人神情古怪地望向又市说道。

"老头儿，你挣的不也和我一样多？瞧你一副老骨头干瘪瘪的，钱能花哪儿去？"

"用来搜购书卷。此外，药材亦是价格不菲，若无银两，便无法调制良药。"

"原来老头儿的钱是这么花的。"

棠庵名义上是个本草学者，亦深谙医术药理，不仅常为人诊治，对调药之术更是精通。据说棠庵所调的药，要比大夫开的药更有疗效。不过，这老头儿绝非借行医敛财的密医，看诊其实形同施舍。受其诊治者皆为请不起大夫的贫民，棠庵几乎分文不收。

开具处方，调制良药，再无偿地施予贫民。托本年收入甚丰之福，棠庵说道："老夫方得以治愈几名罹患疑难杂症的病人。毕竟南蛮和兰陀之药材，即便能入手，亦属不法。无盘商经手之药材，价格亦属不菲。然话虽如此，我们得以累积如此巨额的酬劳，实则意味凶灾厄事十分频繁。"

没错。这些酬劳，皆是代人解决灾厄的损料。

又市心中的不安，即源于此。"去年生意的确没这么好。"

"长年来都没这么好。往昔的酬劳，都不过几个子儿。即便是代阿甲夫人行事，酬劳也多为一分二分、五文十文，若有个一两，便堪称可观。再者，老夫所从事的，"棠庵朝额头上戳了两下说道，"多为动脑的差事。既无须如仲藏先生四处奔走，亦不似山崎先生得出生入死。仅贡献一己所知，实不值多少银两。故老夫对如此微薄收入，亦是甘之如饴。然而……"

"今年却多了点？"

又市总感觉社会并不安宁。的确没出什么大事。地震、歉收、灾厄虽源源不绝，然天下尚堪称太平。不过，犯罪的确是与日俱增。入屋行窃、当街抢夺、绑架勒索、拦路斩杀日益频繁，就连自身番也被迫雇用临时的夜回，以为自保。

蒙受损失者，亦是为数甚多。

而在这些损失的背后，又市都瞥见了一个人的影子——稻荷坂祇右卫门，一个被唤作妖怪的魔头。

自从在初春的黑绘马事件中知悉此人的存在后，又市不仅在许多场合听到这名号，也亲眼见识到许多弱者对这魔头是何其畏惧。切勿与其有任何瓜葛——已是众人一致的见解。即使被迫与其交手，阎魔屋一伙人面对祇右卫门时也是极其慎重，不仅得极力避免露脸，甚至露出一丁点狐狸尾巴也不成。

长此以往可不行，又市总认为仅能如此应对，实在过于简单。

偷天换日、美人色诱、设局蒙骗、顺手牵羊、乔装行窃，乃至醉汉互殴——再微不足道的小事，在又市眼中皆似有蹊跷。在又市看来，一切恶事背后，似乎均可窥见祇右卫门隐身其中。

同伴林藏总是嘲讽又市过度多疑。林藏认为，一个连奉行所、火盗改都无法擒拿的大魔头，岂可能在意这等蝇头微利，这看法的确不无道理。事实上，南北两町奉行所及火付盗贼改方——虽说是一点一滴地——对祇右卫门的传言已有所听闻，似乎自今夏过后便已开始着手查办。又市曾听说，官府已将祇右卫门这藐视国法的万恶之首视为盗贼头目，视为密谋叛乱、颠覆幕府的谋反凶徒。

又市深知实情并非如此。

祇右卫门并无分毫颠覆天下之意，反而是改朝换代更教他困扰。这家伙最擅长的，便是利用现今天下的缺陷赚取甜头。对祇右卫门而言，现今国法反而最适合藏身。正因如此，祇右卫门的踪迹才会如此难以掌握。

之所以无法擒拿，既非因其位高权重，亦非因其党羽众多，实因其踪迹难掌握。因此，才教又市认为就连醉汉相争，似乎也与其有所关联。

日前，在谷中冈场所，一家大吴服商的继任者酒后泥醉，与一无宿人起了争执而遭殴打，因碰巧伤及要害当场不治。事发后，凶手当场被捕，并旋遭斩处。不过，继任者一死，一家便开始为家业争夺不休。不巧的是，吴服屋的店东此时又病在旦夕。一场纠纷过后，终于决定由店东之弟继承家业，继任者的后妻与其子，则在遭受莫须有的诽谤后，被逐出家门。

这回的差事，便是代其弥补损失。虽无意争夺家产，然而一分钱也没得到又惨遭放逐，凄恻可怜至极。此后妻之子乃继任者所亲生，依理，本该由这孩子继承家业才是。

眼见如此，林藏便设局自店家盗取五百两，交与此后妻。有了这笔巨款，母子俩应可生活无忧。损料为全额之一成共五十两。由于多少帮了点忙，又市也分得了二两。

众人认为这桩差事与祇右卫门毫不相关，看来也的确如此。然而真的毫无关系？难道不是为夺取家业而精心策划的戏码？继任者死亡时机如此凑巧，又市猜测这应非偶然，而且继任者死于一无宿人之手。

凶手于事发后当场被捕，毫未抗辩便唯唯诺诺遭正法斩处。既已有了交代，众人对此也不以为意。

然此无宿人仍有一妻。又市前去探访时，其所寄宿之长屋竟已空无一人。常人想必以为，其夫既犯下杀人大罪，此妻应是难耐众人指点而乘夜遁逃。

又市原本也如此推论。不过，这对无宿人夫妻似乎在谷中一事发生前，便已自长屋迁出。而且，隔邻之妻亦表示，无宿人之妻将于近日迁离江户。

岂可能轻易迁离？若是如又市、林藏般的不法之徒，或许另当别论，但区区一介无宿人，又带着孩子，哪可能随心所欲地跨越朱引？若是仍潜身江户某处，尚不难理解，但绝无可能轻易迁至外地谋生。

除非是——身怀相当多的盘缠，又有人引领。

然而这种人，何来盘缠？据传这家子积欠房租已达数年，过的想必是难能饱餐的日子。死了的无宿人不仅无业，身体也不好，岂有可能豪饮至泥醉？何况也不可能有上冈场所的闲钱，哪可能与大商户的少东起争执？

该不会是——以保证妻小生活无虞为代价，出卖了自己这条命吧？

据传，这凶手伏法时甚是顺从。围观者纷纷议论，或许是争执时虽曾起勃然怒火，然毕竟犯下杀人重罪，吓得他无胆造次。听到这些后，又市却不这么想，怎么看都像是早已有此觉悟。

少东实乃遭人设计谋害——又市如此判断。

但继承家业的店东之弟与凶手之间，却找不出任何关联。不仅如此，凶手与少东之间，亦不见任何关联。依常理，即便有人以犯后伏法为前提，也不至于傻到杀害素昧平生的人。这回的凶手与吴服屋毫无关系，且犯后立刻被官府治罪。由这两点看来，谷中一案与争夺家业应是无关。

不过，若有祇右卫门介入，情况可就不同了。这凶手，会不会是受祇右卫门指使，被迫犯下杀人重罪？祇右卫门这魔头最擅长的把戏，就是利用没有身份、不受社稷庇护的人犯案，且用完即弃之。以赤贫的无宿人充当棋子谋财害命，对其而言根本是家常便饭。稻荷坂祇右卫门视无宿人、野非人如道具，命其杀害他人并顺从偿命，应非难事。

若是如此，阎魔屋这回又要与祇右卫门狭路相逢了。不，即便是其他差事，其实也不乏疑点。不分大事小事，只要有任何黑幕，祇右卫门便可能悄然蛰伏其间。

总之，其踪至难察觉。也正是因此，又市才会在这不平静的世间，无时无刻不怀疑有这么个妖怪藏身其中，令他十分不安。

"先生可是厌烦了？"棠庵问道。

"厌烦？为何事厌烦？"

"难道不感觉损料差事变得日益沉重？"

"老头儿你为何这么说？我不过是……"

"从先生的处事之道便不难看出，先生不是个棋子，而是个棋手。"

"棋手？"

没错，老人将棋盘自长凳挪开，继续说道："莫认为老夫是王婆卖瓜，但老夫的确头脑明晰。然虽头脑明晰，仍不过是个棋子。仲藏先生、山崎先生亦是如此。仲藏先生乃一手艺精湛的工匠，山崎先生则不仅是个武艺高强的侠客，还度量宽宏，处世圆融。然此二人，亦不擅长指挥调度。至于先生，虽一无所长，却是个善于指挥调度的棋手。"

"一无所长？这话说得可真难听。"

"难道不是一无所长?手无缚鸡之力,脑无八斗之才,手既不灵巧,身也不敏捷,跑起来还没有巳之八先生快。"

话是没错,又市回答。这的确是事实。

"然而,先生虽无才学,却有智慧。又市先生,世间最聪慧者,便是懂得辨识什么是最聪慧的;最高强者,便是懂得辨识什么是最高强。熟知如何不战而胜者必能不败,既不以战论胜败,又如何能败?"

"那么,老头儿,你自己又是如何?"

"老夫已经老朽如枯木。"棠庵回道。

"老朽如枯木是看得出来。但你不也是不以战论胜败?"

"老夫的确懂得避而不战,但仅救得了自己。"

"仅救得了自己?"

"老夫不与人起争执,但已无余力消弭他人之争。阿甲夫人之所以邀来先生参与,正是为此。"话毕,棠庵面露一抹微笑。

"夫人还嫌我天真呢。"

"若非天真,哪照顾得了人?总之,先生的负担,比仅能充任棋子的我们沉重多了。"

"难怪老头儿你要说沉重……"又市抬起了头,仰望辽阔天际。

原本想说些什么,但只见棠庵"哎哟哎哟"地喊着,以罕见的敏捷动作站起身来。这自称尽可能避免行动,以避免消耗体力导致饥饿的老人,平时的动作总是十分缓慢。

少爷,这不是少爷吗?棠庵扯着嗓门不住喊道。

这放声大喊,也是同样罕见。

又市随棠庵的视线望去,只见一名年约十七八、相貌古怪的小伙子有气无力地朝这头跑来。从那怪异的姿态看来,平日应是不习惯快跑。只见这小伙子在大街上停下脚步,环视四周,似乎没听出喊声从哪儿传来。

少爷怎么了？也不习于步行的棠庵再次喊道，以同样古怪的姿势朝他走去。这下小伙子方才发现是谁叫住了自己，看来的确是个迟钝的慢家伙。

"哦？原来是棠庵先生。"小伙子应了一声，回过头来。只见他一张脸上稚气未脱，原本以为约有十七八岁，这下看来或许更为年少。他身披黑色窄袖便服，下穿裙裤，头上结着总发。

"第一次看见少爷快步奔驰，亟欲一探究竟，不禁叫住了少爷。若少爷有要事在身，老夫在此致歉。"棠庵滔滔不绝地说着，只见这小伙子跑到他身旁，询问是否曾见一御行从此处走过。

"确有一御行走过。"

"往哪儿走了？"

看来这小伙子正在找那刚刚路过的御行。只见棠庵问了他些什么，小伙子急促地回了一句，接着便朝棠庵所指的方向跑去。一脸惊讶地望着他的背影远去后，这老朽如枯木的老头儿才以一如往常的缓慢脚步走回长凳。

"这小伙子是什么人？"

"是京桥一个蜡烛盘商的第三代少东。"

"是个商人？可瞧那身打扮，活像个大夫或卜卦师，不像什么正经人。"

的确不是个正经人，棠庵开怀笑道："是个古怪的小伙子。那蜡烛盘商之前的店东，乃一带点书卷气的好学之士，藏书可谓汗牛充栋。家中建有一小屋，屋内满是和书汉籍。老夫与之前的店东颇为熟稔，不时为借阅书卷造访其邸。"

比你藏得还多？又市问道。

多个好几倍，棠庵回答。

"听上去可真惊人。"

棠庵的居处，都已被藏书给淹没了。

"而这第三代少东，对经商毫无兴趣，只爱阅览其祖父之藏书。每回前去造访，店东皆委托老夫代为训斥，但老夫自己都是这副德行，何来资格说服这小伙子？"

"的确没资格。你们俩根本是一丘之貉。"又市说道。

确是一丘之貉，棠庵回道："故老夫之规劝，自然注定无效。唉，这小伙子生性青涩，不嗜吃喝嫖赌，说正直的确是正直，但若任其继承家业，生驹屋势将关门大吉。"

"果然是富不过三代。听起来，这家伙可真是个名副其实的败家子。"

"确是个败家子。再怎么看，也绝非经商的料，且还像个不解人情的孩子，竟想向方才路过的御行讨纸札。"

是护符吗？又市问道。

就是妖怪纸札，棠庵回答。

"妖怪纸札？可是孩子们喜欢的那种？"

"没错。正是那些印有妖怪图样的纸札。唉，这小伙子，的确如妖怪般不解人情。据说纸札上头印有罕见的画，似是连黄表纸也难见着的妖怪。少东表示已搜得五枚，亟欲搜尽所有种类。"

"什么？"又市惊叹道，"竟想讨这种东西？又不是五六岁的孩子。"

"的确令人惊讶。少东表示，自己已搜得的纸札计有，噢，茄子婆、六道踊、霭船、一文字狸、无动寺谷之妖……"

"什么？"这些岂不是……

比叡山七大不可思议，是不是？棠庵说道："老夫亦告知少东，这些乃比叡山七大不可思议。少东闻言，表示依此看来尚有其他二枚，便于告辞后飞也似的跑了去。"

话说，棠庵两眼直视着又市问道："曾于京都照顾过先生的恩人，似乎也叫一文字狸？"

"没错。我的老大正是一文字狸。同伙中既有茄子婆，也有六道踊，而林藏的名号便是霭船。上回来江户的玉泉坊，便是以无动寺谷之妖取的名。那化身成妖的和尚，就叫玉泉坊。"

原来先生在京都一带的同党，尽是叡山妖物呀，棠庵赞叹道。

一文字屋仁藏，是统领京都一带不法之徒的大头目。既不知是有意为之，也不知是刻意召集，还是大伙儿自己凑到一起的，如此说来，的确个个是叡山妖物。

"总之，若那御行所持纸札真印有比叡山七大不可思议，那么未搜得的，就只剩东塔敲钟的一眼一脚法师及洒水净身的女亡者了。噢，不不，"棠庵蹭着下巴继续说道，"还少了横川之龙。无动寺谷之妖，并不在比叡山七大不可思议之列。"

"是吗？"

"至少老夫是如此认为。无动寺谷之妖并非怪谈，而是往昔传说，叙述的乃是远古时，当地曾有妖物出没。噢，如此说来，横川之龙亦属昔日传说，其余的方为至今依然出没的妖物，因此，才以不可思议称之。"

如此说来，那些纸札上印的并不是这七大不可思议。难不成……

"那御行……"又市起身说道，"老头儿，你方才说，那御行来得太早了？"

"没错。至少早了半个月。依规矩，御行应于入冬过后现身。不过，可有哪里可疑？"

倘若纸札上印的并不是这七大不可思议，那么纸札所指，不就是一文字狸党徒这一伙了？

若是如此，在江户并无几人知晓这谜底，除了又市与林藏，几可说已无他人。那御行难道是个信使？

难不成是个大坂差来的信使？一个一文字屋仁藏为了向又市一伙告知些什么，而遣来的使者？倘若真是如此，此事似乎不宜直接同阎魔屋商谈。难道又是一桩与祇右卫门有关的差事？

除此之外，别无可能。自春天里那桩差事至今，一文字狸想必依然在思索击败祇右卫门的对策。仁藏心思谨慎缜密，即便差遣手下在隐秘处监视祇右卫门的一举一动，亦不足为奇。若是如此……

或许已掌握到了什么。至于会是什么，想必也与阎魔屋一伙有关。但欲通报，又基于某个理由，而无法接近阎魔屋。

"先生在思索什么？"

"噢，这……"

应是祇右卫门的事情吧？棠庵低声说道。

又市并未回答，仅是默默不语。

棠庵再度坐回长凳，远眺大街，接着唐突地说出了这么一句："相传，世间有一猫王。"

"那是什么东西？"

"即猫中之王。噢，先生只消当个故事听听便可。据传，此猫王栖息于肥后阿苏一带一名曰根子岳的山中。其样貌众说纷纭，有说其躯硕大如鹿，亦有人说其尾长达八尺。"

"猫哪能长得如此巨大？"

"反正，这只是个传说。该地之猫——噢，亦有一说称该国之猫，总之，为讨此猫王欢心而登此山的猫，可谓络绎不绝。猫之所以登此山，乃因达一定年龄，便须上山侍奉猫王，亦有人说乃为上山修行，以期修成猫精。还有人说，不仅是猫，鼠亦在朝拜者之列。"

"鼠？难道不怕被吃了？"

"正是为被吃而去的。"

"自愿去送死？"

"没错。据传,每日均有大批鼠群前赴并死于此猫王栖息之处。曾有书卷记载,群鼠自愿赴死,尸骸堆积如山。听起来,群鼠甚是愚蠢。即便是天敌之王,亦无须自愿赴死,是不是?"

那还用说,又市回道。

"若是为此猫王所袭而放弃求生,尚且不难理解。眼见对手为天敌之王,敌我之力如此悬殊,当然仅存认命受死一途——这点江户人应是不难体会。然而自愿赴死,便难以理解了。"

"当然难以理解。但我就连你脑袋里想些什么也难以理解。这究竟是个什么比喻?"

"老夫一听到祇右卫门的事,便想起这猫王之说。"棠庵说道,"虽不知这祇右卫门究竟是如何神通广大,但总感觉弱者就像朝贡一般,自愿前去受死。"

"哪是自愿的?他们可是被迫供他差遣的。"

真是如此?棠庵面带不安地质疑道。

"难道不是?"

"威胁、暴力尚不足以缚人。若不赏点甜头,人心终将背离。依老夫所见,供祇右卫门差遣的弱者,似有某方面希冀祇右卫门帮助。若非如此,应不可能心甘情愿任其摆布到这地步。别忘了,有些时候,祇右卫门甚至强逼这些人去送死。"

"真是如此?不就是被逼得走投无路罢了?别忘了这些人……"

尽是弱者,棠庵把又市的话给接下去说道:"没错,尽是既无立场,亦无身份,更身无分文的弱者。猫强,鼠弱。但俗话有云,穷鼠亦可噬猫。若是被逼上绝路,鼠也可能反噬。即便是猫,被这么一咬也得负伤。先生说是不是?"

"听不出有哪儿不对。"

"然而,即使被逼上了绝路,这些人却无一反噬。再怎么看,祇右卫门这只猫，对鼠辈反噬似乎早有防范。至于众鼠辈，似乎也出于某种理由无法反噬。"

"什么样的理由？"

"这……可就不得而知了。"棠庵蹭了蹭下巴答道。

鼠增长极快，沉默了半晌，棠庵才又开口说道："即便每日均有为数甚众的群鼠上山，自愿献身供猫王吞食，尚有众多同类于野地村庄间繁衍生息，其数不至于减少。不过，倘若猫王一声令下，命全国猫群大举前往野地村庄猎捕鼠辈，结果会是如何？"

"会是如何？"

"鼠辈或许因此灭亡。因此，老夫方才所提的故事，或许是个为保护全体鼠辈之安泰，须有部分同类牺牲的寓言。若不如此解释，道理便说不通。因有鼠自愿牺牲，野地村庄间的同类方能永保存命——或许对登山赴死的群鼠而言是个损失，但对鼠辈全体而言……"

"可就是个赚头了？"

棠庵点了点头。"想必就是如此。"

"自愿献身的鼠……仅有遭噬一途。这哪是什么赚头？"又市说道，"或许正如老头儿你所言，世间确有此类须有部分牺牲，方能得失两平的事。然以一丁蝇头小利便要取人性命，可就超出限度了。为讨好输诚而奉上贡品尚能理解，但送上性命可得不到任何好处。即便丢的是他人的命，只要有人送命，便是损失。"此外，又市直视着棠庵说道，"猫的确强过鼠，但这并不表示猫优于鼠。"

没错，棠庵朝长凳一拍，说道："猫强过鼠却不优于鼠，此乃真理。先生的过人之处，便是懂得发掘此类道理。"

"此言何意？"

"既有猫王，亦有鼠王。"老人一脸严肃地说道，"年久成精之鼠，亦能噬猫。既有危害人间之妖鼠，亦有袭猫噬食之鼠精。"

"看来鼠并不输于猫？"

"亦非如此。不过是，虽为鼠，亦无须虔敬待猫。此既非世间铁则，何须从之？然鼠辈却忘了这个道理。若群鼠须向猫王输诚，群猫亦应向鼠王输诚。鼠辈一旦想通双方应对等相待，便无须唯唯诺诺赴死。"

"也就是说，既然自己人被吃了，就该吃回去？"

没错，棠庵再度颔首说道："诚如先生所言，抛弃性命，本就是一无所得。持续供猫王噬食，自是永无止境的损失。但遭噬便要反噬，便沦为两相残杀，对双方更是有害无利。"

的确有理。

不过，又市先生，棠庵一脸严肃地说道："这旧鼠并不只是捕猫食之的强大鼠辈，有时，也哺育幼猫。"

"鼠会哺育幼猫？"

"以乳育五猫——相传芭蕉之弟子曾良曾于出羽听闻此事。据传芭蕉闻言后，又以亦有猫哺育鼠辈之事回之。年久成精不仅力增，亦能长智。故有时也会相互哺育天敌之裔。由此可见，并非总是强者噬弱。"

"就是说，噬或被噬，均有因可循，是不是？"

"没错。无宿人、野非人之所以不反噬，必有其因。或许说明祇右卫门已对此类反噬备有计策因应。只须揭穿其计，解消此因——鼠亦有可能噬猫。不，该说必将反噬。但至于这是否为解决之策，老夫认为，即便猫王与旧鼠相噬，亦无济于事。不，甚至可能导致不仅是猫，鼠亦将尽数灭绝。最使老夫忧虑的，即此境况。故此，被讥为天真的先生，或许能……"

少抬举我，又市说道。

也是，棠庵笑道："总而言之，猫鼠的关系无从改变。无论如何，猫仍将捕鼠为食。不过，这并不表示猫尊鼠卑，两者不过是以此尊卑之序共存。倘若将猫灭绝，亦无济于事。猫虽捕鼠，行之过当仍将遭反噬，如此更能平衡两者之关系。诚如先生所言，得失均衡，确有达成之可能。只可惜目前之均衡，或许有失公允。"棠庵继续说道，"猫王坐镇山中，目光炯炯，故即便穷鼠亦无胆噬猫。不仅如此，还为讨猫王欢心而群集上山，接连丧命。不过……"棠庵先是左右环视一番，接着才继续说道，"老夫并不认为，猫王真的存在。"

"并不存在？"

不都说此事当个故事听听无妨？老人说道："又市先生，我国既无山猫，亦无猛虎，并无堪称大猫之兽类栖息。猫即便是年久成精，亦不可能有多巨大。不论是阿苏还是出羽，均无巨猫存在。"

"的确如此，但……"这老头儿究竟想说些什么？

"不过，鼠辈完全无法确认其是否存在。然虽未查证，既听闻其存在之说，便心生畏惧，方自愿上山赴死。诚如先生所言，这的确是白白牺牲，但似乎有着某些非如此不可的理由，故也无法杜绝。只是不论此说是虚是实，世间应无猫王，即便存在，亦不过是只猫而已。若能将这点告知群鼠，至少便无须再有同类白白牺牲。先生说是不是？"

"话是没错……"

"而且，亦应告知鼠亦可能噬猫。即便不常发生，双方本就有如此均衡。此话可对？"

一点也没错。"然而，这该怎么做？该如何才能……"

鼠辈心生畏惧，乃因无法窥得猫王真貌使然，棠庵说道："只须循线查出鼠辈无法反噬之因，或许便能使猫王原形毕露。"

让祇右卫门原形毕露……

"老夫认为，倘能揭露其真貌，便可以计制之。"

"真面目……"

"先生平日常言——凡事均可能不牺牲人命,便得解决。天真反而是好事。唯有天真之人,方能不计强弱、尊卑,亦知身份、立场、血缘什么的,尽是狗屁。"棠庵罕见地口吐粗言总结道。

"有道理。"

老夫竟说了粗话,老人说道:"真是有失士大夫身份。惭愧呀,惭愧。"

我先告辞了,又市望向低头的棠庵,唐突地说道。

"先生上哪儿去?"

"我也想向那御行讨几张妖怪纸札。"

噢,棠庵惊讶地抬起头来,一张皱纹满布的脸十分扭曲。

"老头儿,林藏若是来了,可否代我转告那御行的妖怪纸札一事?此外,若去那阎魔屋,务必警告大总管留心自身安危。"

"老夫会代为转达。"棠庵回道。

这是又市听到久濑棠庵所说的最后一句话。

二

原来你在这儿呀,又市。自桥桁探出头来的削挂贩子林藏说道。

你又上哪儿去了?又市反问道。林藏敏捷地跨过栏杆,手抓桥缘跃至桥下,迅速走向又市藏身的破舟。

"不过是四处走走。"

"四处走走?瞧你这是在卖什么关子?可去找过棠庵那老头儿?"

"找过。还不是为了找你。不过,他人不在。"

"什么?那老头儿不在?"

"没错。见他门也没关,窗也没合,我便进屋内等候了半刻,但见他迟迟不归,我也就待不住了。"

难道老头儿他……去过阎魔屋?又市问道。

没去,林藏旋即回答:"应该说,去不得。"

"去不得?"

又市,林藏低声说道:"看来果然教你给料中了。"

"料中了什么?"

林藏别开了头,手扶布满青苔的石墙回道:"就是上回吴服屋那件事。看来那果然不是普通的争执。总感觉我似乎被人跟踪了。"

"什么?你这混账东西!"

别担心,已被我给甩开了,林藏抬起头,改以急促的口吻说道:"但千万别靠近阎魔屋。看来情况有些不对劲。"

"不对劲?你这家伙,叫人别接近,自己却去了?"

"我只是躲在远处窥探。那儿表面上的生意颇为繁盛,今儿个却连一个客人也没有。你不觉得不对劲?"

的确不对劲。

辰五郎与阿岛也都不见人影,林藏继续说道:"看得我直觉苗头不对,所以即使到了浅草,也没去拜访长耳那老家伙,鸟见大爷也联系不上,这下只得试着找你。你又是如何?该不会也是嗅到苗头不对,而边躲边逃吧?"

"我在找一个御行。"

那是什么东西?林藏惊讶地回过头来问道。看来他也没听说过这个职业。

可说是一种四处游荡的乞食和尚吧,又市答道。

"原来是乞丐。你找这种人做什么?"

"虽无证据,但这御行似乎是大坂那只老狐狸派来找咱们的。"

老狐狸?林藏瞠目惊呼:"仁藏老大找咱们做什么?"

我哪知道？又市粗鲁地回答道："但那御行怎么也找不着，也不知究竟游荡到哪儿去了。原本还纳闷那老狐狸直接找咱们不就得了，何必绕这么大圈子，但看如今这情况，想必也是逼不得已吧。"

由此可见，形势的确不妙。

看来是和祇右卫门有关，林藏喃喃说道。

"这还无从判明。"

"否则那只老狐狸哪会有所行动？正因如此……"话及至此，林藏又闭上了嘴。

"我曾叫棠庵那老头儿去阎魔屋一趟，或许是到那儿去了……不对。若是门也没关，窗也没合，想必他已……"看来辰五郎与阿岛已惨遭不测，又市说道。

"惨遭不测……难、难道是被人给杀了？"

"不无可能。"

"喂，阿又。"林藏突然朝又市肩头猛然一抓。

"你这是做什么？"

"真的吗？真的被人给杀了？喂，这是怎么回事？难道有人把大伙儿都给杀了？"

我哪知道！又市怒吼道，使劲甩开了林藏的手。"你慌什么？早就该知道这对手有多不好惹。是谁老在嘲笑我想太多、胆子太小、又蠢又笨来着？喂，姓林的，上回那桩差事可是你筹划的，当时信誓旦旦地保证无须忧心的又是谁来着？不就是你自己？同伙是不是遭到了什么不测，我还想向你打听呢。"

好好，我知错了，林藏怒喊道："正因知错了，现在才着急呀。"

"着急？如今后悔也是于事无补，该想想如何因应才成。"

这我当然知道，林藏气得再次别过身去。

破舟在水上晃了一晃。

"我说阿又呀。"

"又怎么了？你不大对劲啊，林藏。"

"阿睦她……阿睦她也不见踪影了。"林藏喃喃说道。

"阿睦也不见踪影？"又市惊呼道，"喂，都这种时候了，你还给我儿女情长的？难不成是你们小两口吵架了？"

哪有什么架好吵？林藏有气无力地回答道。

"那是怎么了？或许那丑八怪大概又喝醉了，大白天就睡得不省人事。反正太阳就要下山了，想必她也差不多要出来露个脸了。"

"绝不可能。在长屋也没找着她，所有她可能现身的地方，我都找过了。"

"那么，或许是躲哪儿逍遥去了。说不定是色诱了哪个大爷员外，或是捡到了大笔银两……"

不对，林藏低声打断了又市的胡言乱语。

"傻子，是哪儿不对了？你这家伙，究竟是哪根筋不对头了？阿睦和咱们的差事八竿子打不着，和阎魔屋也毫无关系，就连阎魔屋的布帘都没钻进去过呢。"

不对，林藏再次否定道："我曾邀阿睦参与过——吴服屋那回的局。"

"邀她参与过？"

"当、当然没告知她原因。那姑娘对咱们的目的浑然不知，就连损料屋的事也没让她知道。她当然也不知自己扮的是什么样的角色，因此我才……"

你这傻子！又市厉声怒斥道："可知道你干了什么傻事？"

"我不过是怕自己只身进入吴服屋过于突兀，以为找个女人做伴较不引人侧目，才邀她一同进了店里。"

"阿睦就这么露了脸？"

没错,话毕,林藏丧气地垂下头,蹲了下去。

破舟再次晃动。又市望向船头,只见黝黯的水面也随之晃动。

"阿睦她……或许也同样惨遭不测。"林藏以微弱到几乎听不见的嗓音说道。

不都说还不知道呢吗!又市益发耐不住性子地怒斥道。

"又市啊,我又犯了同样的错。对不对?"

"给我闭嘴。少给我唠唠叨叨的。"

对不对,又市?林藏高声喊道:"我是不是又害死了一个自己钟情的姑娘?是不是呀,又市?"

"别再嚷嚷了好不好?"又市将腐朽的缆绳一把抛入河中。抛得虽十分用力,却没在水上溅起多大声响。只见缆绳迅速没入水中。

"我可是真心的。"林藏开始喃喃自语,"唉,起初没多认真,也没什么打算。但阿又呀,或许钝得像颗石头的你从未察觉,其实阿睦她——对你可是一片痴心哪。"

这是哪壶不开提哪壶?

"唉。虽然你张嘴闭嘴骂人家丑八怪、母夜叉,阿睦她可是个痴情的姑娘。不过是傻了点罢了。阿又,她对你真是一片痴心哪。"

河面泛起一阵粼粼波光。

明月自暗云间露了出来,但旋即又为乌云所吞噬。

"至于我,说实在是没多认真。不过那姑娘眼里仅容得下你一个。之所以愿意和我做伴,也只是看在你我是朋友的分上。这我一直很清楚,不过,原本也没多在意。孰料不知不觉间,竟开始不服气了起来。唉,说老实话……我是喜欢上她了,真心喜欢上她了。"林藏再次说道,"又一个自己真心喜欢上的姑娘——就这么,就这么被我给害死了。我这个混账,竟然又重蹈覆辙……"

"林藏。"又市取下包在头上的包巾说道,"你就别再穷嚷嚷了。"

阿睦对我是什么感觉，其实我自己也清楚。"

"什么？"林藏从后面狠狠瞪着又市。

"我一直都很清楚。你都和我合伙干几年了？岂可能不知道我是靠度量他人心境耍嘴皮子糊口的？哪可能傻到看不出一个姑娘对自己动情？"

"明、明知如此，你却……你这狼心狗肺的混账东西！"林藏咬牙切齿地骂道。

"林藏，男欢女爱这种事，你哪来资格教训我？"又市朝进水的底板使劲一踩，直瞪着林藏说道，"给我听好。虽不知你是抱着什么样的心境在江湖上厮混，但总该想想咱们是什么。咱们是无宿人，既无保人，亦无户口，更何况你我还是臭名昭著的不法之徒。稍有闪失，脑袋就得在落地后被搁个三尺高。咱们不就是这等货色？而现在，瞧你这副德行，难不成还打算娶个妻、生个子，扮成正经百姓讨生活？"

"无宿人、非人又如何？有些不也有妻小？"

"当然有。若你也找个无宿人共结连理，我可没打算干涉。但——"又市朝林藏缓缓转过身，"你可知道阿睦是什么出身？"

"出、出身？"

"虽然她逃离老家，吊儿郎当地在江户靠偷拐抢骗混日子，但她原本可是川越一个大户人家的千金呢。不，别说原本，她现在仍是个大千金，可不是个下三烂的无宿人。她有保人，名字也载于户籍簿上。只要愿意返乡，随时都能过起衣食无缺的好日子。只消嫁为人妇，耕点田再生个孩子，轻轻松松便可安稳度日。"这下你清楚了没有？又市先是狠狠逼问，接着又继续说道，"林藏，不管你是色迷心窍了还是怎么了，可别以为你有资格高攀人家。迷恋人家，成天巴着人家不放，你让她如何是好？难道以为如此就能和人家长相厮守？难不成以为自己有办法让人家过上好日子？"

林藏手掩额头回道:"没办法。我哪有这能耐?瞧我现在这副惨相——窝在桥下的破舟上,接下来是生是死都难料。当初若能料到会落到这等下场……但,这又如何?阿又,你可真是窝囊!"林藏怒斥道。

"这些难道还不算理由?"

你这好逞强、好充胖子的混账东西!林藏咒骂道:"你这胖子未免也充得太过头了。这不是窝囊是什么?迷恋一个人哪还需要什么理由?不论你怎么说,阿睦对你这个双六贩子……完全是一片痴心哪。正如同我对她。"话毕,林藏垂下了视线。唉,对不住。先是低声道了个歉,接着又面带失落地鼓着面颊笑了起来:"瞧我都给忘了。跟你厮混了好些年,竟然忘了你生性就好逞强。"

"我哪儿逞强了?"

"也罢。或许阿睦她一直清楚你是如何想的。而瞧瞧我,根本是个滑稽的丑角,任谁见了,只怕都要笑掉大牙。别顾忌,嘲笑我吧。"林藏说道,然已几乎要泣不成声,"这回,又欠了你一个人情。"

"我可没赏你什么人情。"

"还得算上在京都时欠了你的。"

"我没打算讨旧债。"

"这回,我又出了个大岔子。我竟然将阿睦给害死了……"林藏说道。

"还不知她究竟是生是死,别净说些丧气话成不成?"

"不,想必阿睦她已经……"

给我闭嘴!又市怒斥道:"为一个尚未确认的臆测哭天喊地的,丢不丢人?若她没事,就无须在这儿干着急。若真遭不测,就更没必要穷嚷嚷了。任你再怎么急,也不能让死人复生。"

"这、这我自己也清楚。但……这毕竟是我犯的错。"话毕,林藏垂下了头。

"没错,林藏,是你犯的错。你是个傻子,全天下最傻的傻子。若是套用你常骂人的话,该骂你蠢得像头猪。"

闻言,林藏一声也没吭。

"喂,林藏,尽快离开江户。"

"你、你说什么?阿睦她还……"

"阿睦的事就交给我。"

又市一把揪起林藏的衣襟说道:"她若还活着,我就救她。若是死了,可就什么也做不成了。总之,无论她是生是死,都给我死了这条心,立刻头也不回地离开江户,回京都去。"

"你、你这是在说什么?又市,这未免……"

"别再嚷嚷,快给我走。就你说的听来,阎魔屋想必也撑不了多久了。估计就连长耳和鸟见大爷都生死未卜,能肯定还活着的,就只剩下咱们俩了。"

"没、没错。正是因此,你一个人在此哪使得上什么力?更何况阿、阿睦她……"

都叫你给我死心了,话毕,又市将林藏一把抛开。

破舟剧烈摇晃,溅了林藏一脸水花。

"不都说过她若还活着我就救她?救着了自然会助她脱身。不过,倘若阿睦真的死了,你的确难辞其咎。但林藏,你也别再口口声声坚持收拾自己留下的烂摊子,如今已不是逞英雄的时候。给我听好,倘若阿睦真的死了,就给我好好后悔一番。若你对她的确钟情,就给我后悔一辈子。这都是你应得的报应。就连我……就连我,又何尝不难过?"

霎时间,一阵微微的脂粉味自又市鼻头掠过。当然,这不过是个错觉。桥下只有阵阵湿冷的河风吹拂而过。

知道了,林藏先是蹙眉沉默了半晌,接着才开口说道:"但、但是,又市，你接下来……有何打算？"

"当然是对付祇右卫门。这可不是报复，也不是损料差事，我对私人恩怨可没半点兴趣。这是我自己的差事，是我这小股潜——"小股潜——第一个如此称呼又市的，就是阿睦。"是我小股潜又市的第一桩差事。"又市说道。

"但，又市，难道你已有什么盘算？"

"这你无须过问。给我听好，无论如何，你都给我好好活下去。若将小命给丢了，我可不饶你，就算你被打入十八层地狱，我也要追去跟你算账。平安抵达京都后，告诉一文字屋仁藏，稻荷坂祇右卫门就交给我又市来收拾。老大从前已支付过我太多酬劳，我这小股潜这回就不收分毫。倒是……若我有个什么三长两短，往后就有劳老大收拾了。记住了没有？"

"三长两短？又市，你……"

"当然不会有什么三长两短，这条烂命我还想好好留着。去吧，快给我上路。"还不快滚？又市朝底板使劲一踏。

半浮半沉地倚在岩石边的小舟剧烈晃动，将又市溅得浑身湿透。

同样被溅得湿漉漉的林藏缓缓起身。"又市。"

"别再给我唠唠叨叨的。咱们江户人可没什么好性子。"

"什么江户人？你根本是个武州人。"话毕，林藏跳上土堤，一溜烟地爬到石墙上。月光在他身后探出了头，林藏霎时被映照成一只黑影。

又市抬起头来。逃离京都时，也是在如此夜晚。当时你背后挨了一刀，你那姑娘给人从肩劈到了腰。姑娘都断气了，你却仍死命背着她……

那夜，我可辛苦了。你虽说我是个好逞强的窝囊废，但我可从没在你眼前落过一滴泪。而你，却每回都哭得稀里哗啦的。你说自己丢不丢人？

林藏，是不是？

"你也给我好好活下去。"抛下这短短一句，霭船林藏便转过身，飞也似的奔上桥头，头也不回地逃离了江户。

三

这天，南町奉行所定町回同心志方兵吾甚是忙碌。

平日，志方对町方同心这职衔与职务并无任何不满，但这天可就厌恶难耐了。不仅案发处拥挤不堪，还得被迫仔细端详那种东西——教他巴不得卖了自己的同心身份。

志方站在曲町自身番屋的白沙上。身旁站着冈引爱宕万三、下引龟吉与千太、小厮以及番屋的大家、店番、番太。木门外则挤满了看热闹的人群。

全都是为了一睹那种东西。

争相目睹那种东西比任何事都更为不敬。不，该说任何想看那种东西的人，本身的人格就教人起疑。难道世风已败坏到如此地步？

思及至此，志方再也按捺不住满腔怒火，喝令龟吉与小厮即刻将看热闹的人悉数驱离。此景当然教人气愤，不发顿脾气怎么成？紧接着，又差了个信使赶赴奉行所求援。此事绝非志方一人所能处理。

抬头仰望。一如多数自身番屋，此处亦建有望楼。

然而，望楼四角却挂着四具死尸。

死尸俱已发黑，双脚遭人以粗绳捆绑，自望楼四角倒悬而下。死状之凄惨，实难名状。

"是今晨发现的。"万三说道。

"今晨？这可就离奇了。自身番屋既有人彻夜留守，昼夜无别，其中更有番太参与，亦有遣人巡守。如此看来，昨夜似有疏忽职守之嫌。"

绝无此事，大家回道："昨夜巡守亦一如往常，丝毫未有懈怠。"

"若是如此，何以无人及时发现？有人攀上房顶，本当有所警觉。何况不仅是攀上，还悬挂了死尸。且不仅是一具，竟多达四具。若有人留守屋内，岂有毫未察觉之理？看，死尸并非悬于人迹罕至的深山野地，而是番所望楼之下。别忘了此处是自身番屋，乃为维护町内治安而设。"

是，大家短促应了一声，旋即又低头跪下了身子。

"怎么了？难不成真有懈怠？"

"绝、绝无此事。昨夜，不，直至今晨，皆有捕快留守此处，亦有人巡视屋外。孰料……这……唉，竟然……竟然无人察觉。"大家再度下跪致歉道。

"倒是，"万三开口打岔道，"深夜——约丑时三刻时，曾有人于此处木门外互殴，是不是？"

是，番太诚惶诚恐地回答道。

"由于实在过于嘈杂，大伙儿便外出察看。只见四五名一身脏污的醉汉正打得不可开交。虽说是互殴，但在深夜里总不能任其滋事扰民。依常规，应将他们强押至板间盘问，但碍于人数众多乱了手脚，就这么教他们给逃了。是不是？"

番太再次畏缩地绷紧身子。

"只能眼睁睁看着那伙人作鸟兽散。毕竟，总不能为了追捕倾巢而出，放任番所无人看守。那么，想必就是……"

死尸就是那段时间给挂上的？志方问道。是，众人异口同声回答。

"也只能如此推测。诚如大人所言，若人都在屋内，岂可能没有察觉?"

"但——"

这可不是件简单的事。

"唉,只能说,教人给乘虚而入了。孰能料到,有人敢将死尸挂在番所的屋顶上?大人办案心切,小的不是不能理解,或许听来像是狡辩,但大人千万别再责怪大伙儿了。"

"住嘴。万三,这可是对官府最恶意的骚、骚扰,不,已形同谋、谋反,简直就是践踏王法。"

这小的也清楚,万三诚惶诚恐地回道:"若不尽快逮捕真凶,势将有损奉行所颜面。不,较这更是严重。此等恶行,万万不可宽贷。"就连小的也给激得满腔怒火呢,万三语带愤恨、咬牙切齿地说道。

"嗯——"眼见万三这副神情,志方多少冷静了下来。

任谁见了,都要认为如此暴行不可饶恕。

可查证过这四人的身份了?志方问道。

"查过。右乃新富町长吉长屋的打火夫辰五郎,后乃根津片町当铺滨田屋的仆佣阿岛,左乃根岸町损料商阎魔屋的小厮巳之八,正中央的,则是受雇于这条小巷拐过去那头一家名曰伊势屋的小馆子的阿睦。这姑娘……小的也认得。"

"你认得?"

"是。"

志方心中一阵沉痛。原本不过是无名死尸,听到名字,才想起这几人原本也是血肉之躯。

"这阿睦,据说不久前还在深川一带干扒手。原为川越农家之女,因町内有亲戚为其担保,方得于此寄居。不知是去年还是前年,也不知契机为何,她突然与原本的狐朋狗党断了往来,就此金盆洗手,认真干活儿。虽说不上体态有多标致,但也是个人见人爱的可人儿。"

"够了。"再听下去，心中只会更难挨。"这四人有何关联？"

毫无关联，万三立刻答道。

"毫无关联？"

"是。或许是未经细致查证，但再怎么想，也应是毫无关联。不仅年龄各不相同，行业也毫不相关。"

消防、当铺、损料屋，就行业来看，四人生前应无往来。

"可有家人？"

"辰五郎从未成家，又是个打零工的打火夫。"

"打零工的……打火夫？不是灭火队的人夫？"

"并不是。虽不知其打火时都干些什么样的活儿，但仅限于人手不足时充当人夫，且游走于众组之间，并不隶属于特定头目。至于阿岛，虽已年逾二十有八，仍是一人独处，双亲早已亡故。当铺老板已是个八十高龄的老头儿，店内大小事实际上均由阿岛代为打理。巳之八乃飞驒出身，似乎是赴阎魔屋习商的学徒。"

"似乎？难道无从确定？"

"是的。目前虽能确认身份，但尚未与商家的任何人详谈。毕竟事发至今仅一刻半。"

有道理。或许，目前能判别身份，已属佳绩一桩。

虽不愿看到，志方仍抬头仰望。只见那名为阿睦的姑娘正挂在上头。不，如今甚至难以看出，这具尸首生前是个姑娘。

"着实令人发指。"

"的确是天理难容。是否该将尸首卸下？"万三问道。

虽然巴不得尽快将之卸下——

"得再稍候一阵。死后仍遭曝尸受辱纵然可怜，然而或许仍得供其他同侪详加查验。如此残虐不仁之恶行，必得以王法制之。想必不出多久，便将有同侪前来。"志方虽这么说，但依然不敢进入番屋。

毕竟上有尸首，谁愿在其下啜茶？

果不其然，旋即有持大刀之小厮随行的与力一骑、笔头同心笹野以及多门、铃木两名同心赶至现场。幸好已事先将看热闹的人群全数驱离，众人得以谨慎卸下尸首，进行一场破天荒的自身番屋内查验。

四具尸首被并排放在番屋板间内。看来，四人乃遭凌虐致死。虽不见刀伤，但施暴痕迹于每具尸首上均清晰可见。

志方再也按捺不住，径自步出了番屋。与这伙同心凑在一起，哪可能办得了事？

万三紧追其后喊道："请大人留步。"接着便一脸罕见的凝重神情，邀志方走向屋后的柳树下。

"怎么了？难道还有什么机密可禀报？"

"是的。大人可知——二三日前，多处均曾发现尸首？"

"不可胡言。"

"不，此话保证属实。光是小的亲耳听见的，便有五件。据说死者均为无宿人或野非人之流。虽知人命无贵贱之分，但似乎正因死者身份低贱，案件未受任何重视。"

岂有此理！志方说道："不论身份为何，凶案毕竟是凶案，城内出现尸首，岂有放任不管之理？"

"大人，大义名分可不是处处管用。"万三打断志方的话说道，"大人为人处事光明正大，小的比谁都要清楚。深知大人为信为义，不惜赴汤蹈火。大人生性本是如此，小的此言绝非奉承。正是为此，小的即便力有未逮，亦深以辅佐大人为荣。故大人此番义愤，小的亦甚是赞同。不过，大人，世道并非如此。一如武士与百姓有别，身份之有无亦是高低有别。大人说是不是？"

的确如此。

"无须计较哪类人较有权势。同为武士，大名与随处可见的御家人本就天差地别,而浪人就连衣食温饱都难以解决。而同是庄稼汉,富农坐拥万贯家财,没有农地的贫农可就苦了。商人亦是如此。可见行行业业各有高低贵贱,高者藐视低者,低者仇视高者,世间众生就是如此度日的。市井百姓亦是同样道理。每个行业均有自己的规矩。甚至连长吏猿饲抑或非人,亦有自己的规矩得守。"

"此类人等亦有高低之别?但……"

"确有高低之别。或许常见他们混杂于城内,看似无任何分别,然实有贵贱之分,亦有行规依循。小的和大人受町方管辖,他们则受弹左卫门大人、车老大或加贺美太夫等以其规矩管辖。认为他们没有差别,实际上就是种藐视。原本并无藐视或受藐视之理。因此,小的认为,以其亦有贵贱之分视之,较为妥当。"

"但……"

大人想说的是,凡人均应一视同仁,是不是?万三说道:"没错,既生为人,本应无贵贱之分。但大人可要想想,咱们百姓并无切腹之责。武士蒙羞须切腹以明志,然小的这等百姓并不须为此自戕。由此可证武士与百姓的确有别。制裁小的的法,不同于制裁大人的法。即便大名为恶,町方的大人亦不得将之绳之以法。大人能逮捕的,仅限于我们这些百姓,同目付大人不得逮捕庄稼汉是同样道理。"

"你言下之意是……"

"小的所指,乃不论大人如何公正,都无从改变世间规矩。总之,非人这称呼本就不妥,虽称非人,毕竟也是普通人,只是并非百姓罢了。当然,长吏及猿饲也和咱们同样是人,唯一差异,不过是少了百姓的身份。这本非蔑称,不过是活在不同的规矩里。这回的凶案……乃发生于城内。"

"噢。即便是长吏非人之犯行,若事发于城内,便属町奉行所辖。"

"是,这小的也清楚。除非是武士,凡于城内犯罪者,均得由奉行大人裁决。不过,这些长吏非人——并不是凶手,而是遇害者。"

志方一时答不上话来。

"人既已死,身份、名号便无从判明,亦不知该依何种规矩处置。姓名未载于户籍簿上者,便不是百姓。同理,姓名未载于非人簿上者,便不是非人。若江户城内的四大非人头目均称不识,死者便连非人也不是。大人说是不是?"

没错,的确如此。

"除非世生巨变,天下规矩悉遭撤废,否则……"

"万三。"

是,万三诚惶诚恐地继续说道:"误作耸听危言,还请大人见谅。不过,除非天下真起巨变,否则无宿野非人必是取缔对象。抱非人①则无被捕之虞。野非人见之必捕,被捕后不是登记为抱非人,便是遣送寄场或金山②。这回遇害的,便是这种人。"

"你是说对这种人,无法公平裁决?"

别说是裁决,万三说道:"小的认为,就连调查都很困难。不过,大人,小的倒是认为,本案与那些无宿人之死似有关联。"

"什么?"

"昨夜……"万三指向番屋木门说道,"在木门外滋事者,绝非寻常百姓。"

"何以见得?"

据说一身龌龊。

"何以见得不是寻常百姓?单凭衣着尚不足为证,总得有些证明身份的——"

---

① 指接受登记、受非人头管理的合法非人。
② 寄场,1790 年设于江户石川岛的游民、轻度罪犯收容所。金山,位于今新潟县佐渡岛,江户时代后期曾有一千八百名游民与罪犯被引渡至此强制劳动。

"大人，我们当差，绝非仅跟在大人后头四处游荡。自身番乃百姓为维持辖区内治安编制而成，番屋内亦保有户籍簿。辖区内之大小事，上至大家下至番太，均略有知悉。"

"这本官也知道。"

"是，小的也无须于大人面前班门弄斧。番太曾言，滋事者均不是相熟面孔，且全都未结发髻——这大人可记得？"

"未结发髻……"

"代表其均属不结发髻之身份。"

"就是说，凶手乃是非人？"

当然，万三说道："况且，还不是普通非人，而是野非人。"

"且慢。若非非人，应不至于未结发髻。若尚未依非人制道遭捕，他们便如你所言，应是毫无身份，既非百姓，亦非非人，仅能以无宿人视之。划分并非如此清楚。"

是的，万三弯低身子说道："故此，应是逃离小屋①——也就是抛弃抱非人身份的逸非人。"

"逸非人？真有这种身份？"

"想必是有。想必大人亦知悉,番屋亦时有非人身份者出入。捕快、人夫不多由非人充任？若是抱非人，身份应不至于难以查明。"

的确如此。

"不过，大人，小的方才亦曾言及，野非人若被发现，便得逮捕，绝不可能逍遥法外。逸非人则更是如此。一旦被捕，便得受罚。更何况，这伙人还于深夜吵闹滋事，还是于自身番门前。"

"难道是调虎离山之计？这……"志方抬头望向望楼。

没错，万三回道："这伙人佯装滋事，将番太诱出番屋，其他同

---

① 抱非人的法定居处。

伙再乘隙将死尸挂上望楼，这应毋庸置疑。佯装吵闹，不过是为悬挂死尸而施的障眼法。不过，这伙逸非人如此铤而走险，所为何事？"

"所为何事……"

"难道是刻意犯上，意图谋反？"

"这……"虽曾言此举已形同谋反，但志方自己尚不这么想。"虽不知垂挂死尸者是否为野非人，但对他们而言，于自身番前佯装滋事比挂尸更是危险。即便如此，这伙人仍愿铤而走险。"

难道有祇右卫门在其后发号施令？万三说道："若是奉祇右卫门之令——他们当然不敢不从。"

"这……"难不成……真是这操弄无宿人的大魔头？"此说不过是流言蜚语。官府公仆，切勿轻信此类无稽之谈。"

"岂是无稽之谈？小的听闻，火盗改已着手讨伐祇右卫门呢。"

"町奉行所亦有所行动。然而，并非对祇右卫门这一不知虚实之人物发令通缉，不过是对散播此无凭无据传言的不法之徒加以取缔而已。"

弹左卫门及车善七，则已正式对稻荷坂祇右卫门提出诉状。

取缔野非人并将之登记为抱非人的野非人制道，乃非人头之责。就制度而言，非人头为长吏头弹左卫门所辖，弹左卫门役所则与奉行所保持密切联系。在江户，无宿人为数甚众。若不加以妥善管理，江户治安将无以维持。若不以非人制道严加取缔，将之登记为非人，或归为乞胸、乞丐僧，就是依法逮捕无宿人，将之遣返回乡或遣送寄场。无论采取何种手段，均须强行将之纳入制度内，方可管束。

然而如今，逮捕已非易事。无宿人的确是与日俱增，但就捕者却是有减无增。相传之所以如此，乃无宿人如今有该冒名祇右卫门者统辖使然。此举形同藐视王法，故宜加取缔，以维法纪——此乃非人头提诉的理由。

的确是藐视王法。一如万三所言，每个人均须被纳入所属身份，并依该身份的规矩行事。既属某一身份，便有奉行其规的义务。然若不属于任何身份，便不受此约束。话虽如此，没有身份其实甚难营生。但若有其他奥援，可就另当别论了。

的确，或许真有意图摆脱非人头支配的不法之徒。如此一来，万三所说的逸非人便真有可能存在。此类传言，有时恐有招徕恶事之虞。

不过，那不过是无稽讹传，志方说道："的确曾有个祇右卫门，但此人已于五年前亡故。"

"已亡故……大人此话当真？"

"不论世间如何讹传，此人确已不在人世。万三，此事万万不可张扬。稻荷坂祇右卫门，生前任浅草新町公事宿世话一职，由于严重贪渎为人揭露，遭弹左卫门通缉而遁逃。而后于柳桥的一家料亭与捕快对峙，杀害其挟为人质的姑娘后为町方所捕，依法裁定后遭官府斩首。"

"斩、斩首？"闻言，万三惊讶得两眼圆睁。

"没错，遭斩首示众。总而言之，祇右卫门确已亡故。虽未曾参与此案，但本官曾于北町轮值，见奉行所之卷宗清楚载有姓名、身份、原籍。故可明言，祇右卫门已经不在人世。"

"大人此话当真？"

"当然当真。故此，时下若有任何人以祇右卫门自称，且就连名号也相同，必是个假冒的骗徒。"

"不过是个骗徒？"万三一脸疑惑地说道，"不过，事发至今也不过五年。当时小的已是冈引了。"

"你任冈引至今已逾十载。自本官仍为见习同心时，你便已值此勤务。"

"是的。不过怎不记得曾有这么回事？或许只能怪小的孤陋寡闻。然而，若遭斩首至今不过五年，认识祇右卫门的应仍大有人在，而且这些家伙应也知悉祇右卫门已遭斩首。哪可能轻易骗得了人？"

"处刑时，官府曾刻意隐瞒祇右卫门的姓名身份。"

没错，当时未有公表。高札、幡旗上头，应是一个字也没写。

或许正因如此，志方说道。

为何没公表？万三问道："何须刻意隐瞒？"

"祇右卫门为弹左卫门的下属，且为遭通缉的罪人，恐有损弹左卫门与奉行两方的颜面。故此，不得不谎称遭枭首示众者乃区区无名小卒。或许正因如此，方有祇右卫门尚在人世之说。本官推断，如今正有人利用此无稽之谈为恶。"

真是这么回事？万三双手抱胸，喃喃自语道。"不过，大人，即便真是冒名骗徒所为，如今真有传言直指某人冒用祇右卫门之名，令无宿野非人四处肆虐为恶。不，依小的所见，这不仅是个传言。虽未公表，实际上已造成极大祸害，百姓们可是个个吓破了胆呢。不，不仅是百姓，就连非人、长吏，也全都给吓得寝食难安。这可是个不争的事实。"

没错。吓得寝食难安——非人头的诉状上似乎就是这么写的。虽然志方不解这何须畏惧。

"祸害……指的是什么样的祸害？"

不胜枚举，万三说道："任何大人能想象到的都有。相传，甚至挟人把柄要挟，迫人充当傀儡，代其为恶。"

"迫人充当傀儡？原来如此。"

借恐吓奴役他人。这岂不是比盗贼还卑劣？

至于这回的案子，万三抬头仰望望楼说道："小的认为，只不过是杀鸡儆猴。"

"杀鸡儆猴？"

"用意是昭告世人，惹着祇右卫门，便是如此下场。大人，于自身番望楼垂挂死尸，确是藐视王法之举。但会如此认为的，仅是身为武士的大人。"

"难不成百姓见状，会作不同感想？"

"大人任职官府，须以执法为职志。而小的这等人，既是辅佐大人的下属，亦是受王法保护的百姓。人须守法，法亦可护人。大人的职责，是将盗贼或杀人凶徒悉数绳之以法，遇有穷人诉苦，亦须耐心倾听。如此一来，百姓对大人便毫无抱怨，且满怀敬爱之情。但这下子，"万三指向望楼说道，"被如此侮辱，百姓见状将作何感想？奉行所已不值信赖，官府已无力护民。凶手如此做，用意似乎在此。"

想不到同一件事，看在武士及百姓眼里竟是如此不同。志方不觉陷入沉思。

"大人动怒是理所当然，毕竟此举简直是对官府的大胆挑衅。不过，在我们看来，没有任何事比这更骇人。对百姓而言，这根本形同胁迫。"

"如此说来，的确是杀鸡儆猴。噢，且慢，但……又是针对谁杀鸡儆猴？论其用意，或许仅为夸示一己实力？"

"不，小的并不如此认为。或许，该回头想想日前发现的无宿人尸骸。这些遭人杀害的无宿人，或许正是祇右卫门的棋子。"

"什么？"这点可是从没想过。

"大人，小的想说的实为此事。或许有谁向祇右卫门吐出了毒牙，决意不放任其为所欲为，便挺身相向，杀了他的棋子，惹得祇右卫门勃然大怒，因此……"

"且慢，万三。如此说来，被人挂在上头的遇害者究竟是……"志方望向番屋的木墙。遇害者正躺在墙后。

小的也不知道，万三说道："只不过，小的判断并非挺身相向者。

那打火夫就不用说了，小的毫不认为损料屋小厮、当铺女伙计，乃至阿睦能有这能耐。若祇右卫门真如传言所述——或许习于拿对手的亲人开刀，因此便遣人杀害对手之家人至亲，以为报复——"

那么，就真是杀鸡儆猴了。若是如此，死者之间毫无关联，也是无可厚非。

不过，至今依然毫无确证，万三低声说道："诚如小的稍早所言，这仅为一己推论。只不过……"

"不，无须进一步详述，本官也想通了。万三，本官多亏有你这么个好下属。即便这番推测有误，你助本官发现武士之眼界何其狭隘，对本官而言已是获益良多。不过，倘若你的推断无误，此事可就十分棘手了。首先，得证明的确有人冒用祇右卫门名号横行霸道，还得证明有人不愿姑息而挺身反击。犯罪本就不可纵容，然被害人暗地报复亦须禁止。更何况对此反击之报复已沦为残杀无辜者。如此一来，当然是兹事体大，岂不是犹如于官府无从察觉之处大开杀戒？"

依法依理，均不可纵放。

"是否该尽快详查众无宿人尸首的身份？"

"当然。本官将尽快通报调查该案的同心。接下来——"

或许得找出垂挂此处的死尸的家人至亲。

"哦？"万三自志方身旁凑出了脑袋，朝木门那头望去，"大人，没想到……阎魔屋的女店东，这么快就来收尸了。"这冈引说道。

四

一把将门推开，只见屋内一片狼藉。

此处是长耳仲藏位于浅草外围的居处。土间内有双严重磨损却大得吓人的木屐,以及一双老旧的竹皮草履。木屐虽被踢翻了,竹皮草履倒是依然摆放整齐。

拉门尽已满目疮痍。看来像是先给踢倒,又被踩破的。土间的水缸也破了,幸好水勺依然完好,又市掬起勺底余水,啜饮一口。之后鞋也没脱,便踏入了屋内。

长耳的住处其实是个工房,屋内虽宽敞,却毫无隔间。工具、绘笔、颜料散乱一地,看似材料的竹子与木材也撒了一地。灰烬自破裂的火钵倾泻而出,在榻榻米上叠成了一座小山,火钳更是倒刺在榻榻米上头。屋内物品悉遭毁坏,无一完好。

感觉四下无人。长耳他……难道也教人给杀了?

"人不在。"

啊!突然传来这么一声,将又市吓个正着,不禁失声高喊。

只见山崎寅之助跪坐外廊。

"大、大爷!你怎会在这儿?"

"在下一直在这儿,但仲藏可就不知去向了。从天花板上一路搜到茅厕,就连榻榻米都掀起来搜遍了,就是找不着那大块头的踪迹。"

"榻榻米下当然找不着。他可不是跳蚤。"

"不不,那大块头哪可能躲进榻榻米中?只是心想榻榻米下头或有地板夹层可藏身,孰料里头却连只老鼠也没有。这教在下着实参不透。那秃驴分明应还在屋内。"

"怎知——他还在屋内?"

"理应还在,至少遇袭前还在。"

"遇袭?"

"在下于一刻钟前入内,当时已是这副景况。正欲离去时,却感觉似乎仍有人藏身屋内。原本怀疑是否仍有来袭盗匪潜藏其中,但四下搜寻,却未见一个人影,连仲藏也没找到。正好奇究竟出了什么事……"

长耳也遇袭了？虽然也没什么好惊讶的。一看便知，情况绝不寻常。

"尚不知如何是好，只能呆坐此处，你就现身了。"幸好幸好，山崎说着，面露与此紧迫情势十分不符的亲切笑容。

话虽如此，完全没察觉大爷藏身此处，又市说道。

在下不过是屏住了气息，山崎一派轻松地说道："多少还是起了点戒心。看见开门的是阿又先生，才卸下了心防。"

"大爷果然了得。"

常人若准备狙击外敌，总要冒出腾腾杀气。山崎则正好相反，一旦做好准备，反而不泄漏丝毫杀气。

又市走到山崎身旁，撩起衣摆蹲下。"不过大爷说那秃驴原本还在屋内，是怎么一回事？"

"噢，其实，在下稍早走在这条路前头那道土堤旁的路上，突见十五六名貌似乞丐的家伙自在下身旁快步跑过，怀疑似有蹊跷，便一路尾随其后至此。赶到时，他们已经闯入屋内。原本打算冲入屋内制止，但却错失先机，只得躲在那丛灌木里伺机行动。只见那群家伙在屋内大肆破坏了好一阵，最后终于鱼贯离开。待人一走，在下便火速冲进屋内，但现在看来已太迟了。"

"哪儿迟了？"

"该怎么说呢。眼见灶烟袅袅升起，在下以为仲藏人在屋内，孰料进屋一瞧，却不见人影，着实教人费解。"山崎一脸纳闷地继续说道，"看似恶斗将起，在下原本打算助阵救人。孰料那群家伙似乎是来搜屋的，一时也不知该如何因应。后来眼见来者个个满脸狐疑地走了出来，这才发现那巧手的家伙——似乎是巧妙脱身了。总而言之，真是汗颜之至。"山崎低下头说道。

"何须向我致歉？护己当然是第一要务。倒是，倘若那家伙真脱了身，难道是赤足逃脱的？"又市朝门口的木屐瞟了一眼说道，"仲藏那家伙生得一双大脚，根本买不着合脚的木屐。因此，唯一能穿脚上的就只有那双旧木屐。一旁的竹皮草履，想必是大爷的吧？"

没错，山崎说道："实在不习惯穿着鞋进入屋里。"

"在此处就别计较了，脱了鞋只会脏了自己的袜子，更何况如今还是这副景况……"

那些家伙捣毁得可真是彻底，山崎蹙起短眉说道。

"都是些什么样的人？"

"看来是无宿人，且并非吃这行饭的，其中显然还掺杂了几名非人。看似没什么组织，不过是群乌合之众。正是因此，在下才没立刻出手制止。"

"巳之八、辰五郎、阿岛……全都死了。"又市说道。

在下也听说了，山崎板着脸说道："此外，那与你熟识的姑娘也惨遭不测，是不是？"他指的是阿睦。"那姑娘可是遭殃及的无辜？抑或……"

"这都得怪林藏——噢不，的确是遭殃及的无辜。"又市回答。

"是吗？真是遭殃及的无辜？"山崎先是闭上了嘴，接着才又开口说道，"这已非遗憾二字能形容。死状如此凄惨，着实教人不忍。"

"大爷看见了？昨日那……"

曲町望楼上那……仅是忆起，心头便为之一痛。

"在下仅在远处围观。景况甚是凄惨。"山崎闭上双眼，继续说道，"唉，其实，就连喜多以及你大概没见过的政吉、舍藏几名阎魔屋的同伴也遇害了。不过是没教人给挂上去罢了。"

原来，丧命的不止四名。

"因此，在下才打算到此处瞧瞧，也纳闷为何不见你、林藏与棠庵先生的踪影。"

林藏回京都去了，又市说道："看看能否靠他同京都那只老狐狸牵上线。不过，我是不抱多少期望。"

"原来如此。这下只能期望他安然脱身。对手的耳目可比官府灵光得多，此时欲自江户出逃，或许比通过关所还要困难。别说是山路或者海路，就连岔路也不安全。那么，棠庵先生上哪儿去了？"

"这我也不知道。"不知那老头儿如何了……

唉，山崎双手掩面说道："这回咱们可赔大了，损失如此惨重，已是无从弥补。或许专责武行的在下不该如此灭自己威风，但这还真是教人难以承受。眼见同伴接连丧命，心里岂能不沉重？"

"这的确不像大爷说的话。"

这不是你的口头禅？话毕，山崎抬起了头来。

"我这么说过？"

"你不是常说，不想见人丧命？丢了命、杀了人，都是有害无利，你一直是这么说的。这的确是真理。丢了命所留下的窟窿，可是用什么也无法填补的。"山崎有气无力地站了起来，一脚将破了一半的防雨门踢到庭院里。

霎时，一阵风吹进屋内。

"依你这说法，阎魔屋这回可是抽了支下下签。黑绘马一案敢于出手，现在看来也不过是不知天高地厚。唉，事到如今，说什么都于事无补了。"

那不过是个开端，又市说道。

"难道教咱们惹祸上身的，还不只黑绘马那桩？"

"咱们的确破了那场局，但对方这回的杀戮，绝非是为那桩案子报复。"

"何以见得？"

"当然不是。辰五郎、阿岛和喜多均未参与黑绘马一案,长耳也同样未插手。况且事发至今,都已过了这么久。此外,那回死在咱们手上的仅有鬼蜘蛛那伙人,这鬼蜘蛛并非那家伙的至亲好友,不过是花钱雇来的刺客。要说是为那伙人报仇,我可不认为祇右卫门这么讲义气。"

"那么,又是为了何事?"

"应是继该案之后,阎魔屋所承接的损料差事全都和那家伙对上了。"

"难道,那几桩事背后,均有祇右卫门插手其中?"

"似乎是如此。由于无从一窥其真面目,咱们总以为祇右卫门仅挑大有赚头的差事,实则不然。以一个大魔头而言,其行算是罕见。此外……"

"还有什么?"

"大爷可曾被人袭击?"又市问道。

"在下也遇到过。同样是非人,与其说是非人,看来更像是山民,噢,也可能是蓑作①。"

"但大爷还好端端地活着。"

"没错。毕竟他们非道上高手,不过是胡乱出手。"

"大爷是否将他们给杀了?"又市问道。

"若是杀了又如何?"山崎反问道。

"大爷是否杀了来袭的无宿人?回答我。"

山崎静静地转头面向又市。"你认为如何?"

"若猜得着,哪还用问?"

"人在下是没杀。"山崎说道。

---

①以制作蓑衣为业者,在江户时期地位低贱。

"此话当真？"

"绝对属实。在下的武艺有如镜子，遇强敌则强，遇弱者则弱。欲夺其武器，对方却手无寸铁，仅打算以肉身撞敌，遇上如此对手，在下反而无从招架，仅能在频频闪躲之余，伺机回以两三拳。"

"对方武艺甚弱？"

"对在下而言是如此。但阿又先生若是遇上，或许难有生机。"山崎说道，"对方杀气腾腾，人数众多。心生畏惧，必将为他们所擒。即便谨慎以对，与下手不知轻重者认真对峙，或有可能致使对手丧命，而仅搏倒区区一两人，最终仍将死于其他同党手中。"

"原来如此——"阿睦碰上了，当然毫无招架之力。"其实，亦有无宿人相继遇害。"

"无宿人相继遇害？"

"截至昨日为止，已发现五具不明身份的野非人死尸，今日又发现了三具，悉数死于他杀。看来案情绝不简单。"

"这……"闻言，山崎神色为之一沉。

"遇害者似乎是祇右卫门的棋子。"

"难道，已有人挺身而出，抵抗祇右卫门？"

"这……虽不知是否真有穷鼠噬猫，但遇袭的猫是反咬了回去。看来，现在双方就在这么你来我往。"

"且慢。咱们可没出手呢。"

"所以，才询问大爷知不知是怎么回事。"

"噢。"山崎手捂着嘴说道，"难不成怀疑——人是在下杀的？"

"要说没这么怀疑是自欺欺人。总之，大爷为了损料差事所杀的敌人仅限于鬼蜘蛛，但对方是否如此认为，可就不得而知了，甚至就连小的也会怀疑。无论如何，咱们碍了对方的事，而且咱们的身份也全被对方掌握了。"

大伙儿全都死了。除了原本正四处奔走的又市与林藏，悉数遇袭身亡。

"难不成，将死尸挂上望楼羞辱，就是对这反击的报复？"

"这就不得而知了。不过，那应是对咱们的恫吓。另一方面，似乎又有谁以强硬手段对抗祇右卫门。看来望楼一事，便是对此结果的杀鸡儆猴之举。"

"真是如此？"

"咱们非加以制止不可。"又市说道。

遭噬便要反噬，便沦为两相残杀——棠庵所指，正是这种情况。

"阎魔屋又如何了？"

"不知道。若没什么突发意外，这会儿应在举行巳之八的葬仪才是。"

"葬仪……"

巳之八才刚满十八岁。

又市望向庭院。造访此处已有数载，竟从未意识到有这么座庭院。仲藏总是从早到晚关着防雨门，足不出户地埋首打造奇妙的行头。

除了被山崎一脚踢进的防雨门，庭院内空无一物，半朵花也没种。只有围在外头的一道木墙，正中央还有一座寒酸的小祠。

这家伙根本不信神佛。看不出这座祠祭祀的是什么。又市自己也不祭鬼拜神。

只见挂在祠上褴褛的褪色布帘正轻轻摇曳。

哦？除了在防雨门被踢开时灌进屋内的一小阵，此时并没刮什么风。屋外完全无风。不过……

不对。只见布帘又晃动了一阵。

这可奇了。首先，这座小祠的位置就有点古怪，怎么看都像是搭错了地方。依常理，应将祠设在庭院更深处才是，看来亦非出于方位的考虑。况且,这座祠真有这么陈旧?难道是刻意布置得如此陈旧?

这对长耳而言确非难事。搭造戏台的大道具,正是仲藏这玩具贩子最得意的把戏。如此想来,这座祠的确启人疑窦。

"大爷刚才说——外廊下方也掀开来瞧过?"

"是瞧过。怎么了?"

"也记得大爷说,连只小鼠也没瞧见。是不是?"

"没错。虽没看得多仔细,但的确是什么也没有。"

"是吗?"又市站起身子,环视起一片凌乱的屋内。

屋内隔墙悉数打通,除梁柱外,放眼望去毫无遮拦,活像座铺满榻榻米的道场。壁橱的拉门也被卸下,好充当堆放材料的仓库。又市走向壁龛,不,该说是曾为壁龛的地方,发现就连此处也成了仓库,早已分不出上座、下座。原本堆积在内的东西全被推倒,该立起的东西尽数倒地。

又市以脚清开散乱杂物,在壁龛地板上踩了踩,只听到些微声响。再次使劲踩了一脚。

"怎么了?"山崎低头朝地板望去,问道,"阿又先生,你这是在做什么?"

又市泛起一丝微笑回道:"大爷,小老鼠或许没有,但巨鼠似乎有一只。"又市抬起一只脚,准备再朝地板踩个几回,就在此时——

山崎机警地站了起来,悄然无声地移到又市身旁。

"怎么了?"

"别出声。"山崎以双手护着又市说道,"看来咱们被包围了。"

"被包围了?"

"对不住,都怪在下一时大意。方才也说了,在下遇弱则弱。看来包围了咱们的,就是那伙无宿人。感觉得到他们心浮气躁,毫无纪律,散发的不是杀气,而是恐惧。呵呵呵。"山崎莫名其妙地笑了起来,继续说道,"阿又先生得有所准备。这回在下可帮不了什么忙。"

山崎悄悄滑步,侧身朝前移动。

"在下取不了这群家伙的命。噢,绝非因有先生同行而有所顾忌。想必先生亦知,在下从不携带武器,想必来者亦是手无寸铁。在下的武器,就是自对手抢来的行头。对方若无武器,在下亦与手无寸铁无异。"

山崎缓缓转了个身。

"跟高人过招可要轻松多了。来者浑身散发腾腾杀气,可见他们亟欲取咱们俩的性命。"山崎压低了身子,"因此,在下当然也不甘示弱。不过,门外汉心境烦躁不定,满心恐惧、嫌恶、伤悲、苦痛。遇上这些人,实不忍痛下毒手。"

"先生瞧,危急之际,在下话匣一开,便要滔滔不绝。"山崎边朝外窥探边说,"在下的弱点便是心易不宁,不耐沉默。心一静,便忆及死于在下之手的亡者,他们的死前神情、绝望哀号,总是教在下苦痛难当。在下所弑之人——第一个就是自己的亲生弟弟。"

"大、大爷——"

"呵呵呵。看来在下逗留屋内,实为下策。扬长而去却又再度折返——想必他们曾遣人留守,察觉咱们入屋后,便引同伙返回。既有留人窥探,可见长耳仍是安然无恙。"

来者——正藏身木墙影下。现在就连又市也察觉了。

"虽不知来者人数,但看来绝不止十几二十名。阿又先生,待在下一喊,先生立刻跳出窗口,头也不回地全力飞奔,在下将紧随在后,至少能击倒个两三名。仅动这么点粗,还请先生包涵。听清楚了吗?跑!"山崎喊道。

几乎眼也没眨,又市便依山崎吩咐,头朝下地往前飞奔。

与此同时，木墙骤然倒塌，有几人闯进了屋内。理所当然，有几个模糊人影挡在又市眼前。

又市撞开或踢开了这些人影，朝屋外一跃而出。

虽然跃出了屋外，却无法再往前行。此时屋外竟是人山人海，无数双手将又市抓得离地腾空，已分不出哪边是天，哪边是地。由于两脚难以着地，感觉像浑身都浮了起来。不过，也清楚感觉到有人正抓着自己的身子。

两眼一睁，只见无数双手脚。还有无数双眼、无数根指头、无数张龇牙咧嘴的脸孔。

还来不及惊呼，又市便翻了个跟头跌落地上，只感觉肚子朝地上使劲一摔。阿又先生，快逃，也听见山崎不知打哪儿传来的呼喊。

这下哪逃得开？就连站也站不起来，喊也喊不出声。

无数只手、无数只脚、无数个人。与其说是人墙，不如说是股人涡。

突然传来一阵无法形容的怒吼，视野霎时豁然开朗。

又市看见了山崎。只见山崎正被许多扮相古怪的人包围，其中不乏披头散发者、头结发髻者，亦不乏看似座头①者，更有满面胡须者、蓬头垢面者、头戴头巾者……不似武士或百姓的各色人等，正将山崎团团包围，完全看不出人数究竟有多少。

山崎使劲挣脱。但再怎么甩开，新的胳膊还是不断凑近。脏污的手、骨节突起的指、胳膊、掌心、拳头。宛如群鼠汇聚。看来犹如一大群饥不择食的老鼠，正在疯狂啃噬山崎。

这下，又市方才察觉自己也身处同样险境，顿时感到一股贯彻全身的痛楚与深不见底的恐惧。虽欲呼救，喉咙却喊不出半点声音来。

气道竟然给塞住了，也不知是脖子教人给勒着，还是喉咙教人给

---

① 以弹唱、针灸、按摩等为职业的盲人。

压着。不,或许是有谁正紧压自己身上。全身被紧紧揪住,毫无办法喘息。

心生畏惧,必将为他们所擒,教这些家伙给架住,脖子再给这么一勒,想必就全完了。

这下又市已被吓破了胆。

惧怕。

死亡。

丝毫喊不出声,感觉益发恐惧。愈是恐惧,便愈想呼喊。

我要死了。

突然感觉自己似乎触到了哪个姑娘柔软、沁凉的肌肤。这……必是幻觉。

又市心头顿时涌现一股温馨,原本的恐惧莫名其妙地随之烟消云散。

少啰唆。别碰我。给我滚一边去。少跟我拉拉扯扯的。阿睦。

对不住,阿睦。

山崎看来也撑不了多久。喂,大爷,你一身武艺,又有何用?

意识益发朦胧。就在此时,一股异臭倏地掠过又市鼻尖。只见几道火光不住旋转。微微火光,犹如鼠花火。看着看着,又市便晕死了过去。

五

只嗅到一股沉香的香气。微微睁眼,只见一道白烟袅袅升起。射入视线的细细微光,光滑的白瓷香炉,暗金色的摆饰。

噢,是谁死了?瞧这死亡的气味,死亡的光景。

那头一片漆黑,但这头仅是昏暗,点着一支蜡烛,看得还算清楚。

本以为地狱伸手不见五指,原来多少还有点光。这也是理所当然,你这么个窝囊废来到这儿,若真是一片漆黑,只怕要将你给吓得不知所措。喂,老爹,老爹是死了吗?像你这种臭老头儿,死了当然无人凭吊。你一归西,与那和你勾搭上的女人不就永别了?像你这种混账东西,死了最好。

"像你这种……"

"醒了吗?阿又先生。"

这家伙不是老爹,此人是……"山、山崎大爷?"

此处可是地狱?又市起身问道。和地狱差不了多少,山崎回答。

此处是个房间。又市正睡在地铺上。稍稍转下脖子,竟疼得要命。但不转也不成,只为了朝隔壁房间窥探一番。

房内有倒立的屏风、纯白被褥、短刀以及脸上覆着白布的——

"巳、巳之八?"

"没错。这里是阎魔屋。"

又市似乎是梦见自己遇上了生父。虽已无法忆起梦中看见了什么光景,但这股令人生厌的不快气氛,竟与对生父的回忆完全相仿。

巳之八——

"难道咱们获、获救了?"

"似乎是如此。"

此时拉门被拉了开来,只见阿甲现身门外。"又市先生。"

"大总管,别来无恙?"

"又市先生得以安然脱身,实为不幸中之大幸。"阿甲就地跪坐,朝又市低头致意。抬起头时,可见其面容甚是憔悴。

"众人——已全数亡故。"

"噢。"又市将视线自巳之八的遗体别开,"倒是,大总管滞留店内,不会有麻烦？"

"嗯……店内已无他人。"

"都遣回去了？"

"我吩咐寄宿店内习艺的年少小厮暂时返乡，他于昨日领了点盘缠便告离去。亦嘱咐其他雇佣停工，众掌柜则委托他行接纳，上其他店家干活儿去了。大掌柜当差至今早为止，如今仅余我与角助留守。"

"这样啊。就是说店铺即将歇业？"

阿甲垂下视线回答："也不得不歇业。若再次遇袭，已无从防身。此外，亦不忍再殃及无辜。阿睦小姐，就这么教咱们给连累了。"阿甲再次垂头说道，"想不到，结局竟是如此。"

"事后懊悔亦是于事无补。大总管就别再自责了。"

棠庵那老头儿可来过？又市问道。阿甲摇头回答："已之八不见踪影时，我甚是挂心，立刻差遣角助前去探视棠庵先生，当时便已遍寻不着。看来……"

大伙儿几乎是同时遇袭，山崎把话接下去说道："得以脱身的仅有我们仨，及仲藏、林藏两人。当时阿又先生与林藏正四处奔走，使对手无从掌握行踪。至于大总管及角助，想必是刻意留下的活口。"

"可是为了使我们受尽折磨？仲藏先生又如何了？"阿甲有气无力地问道。

"不得而知。遇袭时，在下与阿又先生面对的徒众少说五十名，眼见这下插翅也难逃，在下已做好还债的准备，孰料竟能幸运获救。"山崎苦笑道。

"咱们俩是如何脱身的？"又市问道，并撑起身子，盘腿而坐。感觉浑身一阵酸痛，尤其是脖子，痛得活像睡时扭伤了。

不得而知，只能怪咱们运气太好，山崎苦笑道。虽然房内昏暗瞧不清楚，但山崎似乎也是浑身瘀伤。这才发现其神情看来有如苦笑，原来是眼睑严重肿胀使然。

"看来,曾有人以奇技助咱们脱身。"

"奇技?"

"用的是火。"

"火?什么样的火?"又市问道。

"在下也不懂。在下脚边突如火光炸裂,犹如……"

那气味,那火光。犹如鼠花火?又市问道。没错,山崎回答:"确如鼠花火。至少于其乍现时。"

原来,那并非梦。

"起初是微微的炸裂声响,亦出现小火球于脚下不住旋转。见状,暴徒为之一惊,在下也被吓得不知所措,毕竟事出突然。只见暴徒被火花炸得难以立足,紧抓在下的手当然也松开了。在下乘乱解开束缚,自暴徒间穿梭而过,赶赴先生所在之处。此时,原本的小小火光……"山崎一脸纳闷地说道,"竟如蛇般相连串起,宛如一道火绳。只见这道火绳宛如有生命般,于无宿人之间——"

"火绳?"

"没错。此时暴徒们已无暇顾及咱们俩。此景甚是不可思议,几可以妖火形容。而且,这妖火还不止一道。徒众中不乏大胆与妖火对峙者,然而那火即便被斩为寸断亦不灭熄,而是一分为二、二分为四地迅速增多。"

这……岂可能属实?

"听来是天狗御灯。"阿甲说道。

"噢,世间真有此等妖物?"

"不,应是小右卫门之火。总之,必是妖物所燃之怪火。"

"大、大总管,难不成是……"

阿甲朝又市一瞥,点了个头。

御灯小右卫门。原来是他？是他救了我们？

"在下孤陋寡闻，不知真有这种妖火。但总不能因其罕见而看个出神。幸好这妖火并未烧向咱们俩，在下便将先生一把抱起……"

"带着我逃离该处？"

"头也不回地逃离该处。虽听见背后数度传出轰然巨响，亦无暇回头观望。毕竟生死仅一线间，根本无暇顾及他人。因此，袭击咱们俩的暴徒结局如何，在下也不得而知。"

"结局如何的确无从得知。"

"看来先生似乎知道些什么？"山崎问道。

"这……目前毫无确证，尚难判明我的揣测是否属实。"

原来这只噬猫的穷鼠——就是小右卫门。此人被喻为暗界之首。既是个手艺了得的傀儡师，也是个能巧妙驾驭火药的不法之徒。是个迟早得解决掉的对手——谈及祇右卫门时，此人曾如此说过。不过，如此一来……

"大爷，袭击咱们俩的无宿人均为门外汉，是不是？"

不仅是门外汉，几乎连个架也没打过，山崎回答："因此才如此拼命。也不知该如何伤人、杀人，仅能胡乱出招。在下最害怕的，便是此类对手。根本不知该从何打起。"

"就是说，那伙人不过是受祇右卫门差遣？"

"想必确是如此。"

"因此，理应无罪？"

"不，不管是受托还是受迫，袭人、伤人本身便是罪。那伙人虽无意加害于人，但也算不上无罪。"

但杀害这伙人，不也毫无意义？又市说道："即便有罪，也不过是受摆布的棋子。擒贼还得先擒王啊。"

"的确，斩草若不除根，的确毫无意义。祇右卫门不除，乱源便无从杜绝。但手足若失，头目也将无以为继。毕竟与咱们交手者乃其手足。被利用者虽可怜，但少了这伙人，祇右卫门也将无法办事。就此而言，仍堪称制敌之道。"

真是如此？但鼠繁衍甚速，又市说道。

"繁衍甚速——所言何意？"

"祇右卫门坐拥手足无数，仅拔除五六只，根本无济于事。不将其根绝，便无从期待任何改变。世间无宿人、野非人多如繁星，数量有增无减，除非将其杀个一个不留，否则这头目绝不愁找不到手足。"

的确有理，山崎喃喃说道。

"那么……"阿甲问道，"又市先生可是认为，此人即意图根绝祇右卫门之手足？"

"虽不知此人用意为何，但所行之事纯属无谓杀生。不是吗？"

"或许是如此，不过……"阿甲望向巳之八的遗体，继续说道，"祇右卫门之所为，亦是无谓杀生。姑且不论受雇于阎魔屋之人，就连阿睦小姐这局外人也没放过。而山崎先生与又市先生亦险些丧命。又市先生，若见星星之火，当即灭之。"

"是，大总管。"

话是如此，不过……

"不过，大总管，欲杀蜥蜴，必斩其首，仅断其足不足取其性命，断其尾更是毫无意义，再怎么斩，仍将重生。然只要斩其首，手足便将无法动弹，尾亦无法重生。"又市端正坐姿，面向阿甲继续说道，"大总管，小的深知自己这样的毛头小子，无权向大总管说教，但仍欲奉劝——复仇之念，应即断之。"

阿甲将视线自巳之八的遗体移向又市。

"你来我往，绝无意义。咱们是损料屋，并非代人寻仇的刺客，绝不应有复仇之念。大爷亦有言——这次的人命损失已无从填补。然虽无可弥补，或可封住缺口。仅须供人做个封住缺口的梦即可。这才是咱们损料屋该干的差事。"

阿甲默默颔首。

无论如何，又市继续说道："杀害巳之八的凶手或为无宿人，然真正仇敌绝非下手真凶，而是祇右卫门。不论杀几名无宿人、野非人，均不过是无谓杀生。然而，只消将大火扑灭，星星之火便亦将不复见。"

阿甲一脸伤悲地凝视着巳之八。"这我不是不知。然此大火——根本无从扑灭。"

没错，山崎也开口说道："从前在下也曾在此提及，稻荷坂祇右卫门——早已不在人世。"

"此说不过是个传言，对不对？"

并非传言，山崎说道："其实，在下寄宿的集落，便有几人曾与祇右卫门甚为熟稔。"

山崎栖身于本所外围一无名之地，乃一介贫民窟。这怪人虽身为武士，却自愿过着最底层的生活。

"就在下所听闻，这家伙确已身故。也没什么好隐瞒的，这家伙乃死于斩首之刑。"

"斩首之刑？记得大爷也曾提及，此人生前于弹左卫门之下任公事宿世话一职？"

"没错。亦曾听闻其乃因诬陷而遭定罪。祇右卫门为人乐善好施、公正严谨，毫无犯罪之理——识祇右卫门者，皆如此宣称。"

"是否因含冤而死，致其心生怨念？"阿甲问道。

"似是如此。"

"那么，难不成是个鬼？"又市将双手垂在胸前说道，"像这么满怀怨恨地现身吓唬人？本着对王法的满腔愤怒，恣意危害人间？这有如天降灾厄,可真是个名符其实的大魔头啊。难不成把自己当将门[①]还是菅公了?"话及至此,又市再次跪正双腿,继续说道,"不过,他可找错吓唬的对象了。祇右卫门可没忤逆王法。官府对其视若无睹,苦的尽是下头的百姓,底层的更是被逼得走投无路。有谁听说过四处敛财的幽魂?难不成是为了把少了的两条腿给买回来?"

不不,并非如此,山崎回答道:"离奇之处在于,有人认识祇右卫门,亦有人知道祇右卫门已死,即便如此,却有人宣称祇右卫门尚在人世。这岂不是相互矛盾?虽有矛盾,但离奇的是,竟无人视其为亡灵或幽魂。"

"这可表示什么?"

"表示人皆坚信其尚在人世。这就是麻烦之处。"山崎说道,"若是亡灵,只消行祭降魔除妖便可解决。但尚在人世,可就无法如此对付。"

这的确是个难题。一旦如此传言流布开来,再怎么费劲解释此人已死,想必也无人相信。

无论如何,祇右卫门已不在人世,山崎一脸不解地说道。

"志方大人也曾……"也曾提及此事,阿甲说道。

志方兵吾。

"那位大人也曾提及祇右卫门?"

"是的,前去取回巳之八遗体时,志方大人曾向我询问,此人或店内众伙计,是否得罪过祇右卫门——"

"这……"

难道他也知情?志方,不,奉行所,大概知道多少?

当然,志方大人对我们的差事应不知情,阿甲回答道:"此外,

[①] 平将门(903-940),日本桓武天皇的五世孙。939年举兵谋反,后兵败战死,死后又遭斩首。然有死后阴魂不散、欲东山再起之说,长年为人所惧。

奉行所似乎也否定祇右卫门的存在。当然，乃因仍有行刑记录可供查阅，不，毕竟是自己处的刑。即便如此，此一传言四处流传既是事实，又有一连串案件与此有关，这下当然不可坐视不管。因此，奉行所应是判断，似有某人假冒祇右卫门之名四处为恶。"

"噢，依理，当然是视为欺瞒较为合理。那么，假设真是如此——"

"若是如此，此人可杀得了？"山崎问道。

"杀不了吗？"

"若真有人冒名为恶，这骗子便是头目。那么只消将之正法，便可杜绝乱源。不过，即使将此冒名者捕而诛之，祇右卫门也依然不死。"

"言下之意可是这股骚动不会因此止息？"

或许真是如此。

"此外，头目或许不止一个，冒名者可能不止一人。若是多人依缜密计谋所行之事，非得将其悉数收拾，方能根除祸端。有三个就杀三个，有十个就杀十个。况且，只要祇右卫门这名号不消失，任何人都可冒名顶替。这回的头目的确是个冒牌货，而擒王亦为擒贼最善之策。不过，又市先生，仅除去现今的冒牌货，后继者仍将前赴后继。"

敢问这祸根该如何根除？山崎问道："诛杀冒名者？见一个杀一个？这……岂不是有违先生的规矩？"

"噢……"

先生平日常言——凡事均可能不牺牲人命，便得解决。

棠庵曾如此说过，倘能揭露其真貌，便可以计制之。

只消循线查出鼠无从反噬之因。鼠心生畏惧，乃因无从窥得猫王之真貌使然。

"只消循线查出鼠无从反噬之因——"

"先生在说些什么？"

又市倏然起身。

上哪儿去？山崎问道。目前尚不宜轻举妄动，阿甲也说道。

"对不住，大总管。小的生性天真莽撞，静不下、坐不住。况且，倘若对方胆敢于堂堂白昼来袭，大伙儿群聚此处，同样将被悉数歼灭。大爷说是不是？"

"话是没错……"

"记得大爷也曾说过，兵法有言，三十六计，走为上策——"

嗯，山崎应道。

"避而不战，实为良策。这可是大爷教我的道理。与其坐以待毙，或许不如找个退路较有胜算。总而言之，倘若此处毁于敌袭，就转至长耳那毁了的家藏身。"又市说道。

"然该处早为对方所察，这先生也清楚。"

"是没错，但那壁龛——仍不为对方所知。"

"壁龛？"山崎皱眉反问道。

大总管就拜托大爷关照了，话毕，又市转身离去。

"又市先生。"阿甲唤道，"小心行事，务必保重。"

朝又市的背影如此说完，阿甲便不再作声。又市头也没转、话也没回地拉开拉门，跨出房外，再静静地将门拉上。见角助人在账房，便朝他打了声招呼。

阿又大爷，这小掌柜头也没回地应道："要走了？"

"没错，出门溜达溜达。"

"不会——再回来了？"

"再说吧。想回便会回来。"

"噢，想到就回来看看吧。否则谁也不会回来了。"角助语带落寞地说道。

少这么无精打采的，又市朝角助背后一拍，以中气十足的嗓音说道："往后也只能靠你了。"

407

"只能靠我？指的是什么？"

"傻子。还不就是大总管——不，阿甲夫人？"

"噢，这……"

"有什么好支支吾吾的？姓角的，这家店关门大吉后，就仅剩你能照顾她了。你们俩共事了这么久，除了恩情义理什么的，也有情分不是？"

噢，角助抬起青筋暴起的脑袋应了一声。

"哼，瞧你这寒酸性子，别白白错失一段良缘。听好，给我好好活下去。我是一无所有，但你可不是。可别因为生得像条野狗，就死得像条野狗。"话毕，又市再度拍拍角助的肩头，接着便推开木门，步出店外。

夜风徐徐吹来。又市使劲吸了口气。走上大街，再度回首。

根岸町，损料商阎魔屋——向这面招牌投以今生的最后一瞥。

六

又市来到了两国。

有两件事非做不可。首先，是找到那御行。其次，是造访小右卫门。

关于那御行，完全不知该从何找起。虽未曾向其本人探听，但生驹屋那古怪的少东，到头来似乎也没找到这御行。打听良久，依然找不到半点线索。就这么毫无头绪地找下去，总不是个办法。即便真能找着，又市也不知对现今的事态能有什么帮助。原本猜测此人可能是大坂遭来和自己联系的，或许这猜测本身就是个误会。

至于另一个目的——关于小右卫门与此事的关联，又市已甚为确信。又市判断充当祇右卫门棋子的无宿人，便是死于小右卫门的强硬手段，也知道该上哪儿找他。

又市伫立在小右卫门住处门前，望着写有傀儡师小右卫门的木牌。默不作声地踏入庭院，穿越玄关口，一路走上走道。

走道尽头有个板间。上次造访时，就是被引领至此处。人若在，便是在此处。人若不在，又市也打定主意在此等候。

推开木门时，又市不禁倒抽了一口气。

屋内有具傀儡，跪坐于宽敞板间的正中央。又市出神地望着这具傀儡。

板间四隅均立有烛台，每座均点有百目蜡烛。月光自天窗射下，照耀着这具傀儡。

这是一具小姑娘傀儡，看起来约十一二岁。又市看不出这小姑娘的年龄，但大抵是这个岁数。不，傀儡何来岁数？只见其身穿绣有鲜艳牡丹花图案的长袖和服，向上盘起的黑发上刺有一根替代发簪的芒草，两眼眨也不眨地凝视着又市。不，既是傀儡，当然不可能眨眼。

傀儡既无命，亦无心。这难道就是所谓的逼真傀儡？

一张细长的瓜子脸上，似乎抹有白胡粉精心妆点，细致的肌肤甚是晶莹雪白。唯有细长眼角上方带有一丝艳红。看似是个小姑娘，或许是双唇未上唇脂使然。

这具傀儡旁，另有一具个头较小的傀儡，同样是个小姑娘模样。这便是傀儡戏使用的净琉璃傀儡。又市出神地观览这副景致好一阵子才回过神来，环视四方。

屋内有插着许多傀儡头的藁筒，分解的手与脚。正前方尚有四枚榻榻米。其上置有道具箱、笔、水皿及坐垫。屋内更深处，则设有一座不知祭祀何物的祭坛。

上回造访时没多留意，这下才发现各梁柱间串有注连绳，绳上等间隔地缀有纸御币。虽因房内昏暗瞧不清楚，但御币的形状甚是怪异，教人看不出是依什么形状裁制的。

定睛一看，一枚御币微微晃动了起来。

"小右卫门并不在此。"

又市登时给吓得朝后跳了一步。回过神来，竟看见净琉璃傀儡的嘴宛如梨子般裂了开来，眼球反转，头生双角，并露出了满口獠牙。

"小右卫门并不在此。没听见吗？"所谓清脆如银铃，指的就是如此嗓音吧。

此时，大傀儡竟撑着小傀儡站了起来。"来者何人？"

"你、你、竟是个活人？"

"小女留守此处，不容你擅闯空门。速速报上名来。"

"本、本人乃——"

只见这具傀儡将手上的净琉璃傀儡朝前一凑，凑近了又市的脸颊。

"本人——是个小股潜。"

"何谓小股潜？"

"就是个骗徒。"话毕，又市逐步退向入口。

这具傀儡——不，这个貌似傀儡的小姑娘则朝前跨出一步。

"不过，这位小姑娘，本人可不是个普通的骗徒。"又市又朝后退了一步，"而是擅长化实为虚、化虚为实的——"又市已退至走道，"小股潜，名曰又市。小右卫门，你可听见了？"

又市转过身来，只见走道另一头冒出一个黑影。

"小伙子，怎么又是你？"

"我可不是什么小伙子。"

小鬼头，可别放肆，黑影语带威吓地说道："胆敢趁本人外出时擅闯家门，你可真懂规矩呀，又市。犹记本人曾警告勿再来访，无事登门，当心惹祸上身。"

"倘若无事，何须来访？上这鬼地方哪有什么乐子？倒是，小右卫门，瞧你现身的时机，该不会是自阎魔屋一路跟踪我至此吧？"

"是又如何？不是又如何？"小右卫门身旁燃起一盏烈焰，看来宛如鬼火。

"哦？这就是小右卫门火什么的？喂，威胁我可不管用。"

"威胁？岂止威胁？"

"难不成打算杀了我？"

"这就看你的造化了。"

"哼，少给我逞威风。如何？小右卫门，难不成你怕了？何不把我给杀了？反正也不过是个默默无闻的无宿人。喂，小右卫门，可说来听听，你究竟杀了多少无宿人？今儿稍早的那些家伙，想必也死在你手上了。数目如此惊人，再添一个又何妨？放马过来吧，快把我给杀了。杀了我，祇右卫门可就开心了。"又市说道。

火焰倏然消失，霎时四下一片黑暗。板间的蜡烛亦悉数熄灭。

"果然有点气势。不过，又市，可惜你收尾过于草率。倘若挟这小姑娘为人质，咱们可就势均力敌了。你为何没这么做？"

"因为这有违我的原则。小右卫门，大致上——"又市望向板间，发现那小姑娘已消失无踪。幽幽月光自天窗射入屋内，在地板上映照出一片方形的熠熠白光。"也不知那小姑娘是何方神圣，挟为人质，可不保证有效。"

"有道理。毕竟尚难辨明她究竟是不是我的亲人。那么，今天是为何而来？听你方才那语气，似乎知道了不少事。难不成是眼见我为你的同党报了一箭之仇，前来酬谢？还是发现自己已无计可施，前来求我助你保住小命？"

"你这番话说得可真蠢。"

"蠢？哪儿蠢了？"

看不出小右卫门身在何方。又市朝伸手不见五指、仿佛十八层地狱般的黑暗怒喊道："报一箭之仇？这玩笑话也说得过火了吧。小右卫门，你这哪叫报仇？不过是杀戮罢了，况且，还是无谓的杀戮。"

"无谓的杀戮？"

"当然是无谓的杀戮。死在你手上的，是既无权力、亦无家产、更无身份的无宿野非人，全都是被撵出社稷、贫苦无依的弱者。小右卫门，杀害这等人，可值得高兴？你习得那一身绝活儿，难道就是为了杀害弱者？"又市的嗓音被黑暗吞噬。

"没错。"黑暗回答道，"一切正如你所言。然而，这些弱者又做了些什么？这些家伙所犯下的罪行，可是天理难容。虽说都得怪那魔头的指使，但别忘了这些家伙教多少人饱受磨难，又教多少人命丧黄泉。这些事，你应该较任何人都清楚。同伴就有数人遇害，也看见了被垂挂示众的尸首。难道即便如此，你还要我放这些家伙一马，只因他们是弱者？"

"没说过要放他们一马。而是该教他们收手。"又市说道。

"没错。所以，我不是教他们收手了？"

"但瞧瞧你用的是什么法子？难道只要杀几个人，就能教他们收手？"又市怒喊道，"他们不过是棋子，不过是祇右卫门的傀儡。除去一个棋子，立刻有其他棋子替补。你杀得愈多，只会让更多家伙受祇右卫门迫使。小右卫门，难不成你打算一路杀下去，将这些家伙赶尽杀绝？正是为此，我才问你究竟打算杀多少人！"

"那么，又市，我倒要问，这些家伙为何甘愿供那魔头差遣？不正是受胁迫？"黑暗说道，"不听从便要遭折磨，甚至遭杀害，是不是？我的盘算，可不是除掉那魔头的棋子。正如你说的，这些家伙愈是拔除，只会繁衍得愈多。但倘若让他们知道听那魔头差遣、为那魔头为恶也得丧命，结果又会如何？那些家伙为恶可不是出于自愿，想必也不甘冒生命危险接受那魔头指使……"

"并非如此，小右卫门。"又市跨开双足，与黑暗对峙，"你错了。御灯——小右卫门。"

此时，一盏烈焰倏地燃起。火光在黑暗中照耀出一副胡须满面、威严十足的脸孔。

"小右卫门，你这番话，乍听之下似有道理，实则是错误百出。那些家伙之所以任祇右卫门指使，并非纯然出于畏惧不从便将遭弑。听命受死亦在所不辞便是铁证。若是贪生怕死而听命行事的窝囊废，岂可能甘愿将性命拱手让出？这你难道不好奇？"

供祇右卫门差遣的弱者，似有某方面希冀祇右卫门的帮助——没错，犹记棠庵曾如此说过。

接连燃起几盏烈焰，挂行灯也给点上了火。

"他们必有无法拒绝的理由。那么，你自己又是如何？以这能将米仓炸得灰飞烟灭的绝技杀害这些家伙，试图以恐惧制止其犯行，你以为这就能逼人屈从？"

"无法拒绝的理由……指什么？"

"我不正在找这理由？"

挂行灯接连亮起，将走道照耀得益发明亮。火光映照下，一个一身火事装束的魁梧汉子霎时映入眼帘，身旁还站着那仿佛逼真傀儡的小姑娘。

"又市，见你话说的颇有道理，就饶你一命。就让我好好见识见识你这小股潜有多少能耐吧。"

"哼，若是要我谢你开恩，我可不从。顺带一提，人们皆知你在暗界是个呼风唤雨的大人物，坐拥如此权力，此事竟亲自出马，为何不差遣手下为之？"

"我并没有手下。"

"哦？"

"凡助我者，尽是出于对我的恐惧。但……毕竟无人胆敢抵触那魔头。"小右卫门说道，"生息于暗界者，对这种事避之唯恐不及。除了上回的鬼蜘蛛那等凶徒，大多都循守对其视而不见的江湖规矩。近五年内，胆敢挑衅那魔头的仅有你们一伙。"

"近五年内？难道衹右卫门打五年前就开始兴风作浪了？"不就是遭枭首示众后没多久的事？"那么，小右卫门，你自己又是如何？我们非道上高人，不谙什么江湖规矩。至于你，不是该十分清楚才是？"

"我同那魔头有过节。"

"什么样的过节？"

"那家伙杀害了这小姑娘的爹娘。"

闻言，小姑娘依然像个傀儡般动也没动。

"这岂不是挟私怨报复？"

"我又何尝不天真？"小右卫门回道。

"哦？"

小右卫门语带笑意地说道："之所以扶养这小姑娘，并代其报杀亲之仇——并非为了银两，亦非出于义愤，纯粹出于天真。这并非身在江湖者当为之事，因此无意委人帮助。即便开口求助，想必也无人愿意代劳。总之，你这番道理，我是懂了。"

"真懂了？"

"当然懂了。又市，既然让你给说服了，就依你的法子行事。既然定了，咱们就单刀直入吧。那损料屋，如今还剩下多少人？"

"仅余三人。"

竟会至如此地步。

"你的推论不假,在浅草外围之所以得以脱身,的确是我以火药袭击那伙暴徒,人命应是没出,至多不过受了点伤。毕竟人数如此众多,不如此无法脱身。幸好附近并无可能遭殃及的民家。接下来,我便一路尾随你们俩。"

"尾随我们俩?难不成你打算当个护弱的大善人?"

不都说我天真了?小右卫门说道:"总之,既然那魔头决意取你们的性命,只须尾随你们,迟早能逮着他的尾巴——老实说,我原本是如此盘算。因此直到你步出店门为止,我都在店外守候。"

"那么,可发现了什么线索?"

"不同于稍早那栋破屋子,店面位于大街上。若有大批无宿野非人群聚而来,必将引起轩然大波。何况现下町方戒备森严,火盗改亦不敢懈怠。"

"祇右卫门哪会在乎?根本不愁没棋子可差遣,且用完即抛也不足为惜。"

"的确如此。然即便对牺牲不以为意,想必也不敢贸然行事。倘若失败一回,接下来可就愈发难办。若要遣人袭击,必得趁深夜为之。想必你们那损料屋,已撑不了多久了。"天明前必将遇袭,小右卫门说道,"而且,将是相当人数,应不少于白天那回的两倍。"

"噢——"

再度遇袭早可预测,但若人数加倍,山崎还护得了店面吗?

不,店面就别守了,只须助阿甲与角助逃往长耳居处——

"阿银,这儿交给你看守。"小右卫门向傀儡般的小姑娘说道,接着便转头望向又市,"还在磨蹭什么?咱们上路。"

话毕,小右卫门转身迈步。这回下手会轻些,但免不了要死上几人——只听他边走边说道。

七

睁开双眼,一片稀疏的芦苇帘子霎时映入眼帘。帘子的缝隙间,可看见一个又圆又白的东西。那究竟是什么?高挂天际、熠熠生光,难道是太阳?但四下却是一片黑暗。看来此处似乎位于地底。

一坐起身,脑袋便碰上了帘子。抬起头来,看见一轮皎洁的明月。

此处是何处?

这可是个家呢,只听见山崎的嗓音回答道。

"大爷——"

只见山崎正躺卧在一旁的草席上。"这里是在下的住处。虽然称不上是个像样的住所,地无榻榻米,上无天花板,就连一面墙也没有,甚至连草席都是一片破烂。"山崎苦笑道,"阿又先生,看来咱们是活了下来。"

"活了下来?"

只记得一片火海。

又市与小右卫门赶到时,阎魔屋已被红莲般的烈焰包覆,行将于猛烈火势中倾塌。

两人离开小右卫门居处时,已听见望火楼吊钟的钟响。

"想不到对方竟然用上纵火这招。还不是在阎魔屋纵的,而是考虑风向,自隔邻第三栋及后头放的。似乎是想将我们给熏出屋外。"山崎费力地坐起身子说道,"看来是打算趁我们往外逃时下手。不出多久,灭火队便赶赴现场,还挤满了围观百姓,咱们虽得以乘隙逃出屋外——"

没错,盗贼改与町方都来了。又市山崎二人因此无计可施。总不能教小右卫门将围观百姓与官差炸得死伤惨重。

"两个百姓之中,便有一人是潜藏的敌手。若没你们俩赶来援助,根本无从对付。不过,对手竟出此奇策,完全出乎我们意料。"

在官差面前下手。即便躲得开,也无法攻击,根本无法全力还击。对手完全不怕被官府逮捕,显然早已将小右卫门先发制人的习惯纳入考虑。

"唉,空有一身武艺,此时却连自己也保护不了,阿甲夫人与角助也给冲散,活像要溺死于人群之中。总之,虽不知是怎么办到的,若没那奇技相救,想必在下早已魂归西天了。"话毕,山崎一脸纳闷地起了身。

当时,小右卫门以矫健身手爬上大街对面商号的屋顶,将已烧毁一半、众人忙于灭火的邻家给炸毁。用的似乎是与之前炸毁立木藩米仓时一样的小型兵器。随着一声爆裂声响,邻家顷刻碎裂坍塌,围观百姓与官差见状纷纷仓皇避逃。想必没人料得到,此乃兵器神威所为。

八成以为是火灾所致。也有几名町火消遭炸落。虽然看似仅是一栋宅邸毁于祝融,但屋子一塌,根岸町一隅顿时化为人间炼狱。又市穿梭其间,四处寻找阿甲与角助的身影。

"当时,我没料到围观百姓中竟混有敌人,虽然根本不难猜想。多亏大爷救了我一命。"

挨了许多打,也挨了许多踢。直到山崎赶来相助,又市方得以自人群中狼狈脱逃。

可是——

"角助死了。"

"是吗……"山崎短促地回答道。

"他为了保护阿甲夫人,死于包围他的五名敌人刀下,就这么轰轰烈烈地走完了这辈子。"

临别时角助那神情，又市将永生难忘。角助承认了又市的臆测，面露微微一笑。

"我曾告诉他——唯有他能保护阿甲夫人。"

他是个了不起的掌柜，山崎说道："想必是喜欢上阿甲夫人了。"

若是如此，他岂不是更想活下去？

"那么，阿甲夫人如何了？"

阿甲她……似乎教小右卫门给救走了。

杀害角助的一行人，似乎是被小右卫门驱离的。阿甲当时正在一旁，试图营救为保护自己而牺牲性命的角助。

"我自己被人又踢又打的，倒地后连站也站不起来。幸好当时火盗改的援兵赶到，连马都来了，我才得以勉强脱困。"想来还真是难为情，话毕，又市又躺了回去。

此处甚是狭窄。

"虽不知是何方神圣，那随你来的汉子的确有两下子。总之，阿甲夫人似乎真是教他给救走了，想必是安然无恙。好了，稍事休息一下。硬撑下去，当心小命不保。"山崎说道，"此处还算安全。在下窝身此处，至今已有四年。此处乃走投无路者聚集之地，住民来自诸国，有伊势参宫后无法返乡者、抛弃农地出逃的佃农、下山谋生的山民、身败名裂的百姓、脱藩的浪士，亦不乏被官府通缉的凶徒。既无武士，亦无百姓，让在下得以安然度日。"

"大爷，情况不大对劲呢。"

哦？山崎如此回应的同时，垂挂在入口的帘子被拨了开来。

一个未满十岁、生得一脸稚气的女童将脑袋探进房内。噢，这不是美铃吗？山崎坐起身子问道："怎么了？时候都这么晚了。噢不，难道已是黎明时分？"

女童默默地递出一只碗。又市瞧见了她小小的指头。

"哦？三佐大人为我们俩煮了杂炊？"

女童颔首回应。

"这真是教人不胜感激。说老实话，在下已有好一阵子没吃顿像样的饭了。那么，就不客气了。"

女童转头望向又市。噢，这位是在下的友人，山崎说道。

女童转身放下帘子，接着又再度探进头来，又递出了一只碗，碗上冒着腾腾热气。

"哦？连在下友人的份也准备了？真是感激不尽。"山崎接下了碗，诚挚地向女童低头致谢。女童再度转身，接下来又以握有筷子的小手拨开帘子，向又市递上筷子。

"噢。"又市短促地回应一声，收下了筷子，女童便放下帘子，转身离去。

"这小姑娘不懂得什么礼节，是不是？在下就欣赏这点，孩童本就该诚实。过于谄媚教人困扰，寡言木讷反而教人怜爱。这小姑娘，乃此处一名曰三佐的耆老的孙女，爷孙俩对我这懒骨头甚是关照。"

原本因疼痛与疲累无法专注，这才发现此处冷飕飕的，丝毫不像屋内该有的温度。热腾腾的杂炊渗入胃腑，味虽清淡，感觉却甚是美味。一如山崎所言，两人已有四五日没吃过一顿像样的饭了。

终于有了活过来的感觉，山崎说道："打在下妻子亡故后，在下就没干过什么像样的活儿，"山崎转头朝帘子缝隙间凝望，继续说道，"几可说是自甘堕落。唉，虽说是亡故，其实是死于在下之手。"

"死于大爷之手？大爷杀了自己的妻子？"

没错，山崎说道："鸟见役并不是什么好差事。名义上虽为寻鸟，暗地里其实和御庭番①差不了多少。得巡行江户周遭观察地势、绘图注

---

① 日本江户幕府的职务之一，充当里院的清扫和将军散步时的护卫，暗地里执行谍报任务。

记,因此常得外出远行。此外,还得不分昼夜监视大名宅邸等等,干的活儿与密探没多大分别。"

又市漫不经心地聆听着。长耳曾说过,这是份寻找鹰、雀和蛙的差事。

"然却收入甚丰。不仅高达八十俵五人扶持,就连传马金也没少。不仅如此,通常还能收受点贿赂。鹰场中上至鹰头,下至撒饵者,仅须略施恐吓,便可强行索贿。"

"原来是这种差事?"

"没错,正是这种差事。只消四处游荡绘些地图,嗅到银两的气味便搜刮些许。鸟见役共有二十二名,尽为世袭。至于在下,则是个赘夫。"

"赘夫——却将妻子给⋯⋯"

却将妻子给杀了?不不,在下所杀的第一人,乃在下的弟弟。难道不曾向先生提及?山崎回答道:"在下原为职阶不高的一小普请组的次子,上有一兄,下有一弟。家弟甚不成材,四处为恶。在下除剑术外别无所长,加上生性木讷不善融通,故与为人正直的家兄较为友好,同家弟则颇为不和。一日,任鸟见役的山崎家遭使前来招赘,告知其女对在下一见钟情云云。唉,如今忆及,不过是个阴错阳差的笑话,但条件如此诱人,事情当然也顺利谈成,在下就这么成了山崎家的赘夫。不过,之所以说是个阴错阳差的笑话,乃因这山崎家招错了人。"

"招错了人?"

"山崎家原本要招的,乃是家弟。然家弟因放荡不羁,与我们家已少有往来,更无人料到竟有人欲向家弟提亲。故我们家便径自判断山崎家欲招者,应是在下。"

"难道,其女钟情者,乃是令弟?"

"谈不上钟情。实乃家弟玷污了人家。"

"玷污？大爷，这……"

山崎仰面躺下，有气无力地笑道："不过是个无赖玷污了武家女子。总之，在下妻子重体面，想必不愿承认遭淫而失完璧之身。不过，也欲迫使这无赖负责，方谎称对家弟一见钟情，以作掩饰。适逢其父解职退隐，正欲为女招赘，以承其职。总而言之，两家均严重误判。在下的亲事，就这么在谎言与误判中谈成了。可笑不可笑？"

"哪儿可笑了，大爷？这种事可是前所未闻的荒唐。难道直到入门前，大爷都没见过妻子？只要见上一面，便能察觉误会才是。"

"见是见过。然当时没察觉。"

"为何没察觉？"

"因为两人甚为神似。在下与家弟，活像一个模子翻出来的。"山崎说道，"这难道不可笑？"

"更不知有哪儿可笑了。"又市也没起身，仅抬起头来望向山崎。

"总之，阿又先生，武家的相亲总是相隔老远、低头望下的。手也不握，话也不说。一切都由亲属打点，可谓乏味至极。在下妻子于宴席间一度神色有异，然而在下当时也没多质疑。知道实情后……"

"可是大为光火？"

"不不，在下仅一笑置之。反正这等事毫不打紧。夫妇一旦习惯彼此，从前的事就没什么好追究的。只要愿意相互扶持，便能将日子好好过下去。但在下妻子……该怎么说呢，对此事总难以释怀，看在下亦是百般碍眼。"

"但大爷与令弟甚为神似不是？"

"相像之处仅止于面容。在下并不适合鸟见一职。既无意索贿，亦无胆潜入大名宅邸窥探，更不愿胁迫百姓农户。与在下妻子的父亲相比，收入竟然减半，日子也得过得朴实些，总之是挥霍不得，导致在下妻子认定在下无能。况且，当年在下极不善言辞，平素沉默寡言，

421

丝毫不解风情。难以置信，是不是？"山崎依旧躺着，笑道，"总之，当年的在下无话时默默不语，有话时也尽可能长话短说。与妻独处时，阿又先生，根本是尴尬至极，教人难耐。"

"因此招妻嫌恶？"

"没错。唉，虽不时尽力找些话说，但反而是弄巧成拙，狗嘴里也吐不出什么象牙来。强逼自己做不擅长的事，形同自掘坟墓，到头来反教妻子益发疏远。唉，原本就毫无情分，这也是理所当然。但即便如此，夫妻俩却不得离异。"毕竟是武家之身，山崎说道，"若是寻常嫁娶，尚可遣妻返乡，但在下身为赘夫，必得顾及体面，何况在下已承接鸟见之职。且完婚翌年，其父又告辞世。此时若欲离异，各方均不合宜。"

规矩可真啰唆，又市说道。

"可不是？不过，在下还是挨了下来。方才也曾提及，鸟见这差事常须远行，一年内有半年出门在外。因此，在下是得以忍受，然在下妻子可就挨不得了。竟开始趁在下外出时，与家弟频频往来。"山崎说道。

"这不就形同私通？"

"确是私通。也不知是家弟主动前来，还是在下妻子引其入室。堂堂人妇，竟愿与玷污自己的恶徒通奸，实令在下始料未及，察觉时当然甚是惊讶。"

"因此杀了这对奸夫淫妇？"

不不，山崎再度笑道："在下的确大为光火，然思及在下妻子属意者本为家弟，亦深知夫妻不睦之主因乃是在下不解风情。故即便无意放任不理，亦不敢过度指责。或许在下如此态度，给了妻子可乘之机，她竟开始图谋不轨。"

"图谋不轨？"

"简单说来，便是意图谋害在下，由家弟取而代之。"

"谋害，可是指谋杀？"

没错，正是谋杀，山崎翻了个身，背对又市笑道："因谎言与误解入赘成婚，认真当差却被斥为无能，夫妻因此貌合神离，而妻不仅不安于室，到头来更意图辣手杀夫。你瞧，这岂不是个大笑话？"

"哪是笑话？"

不当笑话哪熬得下去？山崎自嘲地继续说道："一日，在下自岩槻视察归来。入浴更衣欲就寝时，竟见家弟持刀立于卧榻之前。在下也非傻子，惊觉情况不妙，欲拔刀应战，伸手却摸了个空。原来在下妻子为绝在下活路，趁在下入浴时将刀藏起。看来虽屡斥在下无能，至少认为在下武艺确有过人之处。不过，在下虽手无寸铁，仍顺利搏倒家弟。"

"是如何搏倒的？"

"噢，在下夺过家弟所持凶刀，挥刀斩之。在下妻子原本藏身邻室窥探，此时竟一脸狐疑地拉开拉门。任谁也猜不到，一个手无寸铁者竟能搏倒持刀刺客。况且，胜败两方生得如此神似，令在下妻子一时难辨孰胜孰败，交互看了我们兄弟好几回。当时，在下尚未发现这可能是在下妻子使的奸计。直到看见在下的刀竟被妻子抱在怀中，方才明白过来。在下便将刀自妻子手中一把夺下，挥而斩之。"

"原来是这么回事。"

"就是这么回事。事发后，在下万念俱灰，只觉万事休矣。就随口编造说辞，谎称家弟怒失理智，斩杀在下妻子，遂遭在下诛杀正法。作势配合官府盘查后，连法事也没办好，便弃家离去。不，因不愿再佩挂杀妻凶刀，就连武士的身份也抛下了。日后听闻，鸟见一职已由山崎家的远亲继承，在下已与此职毫无关系。管它是讨伐仇敌还是承继家业，武家之行事已令在下厌倦至极。"山崎说道，"总之，绝不乐见再有人死于在下之手。老实说，当时若能死于家弟刀下，反而是皆大欢喜。既能供家弟任鸟见一职，在下妻子也能换得如意郎君。诚如先生所言，人死尽是有失无得，杀生俱是有害无益，压根儿没半点好处。"山崎总结道。"噢，不知不觉竟然发了这么多牢骚。事发至今，在下从未向他人提及一己过往。劝先生稍事休息，却一股脑儿地说了这么多话，想必教先生想歇息也难。"

"夫妻若是貌合神离，就会难以维系？"

"没错，注定彼此疏远。"山崎落寞地笑道。

光线自帘子缝隙透了进来，看来已是黎明时分。或许因曾晕死过去，如今已无半点睡意。又市坐起身来，环视空无一物的小屋。之所以空无一物，乃因山崎什么也不需要。

"大爷挣得的银两上哪儿去了？"

"银两？在下仅须填饱肚子便心满意足，剩余的银两全分给了此处居民。噢，这绝非施舍，而是感恩于众人对在下的照料，可谓共存共荣。方才那碗杂炊，便算是在下的招待吧。"

"原来如此。"

看来人人对酬劳均有不同盘算。悉数存起的，大概仅又市一人。

"此处住起来可舒服了。"山崎以双手枕住头，仰望又市说道，"既无须顾及门面，亦无须顾及体面。"

"果真如此？"

山崎是如此认为，然而，在本就如此度日的又市看来，可就不是这么回事。对此处而言，山崎仍是个来自外界的外人，原本的出身，可是不会轻易改变的。

此时，强光自帘子缝隙渗入，在室内映照出一道道横光。

接下来，该如何是好？

又市正欲开口时，入口的帘子又被掀了起来。

只见之前送上杂炊的小姑娘——美铃探进头来。

噢,是美铃呀,山崎起身说道:"可是来取回这两只碗的?你们也该吃早饭了。尚未清洗,真是对不住。在下这就奉还。"

山崎拾起又市的碗,摞在自己的碗上递向美铃,但美铃并未收下。怎么了?山崎探出身子问道。

霎时,美铃将一把利刃朝山崎的脖子上使劲一插。

"喂!"又市撑起单膝,浑身却无法动弹。这情景,教又市吓破了胆。

山崎两眼圆睁,直视小姑娘稚气未脱的脸庞。既未出声,亦未抵抗。

利刃——一把看似山刀的凶器——缓缓刺入山崎颈内,直到仅剩刀柄方才停下。

美铃一放开手,山崎立刻朝前一扑。

"大、大爷。山崎大爷——"又市这才喊出声来,迅速挪向山崎身旁,将之抱起,一把握住脖子上的山刀。别拔,山崎以嘶哑的嗓音说道。

"大、大爷。"

"拔了……鲜血将倾泻而出。留着……在下还能多说几句。"

"大、大爷别说傻话。"

"对不住……无法再伴先生挨下去。记得吗……在下遇强则强,遇弱则弱。算算今生也杀了不少人。又市先生,接下来的就……"接下来,"呼"的一声吐了口气,山崎寅之助就此绝命。

"岂、岂……岂有此理!"又市高声呐喊,让山崎的遗体躺平后,又市将帘子一把扯下。

入口外,已是人山人海。

"你、你们是……"

尽是无宿野非人。其中有山民、河民,亦有不属于任何身份者。

美铃快步跑向人群正中央的一位老人。此人虽结有发髻，但打扮既不似城内百姓，亦不似庄稼汉。

"真是悲哀。然而，这也是迫不得已。"老人说道。

"哪、哪是迫不得已？"又市自小屋飞奔而出，在门外跨足而立，"竟、竟然教这么小的孩子干这种事。你们难道疯了？"

"当然没疯。"

"哪儿没疯？这位大爷难道不是你们的乡里？不都同你们共处四年了？"

"没错。寅之助大爷与其他武士截然不同，是个尽人皆知的大善人，对我们总是关照有加。落得如此下场，我们也十分悲伤。"

"落得如此下场？人可是你们唆使这孩子杀的！"

"没错。寅之助大爷身手不凡，我们必难下手。但思及其为人和善，对年幼孩童必不忍出手，方出此策。"

"你、你们疯了！你们全都疯了！"又市放声怒喊道，"这是为何？为何非得杀了他不可？难不成是奉祇右卫门的命令？"

"并非命令。"蓬发老人说道。

一旁的座头把话接下说道："我们所为，不过是如祇右卫门大爷所望。"

"祇右卫门大爷若命我们赴死，我们亦在所不辞。不过……"

"不过，寅之助大爷不愿听命受死，我们只得杀了他。"

"这是为何？"又市问道，"为何祇右卫门对你们如此重要？可是为了活命？为活命而杀害他人，本就没道理；为活命而甘愿受死，岂不是更无稽？"

"并非为了活命。"头结发髻的老人三佐说道，"而是为了保有自身尊严。"

"此言何意？"

"任公事宿时的衹右卫门大爷,乃一为人宽厚、待人和善的大善人。此处住民,大多曾蒙受大爷恩惠。若非大爷相助,我们本应为官府所捕,押赴寄场,甚至被枭首处死。"

"但官府放了你们?"

"承蒙大爷相助。"

"幸有大爷关照。"

"一派胡言!"又市朝地上愤愤一蹬,"拿这当报恩?别装傻了。衹右卫门不是早就死了?"

"大爷没死。那本是不白之冤,大爷绝无违法之实。"

"恣意纵放、帮助你们这些罪人脱罪,就官府看来,岂不就是如假包换的违法?虽不知其生前都帮了你们哪些忙,但衹右卫门不就是为此才遭枭首示众的?"

"不。衹右卫门大爷尚在人世。"众人异口同声说道。

"分明已经死了。不是已遭斩首,并于小冢原示众?"

"不。"

"何须如此顽固?你们难道还看不出,那不过是个冒牌货?不过是某个冒用善人衹右卫门名号的恶棍,哄骗你们供其当棋子差遣。"

并非如此,三佐说道。

"为何还不承认?"

"衹右卫门大爷至今仍频频暗助我们。官府欲搜捕非人、无宿人时,总不忘于事前将日期与捕快人数告知我们。若有人遭捕,大爷亦可将之释放。"

原来如此。这就是棠庵所说的甜头?

"为助我们度日,如此鞠躬尽瘁者,除大爷外别无他人。"

"没错,若是冒牌货,绝无可能对我们关照得如此无微不至。这位叫又市还是什么的先生不妨想想,冒险刺探奉行所及弹左卫门役所的内情,并逐一向我们通风报信,对祇右卫门大爷可有任何好处?"

好处……当然有好处。

"为了知道这些,难道就值得你们舍命抛家、助纣为虐、夺人性命?值得你们教孩子如此心狠手辣?难道这比性命还重要?"

"当然重要。一眼便可看出,我们并非寻常百姓,亦非农户、工匠,更非商人。什么也没造,什么也没卖。身处江户无从渔猎,亦非猎师或渔民,当然更非武士。我们毫无身份。想必你也是。"三佐指向又市说道,"一如我们,你也无身份——既非非人,亦非无宿人。"

众人此起彼落地说道:"若为非人头所捕,即成非人。""若于搜捕无宿人时为官府所擒,即成无宿人。""我们既非寄场人夫,亦非罪人。""一旦成抱非人,必得束发结髻。""遭流放遭送至佐渡,则得遭纹身注记,为官掘金。""并非不愿干活儿,而是不愿受迫。""而是不愿为身份所限。"

我们什么也不是,好几个人说道:"我们的命运该由自己决定。若须该听命于他人,我们毋宁死。"

"非人头车大人,自称乃曾于常陆大名旗下任职家老的武士之后;关八州长吏弹左卫门大人,自称拥有源赖朝公的家谱。岂不无稽?"有人喊道,"为何非得如此捏造一己由来?为何视武士后裔为尊贵,视武家为显赫?难道武家说对便对,说错便错?为何要受那谎称一己由来、虚张声势者指为非人,供其差遣?"

我们不甘被划为这种人的下属,三佐说道:"我们乃自由之身。既然什么也不是,便无须受任何人差遣。若无法如此度日,我们毋宁求死。为此,我们任何事都愿干。"

"我们绝不逊于常人,无须受人藐视。虽贫困弱小,却也不亢不卑。此乃大爷教我们的道理。神佛未曾救济我们,唯大爷这番话可为救赎。"

"没错。正是大爷教了我们,即便无身份,亦可好好将日子过下去。"

"直到如今，也仅有大爷愿为我们提供帮助。因此……"

"对我们而言，衹右卫门大爷甚是重要。"

原来如此。生前，衹右卫门或许真如众人所言，是个圣人般的大善人。甘冒犯法之险救助弱者，或许是出于浓厚的正义感驱使。然而，似乎是出了什么事，使衹右卫门含冤而死，抑或是遭人谋害。

死后，衹右卫门的教诲便被奉为信仰，此与信奉神佛几无差异。因此，信众甘愿为其送死、害命。

而今，此信仰为恶人所利用，信众却丝毫不察。不察也是理所当然。因幕后黑手，已巧妙化身为信众带来实质利益的救主。

冒用衹右卫门之名，此恶人使信众坚信衹右卫门尚在人世。遭极刑却依然不死——这既是矛盾，亦是奇迹。

既非未遭刑处，亦非殁后成鬼。

这骗局的巧妙之处，便是使信众相信衹右卫门虽遭刑处，却依然健在这一矛盾。如此一来，恩义被信仰代替，亲切的善人则被供奉为膜拜对象。

信众未受任何胁迫，而是出于盲从的自愿。为衹右卫门而死不被视为无谓牺牲，而被视为殉教之举。如此一来，不信者便被贬为异端。

凡半信半疑者、违背教义者，均被信众攻击、排挤，一旦被撵出聚集之处便无从营生。强制者并非本尊，亦非神明，而是信众自己。而盘踞此盲信之中心者，即为熟识生前的衹右卫门者——

就是这聚集处内的住民。衹右卫门生前所言，透过他们之口传述，成了如论语或佛经般的金科玉律，广为流布。若能善加利用此盲信，便可为所欲为。

无须威胁利诱，只消谎称此乃神谕，信众便会心甘情愿铤而走险。

殊不知冒名衹右卫门的幕后黑手，极可能是陷害衹右卫门的真凶。

一股莫名怒火在又市心底涌现，但旋即沉淀。

这些家伙是善是恶？是该饶还是不该饶？受害者，丧命者，以及葬身此地的山崎。究竟该如何是好？

"意下如何？又市。"三佐开口说道，"你与我们俱为毫无身份之徒。寅之助大爷则是个武士，即使为人和善，可惜依然是武家之身。若求其奉祇右卫门大爷之托奉上性命，必将不从，我们只得杀之。你又是如何？就乖乖受祇右卫门保护吧。"

"遗憾的是，我可没如此顺从。若要我死，可不会乖乖奉上性命。"

"的确遗憾。"众人朝前聚拢，"若愿加入我们，便可免一死。但若宁为城内百姓之卒，同祇右卫门大爷作对，便只能乖乖受死。"

杀——众人齐声叫喊。看来大概不下两百人。换作其他地方，或许难以想象，然此处可不同。既无地名，亦无人管辖，此处乃无身份者群集之地。

说来可真讽刺，鸟见大爷。大爷以为此处最为安全，实则最是凶险。

人群一步步朝又市聚拢。看来，这回必是难逃一死。

"喂。"又市开口说道。这下他也和山崎一样，无法默不吭声了。"杀不杀我哪由得着你们决定？倘若祇右卫门真如你们所言，是个值得牺牲一己性命的活菩萨，但这不就代表你们的命不是由自己，而是由祇右卫门这家伙决定的？"

众人默不作答。

"哼，瞧你们，这下无话可说了是不是？方才我默默地聆听你们一番长篇大论，话说得可真好听。然正如你们这些毫无身份者，不管是武士、农户、百姓、长吏，还是非人，不也是同样道理？大家不过是守个行规。在各自的行规下，任谁也不自由，且不分人等高低，贱者贫苦，贵者辛苦，处境同样可怜。因此，少在行规外看人热闹说人风凉话，受苦的可不是只有你们。你们那套道理，岂不和武士轻视农户的心态差不了多少？"

众人并未作答，然脚步已停了下来。

"山崎寅之助喜与你们共处，就连银两也分赠给了你们。而你们对大爷他百般照料，双方可谓共存共荣。然你们只因祇右卫门一句话，只因他是个武士之身，便将他给杀了。人本不该有强弱尊卑之分，身份、立场、血缘什么的，全是胡说八道。凭什么认为自己什么人也不是？开什么玩笑，你们根本是杀人凶手。杀了人却没半点愧疚，你们的确不是人。"

三佐转过身去。

"哼，要杀尽管杀吧。我虽是个无处容身的无宿野非人，但可不似你们装模作样地自称毫无身份。我可是……我可是小股潜又市呢。"话毕，又市盘起双腿，席地而坐。

"又市。"三佐低头俯视又市说道，"方才所言，的确有理。然而，我们已别无选择。若为祇右卫门大爷所弃，就等于顿失标的，信仰毕竟难以抛弃。还是得杀了你才成。拿命来吧——"

霎时，无数双手朝又市伸去。

又市闭上双眼。

"住手！"此时突然有人喊道。每双手都停了下来。又市睁开双眼，只见人墙中出现了一道缝。

一名身穿白衣的男子站立其中。此人身披白色单衣，头戴白木棉行者头巾，腰缠粗绳，颈挂化缘盒，手持五钴铃。

此人——不正是又市寻觅多时的御行？

"此人不可杀。不，凡杀生均不可为。盗窃、勒索，均不可再为之。"御行以洪亮低沉的嗓音说道。

"来、来者何人？"

"这张脸你们难道不认得？"话毕，御行解下行者头巾，又迅速解开缠腰绳。

"仔细瞧吧。"御行说道。

八

曲町一案事发四日后,志方兵吾收到一份投书。

投书内容甚是惊人,教志方惊讶不已,久久不知该如何应对。得赶紧呈报与力。不,或许该呈报奉行,抑或应先跟笔头同心商议。最后,志方还是决定上曲町找爱宕万三商量。

闻言,万三惊慌不已,认为应尽快请奉行所定夺。毕竟兹事体大,绝非一介同心与冈引便可解决。

投书以怪异丑陋的字迹写道:

> 吾人频频遣人为恶,纷扰社稷数载。今欲投案自首,以正王法。将于根津六道稻荷堂静候大驾。
>
> 　　　　　　　　　　　　稻荷坂祇右卫门留

当务之急,乃确认此投书是否为真。若是无视,既不会造成任何困扰,亦无须受上级斥责。不,该思索的并非前去与否,而是呈报与否。若向上呈报,不就表示自己将此事当真?

志方立刻造访笔头同心笹野九郎兵卫,向其出示投书。然笹野的反应也和志方相同,不知是否该上呈与力。结果,笹野下了如此命令:尽快前往根津六道稻荷堂,判明真伪。

看来是打算遣志方先行确认,并于其间事先做好安排。依志方回报,再决定是派遣捕快、小厮还是同心。总之,总得有人前去瞧瞧。

志方遂率万三、龟吉两人前往根津。

若投书内容属实，如此人数必定无法对付。毕竟对手是个视恐吓、杀人、放火为家常便饭的大魔头。

两日前损料屋遇袭一案，灾情甚是惨重。计有八屋全毁，五人死于烈焰焚身，灭火队亦有两名身亡。此外，尚有伤者三十余名、下落不明者三名。当然，毫无确证证明此案与祇右卫门有所关联，但该损料屋的小厮曾于两日前被曝尸望楼。要说两案无关，着实教人难以置信。

下落不明者之一，乃日前曾前往望楼收尸的阎魔屋女店东。

当然，祇右卫门是否涉及望楼一案，同样无法确认。若无凭据佐证，祇右卫门与两案便毫无关联。

不过，坊间盛传两案——不，甚至其他大小事件——均为魔头祇右卫门所为。近年发生于朱引内的罪案，大多被指为祇右卫门所犯。

真相无人知晓。何况祇右卫门确已不在人世，即便与其真有关联，亦是不轨之徒冒名为恶。但身份真伪已不重要，若真有人在背后指使一切，则此人必是个心狠手辣的大魔头。

如今与这魔头对峙的，仅有区区三人。志方、万三乃至龟吉，士气甚是低落。

当此低落情绪随紧张迅速高涨，最终转为恐惧时，三人已抵达根津的六道稻荷堂。

只见稻荷堂周遭一片静寂。

志方不由得松了一口气。看来这投书，不过是个恶作剧，压根儿不足相信——志方心想。

不过，开门一瞧，祇右卫门果真静坐祠堂之中。

只见一年约四十五六、体态中等、双眉浓密、眼神锐利的男子，正跪坐于祠堂正中央。其后，则有一衣着褴褛、年近七十的乞丐——志方判断应是如此身份——诚惶诚恐地正身跪坐。见状，志方惊讶得哑口无言。

二人一见志方，便一齐屈身叩首。接着，跪坐正中央的男子开口说道："劳驾大人亲自前来。我是稻荷坂祇右卫门。跪坐身后的无宿人，是我的左右手，名曰三佐。为祸市井数年，我满心悔恨却无从偿罪，故今在此投案伏法。借此，欲逐一将我所策之大小诸案据实招出。供出罪状后，亦愿受当受之刑，以正王法。"话毕，二人低身垂头，朝志方伸出双手。

这下，不将之逮捕也不成。虽然缚之以绳，但总不能将人留在根津的自身番屋内，志方一行人只得将这两名罪人一路押解至南町奉行所。沿途两人默默无语，毫无反抗，这怪异的行列就这么静静地在大街小巷中行进。

抵达奉行所时，所内起了一阵混乱。

志方一行人只是奉派前去瞧瞧，却将人带了回来，众人当然要大吃一惊。但更教人吃惊的，是祇右卫门这号人物竟然真有其人。原本大家或多或少都还认为，此人应是个虚构角色。

此自称祇右卫门者，态度甚是毅然，丝毫不似个恶贯满盈的大魔头。接受盘问时，亦没有分毫不从。但在供出罪状时，这自称祇右卫门者开了一个条件。此条件即，不得将实际下毒手的无宿人治罪。亦声称只要官府遵守条件，便愿据实供出一切。

虽所有恶行均源自一己罪业，然部分无宿野非人对己多有膜拜，即便未具体下令，仍导致众人为己触犯王法——意即，该等无宿野非人不过是承继了此自称祇右卫门者所造的业。并表示如今之所以愿主动投案，乃因无法坐视此类惨祸继续发生。

此外，尚声称自己已有认罪受刑的觉悟，然不应逮捕并追究实际下毒手的无宿人。毕竟一切都源自一己罪业，只要自己伏法受刑，无宿野非人的恶行必将随之止息——

审讯的与力对此犹豫难决，只得委请奉行代为定夺。

奉行亦不知该如何是好。如此做法形同放纵罪犯，绝非官府所当为。

不过，事到如今，欲一一追究每一罪犯的罪责，已是难过登天。不仅详情难以查证，想必就连犯案者人数，也是无从统计。欲切实查出每一案件的罪嫌并依法裁决，也是毫无可能。如此看来，查办这些案件，不过是白费力气。

到头来，官府只得开出条件作为回应——除已伏法者、遭通缉者以及未遭通缉但罪证确凿者，对其他罪犯均不究既往。

此自称祇右卫门者果然坦承一切犯行。虽有些许细节已记不清楚，但其自供中的勒索、盗窃、凶杀诸案的确是真有其事，对除非是罪犯本人，否则应无从知晓的细节亦是知之甚详。一同伏法的三佐，则负责祇右卫门与无宿人间的联系，乃实际下令唆使的联系人。此人亦宣称之所以主动投案，同样是难耐良心苛责使然。

但最教人纳闷的，还在后头。

即，此人似乎真是祇右卫门。

此人供述的出生地、生年与经历——与北町奉行所所藏的祇右卫门相关记录完全吻合。不仅如此，似乎就连长相也是一模一样。

祇右卫门伏法受刑，至今不过五年，与其相识者多仍健在。官府特邀祇右卫门曾任职的公事宿同侪与当年负责裁判论刑的弹左卫门指认，众人均称此人确是祇右卫门本人。而逮捕者、裁决者甚至斩首行刑者依相貌、嗓音、体格比对后，亦表示确为本人。凡曾与祇右卫门有所往来者，均证实此人确为祇右卫门无误。

况且，即便是无法去除的身体特征，亦与本人完全吻合。若仅就长相而论，或许不难找到神似者顶替，但此类特征也全然吻合，可就无法否定了。

如此一来，不禁教人纳闷五年前遭枭首者究竟是何许人。不，就连曾目睹示众首级者，均称此人长相与该首级毫无分别。这下究竟该作何解释？

所内由上至下均是不知所措。此人既遭斩首示众，已不可能再次处以同刑。与其说不可能，毋宁说不合理更为贴切。诸法中，亦无可兹对应此不合理情势的刑罚。

此祇右卫门，真是彼祇右卫门？除了其中必有一人是冒牌货，别无解释。

若此人真是祇右卫门本人，北町当年的判决行刑，即为误判，等于处死了一个无辜顶替者。事隔数年，此案再度喧腾，必将遭上级究责。若当年的祇右卫门即是本人，此祇右卫门所供便成严重伪证。若姓名、生年、出生地及经历均为伪证，其他自白亦不足相信。此人虽有一死之觉悟，总不能因此便将之处斩，只为使此案草草落幕。

即便态度再大义凛然，供述伪证依然形同犯上。就算意图仅止于包庇他人，伪证仍是重罪。大义凛然背后，亦似别有企图。

不出多久，所内喧腾便告止息，然众人心内是迷糊依然。

"总之，本官如此告诉众人……"志方将一口荞麦面吮入口中后说道。

此处是面馆的二楼。

"无须迷惑，此人就是祇右卫门。"

大人何来如此自信？万三问道："敢问大人，是否有任何根据？"

"本官并无根据。连奉行大人也难断之事，本官岂能明断？"

"那么，大人这番话，可是虚张声势？"

"绝非如此。总之，此人由本官所捕，众人或可能为此征询本官，然本官当然难断真相。不，官府愈是迷惑，则世间愈是混乱，百姓愈是不安。根岸町的惨祸发生后，坊间益发人心惶惶。是不是？"

"是的。虽已增派夜回,但百姓见夜回频频巡逻,反而益发惊恐。"

"没错。眼见情势如此,藐视官府图谋不轨者及冒名为恶者亦纷纷出笼。一旦官府威信扫地,世间注定陷入混乱。如此以往,民反不过是早晚问题。有鉴于此,已不得再有煽惑民心之举——记得你如此说过。"

"小的曾如此说过?"

"你曾有言,自己亦是受王法保护的百姓。"

噢,这是说过,万三害臊地搔搔脑袋说道:"对不住呀大人,这番话,小的放肆了。"

"无须致歉。这番话听得本官茅塞顿开。总之既为町方,就得保护町内百姓。若当官的都迷糊了,百姓将何去何从?"

"话是如此,不过……"万三微微拉开拉门,透过细缝俯视大街问道,"那曾教人拖着游街的家伙,果真就是祇右卫门?"

当然,志方答道。此时可万万迷糊不得。

"的确是祇右卫门。原浅草新町公事宿小普请组祇右卫门,通称稻荷坂——舍札、幡旗不都写得清清楚楚?既然如此写着,此人便是祇右卫门。祇右卫门曾于刑场遭斩首身亡,此事确为不争事实。"

确是事实,万三双眼远眺,以吟诗般的口吻说道:"那家伙游街示众时可热闹了。瓦版也印了不少。涌向刑场看热闹的人潮,还真能把人活活给吓死。前天、昨天也有不少人争睹其示众首级。今儿个就是最后一日,小冢原更是人潮汹涌,仿佛枯山亦成美景。唉,一睹示众首级,并非什么风流雅事,但诚如大人所言,这多少能教人安心。"看了尸首,反而能教人安心呢,万三说道,"这全是大人的功劳,城内百姓对志方大人可感激了。就连我家那口子,都嚷嚷着这下终于能高枕无忧,一个劲儿地朝八丁堀这头膜拜呢。"还说什么高枕无忧,根本是高兴得睡不着觉,万三说道。

"无须挖苦本官。这绝非本官的功劳,不过是事发偶然。若该投书投向其他同心宅邸,当然便得由该宅邸之派驻者经办。况且,若这真是桩功劳,随本官办案的你,不也该奖励?"

小的已经同亲戚们炫耀过了,万三笑道:"然而,小的可不认为事发偶然。打春天那桩黑绘马奇案起,大人不就赫赫有名了?想必投书前,祇右卫门也曾逐户检视门札,非大名鼎鼎的志方大人不投——"

"不可胡言。"

不过。志方也认为万三这番推测,或许不无可能。黑绘马一案,亦是祇右卫门指使的恶事。曾听过志方之名,也是理所当然。

志方以筷子夹起最后一口荞麦面,吸入口中。"你也清楚,那不过是场平淡无奇的逮捕之行。未起任何打斗厮杀,不过是静静押着罪犯走。"

"小的可是叙述得天花乱坠,教我家那口子直以为小的将大恶棍又打又抛、又杀又剐的,让小的趁机多讨了点银两花花。"

受官府委任者,不可虚报其事。志方苦笑道。

"不过,大人。"万三突然一脸严肃了起来,朝前探出身子说道,"小的倒是认为,那投书若没投到志方大人手上,本案绝不会办得如此顺利。这绝非奉承大人的场面话,少了大人一番进言,这回可就难以结案了。毕竟曾有五年前北町的斩首示众,依理,一句此人乃祇右卫门,可是说服不了人的。"大人究竟是如何说服众人的?万三问道。

"本官并未说服任何人。罪犯已经招认,证人亦纷纷指证,何况所述罪状又悉数吻合,本已无任何质疑余地。本官不过是建议,既然罪犯承认自己确为祇右卫门,唯有上官依法裁罚,社稷百姓方能重获安宁。"

"哦?"大人可真是厉害,万三说道,"此话一说,无论是奉行大人还是与力大人,当然都要相信。不过,北町的大人们又作何感想?

倘若今日于小冢原示众的是衹右卫门的首级,那么五年前的首级不就是……"

亦是本人,志方说道。

"哦?小的不解。"

"有何不解?无须执着于真真假假,只要南北各负其责,两者俱可视为真人。"志方于卷宗上如此记载。

此人自称原弹左卫门门下之稻荷坂衹右卫门,为恶多年,经查虽罪证确凿,然依官府所载,衹右卫门已于五年前于北町断罪论处。若如此,两名衹右卫门应非同一人。

"两个衹右卫门应非同一人?"

"没错,应非同一人。就是说,实有两名经历、出生地、姓名皆雷同者。"

有理。若不作如是想,的确难以解释。

大人果然高明,万三开怀笑道:"仅知为人公正不阿,却不知大人亦能言善辩。此话或有失礼,然大人还真教小的吃了一惊,惊觉自己竟无视人之明。有幸跟随大人,这下益发教小的与有荣焉哪。"万三阿谀奉承道。

透过万三拉开的拉门缝隙,志方望见屋外一片苍天。

这不过是诡辩。虽是诡辩,却能奏效。文书,手续,不过是这么回事。而事实,亦是这么回事。

不过,这诡辩并非志方所创。赋予志方度过此一难关之机智者,实为双六贩子又市。

奉行所仍为如何处置自称衹右卫门的罪犯而议论不休的某夜——

又市突如造访志方住处。

只见此人于庭院一隅单膝而跪,神情十分恭谨。小民有事欲向大人禀报,又市开口说道。

志方立刻忆起，曾于头脑唇一案时在番屋内见过此人。实为有事相求，又市率先承认道。可知未经许可夜闯同心组宅邸，遭斩杀亦无权过问？志方问道。小民已置死生于度外，又市回答。

此人不似恶徒——志方如此判断，遂答应听取又市陈情。

不分百姓、农户、非人、商人，对其皆是畏惧莫名。与其拘泥程序，不妨明白宣告——凶贼稻荷坂祇右卫门已经伏法。不。不妨昭告天下，就擒者确为祇右卫门无误。这比任何事都来得重要，又市说道。

长此以往，则天地必乱，灾厄必至。

没错，的确有理。志方心想。

昭告后，宜央请上官发落，明确记下姓名罪状，将之斩处。并宣告法理对不法之行绝不宽贷，世人大可安心度日。一味拘泥于辨明真假，实无帮助。

的确如此。虽然体面上、文书上或许较不合宜，但执着于合议表决，本就毫无意义。即便众人意见一致，仍可能是天大误判。总之，真相本不该裁而决之，而该选而择之。择一最善说法，将之昭告天下，较什么都来得有效。

坊间实如梦幻，谎言本无虚实。两个祇右卫门俱为本人，即便两个祇右卫门应非同一人——大人不妨如此撰载，又市进言道。

又市，本官已经如此撰载，志方在心中呢喃自语。

九

又市站在一个立有两面位牌的首级前。

首级置于竹栅栏的另一头。这被残酷斩杀的尸体的一部分，就这么被当成了杀鸡儆猴的道具。

此处为小冢原刑场。场内有仅以垂挂草席的木桩搭成的简陋小屋,并立有非人番及长吏番。突棒、刺股以及福岛阙所枪。仅用钉有木板的长桩造成的舍札以及许多长逾八尺的和纸造成的幡旗上头,均以潦草的字迹写满了"衹右卫门"。

衹右卫门——眼前的,便是稻荷坂衹右卫门的首级。

总之,稻荷坂衹右卫门在游街示众后,终于死于枭首示众之刑。衹右卫门旗下的无宿人三佐,则遭处磔刑。

世间就此恢复平静。

还是输了。

到头来,又丢了两条人命。

原本已死了不少人。为了让此事落幕,又多赔上了两条人命。到头来究竟死了多少人?山崎寅之助、角助、巳之八、阿睦,大伙儿全都死了。久濑棠庵依然下落不明,不知他究竟是生是死,抑或两者皆非。

总之,这辈子与棠庵是无缘再见了,又市心中有如此预感。混在人群中望着示众首级,又忆起棠庵的一番话。

先生平日常言——凡事均可能不牺牲人命,便得解决。

然而,这回却没能如此成事。又市终究违背了棠庵的期待。

不过,至少得以一窥衹右卫门的样貌。

这首级,便是衹右卫门。原本无从窥见的真面目,如今正赤裸裸地曝晒于大众眼前。此人便是衹右卫门。

"瞧他生得满脸横肉的,那么心狠手辣,到头来也是这结局!""这个混账东西,早该死了!""这一脸凶相的家伙究竟祸害了多少人?这下真是大快人心哪!""大伙儿终于能安心度日了。"看热闹的人七嘴八舌地说道。这就是江户坊间的心声,基本上就是毫不负责的随口漫骂。不过,这样也好。

老头儿,你说得没错。坊间言传,皆是谎言。没错,皆是天大的谎言。

直到沦为示众首级为止,此人并不是衹右卫门。

又市再度望向首级,端详起这有一双浓眉、坚毅嘴角的脸庞。

此人并非衹右卫门,而是又市寻觅多日的御行。

"好不容易教我找着,你竟然就这么死了。"又市低声说完后,便转身离开了刑场。

山崎遇害那天,于本所的贫民窟内遭大群无宿野非人包围的又市,因这御行突然到访,九死一生地逃过一劫。

一见这御行的长相,以三佐为首的数名无宿人——应是这伙人的头儿——惊讶得浑身僵直。待御行解开缠腰粗绳,又有更多人为之动摇。

衹右卫门大爷,三佐如此高喊一声,众人也纷纷跟着呼喊。最后所有无宿野非人均虔敬地伏地叩首。

原来此人便是衹右卫门。不,其实不过是长得像衹右卫门。

御行踏着稳健步伐,自跪在地上的众人间走到又市面前,默默不语地鞠了个躬。接下来,又端详起小屋内山崎的遗体,一脸悲怆神情。

你们以为,我喜欢残虐杀生?御行问道。

"但,衹右卫门大爷——"三佐抬起头来,语无伦次地回答道,"我们确实收到久无音讯的大爷的投书,命我们杀害此人——"

那投书,必是他人伪造,御行气愤地说道。三佐吓得浑身僵直,然该投书印有衹右卫门大爷的印记……

可是这个?御行指着自己的肚子说道。只见其腹上有个怪异纹身。

三佐再度伏地叩首。

御行又开口说道:"此等文书,仿之甚易。然我身上有这个稻荷坂印记,又是如何?这难道可轻易仿造?抑或你们视投书者为真,我为假？难道忘了我的相貌、我的嗓音？"

小的不敢，衹右卫门大爷，三佐额头紧贴地面回答道。

"似有人图谋不轨，假冒我的名义行骗。看来我潜身多年，实对诸位造成困扰。"接着便面向众人宣布道，"我是稻荷坂衹右卫门真人。"

众人一阵欢呼，十指交握于胸前，向御行膜拜祈祷。

御行以洪亮嗓音继续说道："今后严禁一切杀生，亦严戒为害、盗窃、欺诈他人。或无须严守王法，然切勿悖违天理人伦。勿忘你们虽无身份，但仍不失为人。"御行高声说道，"凡为人者，均须顺应人伦。不论身份，不论阶层，有违人伦即为罪业。吾人将为诸位洗刷前罪——"

闻言，众人一片喧然。

万万不可，衹右卫门大爷，三佐与身旁数人抬头说道："我们为恶徒所惑，助纣为虐，岂可由衹右卫门大爷替我们背负罪业？"自身罪业，应由自己来偿。

没错，没错，众人异口同声说道。

紧接着，众人纷纷忏悔自己杀了什么人，偷了什么东西。是自己下的毒手，是自己犯的罪业，该由自己偿还——

绝无此事，御行说道："你们不过是承继了我所背负的罪业。难不成，你们认为，这稚气未脱的小姑娘也得偿罪？"御行指向跪坐三佐身旁的美铃问道。三佐闻言，霎时脸色一片苍白。

她不过是听从小的指使，罪在小的，三佐说道。

"不，归根究底，众人为恶之因实为我，故此乃我一己之罪。我这就前去赎罪。"

大人请留步，衹右卫门大人请留步，众人纷纷阻止道。

"诸位无须留人。我早为……早为遭斩首示众之身。"

接下来，御行步入小屋，静静地将山刀自山崎脖子拔出，举起五钴铃说了一句："御行奉为——"语毕，又摇了一记铃。

诸位务必厚葬此人,接着又唤来三佐。三佐回了一句小的遵命后,便望着山崎的遗体,直喊对不住地哭了起来,并向御行乞求道:"请大爷允许小的同行,说服众人相信投书者,乃是小的,教唆孙女杀害寅之助大爷者,亦是小的。罪业如此深重,小的已无颜苟活。"

御行深思了好一阵,接着又望向又市。又市脑海里一片混乱,此人的确该为自己所为悔恨不已,竟唆使年幼孩童充当道具,在又市眼前杀害了山崎。原本还有说有笑的山崎,如今已成一具死尸。

然而,又市对其竟涌不起一丝恨意。

平身吧,眼见三佐不住叩首好一阵,御行这才一脸悲怆地吩咐道:"后日早朝卯刻前,到根津六道稻荷堂来。"

多谢大爷,多谢大爷,三佐额头紧贴地上,不住致谢。

此情此景,着实悲戚。

御行一步出小屋,便向本在祈祷的众人宣告,今后,诸位尽管安心营生,接着又转向又市说道:"上路吧。"

又市便在御行引领下,穿过不住祈祷的大群无宿野非人。虽不知将被领往何处,但不知怎的,又市心中没有丝毫不安,有的只是无从消解的伤悲。

沿途,御行解释了一切。

御行名曰宗右卫门,乃一文字屋仁藏为压制祇右卫门而祭出的制胜绝招。宗右卫门乃任公事宿世话一职的祇右卫门的孪生哥哥。孪生子被视为不祥的孩子,常为人分别抚育。故此,祇右卫门于江户,宗右卫门则于他国成长。一文字屋虽栖身京都,却获知此一不为人知的过往,为此耗费半年,觅得宗右卫门。眼见这惊人魄力,教人益发对其心生畏惧。

仁藏思得一策,可以宗右卫门抑制暴徒,封住魔头诡计。

宗右卫门幼年被送至尾张一寺庙,并被育为寺男。住持辞世后,便离开寺庙，以御行之身营生。虽未出家，仍是个深谙佛学的佛教徒。

仁藏邀宗右卫门前往大坂解释全事，并求其协助。

宗右卫门亦是个同贫下人等共同生活的无宿人。获悉江户的惨况，宗右卫门甚是痛心。本不知弟弟所为，今日听闻，甚是惊讶，宗右卫门表示。

仁藏所生之计，大致如下：

祇右卫门已死，已经不在人世。对此事实视而不见，称其尚在人间，便得以操弄无宿野非人。即，冒名者本无形无体，绝不可以自身面貌示人。若是如此，将活生生的祇右卫门推上舞台，劝说众人勿再为恶，或有可为。眼见血肉之躯现身，必能吸引众人心之所向。如此一来，无形无体的冒名者，便等于被剥除手足。如此一来，无须斩其手足，只须断其头便可。

宗右卫门爽快应允。对宗右卫门而言，假冒祇右卫门之名行骗者，形同其弟之仇敌。况且，宗右卫门笃信佛教，对此种大逆不道之恶行自是深恶痛绝。其弟祇右卫门亦是善人。看来兄弟俩不仅是样貌，连性格也颇为相似。

此外，尚有一事相告，宗右卫门说道："我实已来日无多……"

宗右卫门患有不治之症，深知余生之日已是屈指可数。

区区一介乞食御行，两袖清风，无亲无故苟活至今，死前至少该为社稷谋福——宗右卫门如此说道。

获得允可后，仁藏便于宗右卫门腹上纹身。纹的图案，乃是只头上戴着骷髅的狐狸——此图即为稻荷坂之印记。至于祇右卫门为何纹上此一古怪图案，且非纹于背上，而是腹上，如今已无从知晓。然不难想象，对认识祇右卫门者而言，此无法抹除的狐狸纹身应是个深植记忆的特征。

命无宿人行恶的书信上，似也印有这一图案。三佐等曾与祇右卫门熟识者之所以坚信投书确为其指示，想必也是信上印有此一图案使然。

想必仁藏是从自冒祇右卫门之名者的魔掌逃至大坂的焊锅匠——为仁藏所救者那头听来的。

欲扮祇右卫门，便须有此纹身。换言之，由于有此纹身，本就长相神似的宗右卫门，必能顺利化身祇右卫门本尊。

宗右卫门就这么成了祇右卫门。仁藏之计，终于得以付诸实行。

然而，终究太迟了。毕竟耗费了半年光阴。不，查出宗右卫门行踪，觅得其人，又精心策划此一妙计，半年并不算长。然而还是太迟了。

这个魔头——冒祇右卫门之名者，察觉了仁藏的存在。据说，奉仁藏之命暗地潜入江户者，悉数惨遭杀害，使仁藏难再遣人赴江户。当然，也不能同又市一伙人联系。若为敌所察，阎魔屋必将难逃其魔掌。对仁藏而言，不与暗界往来的阎魔屋已然是最后一片城池。

然而，总不能继续坐视观望。只得由宗右卫门只身赴江户。

你的大名，我早有耳闻——宗右卫门说道。

仁藏告诉宗右卫门，遇事可向阎魔屋求助。但亦告知，事成之前不宜有所接触。仁藏果然审慎机警，这指示甚是正确。

敌方若察觉宗右卫门与仁藏有关联，必将怀疑阎魔屋。而阎魔屋若已为敌方所袭，则宗右卫门亦可能遭池鱼之殃。不论是哪种结果，计策均将失败。

然阎魔屋早已遇袭。在宗右卫门抵达江户时，阎魔屋已经遭到这魔头的攻击。

又市与棠庵见到宗右卫门时，阿睦已惨遭毒手，巳之八也已遇害。倘若宗右卫门直接造访阎魔屋，必将被敌方杀害。

先在江户城内走一遭，撒撒纸札，仁藏曾如此嘱咐宗右卫门。事前下此指示，仁藏行事果然谨慎。一如仁藏预想，又市也察觉了纸札的意图。

然而，又市却迟迟未能与宗右卫门有所接触。之所以遍寻不着，乃因除了又市，尚有一人读出了纸札的暗号。

此人便是长耳仲藏。仲藏乃一玩具贩子，平日以雕造孩童玩具为业，偶尔亦印制妖怪纸札。此外，与戏班子也甚是熟络。故此，有人四处抛撒珍稀妖怪纸札的消息，很快便传入仲藏耳里。除此之外，仲藏又熟知又市及林藏的经历。虽与仁藏毫无渊源，但通过他们俩，对一文字狸也是知之甚详。因此，仲藏读出了讯息，并立刻采取行动。

仲藏亦察觉阎魔屋周遭将起异变，心想倘若仁藏在策划些什么，自己也该有所行动。因此，便与宗右卫门取得接触，询问详情。

接着，就躲了起来。

除了潜身，别无他法。敌方亦已由静转攻，欲执行仁藏的计策，亦不知如何行动最能收效。总不能唤来全江户的无宿人，宣告此人乃祇右卫门本人。若在此之前就遭杀身之祸，岂不就万事休矣？

御行亦潜身长耳家中。当山崎与又市来访时，久寻未果的御行，其实就藏身又市脚下。

没错。仲藏甚至连又市也瞒着，在自宅地下挖了座地窖，并以此密室藏身。

山崎曾言屋内无人，却有人气，实为如此。当时，地下果真藏有巨鼠。当然，山崎连外廊下方也找过，却未发现任何蛛丝马迹。就连眼力绝佳的山崎都没察觉，来袭的无宿人当然更不可能发现。

入口处似乎也施以精心掩蔽。论及雕造大小机关道具的功力，无人能出长耳之右。对其而言，这些不过是雕虫小技。

又市之所以发现这座密室，乃因瞥见庭院内那座老朽祠堂的布帘竟无故飘摇。该祠堂即为地下密室的通风口。因此即使无风，也可能摇曳。坐落位置之所以古怪，也是因为如此。陈旧的外观，应是出于长耳的巧手布置。

只不过，长耳生得一副庞然巨躯，欲藏身于外廊下方至为困难。既无法于地板下匍匐施工，若不能迅速自屋内移动至此，密室也将失去意义。

看来地板下必有个出入口，又市心想。

极可能在壁龛。那壁龛是可开启的。壁龛的物品之所以悉数倒塌，乃因此处曾开启过。无宿人虽曾涌入屋内大肆破坏，四处搜寻长耳的踪影，但绝不可能想到该从此处找起。长耳仲藏并非小鼠，而是个彪形大汉。仲藏家中的墙早已悉数拆除，可能的藏身之处也仅限于壁橱、棚架、便所及庭院。棚架上的物品遭人推倒、壁橱内的物品遭人抛出、防雨门遭人破坏——代表来者确曾仔细翻找。然而除非是怒失理智，应不至于连壁龛上的小东西都给扯下才是。

山崎说过，曾见灶烟袅袅升起。由此看来，长耳当时的确身处屋内，一察觉有人来袭，便开启壁龛，自地板下的入口逃入地下。

木屐尚在屋内，可为明证。

又市仔细观察壁龛，确定其下必有密室。因此，才建议阿甲若有万一，可逃往长耳住处藏身。

欲供阿甲藏身，唯那密室可用。只是做梦也没想到，自己遍寻不着的御行——宗右卫门，亦藏身此处。

宗右卫门表示，该地底密室以石造成，室内牢固宽敞，既有水井，亦备有食物，藏身十至二十日，绝不成问题。虽不知是于何时、为何故而建，但这回的确是派上了用场。

宗右卫门潜身地下后，事态便开始急速发展。屋外可能尚有监视。欲外出，也是难为。

接下来，阎魔屋亦遭到敌袭。

角助遇害后，小右卫门及时现身，为阿甲解了围。获救的阿甲相信又市的建言，与小右卫门一同前往长耳住处。小右卫门一眼便发现密室所在，四人会合后，仲藏与宗右卫门听说了阎魔屋的惨况，小右卫门与阿甲也听说了仁藏的计策。

知道一切后，小右卫门顷刻动身。确认又市与山崎无恙后，便迅速折返，引领宗右卫门前往该贫民窟。

虽没能救山崎一命，但仁藏的计策终究收效。死而复生的祇右卫门现身众人眼前，演了一场精彩好戏。

小右卫门曾建议，宗右卫门进入贫民窟时，自己亦就近潜伏，若见态势生变，便可及时搭救。

好意我心领，然并无此必要，宗右卫门回道："因不愿再见任何杀生之举，我决心代祇右卫门，受枭首示众之刑。"

又市直怀疑自己是否听错了。万万想不到，为无宿人洗刷罪业，用的竟是这种手段。

何须如此？又市问道。只消宗右卫门化身祇右卫门，昭告其为本尊，命无宿野非人停止行恶——仁藏的计策便已大功告成。何况，在场目睹者必将尽快向全江户的无宿野非人传达此事。如此一来……

这还不够，宗右卫门说道，得向全江户百姓昭告——

众人往后得以高枕无忧。

若不如此，不出多久，有心之人必将再兴祸端。御行继续说道："人人心怀恐惧，幕后黑手正潜身此恐惧之中。即便众无宿人真心悔改，自此不再为恶，百姓对此依然一无所悉。恐惧一日不除，大众仍将饱受魔头祇右卫门要挟。只要仍有人不知情，祇右卫门就等于没有死。"

因此，我必须化身祇右卫门，以祇右卫门之身死于大众眼前。如此一来，方能化除此魔头之奸计，宗右卫门说道。

岂能……岂能如此？又市质问道："如此一来，你不就得牺牲性命？难道这也在仁藏的计划之中？人命关天，岂能如此布局？"

仁藏大爷并无此计划，宗右卫门答道："反而规劝我切忌送命。不过，我本就死期将届。若是轻如鸿毛，不如重如泰山。如此死法，岂不较病死荒郊更有意义？"宗右卫门笑道，"想必你并不乐见，然这个人也将随我赴死。"

所指似是三佐。

这人眼神，实教我不忍拒绝，宗右卫门语带落寞地说道："除我们两人之外，将不至于再有人牺牲性命。先生就放心让我们赴义吧。"

话虽如此，人死了终究没戏唱呀。又市在心中自语道。

不过，御行去意已决，看来，已无半点供这小股潜说服的空间。

返回长耳住处后，宗右卫门便开始为赴死做起准备。自小右卫门与阿甲打听了祇右卫门所起的大小事件后，宗右卫门换上与祇右卫门生前同样的衣装。素未谋面的弟弟的衣装，竟成了宗右卫门赴义的寿服。

据说，根津的六道稻荷堂，便是宗右卫门与祇右卫门兄弟被弃的场所。两人乃为爹娘所弃。

宗右卫门曾自有养育之恩的僧侣口中，打听出自己遭弃的场所。虽无任何记忆，名称至少是记住了。宗右卫门表示，当年僧侣乃是于言谈中，不觉脱口说出此名。或许，祇右卫门的名号稻荷坂，即是由来自此。

后来，宗右卫门被当作祇右卫门。于城内公开游街后，又于众人面前遭斩首示众——就这么死去。

这下终于见着他了。

离开刑场后，又市刻意绕了远路，行至浅草外围。

来到了长耳住处。一拉开门，便看见小右卫门与那逼真傀儡——名曰阿银——在屋内。阿银这回一身百姓姑娘打扮，但一张脸依然神似人偶。

小右卫门瞥向又市问道："事成了吗？"

"噢，事是成了。我……又眼睁睁看着两人赔上性命。"

"唉。"

去瞧吗？短促地应了又市一声后，小右卫门转向阿银问道。不去，阿银面无表情地回答。不瞧也罢，小右卫门回道。

"去瞧什么？"又市问道。

去瞧那首级，小右卫门回答道："本就不是妇孺该瞧的东西，更不该公然示众。不过，这宗右卫门——可是这小姑娘的伯父。"

"哦？"

如此说来，阿银竟是——

"也罢，都自己说不去瞧了。反正人都死了，瞧了也没用。"小右卫门如此说道，但阿银只是默默不语。

又市端详了两人好一阵，最后终于受不了这沉默，高声喊道："倒是，你这秃驴在做什么？难不成还躲在地洞里？胆子再小也该有个限度吧。"又市气冲冲地站起身来，快步走向壁龛。

原本穿在宗右卫门身上的衣装、化缘盒、白木棉头巾，折叠得工工整整，摆在壁龛一旁。

又市正欲朝地板一踢，壁龛突然升起，直朝又市倒去。

"这是在做什么？难不成想夹死我？"

"吵什么呀，又市。还骂我胆子小？我这鼠胆，这回不是立了大功？"先是冒出一顶秃头，接着一副生有一对长耳的古怪脸孔随即出现。

"你当自己是个妖怪傀儡？难道不知如此现身只会更吓人？这下还是大白天的，你这妖怪还不给我滚回箱根那头去？"

你这小伙子还真是没口德呀，仲藏整副身躯不耐烦地爬了出来，一走到房间，便将胳膊伸进了地洞里。举起壮硕的胳膊时，拉起的是已换上一身旅装的阿甲。

"瞧我为防万一,先将大总管给藏了起来。毕竟幕后黑手还没解决,谁能放得下心?"

没错。冒名的祇右卫门,即害死了祇右卫门、策划一切恶行的诸恶乱源,依然是毫发无伤。

阿甲在凌乱依旧的房间跪坐下来,面朝又市磕头一拜。"又市先生这回辛苦了。"

"大总管切勿多礼——噢,似乎不该再以大总管称呼了。阿甲夫人,向我磕头绝无好处。倒是,请先收下这个。"又市向阿甲递上以白布包裹的两块牌位,"是角助和巳之八。"

多谢先生,阿甲虔敬地接下牌位,恳切地致谢道。

"为他们俩起戒名的是个窝囊的臭和尚,也不知两人是否能成佛,但角助和巳之八的遗骨,都已葬在谷中的寺庙内了。虽不知其他人是怎样,但应已悉数超度。山崎大爷已由贫民窟的居民厚葬,而棠庵那老头儿,则不知上哪儿去了。"又市说道,"那么,阿甲夫人,接下来有何打算?"

"我打算——将两人送返生地。"

记得两人都是飞驒出身来着?又市这么一问,阿甲默默点了个头。

"两人自告别亲人后来到江户,至今均未曾返乡。"

"有我护送,无须挂心。"仲藏露齿笑道。

"怎不担心?有你这么个引人注目又笨手笨脚的家伙做伴,岂不是更危险?"

"别担心。别忘了我有副鼠胆。"话毕,长耳再度笑了起来。

阿甲凝视仲藏半晌,接着才转向小右卫门,低头致谢道:"承蒙大爷照顾了。"

无须多礼,本人不过是受这小伙子牵累罢了,小右卫门转头望向阿甲回道。

"倒是，大总管。到了飞驒后，可有什么打算？"

"打算？所指为何？"

"可打算返回此地？"

我没这个打算，阿甲说道："尚不知是否将于飞驒落户栖身，但我已不打算返回江户。"

"如此较为稳当。"

我亦是个无宿人，阿甲面带微笑地说道："即便如此，江户仍是危机四伏。离乡背井，总好过丧命。"

没错，有什么比丧命更不值？

"喂，小右卫门，我打算护送完阿甲夫人便回来。可有危险？"

当然危险，又市说道："方才你自己都说了，幕后黑手至今毫发未伤，何况，尚不知他究竟是何方神圣。唆使无宿人充当棋子的乱局是止住了，这阵子城内应能恢复平静，但咱们可没这福气。小右卫门或许还安全，但你、我、阿甲夫人都教敌方给看透了，还不知将遭到什么样的报复呢——"

没错。这回的局，终究以失败告终，又市就这么败给了此案的幕后黑手。虽然托宗右卫门之福，乱象终得以止息，然又市除了仓皇失措、东跑西窜，到头来什么忙也没能帮上。不过是四处劝人勿杀生、勿送死，但结局依然是尸横遍野。为使此事落幕，竟又赔上了两条性命。可说是败得体无完肤。

别再回来了，又市说道。

确如又市先生所言，阿甲也说道："仲藏先生，依我之见，此一结局，或可视为正中该幕后黑手之下怀。宗右卫门先生的牺牲，虽使恶事戛然而止，然此事或可视为——宗右卫门先生，不过是沦为该幕后黑手的替罪羔羊。"

的确有理。这幕后黑手依然逍遥法外。有宗右卫门顶下一切罪状，这家伙更是不痛不痒。虽然损失众多棋子，但他本人依然元气未伤。基本可看作未曾遭蒙任何损失。

"虽不知这幕后黑手是何方神圣，但为恶至此，必是个如假包换的妖魔，想必不会善罢甘休。风头过后卷土重来，亦是不无可能。不，必将如此。届时能出手阻挠的——唯有咱们。"

"没错。"仲藏不舍地环视家中说道，"况且，此处已教敌方给发现了。"

"只有那地洞没被发现。凭你那鼠胆，竟不知如此滞留也有危险？"

少吓唬我，教又市如此揶揄，仲藏不耐烦地回道。

"不过，阿甲夫人，这幕后黑手难道就这么任其逍遥法外？虽不知敌为何人，欲攻之也是无从，想必小的即便留下，也帮不上什么忙。江户该如何是好？"仲藏说道。

有本人在，小右卫门回道："绝不容其恣意妄为。只不过，本人无法照料各位。"

这我当然知道，仲藏朝小右卫门瞄了一眼，低声说道。

仲藏先生，阿甲说道："既然你我将同行一阵子，是否该盘算应作何打扮？若连先生都赔上性命，我将无意苟活。"

"喂，夫人，这种话还是别说的好。这秃驴一辈子没被姑娘示过好，难保不会想歪。若在旅途中动了情，可就难办了。"

"这是真心话。也请又市先生多多保重。"阿甲望向又市问道，"先生自己——又有何打算？"

"我？"又市狠狠瞪向小右卫门答道，"我打算留下。"

"打算留下？喂，阿又，亏你还要我别再回来，自己却打算留在江户？你留下又能如何？不比这位御灯大爷，你既无奇技，又无气力。一个一无所长、只会耍嘴皮子的小股潜，哪成得了什么事？"

"是成不了什么事。不过。我还是打算留下。"又市再次说道,"仲藏,有种名叫旧鼠的妖鼠,力大无穷,足可噬人。然分明是只鼠,却曾哺育幼猫。哺育仇敌之后,你说这妖怪慈悲不慈悲?"话毕,又市再次望向小右卫门。

"你这是在说些什么?阿又,难不成你疯了?"

又市毫不理睬惊讶不已的仲藏,走到小右卫门面前说道:"看不出你这家伙如此天真。如何?考不考虑同我联手?"又市问道。

小右卫门一脸严肃地回望又市,最后,满是胡须的脸上终于泛起一丝微笑。"同本人联手——可就是自断重返社稷之路。"

"这当然知道。阿甲夫人曾劝阻我不要跟你这暗处头目联系。如今,阎魔屋没了,我也是无处可回。对我而言,明处暗处早无分别。"

小右卫门朝阿银瞄了一眼,阿银两眼正望向又市。

又市先生,阿甲唤道。

仲藏缓缓起身说道:"阿又,看来你心意已决,我就不再劝了。"

"哼,仲藏,给我好好保护阿甲夫人——"

话毕,又市自散乱地板上的道具箱中取出一把剪子,一刀剪断了发髻。头发霎时垂到肩上。接下来,又市褪去一直穿的唯一一件衣衫,一把披上放置于壁龛一旁的御行单衣,将化缘盒朝脖子上一挂,再将白木棉朝脑门上一卷,扎成了一头紧紧的行者头巾,又握起五钴铃。

"又市先生……"

"阿甲夫人,咱们的缘分就到此为止。我已不再是损料屋的手下,亦不再是双六贩子。今日起,不过是一介御行乞丐。"又市将化缘盒中残存的纸札朝空中一撒。

"御行奉为——"

对不住，实在是力不能及。

丁零——

为悼念死去的同侪，又市摇响了一声铃。

两位保重，抛下这么一句，又市步出了这栋位于朱引外围的弃屋，消失于江户的巷弄之间。

【主要参考文献】

绘本百物语，金花堂，一八四一年
旅与传说，岩崎美术社，一九七六至一九七八年
日本庶民生活史料集成，三一书房，一九六八至一九八四年
丛书江户文库，国书刊行会，一九八七至一九九二年
燕石十种，中央公论社，一九八〇至一九八二年
未刊随笔百种，三中央公论社，一九七六至一九七八年
日本随笔大成，吉川弘文馆，一九七五至一九七九年
耳囊，岩波文库，一九九一年
国史大辞典，吉川弘文馆，一九七九至二〇〇二年
新日本古典文学大系，岩波书店，一九八九至二〇〇三年
新潮日本古典集成，新潮社，一九七六至一九八八年
竹原春泉绘本百物语·桃人夜话，国书刊行会，一九九七年

图书在版编目(CIP)数据

前巷说百物语 /〔日〕京极夏彦著；刘名扬译 . —
海口：南海出版公司，2016.4
(京极夏彦作品)
ISBN 978-7-5442-8214-7

Ⅰ.①前… Ⅱ.①京…②刘… Ⅲ.①长篇小说-日
本-现代 Ⅳ.① I313.45

中国版本图书馆 CIP 数据核字(2016)第 032602 号

著作权合同登记号　图字：30-2016-015

SAKINO KOSETSU HYAKU-MONOGATARI
by KYOGOKU Natsuhiko
Copyright © 2007 KYOGOKU Natsuhiko
All rights reserved.
Originally published in Japan by KADOKAWA CORPORATION, Tokyo.
Chinese (in simplified character only) translation rights arranged with
RACCOON AGENCY, Japan
through THE SAKAI AGENCY and BARDON-CHINESE MEDIA AGENCY.

前巷说百物语
〔日〕京极夏彦 著
刘名扬　译

出　　版	南海出版公司　(0898)66568511	
	海口市海秀中路51号星华大厦五楼　邮编 570206	
发　　行	新经典发行有限公司	
	电话 (010)68423599　邮箱 editor@readinglife.com	
经　　销	新华书店	
责任编辑	张　锐	
特邀编辑	王　雪　黄莉辉	
装帧设计	韩　笑	
内文制作	王春雪	
印　　刷	盛通(廊坊)出版物印刷有限公司	
开　　本	880毫米 ×1230毫米　1/32	
印　　张	14.5	
字　　数	362千	
版　　次	2016年4月第1版	
印　　次	2017年2月第4次印刷	
书　　号	ISBN 978-7-5442-8214-7	
定　　价	45.00元	

版权所有，侵权必究
如有印装质量问题，请发邮件至 zhiliang@readinglife.com